ro
ro
ro

Raymond Khoury, im Libanon geboren, wuchs in den USA auf. Er studierte Architektur und arbeitete in der Finanzbranche, bevor sein erster Roman «Scriptum» (rororo 25641) zum Welterfolg avancierte. «Scriptum» ist in 35 Sprachen übersetzt und erreichte eine Gesamtauflage von 5 Millionen. In Deutschland stand das Buch monatelang auf Platz eins der Bestsellerliste. Es folgten die beiden Thriller «Immortalis» (rororo 24475) und «Menetekel» (rororo 24476). In seinem vierten Roman «Dogma» (rororo 25638) lässt der Autor wieder die Helden von «Scriptum», Sean Reilly und Tess Chaykin, auftreten, die auch in «Memoria» die Hauptrollen spielen.

«Khourys Roman ist randvoll mit Nonstop-Thrill und genügend Tod, Verderben und Spannung, um jeden Leser zu packen.» *(Bookreporter)*

«Eine Handlung voller Leben und Energie sorgt dafür, dass Khourys Buch an keiner Stelle hinkt oder langweilt. Man könnte einen prachtvollen Film daraus machen – bis dahin genießen wir das Buch.» *(Kirkus Reviews)*

«Khoury schreibt große, schnelle Thriller in der Art von Dan Brown, die mehr auf Action und Tempo setzen als auf Charakterzeichnung und Figurenpsychologie. Stilistisch ist er allerdings Brown voraus: Aus seiner kraftvollen Prosa spricht Überzeugung.» *(Guardian)*

«Packend und temporeich – ein perfekter Start ins Thrillerjahr.» *(Booklist)*

«Derzeit versuchen die Verlage wieder, Autoren auf den Dan-Brown-Zug zu schmuggeln. Wie erholsam, dass Raymond Khoury gerade abgesprungen ist von diesem Zug, der ihm Erfolg gebracht hat und ihn gleichzeitig als Thrillerautor von Weltniveau etabliert hat. Es war höchste Zeit, dass Khoury den Mystik-Plunder hinter sich gelassen hat, um in die Riege von Connelly, Child & Co. aufzusteigen – das ist ihm mit Bravour gelungen.» *(Telegraph)*

RAYMOND
KHOURY

MEMORIA

THRILLER

Aus dem Englischen von
Anja Schünemann

Rowohlt Taschenbuch Verlag

Die Originalausgabe erschien 2011
unter dem Titel «The Devil's Elixir»
bei Dutton/Penguin Group, New York.

Deutsche Erstausgabe
Veröffentlicht im Rowohlt Taschenbuch Verlag,
Reinbek bei Hamburg, November 2012

Redaktion Werner Irro
Umschlaggestaltung any.way, Sarah Heiß
(Foto: Fotosearch/Getty Images; thinkstockphotos.de)
Satz aus der Arno Pro (InDesign)
bei Dörlemann Satz, Lemförde
Druck und Bindung CPI – Clausen & Bosse, Leck
Printed in Germany
ISBN 978 3 499 25976 0

Für meine liebende Mutter,
weil ich weiß, dass es ihr jedes Mal
ein Lächeln ins Gesicht zaubern wird.

Es besteht eine unterschwellige Angst,
dass manche Dinge nicht bekannt werden sollten,
dass manche Nachforschungen für die Menschen
zu gefährlich sind.

Carl Sagan

Entweder er begeht einen gewaltigen Fehler,
oder er wird als der Galilei des 20. Jahrhunderts
in die Geschichte eingehen.

Dr. Harold Lief über die Arbeit von Dr. Ian Stevenson
im «Journal of Nervous and Mental Disease»

PROLOG

I

Durango, Vizekönigreich Neuspanien
(heutiges Mexiko)
1741

Grauen befiel Álvaro de Padilla, als seine Visionen sich auflösten und seine müden Augen allmählich wieder klar zu sehen begannen.

Der Jesuitenpater fragte sich, in was für eine Welt er jetzt eintrat. Die Ungewissheit machte ihm Angst, war zugleich jedoch auf seltsame Weise berauschend. Er hörte seinen eigenen stoßweisen Atem, fühlte den Puls seines wild hämmernden Herzens in den Schläfen und versuchte sich zu beruhigen. Allmählich nahm seine Umgebung wieder Gestalt an. Als seine Finger das Stroh der Matte erspürten, auf der er lag, wusste er, dass er von seiner Reise zurückgekehrt war.

Seine Wangen fühlten sich eigenartig an, und als er sie mit den Fingern berührte, erkannte er, dass sie tränenüberströmt waren. Dann wurde ihm bewusst, dass auch sein Rücken nass war, als habe er nicht auf einem trockenen Bett, sondern in einer Pfütze gelegen. Er fragte sich, woher das kam, überlegte, ob der Rücken seiner Soutane schweißdurchtränkt war, doch gleich darauf bemerkte er, dass auch seine Beine nass waren, und er begann zu zweifeln, ob das Schweiß war.

Was er gerade erlebt hatte, war ihm unbegreiflich.

Er versuchte sich aufzusetzen, aber alle Kraft schien aus seinem Körper gewichen. Er hatte den Kopf kaum von der Matte gehoben, als dieser bleischwer wurde und wieder auf das Strohbett zurückfiel.

«Bleibt liegen», sagte Eusebio de Salvatierra. «Euer Geist und Körper brauchen Zeit, sich zu erholen.»

Álvaro schloss die Augen, aber der Schock, der ihn noch immer durchströmte, ließ sich nicht verdrängen.

Er hätte es nicht geglaubt, wenn er es nicht selbst erlebt hätte. Doch das hatte er soeben, und es war verstörend, erschreckend und ... verblüffend. Ein Teil von ihm wagte kaum darüber nachzudenken, während ein anderer Teil verzweifelt danach drängte, es noch einmal zu erleben, jetzt, sofort. Noch einmal in das Unmögliche eintauchen. Aber der schroffe, disziplinierte Teil von ihm trat das Flämmchen dieser kranken Vorstellung rasch aus und brachte ihn wieder auf den Pfad der Tugend zurück, dem er sein Leben geweiht hatte.

Er sah Eusebio an. Sein Mitbruder lächelte ihm zu, sein Gesicht ein Inbild der Gelassenheit.

«Ich komme in einer oder zwei Stunden zurück, wenn Ihr wieder ein wenig zu Kräften gekommen seid.» Der Priester nickte ihm ermutigend zu. «Für das erste Mal habt Ihr Euch gut gehalten, mein alter Freund. Wirklich sehr gut.»

Álvaro fühlte, wie die Angst wieder von ihm Besitz ergriff. «Was habt Ihr mit mir gemacht?»

Eusebio musterte ihn mit einem beseelten Blick, dann legte er die Strin in nachdenkliche Falten. «Ich fürchte, ich habe eine Tür geöffnet, die Ihr vielleicht nie wieder werdet schließen können.»

Mehr als zehn Jahre waren vergangen, seit sie gemeinsam hierher nach Nueva España – Neuspanien – gekommen waren, ordinierte Priester der Gesellschaft Jesu, ausgesandt von ihren Ältesten in Kastilien, um die mittlerweile langjährige Tradition fortzusetzen, in noch nicht erschlossenen Gebieten Missionen aufzubauen. Ihre Aufgabe war es, die armen Seelen der Eingeborenen aus der Dunkelheit ihres Götzenkultes und ihrer heidnischen Verderbtheit zu erretten.

Es war eine Herausforderung, aber sie waren nicht die Ersten. In der Nachfolge der *conquistadores* waren seit mehr als zweihundert Jahren franziskanische, dominikanische und jesuitische Missionare in die Neue Welt aufgebrochen, und nach zahlreichen Kriegen und Aufständen waren viele Eingeborenenstämme von den Kolonisatoren unterworfen und in die Kultur der Spanier und der Mischlinge, *mestizos,* eingegliedert worden. Gleichwohl gab es noch viel Arbeit zu tun und viele Stämme zu bekehren.

Mit der Hilfe von bereits Bekehrten errichteten Álvaro und Eusebio ihre Mission in einem üppigen, bewaldeten Tal tief in den Falten der Sierra Madre Occidental, im Kerngebiet des Stammes der Wixáritari. Mit der Zeit wuchs die Mission. Mehr und mehr kleine Gemeinschaften, die isoliert überall in den wilden Bergen und Schluchten lebten, schlossen sich ihrer *congregación* an. Die Priester bauten eine enge Bindung zu diesen Menschen auf, und gemeinsam hatten Álvaro und Eusebio Tausende Eingeborener getauft. Anders als die Franziskaner, die von den Indianern erwarteten, europäische Lebensweisen und Wertvorstellungen zu übernehmen, folgten die zwei Priester der jesuitischen Tradition, den Indianern viel von ihrer früheren Kultur zu lassen. Sie lehrten die Menschen den Gebrauch von Pflug und Axt und machten sie mit Bewässerungssystemen, neuen Feldfrüchten und Viehhaltung vertraut. All das trug entscheidend zur Verbesserung der Lebensbedingungen bei und brachte den Priestern die Achtung und Dankbarkeit der Eingeborenen ein.

Hinzu kam, dass Eusebio, anders als der strenge Álvaro, ein warmherziger, leutseliger Mann war. Die Eingeborenen nannten ihn seiner bloßen Füße und der schlichten Kleidung wegen Motoliana, «armer Mann», und gegen Álvaros Rat hatte er den Namen angenommen. Er lebte die Leitsätze vor, die er predigte. Seine Bescheidenheit, sein vorbildlicher Lebenswandel und seine wohldurchdachten Äußerungen machten großen Eindruck auf die Eingeborenen. Bald stand er sogar in dem Ruf, Wunder zu tun.

Es begann während einer Dürre, die die bevorstehende Ernte der Eingeborenen zu vernichten drohte. Eusebio riet ihnen, in einer Prozession zur Missionskirche zu ziehen, mit Gebeten und ausgiebigen Geißelungen. Bald regnete es in Strömen, und die Ernte fiel sogar besonders reichlich aus. Das Wunder wiederholte sich ein paar Jahre später, als die Region unter zu starken Regenfällen litt. Auch dieses Unheil wurde durch ähnliche Maßnahmen abgewendet, und Eusebios Ansehen wuchs. All das führte dazu, dass sich ihm allmählich Türen öffneten.

Türen, die vielleicht besser verschlossen geblieben wären.

Als die anfangs zurückhaltenden Eingeborenen sich ihm nach und nach öffneten, fühlte Eusebio sich immer mehr in ihre Welt hineingezogen. Was als Bekehrungsmission begonnen hatte, wurde zu einer aufgeschlossenen Entdeckungsreise für ihn selbst. Er fing an, Ausflüge tief in die Wälder und Schluchten der unwirtlichen Berge zu unternehmen, er wagte sich in Gegenden, in die noch nie ein Europäer vorgedrungen war, und begegnete Stämmen, die Fremde normalerweise mit einer Pfeil- oder Speerspitze empfingen.

Von seiner letzten Reise kehrte er nie zurück.

Fast ein Jahr nach seinem Verschwinden brach Álvaro, der das Schlimmste befürchtete, mit einer kleinen Gruppe Eingeborener auf, nach seinem verschollenen Freund zu suchen.

So kam es, dass sie nun hier an einem kleinen Feuer vor dem strohgedeckten *xirixi* des Stammes, dem Gotteshaus der Ahnen, saßen und über das Unmögliche sprachen.

«Mir scheint, Ihr seid für diese Leute eine Art Hohepriester geworden, oder täusche ich mich?»

Álvaro war erschüttert über seine Erfahrung. Auch wenn das Essen seinem Körper wieder etwas Kraft zurückgegeben und das Feuer ihn gewärmt und seine Soutane getrocknet hatte, war er nach wie vor höchst aufgebracht.

«Sie haben mir mehr gezeigt, als ich ihnen jemals zeigen könnte», erwiderte Eusebio.

Álvaros Augen weiteten sich vor Schreck. «Aber – mein Gott, Ihr übernehmt ihre Sitten, ihre gotteslästerlichen Ideen.» Er schien geradezu verängstigt. Dann beugte er sich vor und zog die Augenbrauen zusammen. «Hört mir zu, Eusebio. Ihr müsst diesem Wahnsinn ein Ende machen. Sofort. Ihr müsst diesen Ort verlassen und mit mir zur Mission zurückkehren.»

Eusebio sah seinen Freund an, und Mutlosigkeit befiel ihn. Ja, es war schön, seinen alten Gefährten wiederzusehen, und es freute ihn, Álvaro an seiner Entdeckung teilhaben zu lassen. Doch er begann sich zu fragen, ob er nicht einen gewaltigen Fehler begangen hatte.

«Es tut mir leid, aber das kann ich nicht», sagte Eusebio ruhig. «Noch nicht.»

Er konnte seinem Freund nicht erklären, dass er noch eine Menge von diesen Leuten zu lernen hatte. Dinge, die er nicht im Traum für möglich gehalten hätte. Er war überrascht gewesen, als er entdeckte – langsam, Schritt für Schritt und seinen tief verwurzelten Überzeugungen zum Trotz –, welch starke Verbindung die Eingeborenen zu ihrem Land hatten, zu den Lebewesen, mit denen sie es teilten, und zu den Kräften, die von ihm auszugehen schienen. Er hatte mit ihnen über die Erschaffung der Welt gesprochen, über das Paradies und den Sündenfall. Er hatte ihnen von der Fleischwerdung und der Sühne erzählt. Sie hatten im Gegenzug ihre Einsichten mit ihm geteilt. Und was er hörte, rüttelte ihn auf. Für seine Gastgeber standen die Welt der Sterblichen und die mystischen Sphären in Wechselbeziehung miteinander. Was ihm normal erschien, hielten sie für übernatürlich. Und was sie ganz selbstverständlich als normal – als die Wahrheit – betrachteten, kam ihm vor wie magische Vorstellungen.

Zu Anfang.

Jetzt wusste er es besser.

Diese Wilden, das hatte er erkannt, waren edle Menschen.

«Ihre *medicina* zu nehmen, ihre heiligen Tränke», sagte er zu Álvaro, «hat mir neue Welten eröffnet. Was Ihr eben erlebt habt, ist erst der Anfang. Ihr könnt nicht erwarten, dass ich einer solchen Offenbarung den Rücken kehre.»

«Ihr müsst», beharrte Álvaro. «Ihr müsst mit mir zurückkehren. Jetzt, ehe es zu spät ist. Und wir dürfen nie wieder über das hier sprechen.»

Eusebio fuhr überrascht zurück. «Nicht darüber sprechen? Denkt nach, Álvaro. Gerade über das hier müssen wir sprechen. Wir müssen es studieren und begreifen und beherrschen lernen, damit wir dieses Wissen mitnehmen und nach unserer Rückkehr mit unserem eigenen Volk teilen können.»

Auf Álvaros Gesicht zeichnete sich Entsetzen ab. «Es mit unserem Volk teilen?» Er spie die Worte aus wie Gift. «Ihr wollt anderen von dieser, dieser ... dieser Blasphemie erzählen?»

«Diese Blasphemie ist eine Erleuchtung. Eine höhere Wahrheit, die sie erfahren müssen.»

Álvaro war jetzt außer sich vor Zorn. «Eusebio, ich warne Euch», zischte er. «Der Teufel hat mit seinem Elixier seine Klauen tief in Euch geschlagen. Ihr droht in Verdammnis zu fallen, mein Bruder. Ich kann das nicht tatenlos mitansehen, bei Euch nicht und auch sonst bei keinem Glaubensbruder. Ihr müsst errettet werden.»

«Ich habe die Pforten des Himmels bereits durchschritten, mein alter Freund», entgegnete Eusebio ruhig. «Und die Aussicht von hier ist atemberaubend.»

Es dauerte fünf Monate, bis Álvaro eine Nachricht an den Erzbischof und den Prälat-Vizekönig in Mexiko-Stadt geschickt, ihre Antworten erhalten und seine Männer zusammengerufen hatte, und so war es Winter, als er an der Spitze einer kleinen Armee erneut in die Berge aufbrach.

Um seinen Freund aufzuhalten.

Um seinen frevlerischen Ideen ein Ende zu machen, koste es, was es wolle.

Um dem Teufel mit seinen heimtückischen Versuchungen das Handwerk zu legen und seinen Freund vor der ewigen Verdammnis zu bewahren.

Bewaffnet mit Bogen, Pfeilen und Musketen, erklomm die vereinigte Streitmacht aus Spaniern und Indianern die ersten Ausläufer der Sierra. Die steilen, unwegsamen Pfade waren von dichtem, verfilztem Gestrüpp bedeckt. Winterregen hatte die Wege, die gewunden an den zerklüfteten Bergen hinaufführten, zu tiefen, steinigen Kanälen ausgewaschen, und herabhängende Äste erschwerten das Vorankommen zusätzlich. Man hatte sie gewarnt, es gebe in dieser Gegend Berglöwen, Jaguare und Bären, aber die einzigen Lebewesen, denen sie begegneten, waren gierige *zopilote*-Geier, die über ihren Köpfen kreisten und auf ein blutiges Festmahl lauerten, und Skorpione, die sie bis in ihren unruhigen Schlaf verfolgten.

Je höher sie aufstiegen, umso kälter wurde es. Den Spaniern setzte die Kälte schwer zu, sie waren ein viel wärmeres Klima gewohnt. Tagsüber kämpften sie sich über nasse, felsige Hänge voran, nachts kauerten sie um ihre Lagerfeuer, bis sie sich endlich, Meile um beschwerliche Meile, dem dichten Wald um die Siedlung näherten, in der Álvaro Eusebio zuletzt gesehen hatte.

Zu ihrem Erstaunen fanden sie die Pfade, die sich durch den Wald schlängelten, von gewaltigen Baumstämmen versperrt, die offenbar von den Eingeborenen gefällt worden waren. Der Befehlshaber der Truppe, der einen Hinterhalt befürchtete, wies seine Männer an, das Tempo zu verlangsamen, was ihr Leiden noch verlängerte. Die Nerven aufs äußerste angespannt, krochen sie zwischen den dichten Trauerkiefern durch einen düsteren Wald. Nach drei quälenden, zermürbenden Wochen erreichten sie endlich die Siedlung.

Es war niemand dort.

Die Eingeborenen und Eusebio waren verschwunden.

Álvaro gab nicht auf. Er trieb seine Männer weiter, und die eingeborenen Fährtenleser verfolgten die Spur des Stammes durch die Gebirgsfalten der Sierra, bis sie am vierten Tag an eine tiefe *barranca* kamen. Über die Schlucht, an deren Grund ein Fluss toste, war eine Hängebrücke gespannt gewesen.

Die Seile der Brücke waren durchtrennt.

Es führte kein Weg hinüber.

Überwältigt von Zorn und Verzweiflung starrte Álvaro auf die Seile, die über die Felskante hingen.

Er sah seinen Freund nie wieder.

II

Mexiko
Vor fünf Jahren

«Drücken Sie verdammt noch mal ab und sehen Sie zu, dass Sie hier rauskommen», blaffte Munro in mein Headset. «Wir müssen verschwinden, SOFORT!»

Was du nicht sagst.

Ich sah mich hastig nach allen Seiten um. Von überall auf dem Gelände ertönten Dreiersalven und lange anhaltendes Rattern von Maschinengewehren. Dann drangen ein paar dumpfe Einschläge und ein gequältes Stöhnen aus dem Sprechfunk, und ich wusste, dass es wieder einen aus unserem Acht-Mann-Team erwischt hatte.

Mein Körper erstarrte, während in meinem Inneren widerstreitende Impulse miteinander rangen. Ich richtete den Blick wieder auf den Mann, der neben mir kauerte. Sein Gesicht war schweißüberströmt und schmerzverzerrt, in seinem Oberschenkel klaffte eine blutende Wunde. Seine Lippen zitterten, seine Augen waren vor Angst geweitet, als wisse er, was bevorstand. Ich schloss die Hand fester um das Griffstück meiner Pistole. Mein Finger tippte unentschlossen an den Abzug, als sei er glühend heiß.

Munro hatte recht.

Wir mussten uns zurückziehen, ehe es zu spät war. Aber –

Wieder schlugen Geschosse in die Wände um mich herum ein.

«Das ist nicht Ziel unserer Mission», sagte ich tonlos in das Mikrophon, den Blick starr auf meine verwundete Beute gerichtet. «Ich muss versuchen –»

«Was versuchen?», versetzte Munro. «Ihn rauszutragen? Sind Sie vielleicht Superman?» Ein anhaltendes Rattern drang aus dem Headset und hämmerte wie ein Pressluftbohrer auf mein Trommelfell ein. Dann wieder Munros eindringliche Stimme. «Knallen Sie den Hurensohn endlich ab, Reilly. Tun Sie es. Sie haben gehört, was er getan hat. ‹Im Vergleich dazu wird Meth so langweilig wie Aspirin erscheinen›, erinnern Sie sich? Und Sie haben Skrupel, diesen Dreckskerl aus dem Weg zu schaffen? Wollen Sie ihn lieber laufen lassen, ist das Ihr Beitrag zur Verbesserung der Welt? Wohl kaum. Das wollen weder Sie noch ich auf dem Gewissen haben. Wir sind hergekommen, um eine Aufgabe zu erfüllen. Wir haben unsere Befehle. Wir befinden uns im Krieg, und er ist der Feind. Also vergessen Sie Ihre blödsinnige Moral, knallen Sie den Mistkerl ab und machen Sie, dass Sie wegkommen. Ich warte nicht länger.»

Seine Worte hallten noch in meinem Schädel wider, als die nächste Salve die Rückwand des Labors aufriss. In einem Hagel von Holzsplittern und Glasscherben warf ich mich zu Boden und suchte hinter einem der Laborschränke Deckung. Mein Blick huschte zu dem Wissenschaftler hinüber. Keine Frage, Munro hatte recht. Es gab keine Möglichkeit, ihn mitzunehmen. Nicht mit dieser Verletzung. Nicht, wenn wir vor einer kleinen Armee kokainwütiger *banditos* fliehen mussten.

Verdammt, so hatte es nicht laufen sollen.

Es sollte ein schneller, klinischer Eingriff werden, ausgeführt von mir, Munro und den übrigen sechs kampferprobten Jungs unseres OCDETF-Kommandos. OCDETF stand für Organized Crime Drug Enforcement Task Force, die Einsatztruppe zur Bekämpfung organisierter Drogenkriminalität, ein Regierungsprogramm, in dem die Kräfte von elf Behörden vereinigt wurden, darunter meine, das FBI, und Munros DEA, die Drogenbehörde. Wir sollten im Schutz der Dunkelheit unbemerkt auf das Gelände vordringen, McKinnon finden und rausholen. Das heißt ihn und seine Forschungsergebnisse. So weit, so gut, jedenfalls was das unbemerkte Vordringen aufs Gelände betraf. Der Einsatz war allerdings nach McKinnons unerwartetem Anruf in aller Hast geplant worden. Viel Zeit zur Vorbereitung war uns nicht geblieben, und die Informationen, die wir über das abgelegene Drogenlabor beschaffen konnten, waren vage, aber ich rechnete uns dennoch ganz gute Chancen aus. Immerhin waren wir entsprechend ausgerüstet – Maschinenpistolen mit Schalldämpfern, Nachtsichtbrillen, schusssichere Westen. Über uns kreiste eine Überwachungsdrohne. Außerdem hatten wir das Überraschungsmoment auf unserer Seite. Und wir hatten in unseren nunmehr vier Monaten in Mexiko bereits mehrmals ziemlich erfolgreiche Überraschungsangriffe auf andere Labors durchgeführt.

Schnell rein und schnell wieder raus, glatt und sauber.

Was das «Rein» betraf, lief auch alles wie am Schnürchen. Aber dann kam uns McKinnons Last-Minute-Überraschung in die Quere, Munro drehte durch, der Wissenschaftler bekam einen Schuss in den Oberschenkel, und damit war das «Raus» gründlich vermasselt.

Ich hörte jetzt hektische Rufe auf Spanisch. Die *banditos* kamen näher.

Ich musste handeln. Wenn ich noch länger zögerte, würde ich ihnen in die Hände fallen, und ich gab mich keiner Illusion darüber hin, was mir dann blühte. Sie würden mich foltern bis zum Äußersten. Teils um Informationen zu bekommen, teils zum Vergnügen. Dann würden sie die Kettensäge holen und mir schließlich zum Fototermin meinen Kopf in den Schoß legen. Und das Schlimmste war, mein Heldentod wäre sinnlos. McKinnons Arbeit würde weiterleben. Und allem Anschein nach zu einem düsteren Ruhm gedeihen.

Wieder ertönte knisternd Munros Stimme und hallte in meinem Schädel wider. «Von mir aus, vermasseln Sie's. Geht auf Ihre Kappe, Mann. Ich bin draußen.»

In diesem Moment gab es in meinem Kopf einen Kurzschluss.

Es war, als ob eine urzeitliche Entschlossenheit jeglichen Widerstand in meinem Inneren umging und alles, was mich als Menschen ausmachte, einfach ausschaltete. Wie in einer außerkörperlichen Erfahrung sah ich zu, wie meine Hand sich roboterhaft hob, genau zwischen McKinnons schreckgeweitete Augen zielte und abdrückte.

Der Kopf des Wissenschaftlers wurde mit einem Ruck zurückgerissen, eine dunkle Masse spritzte an den Schrank hinter ihm, dann kippte der leblose Körper einfach zur Seite.

Ich brauchte nicht nach dem Puls zu tasten.

Ich wusste, der Schuss war tödlich.

Mein Blick hing noch für eine lange Sekunde an dem Toten, dann sagte ich heiser ins Mikro: «Ich komme jetzt raus.» Ich atmete tief durch, riss die Zünder aus zwei Brandgranaten und warf sie nach den *pistoleros,* die Jagd auf mich machten. Dann sprang ich auf, feuerte eine Salve hinter mich und rannte zum Ausgang. An der Tür blieb ich kurz stehen und warf einen letzten Blick zurück, ehe ich hinausstürmte. Im selben Moment ging der Raum hinter mir in Flammen auf.

III

Los Angeles, Kalifornien
Vor sechs Monaten

In seinem Eckbüro in der zwanzigsten Etage des Edward R. Roybal Federal Building starrte Hank Corliss auf seinen Monitor und brütete über den letzten Hintergrundinformationen, die er zutage gefördert hatte. Dann lehnte er sich zurück, drehte sich auf seinem Stuhl zum Fenster und betrachtete stirnrunzelnd seine zitternden Finger.

Er ist es.

Wieder.

Corliss ballte die Fäuse, fest, atmete ein paarmal langsam und tief durch und versuchte, die Wut, die in ihm tobte, zu zügeln.

Ich muss etwas unternehmen.

Ich muss dieser Sache ein Ende machen.

Ich muss dafür sorgen, dass er bezahlt.

Seine Knöchel waren weiß.

Corliss, Special Agent in Charge der DEA-Dienststelle in LA und Leiter der OCDETF, wandte sich um und blickte auf den Plasmabildschirm gegenüber von seinem Schreibtisch. Vier Tage zuvor waren die Nachrichten noch voll von Berichten über die jüngste Gräueltat gewesen, doch jetzt waren die endlosen Wiederholungsschleifen, mit denen Kabelsender anscheinend irgendwie Profit machten, noch geistloseren und weniger relevanten gelegentlichen Meldungen gewichen.

Er seufzte erschöpft und veränderte seine Sitzhaltung, wobei ein vertrauter Schmerz durch sein Rückgrat fuhr. Er schloss die Augen, um den Schmerz zu verdrängen, und grübelte über das nach, was er eben gelesen hatte.

Der Überfall hatte sich weiter oben an der Küste ereignet, im Schultes Ethnomedicine Institute. Das Institut, dreißig Meilen nordwestlich von Santa Barbara direkt am Meer gelegen, war ein hochmodernes Forschungszentrum, in dem nach neuen Heilmitteln für unterschiedlichste Krankheiten gesucht wurde – oder genauer, nach alten Heilmitteln, die in der modernen Welt bisher nicht bekannt waren. Die Forscher dort – Mediziner, Pharmakologen, Botaniker, Mikrobiologen, Neurobiologen, Linguisten, Anthropologen, Ozeanographen und andere – bereisten die ganze Welt. Sogenannte Bioprospektoren machten Eingeborenenstämme ausfindig, die bisher von der Außenwelt abgeschnitten waren, lebten eine Zeitlang mit ihnen und versuchten, die Gunst der Medizinmänner zu gewinnen. Sie hofften, von ihnen etwas über alte Behandlungsmethoden und Heilmittel zu erfahren, die über viele Generationen hinweg überliefert waren. In dem Forschungszentrum gab es eine Anzahl Ärzte und Geisteswissenschaftler von Weltrang, die nicht nur herausragende Wissenschaftler, sondern auch große Abenteurer waren und sich vor Urwaldexpeditionen nicht scheuten – lauter Indiana Joneses des wirklichen Lebens, deren Überlebenskünste sich auszahlten, wenn es darum ging, tief in die

Regenwälder des Amazonasbeckens vorzudringen oder in dünner Bergluft zu Dörfern hoch in den Anden hinaufzuklettern.

An jenem schicksalhaften Montag hatten ihre Überlebenskünste ihnen nicht viel genutzt.

Gegen zehn Uhr morgens waren zwei Geländewagen am Eingangstor des Instituts vorgefahren. Der dortige Wachmann war erschossen worden. Die Geländewagen waren ungehindert auf das Areal gefahren und hatten vor einem der Hauptlabors gehalten. Ein halbes Dutzend bewaffnete Männer waren ohne Hast in das Gebäude marschiert, hatten mit Maschinengewehren alles kurz und klein geschossen, zwei Forscher in ihre Gewalt gebracht und sie entführt. Durch puren Zufall waren sie beim Herauskommen auf einen weiteren Wachmann gestoßen. In der Schießerei, die daraufhin ausbrach, waren der Wachmann und ein Gast des Instituts, der in das Kreuzfeuer geriet, getötet worden. Drei weitere Außenstehende waren verletzt worden, einer von ihnen schwer.

Die Entführer und ihre Opfer waren verschwunden. Bisher waren keine Lösegeldforderungen eingegangen.

Corliss rechnete auch nicht damit.

Die Ermittler am Tatort hatten bereits früh gemutmaßt, dass hinter den Entführungen und dem Blutvergießen Drogendealer steckten. Corliss war derselben Überzeugung. Wenn Wissenschaftler wie die beiden entführten Männer in einem Kugelhagel aus ihren Labors verschleppt wurden, steckten dahinter nicht Pharmakonzerne wie Pfizer oder Bristol-Myers. Erst recht nicht, wenn diese Wissenschaftler über Fähigkeiten verfügten, die im wilden Grenzland des Geschäfts mit illegalen Drogen hoch geschätzt waren.

Einem Grenzland, das sich von Tag zu Tag veränderte, und nicht zum Guten.

Ursprünglich war es hauptsächlich darum gegangen, Leute mit der nötigen technischen Expertise zu bekommen, die bei der massenhaften Herstellung beliebter synthetischer Drogen helfen konnten, Chemiker, die beispielsweise Methamphetamin aus seinen Vorläufersubstanzen Ephedrin oder Pseudoephedrin synthetisieren konnten, ohne sich dabei selbst in die Luft zu sprengen. Als strengere Regulierungen den Verkauf der chemischen Grundstoffe erschwerten – sehr zum Unmut der Lobbyisten der Pharmaindustrie –, mussten Alternativen gefunden werden. Corliss erinnerte sich, wie er vor ein paar Jahren an der Festnahme eines amerikanischen Chemikers in Guadalajara beteiligt gewesen war, damals, als er, Corliss, die DEA-Niederlassung in Mexiko-Stadt leitete. Der Mann, ein verbitterter arbeitsloser Chemielehrer, arbeitete für die Kartelle und hatte sich ein kleines Vermögen verdient, indem er herausfand, wie man aus legalen, frei verkäuflichen Grundstoffen die Vorläufersubstanzen von Meth herstellte. Die Sonderzulagen – Bargeld, Frauen, Alkohol und, ja, Drogen – waren ein zusätzlicher Bonus und nicht zu vergleichen mit dem Alltag an seiner örtlichen Highschool, wo er Schülerarbeiten korrigieren und sich vor Springmessern in Acht nehmen musste.

Abgesehen von der eigentlichen Entwicklung und Herstellung der Drogen waren Wissenschaftler auch von unschätzbarem Wert, wenn es darum ging, die Substanzen auf phantasievolle Weise über die Grenzen zu schmuggeln. Einer von Corliss' Einsatztrupps hatte kürzlich eine Lieferung Instant-Kartoffelpüree aus Bolivien abgefangen. Die Wissenschaftler der Behörde hatten Wochen gebraucht, um herauszufinden, dass darin zwei Tonnen Kokain chemisch gebunden waren. Einen Monat später hatte eine Lieferung Sojaöl ihnen eine ähnliche Überraschung beschert.

Chemikalien hatten mysteriöse, verborgene Eigenschaften. Wenn man sie entdeckte und einfallsreich nutzte, konnte das für die Kartelle die Welt verändern – und Milliardenprofite einbringen.

Daher der Bedarf an Experten, die über die nötigen technischen Kenntnisse verfügten, um so etwas zu bewerkstelligen.

Und daher die Entführungen.

Bisher hatten die Ermittler kaum Anhaltspunkte. Es gab keine Verdächtigen, und aus den Zeugenaussagen und den Aufzeichnungen der Überwachungskameras ging nicht viel mehr hervor, als dass die Täter weiß und kräftig gebaut waren, denn die Männer hatten Skimasken und Mützen getragen. Ein Zeuge war allerdings weitergegangen und hatte sie als «Motorradgang-Typen» bezeichnet. Das war für sich genommen kein großer Durchbruch hier in Südkalifornien, wo Motorradgangs zahlreich waren und im Drogenhandel eine große Rolle spielten – mit ihnen hatte der Meth-Boom erst richtig angefangen –, aber es war in anderer Hinsicht bedeutsam.

Die Spielregeln hatten sich verändert.

Etwa im Lauf des letzten Jahrzehnts hatten die mexikanischen Kartelle den Drogenhandel in den gesamten Vereinigten Staaten an sich gerissen und neue Standards extremer Gewalt eingeführt. Mit ihrer bisherigen Rolle als wichtigster Marihuanalieferant der Nation gaben sie sich nicht mehr zufrieden. Nachdem die kolumbianischen Dealer in ihren Aktivitäten in der Karibik und bis ins südliche Florida durch

US-Regierungsprogramme stark beschnitten wurden – mehrere aufeinanderfolgende Regierungen hatten ihren sogenannten *War on Drugs* gezielt gegen die kolumbianischen Kartelle gerichtet –, füllten die Mexikaner die entstandene Lücke aus. Die mexikanischen Kartelle wuchsen in der Folge explosionsartig. Zuerst übernahmen sie den Kokainhandel von den angeschlagenen Kolumbianern, dann weiteten sie ihre Machenschaften aus. Von einfachen Kurieren entwickelten sie sich zu Drahtziehern, die die ganze Versorgungskette kontrollierten. Und sie beließen es nicht dabei, einfach nur Kokain und Heroin in die Vereinigten Staaten zu schmuggeln. Sie planten weiter und beschäftigten sich mit den Drogen der Zukunft – solchen, die man überall herstellen und unkompliziert konsumieren konnte. Die mexikanischen Kartelle waren es, die das wahre Potenzial von Methamphetamin erkannten und die aus der primitiven Biker-Droge, deren Konsum auf die Täler Nordkaliforniens beschränkt war, das größte und verbreitetste Drogenproblem machten, vor dem Amerika gegenwärtig stand. Wenig später folgten andere synthetische Drogen, Pillen, die man bequem schlucken konnte und für die man keine umständlichen Gerätschaften brauchte.

Jetzt bestimmten die mexikanischen Kartelle das Geschäft von Washington bis Maine und waren für achtzig Prozent der illegalen Drogenimporte verantwortlich. Ihre Handlanger vor Ort waren Biker, Häftlingsgangs und Straßengangs. Nach der jüngsten Statistik hatte die DEA die Machenschaften der Kartelle bis in mehr als zweihundertfünfzig Städte überall im Land verfolgt. Ihre Reichweite war unbegrenzt, ihr Streben nach Macht und Profit unersättlich, ihre Dreistigkeit maßlos. Es schien sie nicht zu schrecken, dass sie sich praktisch im

Krieg mit der US-Regierung befanden – einem offiziell nicht erklärten Krieg, der das Leben der amerikanischen Bürger weitaus stärker betraf als die Kriege, die im Wüstensand Tausende Meilen östlich der USA ausgefochten wurden.

Einem Krieg, der bei Corliss tiefe Narben hinterlassen hatte.

Narben, die er niemals vergessen würde.

Erinnerungen an jene Nacht der Gewalt in Mexiko wie der Schmerz, der jetzt in seinem Rückgrat pulsierte, bösartig, heimtückisch. Er regte sich immer dann, wenn Corliss es am wenigsten brauchen konnte.

Die Annahme, dass ein mexikanisches Kartell hinter der gewaltsamen Entführung der Wissenschaftler steckte, wurde auch durch die Tatsache gestützt, dass die DEA und andere Strafverfolgungsbehörden im eigenen Land beträchtliche Fortschritte erzielt hatten. Hunderte von Meth-Labors überall in den Vereinigten Staaten waren ausgehoben worden, sodass sich die Produktion über die Grenze nach Süden verlagert hatte. Dort, weit außerhalb der Reichweite der mexikanischen Behörden, hatten die Drogenkartelle Superlabors eingerichtet, in denen Leute wie die verschwundenen Wissenschaftler gebraucht wurden. Außerdem war es nicht der erste Vorfall dieser Art. Bereits früher waren Forscher verschwunden. In vier verschiedenen Fällen waren Chemiker, die im Auftrag pharmazeutischer Unternehmen in Mittel- und Südamerika Vor-Ort-Studien betrieben, gekidnappt worden. In keinem dieser Fälle wurden Lösegeldforderungen gestellt, und die Männer waren nie wieder aufgetaucht. Dann eskalierte das Ganze. Es folgten zwei weitere Vorfälle, diesmal auf Corliss' Seite der Grenze. Vor etwas mehr als einem Jahr war in El

Paso ein Universitätsprofessor für Chemie entführt worden, und ein paar Monate später wurde ein weiterer zusammen mit seinem Laborassistenten in einem frühmorgendlichen Überfall bei Phoenix gekidnappt.

Und jetzt das. Mitten in Corliss' Zuständigkeitsbereich.

Ein gewaltsamer Überfall mit tödlicher Schießerei auf einem idyllischen Küstenabschnitt am Pazifik.

Eine Schießerei, für die Corliss sich nicht nur als Leiter der hiesigen DEA-Niederlassung interessierte. Er wusste, dass nicht einfach irgendein Drogenboss dahintersteckte.

Sobald er von dem Überfall erfuhr, war ihm der Verdacht gekommen, dass es Navarro war. Anders als seine Kollegen bei der DEA hatte Corliss nie an die Geschichte geglaubt, dass Navarro bei internen Auseinandersetzungen innerhalb des Kartells umgebracht worden war. Er wusste, das Monster war noch am Leben, und als er sich wie bereits bei den früheren Entführungen eingehender mit den Spezialgebieten der verschwundenen Wissenschaftler beschäftigte, fand er seinen Verdacht bestätigt. Es gab ein Muster. Durch all diese Fälle zog sich ein roter Faden, den bislang nur er erkannt hatte, und er hatte seine Erkenntnis für sich behalten.

Bis jetzt.

Raoul Navarro – El Brujo, wie er genannt wurde, das bedeutete der Schamane, der die Schwarzen Künste praktiziert, der Hexer – suchte noch immer danach. Dessen war Corliss sicher.

Das Brennen in seinem Rückgrat wurde stärker.

Er wird dreister, skrupelloser, radikaler, dachte er.

Das konnte zweierlei bedeuten. Entweder der Dreckskerl verzweifelte allmählich … oder er war seinem Ziel sehr nahe.

So oder so war es ein schlechtes Zeichen.

Oder vielleicht ... eine Gelegenheit. Eine Gelegenheit für Vergeltung.

Die Vergeltung, nach der Corliss sich sehnte seit jener Nacht, als Raoul Navarro und seine Männer über ihn hereingebrochen waren.

Mit feuchten, zitternden Händen griff Corliss in seine Schreibtischschublade und nahm das harmlos aussehende Plastikfläschchen heraus. Mit einem verstohlenen Blick zur Tür vergewisserte er sich, dass niemand in der Nähe war, dann schüttelte er ein paar Kapseln heraus und schluckte sie. Er brauchte nichts zum Hinunterspülen. Nicht mehr. Nicht nach all den Jahren, in denen er diese Kapseln nahm.

Natürlich hatte er keinen Beweis dafür, dass Navarro dahintersteckte. Und er hatte nicht die Absicht, seinen Verdacht zu äußern. Das alles hatte er schon seit Jahren durch, er wusste, was hinter seinem Rücken am Kaffeeautomaten geredet wurde. Er wusste, dass seine Kollegen und Vorgesetzten ihn nicht ernst nahmen. In ihren Augen war er einfach krankhaft besessen von dem Mann, der sein Leben zerstört, der ihm das Liebste auf der Welt geraubt hatte.

Es scherte ihn nicht, was sie dachten.

Er wusste, dass El Brujo noch immer dort draußen war. Und wie meist in seiner wachen Zeit und häufig im Schlaf entfesselte der bloße Gedanke daran einen Sturm in seiner Magengrube.

Er starrte wieder auf den stumm geschalteten Fernseher, und während seine blicklosen Augen eine weitere Wiederholungsschleife der immer gleichen Berichterstattung aufnahmen, dachte er an den Teil der Geschichte, der ihm am nächsten ging: den Schmerz und die Verheerung, die der bewaffnete Überfall hinterlassen haben musste. Die Witwen und Waisen. Die Lebenspartner, Eltern und Kinder, die wahrscheinlich nie erfahren würden, was aus den Verschwundenen geworden war. Die Unschuldigen, deren Leben nie wieder so sein würde wie früher.

Corliss griff zum Telefon und drückte eine Speichertaste. Sein bester Mann meldete sich sofort.

«Wo sind Sie?», fragte Corliss.

«Am Yachthafen», antwortete der andere. «Bin gerade im Begriff, mit einem Informanten zu sprechen.»

«Ich habe etwas zu den Wissenschaftlern recherchiert, die oben in dem Forschungszentrum entführt wurden.»

«Diese *cabróns* laufen aus dem Ruder.»

«Ich denke, wir haben es hier nicht einfach mit irgendeinem *cabrón* zu tun», präzisierte Corliss.

Der Mann schwieg eine Sekunde lang – die Bemerkung brachte ihn ganz offensichtlich aus der Fassung. Dann sagte er: «Sie denken, dass *er* dahintersteckt?»

«Ich bin davon überzeugt.» Vor Corliss' innerem Auge entstand das Bild des mexikanischen Drogenbosses – und es löste einen Sturm schmerzlicher Erinnerungen aus, die er nicht so leicht wieder verdrängen konnte.

Seine Finger krampften sich um das Mobilteil des Telefons, bis das Kunststoffgehäuse unter dem Druck knirschte. «Wenn Sie fertig sind, kommen Sie her», sagte er schließlich. «Ich habe nachgedacht. Vielleicht gibt es eine Möglichkeit, ihn zu fassen.»

«Klingt gut», erwiderte Jesse Munro. «Ich bin in einer Stunde bei Ihnen.»

SAMSTAG

KAPITEL 1

San Diego, Kalifornien
Gegenwart

Um kurz nach neun Uhr an einem ruhigen, sonnigen Samstagmorgen klingelte es an der Tür.

Michelle Martinez räumte gerade in ihrer Küche die Spülmaschine aus, die viel voller geladen war, als es möglich schien. Dabei sang sie das mitreißende Outro von «Under the Bridge» von den Red Hot Chili Peppers mit, das aus dem Radio plärrte. Sie hob den Kopf, wischte sich mit dem Unterarm die kastanienbraunen Strähnen aus dem Gesicht und rief ins Wohnzimmer hinüber.

«Tom? Kannst du aufmachen, *cariño?*»

«Schon unterwegs, *alteza*», kam die Antwort aus dem vorderen Teil des Hauses.

Michelle grinste, sah sich kurz nach ihrem vierjährigen Sohn Alex um, der im Garten hinter dem Haus spielte, und machte sich wieder daran, den Besteckkorb auszuräumen. Im Hintergrund beklagte der Leadsänger der Chilis gerade die düsteren Tage, die er an Flipperautomaten in den Spielhöllen von L. A. vertan hatte. Sie liebte dieses Lied mit dem eingängigen Gitarrenintro und dem epischen Schlussrefrain, trotz der Gefühle, die der Text in ihr weckte. Für sie als ehemalige

DEA-Agentin war es eine Welt von Schmerz und Verzweiflung, die sie nur zu gut kannte. Aber noch mehr liebte sie im Augenblick, dass Tom sie so nannte – *alteza,* Hoheit. Das war so ganz und gar nicht sie, das war so weit von der Wirklichkeit entfernt, und die schiere Absurdität reizte sie immer wieder.

Er sagte es meist, wenn sie ihn um etwas bat, was nicht sehr oft vorkam – dabei hielt sie sich selbst dazu an, es hin und wieder zu tun. Aber es gab einfach nicht viel, das Michelle Martinez nicht selbst tun konnte oder wollte. Sie war selbstgenügsam wie eine Soldatenfrau – ihre Mutter war eine gewesen, und wahrscheinlich hatte sich ihr diese Haltung eingeprägt in all den Jahren, in denen sie sie vor Augen gehabt hatte, während sie auf Militärbasen in Puerto Rico und New Jersey aufwuchs. Diese Selbstgenügsamkeit in Verbindung mit ihrem eisernen Willen und ihrem Abscheu gegen Heuchelei hatte sie in allerlei Schwierigkeiten gebracht – sie war von mehreren Schulen verwiesen worden, ehe sie am Ende selbst die Highschool abbrach –, aber dieselben Eigenschaften hatten ihr auch geholfen, ihren Weg zu finden, einen Schulabschluss zu machen und ihr unbezähmbares Temperament, ihre scharfe Zunge wie auch eine Reihe kleinerer Konflikte mit dem Gesetz in eine steile, allerdings abrupt beendete Karriere als Undercover-Agentin für die Drug Enforcement Administration umzusetzen.

Das Problem war, Jungs mochten es nicht, wenn sie das Gefühl hatten, nicht gebraucht zu werden. Wenigstens sagten ihre Freundinnen das immer. Anscheinend war es ein Überbleibsel aus der Zeit der Jäger und Sammler, und Michelle musste zugeben, dass ihre Freundinnen nicht ganz unrecht zu haben schienen. Tom gefiel es offenbar, wenn sie ihn hin und wieder um etwas bat, sei es etwas so Belangloses wie das Öffnen der Haustür oder etwas, nun, Intimeres. Und daraus war der Spitzname *alteza* entstanden, den sie mittlerweile so liebte und den diversen Macho-Namen, die sie als Agentin von ihren Kollegen bekommen hatte, bei weitem vorzog. *Alteza* hatte einen viel angenehmeren Klang und einen altmodischen, romantischen Beigeschmack. Jedes Mal, wenn Tom es zu ihr sagte, musste sie ein wenig schmunzeln.

Diesmal hielt das Schmunzeln nicht lange an.

Als der Refrain verstummte und die Schlussakkorde der Sologitarre ertönten, hörte sie etwas sehr viel weniger Angenehmes.

Es war nicht Toms Stimme. Es war etwas anderes.

Zwei scharfe, metallische Laute wie von einer Nagelpistole. Doch Michelle war klar, dass es keine Nagelpistole war. Sie hatte in ihrem Leben genug Schüsse aus schallgedämpften Handfeuerwaffen gehört, um zu wissen, wie eine echte Automatikpistole klang.

Die Sorte, mit der man Kugeln abfeuerte, die Menschen töteten.

Tom.

Sie schrie seinen Namen. Gleichzeitig trat sie in Aktion, getrieben von Instinkt und Training, fast ohne nachzudenken, als hätte die tödliche Bedrohung in ihr eine Art Reflex ausgelöst, der ihren Körper steuerte. Mit einem Blick fand sie inmitten all des Bestecks das große Küchenmesser, und im nächsten Moment hatte sie es fest in der Hand, umrundete die Arbeitstheke und stürzte zur Küchentür.

Sie erreichte sie im selben Moment, als eine Gestalt im Rahmen erschien, ein Mann in weißem Overall mit schwarzer

Mütze und einer schwarzen Skimaske, die sein Gesicht von der Nase abwärts verbarg. In der Hand hielt er eine Pistole mit Schalldämpfer. In dem Sekundenbruchteil, den sie ihm gegenüberstand, registrierte Michelle vage ein paar Merkmale – stämmig, unreine Haut, anscheinend Bürstenhaarschnitt, aber am auffallendsten waren die Augen. Sie blickten unbeirrbar, ganz auf die Sache konzentriert. Michelle nutzte das Überraschungsmoment – sie und der Eindringling wären um ein Haar zusammengeprallt – und stürzte sich auf ihn. Während sie mit der Linken die Hand mit der Pistole wegstieß, rammte sie mit der Rechten das Messer seitlich in den Hals des Mannes. Seine Augen weiteten sich im Schock. Die Klinge hatte ihm die Skimaske heruntergerissen, und sein dichter, schwarzer Fu-Manchu-Bart kam zum Vorschein. Im selben Moment quoll Blut aus seinem Mund. Er ließ die Pistole fallen und griff mit beiden Händen nach dem Messer, aber Michelle hatte es tief hineingestoßen, und es steckte fest. Offenbar hatte sie die Schlagader getroffen, denn das Blut sprudelte stoßweise aus der Wunde und spritzte an den Türrahmen links neben ihm.

Sie verlor keine Zeit damit zuzusehen. Erst recht nicht, da ihr Instinkt ihr laut zuschrie, dass der Mann aller Wahrscheinlichkeit nach nicht allein war.

Sie landete einen Tritt in den Unterleib des Eindringlings, der gurgelnde Laute ausstieß und rücklings gegen die Wand im Flur prallte. Vor Michelle lag, verführerisch nahe, die Pistole, die er hatte fallen lassen. Sie bückte sich danach, als am anderen Ende des Flurs ein zweiter Mann erschien, maskiert und bewaffnet wie der erste. Der Mann fuhr erschrocken zurück, als er seinen blutüberströmten Kameraden sah, dann begegnete er Michelles Blick und zielte augenblicklich auf sie, die Pistole fest in beiden Händen. Michelle erstarrte, im Fadenkreuz gefangen, und sah dem Tod ins Auge, dort im Flur vor ihrer Küche – aber der Tod kam nicht. Der Schütze zögerte eine lange Sekunde, lang genug, dass sie die Waffe vom Boden aufheben, sich umdrehen und mehrere Schüsse auf ihn abfeuern konnte. Holz und Putz splitterten von den Wänden neben ihm, während er hastig in Deckung ging. Sie hörte ihn rufen: «Sie ist bewaffnet.»

Da waren also noch mehr.

Michelle wusste nicht, wie viele oder wo sie waren. Aber eines wusste sie: Alex war hinten im Garten. Höchste Zeit, von hier zu verschwinden und ihn in Sicherheit zu bringen.

Ihr Verstand arbeitete auf Hochtouren, allein auf dieses eine Ziel gerichtet. Schnell ging sie hinter der Küchenwand in Deckung und horchte über das Pochen in ihren Ohren hinweg auf Geräusche aus dem vorderen Teil des Hauses. Jetzt. Sie feuerte drei Schüsse in den Flur, um die Eindringlinge zu verunsichern, dann rannte sie durch die Küche und zur Terrassentür hinaus, rannte, von ihrem Überlebensinstinkt getrieben, so schnell ihre Beine sie trugen.

Alex saß auf dem Rasen und spielte wieder einmal mit seiner kleinen Armee aus *Ben-10*-Figuren eine epische Schlacht. Michelle steckte sich im Laufen die Pistole in den Hosenbund, riss in vollem Lauf den kleinen, kaum über einen Meter großen Jungen hoch und rannte weiter.

«Ben», protestierte der Junge, als ihm eine Spielzeugfigur aus der kleinen Hand fiel.

«Wir müssen weg, Schatz», erwiderte Michelle atemlos

und drückte ihn an sich, einen Arm um seinen Rücken gelegt, eine Hand an seinem Hinterkopf.

Sie sprintete über den Rasen zur Garagentür. Als sie sie erreicht hatte, sah sie sich kurz um. Ihr Herz schlug so heftig, dass es ihr den Brustkorb zu sprengen schien. Sie sah einen der Männer aus der Terrassentür kommen, doch im selben Moment hatte sie schon die Garagentür aufgerissen, war hineingeschlüpft und schloss sie hastig von innen ab.

«Mommy, was ist los?»

Alex' Mund bewegte sich, aber seine Worte drangen nicht in Michelles Bewusstsein. Sie sah sich nach allen Seiten um, einen einzigen Gedanken im Kopf: Flucht. «Wir machen einen Ausflug, okay?», sagte sie zu Alex. «Nur einen kleinen Ausflug.»

Sie riss die Tür ihres Jeeps auf, packte Alex hinein und warf sich auf den Fahrersitz. Der Wrangler stand mit dem Heck zum geschlossenen Kipptor der Garage.

«Da runter, Schatz», sagte sie zu Alex und schob ihn mit sanftem Nachdruck in den Fußraum vor dem Beifahrersitz. «Duck dich. Wir spielen Verstecken, okay?»

Er sah sie unsicher an, dann lächelte er zögernd.

«Okay.»

Sie rang sich ebenfalls ein Lächeln ab, während sie den Zündschlüssel drehte. Der Sechszylinder erwachte grollend zum Leben.

«Bleib unten, ja?», schärfte sie dem Jungen noch einmal ein, dann legte sie den Rückwärtsgang ein, trat das Gaspedal durch, blickte über die Schulter nach hinten und ließ die Kupplung mit einem Ruck kommen.

Der Jeep machte einen Satz rückwärts, brach durch das

Garagentor und raste in einem Hagel von Gummifetzen und Blechteilen auf die Straße hinaus. Michelle bemerkte einen weißen Lieferwagen, der vor dem Haus geparkt war, und trat heftig auf die Bremse. Während der Jeep mit quietschenden Reifen zum Stehen kam, sah sie zwei Männer, ebenfalls in weißen Overalls, aus ihrer Haustür stürmen. Michelle legte mit einem Ruck den Vorwärtsgang ein und raste davon, den Rückspiegel nervös im Blick. Sie rechnete damit, dass der weiße Lieferwagen sie verfolgen würde, doch zu ihrem Erstaunen geschah das nicht. Der Wagen blieb, wo er war, sie sah ihn in der Ferne immer kleiner werden, bis sie rechts abbog und er aus ihrer Sicht verschwand.

Michelle schlängelte sich an langsameren Autos vorbei und bog links ab, dann rechts, an der nächsten Kreuzung wieder links. So entfernte sie sich im Zickzack von ihrem Haus, ohne den Rückspiegel aus den Augen zu lassen. In ihrem Kopf überschlugen sich die Gedanken an Tom und die Frage, was aus ihm geworden war. Sie wusste nicht, was ihm geschehen war, wusste nicht einmal, ob er noch lebte, aber sie musste ihm schnellstens Hilfe schicken. Sie zog das Handy aus ihrer Gesäßtasche und wählte den Notruf.

Die Leitstelle meldete sich sofort. «Um was für einen Notfall handelt es sich?»

«Ich muss eine Schießerei melden. Ein paar Männer sind in unser Haus eingedrungen und –» Plötzlich wurde ihr bewusst, dass Alex noch immer neben ihr im Fußraum hockte und sie fragend ansah. Sie verstummte.

«Ma'am, von wo rufen Sie an?»

«Wir brauchen Hilfe, okay? Schicken Sie ein paar Streifenwagen. Und einen Notarzt.» Sie nannte ihre Adresse, dann fügte sie hinzu: «Es ist dringend. Ich glaube, auf meinen Freund wurde geschossen.»

«Wie ist Ihr Name, Ma'am?»

Michelle überlegte, ob sie darauf antworten sollte. Dabei warf sie einen Blick zu Alex, der mit großen Augen zu ihr aufsah. Sie beschloss, dass im Augenblick keine weiteren Informationen notwendig waren.

«Schicken Sie einfach einen Rettungswagen hin. So schnell wie möglich, okay?»

Sie beendete das Gespräch.

Ihr schlug das Herz bis zum Hals. Während sie an einem langsam fahrenden Auto vorbeiraste, warf sie erneut einen Blick in den Rückspiegel. Von dem Lieferwagen war noch immer nichts zu sehen. Nach etwa fünf Minuten ging ihr Atem allmählich ruhiger, und sie half Alex, auf den Beifahrersitz zu klettern, wo sie ihn anschnallte. Nach einer weiteren halben Stunde Fahrt entschied sie, dass sie sich vorerst weit genug von ihrem Haus entfernt hatten, und sie fuhr auf den Parkplatz eines großen Einkaufszentrums draußen bei Lemon Grove.

Eine Weile lang rührte sie sich nicht. Sie saß nur wie im Schock da, dachte an Tom – und begann zu weinen. Die Tränen liefen ihr über die Wangen, doch dann sah sie, wie Alex sie anstarrte, und sie riss sich zusammen und wischte sich die Tränen ab.

«Komm, Schatz. Setzen wir dich nach hinten in deinen Sitz.»

Sie stieg aus dem Wagen, half Alex in seinen Kindersitz auf der Rückbank und schnallte ihn an. Als sie wieder eingestiegen war, saß sie zitternd da und versuchte, ihre Gedanken zu ordnen und zu begreifen, was eben geschehen war.

Versuchte sich darüber klarzuwerden, was sie jetzt tun sollte. Wen sie anrufen könnte. Wie sie mit dem Irrsinn, der ihr gerade widerfahren war, umgehen sollte.

Sie hob den Blick und sah Alex im Rückspiegel. Er wirkte winzig, wie er so dasaß und sie mit großen Augen ansah, angsterfüllt, verletzlich, und als sie sein Gesicht betrachtete, tauchte aus der Benommenheit und Verwirrung ihrer Gedanken ein Name auf. Obwohl es jemand war, mit dem sie seit Jahren nicht gesprochen hatte, erschien es ihr jetzt richtig, sich an ihn zu wenden.

Sie scrollte durch das Adressbuch in ihrem Handy, fand seinen Namen, schickte ein stummes Stoßgebet zum Himmel, dass seine Nummer sich nicht geändert hatte, und drückte die Wähltaste.

Reilly meldete sich beim dritten Klingeln.

KAPITEL 2

Mamaroneck, New York

Ich packte gerade etwas Wäsche aus der Reinigung und eine von Bierdosen schwere Einkaufstasche auf den Beifahrersitz meines Wagens, als der Klingelton meines BlackBerry ertönte.

Es war ein typischer Julimorgen in dem kleinen Ort an der Küste, heiß und schwül, doch das machte mir nichts aus. Ich hatte gerade ein Wochenende in Manhattan verbracht – dank der wochenlangen gnadenlosen Hitzewelle ein einziger verschwitzter, sauerstoffarmer Hexenkessel –, da wegen des Unabhängigkeitstags am 4. Juli erhöhte Alarmbereitschaft herrschte, und mich mit der üblichen Hysterie und den vielen falschen Alarmmeldungen herumgeschlagen. Danach war die Aussicht auf ein ruhiges Wochenende am Meer einfach paradiesisch, und nicht einmal der Gedanke an die bevorstehende Supernova konnte meine Laune trüben. Als zusätzlichen Bonus hatte ich das Haus für mich, denn Tess und ihre vierzehnjährige Tochter Kim waren in Arizona, wo sie Tess' Mutter und ihre Tante auf deren Ranch besuchten. Nicht dass mich jemand falsch versteht – ich liebe Tess mehr als alles auf der Welt und habe die beiden wahnsinnig gern um mich, und seit Tess und ich wieder zusammen sind, ist mir bewusst geworden, wie sehr ich es hasse – wirklich *hasse* –, allein zu schlafen. Aber jeder braucht hin und wieder ein paar Tage für sich, um Dinge zu verarbeiten und die Akkus wieder aufzuladen, was im Grunde darauf hinausläuft, herumzugammeln, ungesundes Zeug zu essen und so faul zu sein, wie man es sich nur traut, wenn es niemand sieht. Es versprach also ein wirklich angenehmes Wochenende zu werden, bis eben das BlackBerry klingelte.

Als ich den Namen im Display las, setzte mein Herz einen Schlag aus.

Michelle Martinez.

Wow.

Ich hatte seit ... Wie lange war es jetzt her? ... seit vier, vielleicht fünf Jahren nichts von ihr gehört. Seit ich das beendet hatte, was sich während meines unseligen Gastspiels unten in Mexiko zwischen uns entwickelt hatte. Seit Jahren hatte ich nicht einmal mehr an Michelle gedacht. Nicht lange nach meiner Rückkehr nach New York war die umwerfende Tess Chaykin – und ich benutze den Begriff nicht leichtfertig – in mein Leben geplatzt. Ich war ihr in dem Chaos nach dem berüchtigten Überfall der Reiter auf das Metropolitan Museum of Art begegnet, und schon bald drehte sich meine Welt ganz um sie. Mit ihrer innigen, geradezu süchtig machenden Lebenslust hatte sie mich in Bann geschlagen und jegliche Gedanken an frühere Liebschaften verdrängt.

Ich starrte eine lange Sekunde auf das Display und suchte nach möglichen Gründen für den Anruf. Als mir keine einfielen, drückte ich einfach die grüne Taste.

«Mish?»

«Wo bist du?»

«Ich bin –» Ich wollte etwas Scherzhaftes erwidern, irgendeinen lahmen Witz, dass ich gerade in den Hamptons an einem Pool einen Mojito schlürfte, aber ihr Tonfall erstickte jeden Gedanken an Scherze. «Alles okay bei dir?»

«Nein. Wo bist du?»

Ich fühlte, wie mein Nacken sich versteifte. Michelles Akzent war derselbe wie immer, ein Überbleibsel ihrer Herkunft aus der Dominikanischen Republik und Puerto Rico, überlagert dadurch, dass sie in New Jersey aufgewachsen war, aber in ihren Worten lag keine Spur von dem lockeren, verspielten Temperament, an das ich mich erinnerte.

«Ich bin gerade unterwegs», antwortete ich. «Ein paar Besorgungen machen. Was ist los?»

«Bist du in New York?»

«Ja. Mish, was ist los? Wo bist du?»

Ich hörte ein Seufzen, eigentlich eher ein verärgertes Grummeln, denn ich wusste genau, dass Michelle Martinez niemand war, die seufzte, dann meldete sie sich wieder.

«Ich bin in San Diego, und ich ... ich stecke in Schwierigkeiten. Etwas Entsetzliches ist geschehen, Sean. Ein paar Männer sind bei mir zu Hause aufgetaucht und haben auf meinen Freund geschossen.» Die Worte sprudelten nur so aus ihr heraus. «Ich konnte gerade noch entkommen und – Himmel, ich habe keine Ahnung, was los ist, aber mir ist einfach niemand anders eingefallen, den ich anrufen könnte. Es tut mir leid.»

Mein Puls schnellte in die Höhe. «Nein, nein, du hast das Richtige getan. Es ist gut, dass du angerufen hast. Ist mit dir alles in Ordnung? Bist du verletzt?»

«Nein, ich bin okay.» Sie atmete tief durch, als fiele es ihr schwer, sich zu beruhigen. So hatte ich sie noch nie erlebt. Sie war durch nichts zu erschüttern gewesen, besaß einen klaren Verstand und Nerven aus Stahl. Das hier war Neuland. Dann sagte sie: «Warte mal kurz», und ich hörte ein Rascheln, als ob sie das Handy an ihre Kleidung drückte. Ich hörte sie sagen: «Bleib sitzen, Schatz, ja? Ich steig nur kurz aus.» Die Wagentür wurde geöffnet und wieder zugeschlagen, dann hörte ich wieder ihre Stimme, jetzt weniger aufgelöst, aber noch immer sehr eindringlich.

«Plötzlich sind ein paar Männer aufgetaucht. Ich war zu Hause – wir alle waren zu Hause. Es waren vier, vielleicht fünf, ich weiß nicht genau. Ein weißer Lieferwagen, weiße Overalls, wie ein Malertrupp oder so. Wahrscheinlich damit die Nachbarn sich nichts denken. Das waren Profis, Sean, hundertprozentig. Skimasken, Glocks, Schalldämpfer. Und null Hemmungen zu schießen.»

Mein Puls beschleunigte noch einen Gang. «Himmel, Mish.»

Ihre Stimme brach, wenn auch kaum wahrnehmbar. «Tom – mein Freund – wenn er nicht …» Sie verstummte, dann setzte sie entschlossen neu an, wobei ihr die Qual anzumerken war. «Es klingelt an der Tür, er geht hin. Sobald er die Tür aufmacht, schießen sie ihn nieder. Da bin ich sicher. Ich habe zwei Schüsse mit Schalldämpfer gehört und dann ein Poltern, als er zusammengebrochen ist. Dann sind sie ins Haus eingedrungen, und ich bin einfach durchgedreht. Ich habe einem von ihnen ein Messer in den Hals gerammt, dann bin ich gerannt. Ich habe mir Alex geschnappt und … die Garage hat eine Tür zum Garten, und … ich habe gemacht, dass ich wegkam.» Sie seufzte schwer. «Ich habe ihn einfach da zurückgelassen, Sean. Vielleicht war er verletzt, vielleicht hätte ich ihm noch helfen können, aber ich bin einfach abgehauen. Ich habe ihn da zurückgelassen und bin abgehauen.»

Das machte ihr offenbar schwer zu schaffen. Ich musste sie von ihrem schlechten Gewissen abbringen. «Du hattest keine andere Wahl, Mish. Du hast das Richtige getan.» Mein Gehirn versuchte, alles, was sie gesagt hatte, zu verarbeiten, und stolperte dabei über riesige Lücken im Gesamtbild, Lücken, groß wie Canyons. «Hast du die Polizei gerufen?»

«Ich habe den Notruf gewählt. Habe die Adresse angegeben, gesagt, dass es eine Schießerei gegeben hatte, und dann habe ich aufgelegt.»

Mir fiel ein, was sie gerade gesagt hatte. «Du hast gesagt, du hast dir Alex geschnappt. Wer ist Alex?»

«Mein Sohn. Mein vierjähriger Junge.»

Ich nahm ihr Zögern wahr, konnte spüren, wie sie die nächsten Worte abwog. Als sie weitersprach, traf es mich wie ein K.-o.-Schlag über dreitausend Meilen Entfernung.

«Unser Junge, Sean. Er ist unser Sohn.»

KAPITEL 3

Unser Sohn?

Zwei kleine Wörter, und ich hatte das Gefühl, als täte sich ein riesiger, gähnender Abgrund auf, der mich verschlang.

Ich fühlte, wie mein Mund trocken wurde, wie mir das Blut in den Kopf schoss, meine Brust sich verengte.

«Unser Sohn?»

«Ja.»

Alles um mich herum verschwand. Die Autos und Fußgänger, die in der sengenden Hitze vorbeizogen, das banale Treiben in einem Vorstadt-Einkaufszentrum an einem sonnigen Samstagvormittag – mit einem Mal erstarb alles, als sei plötzlich eine Glasglocke über mich gestülpt, die mich von der übrigen Welt abschnitt.

«Wovon redest du?»

«Wir beide. Unten in Mexiko. Da ist was passiert. Wie, hast du das schon vergessen?»

«Nein, natürlich nicht, aber … Bist du sicher?»

Jetzt war ich derjenige, der unter Schock stand und um Worte rang, versuchte, etwas Zeit zu gewinnen, während mein Verstand sich mühte aufzuholen. Was für eine dumme Frage. Ich hätte sie nicht zu stellen brauchen – ich kannte Michelle gut genug, um zu wissen, dass sie mit so etwas nicht spaßte. Sie war absolut glaubwürdig. Wenn sie wollte, konnte sie witzig sein, sogar richtig albern, aber wenn es um ernste Dinge ging, um wirklich bedeutsame Dinge, kannte sie keine Dummheiten. Wenn sie sagte, ich sei der Vater, musste es die Wahrheit sein.

Beängstigend, das mal eben so zu erfahren.

Ich wusste noch etwas über sie: Sie konnte es nicht leiden, wenn jemand in Frage stellte, was sie sagte, erst recht nicht jemand, dem sie so nahegestanden hatte wie meiner Wenigkeit, und schon gar nicht, wenn es um etwas so Wichtiges ging.

«Ich hatte nicht nebenbei was mit einem anderen. Du bist der Vater. Ich dachte, das sollte klar sein.»

Das war es allerdings.

«So habe ich das nicht gemeint», ruderte ich zurück.

«Doch, das hast du. Aber es ist schon okay. Du bist sauer. Und das ist dein gutes Recht.»

In mir tobte ein Sturm widersprüchlicher Gefühle. Ich weiß, das war egoistisch nach dem, was Michelle gerade durchgemacht hatte, aber schließlich bekommt man nicht alle Tage am Telefon gesagt, dass man einen vierjährigen Sohn hat.

«Ja, schon, ich bin sauer», gestand ich. «Himmel, Mish. Wie konntest du mir das verschweigen?»

«Ich ... Es tut mir leid, Sean.» Sie klang jetzt zerknirscht. «Wirklich. Ich wollte es dir sagen. Und natürlich nicht unter solchen Umständen, aber ... Es war nicht leicht. Es dir zu verschweigen. All die Jahre. Ich habe so oft zum Telefon gegriffen, um dich anzurufen und es dir zu erzählen ... aber jedes Mal ... hat mich irgendwas zurückgehalten.» Sie schwieg kurz, dann fuhr sie fort: «Es tut mir leid, ich hätte es dir nicht sagen sollen, nicht jetzt, nicht auf diese Weise. Ich ... ich kann einfach gerade nicht klar denken.»

Meine Gedanken überschlugen sich noch immer bei dem Versuch zu begreifen, aber jetzt musste ich dieses Thema vorerst beiseiteschieben und das Gespräch wieder in eine andere Richtung lenken. Die Rechtfertigungen und Schuldzuweisungen konnten warten. Michelle war gerade durch die Hölle gegangen, und sie brauchte meine Hilfe. Ich musste mich jetzt darauf konzentrieren, dafür zu sorgen, dass sie und ihr Sohn – *unser* Sohn – außer Gefahr waren.

«Okay, alles klar, darüber können wir später sprechen.» Ich atmete tief durch, ging im Schnelldurchlauf noch einmal die spärlichen Informationen durch, die ich hatte, und fragte dann: «Wo bist du jetzt?»

«Auf dem Parkplatz eines Einkaufszentrums. Hier wimmelt es von Menschen. Vorerst bin ich in Sicherheit ... glaube ich.»

«Ist dir jemand gefolgt?»

«Ich glaube nicht.»

Ich versuchte, mir im Geiste ein Bild von der Situation zu machen, aber es gab noch zu viele Unbekannte. «Denkst du, dieser Vorfall könnte etwas mit deiner Arbeit zu tun haben? Bist du wieder im Job?» Ich hatte gehört, dass sie die DEA verlassen hatte, nicht lange, nachdem ich aus Mexiko-Stadt abgereist war, aber die Information war veraltet.

«Ich bin draußen, Sean. Diese Zeiten sind längst vorbei. Ich unterrichte an einer Highschool, ein völlig harmloser Job. Meine Güte, ich bin Basketballtrainerin.»

«Du weißt also nicht, wer dahinterstecken könnte und warum?»

«Keine Ahnung. Ich weiß nur eins: Sie waren nicht darauf aus, mich umzubringen.»

«Wie kommst du darauf?»

«Einer der Eindringlinge hatte freie Schusslinie. Aber er hat die Gelegenheit nicht genutzt. Wenn sie mich hätten umbringen wollen, wäre ich jetzt tot, das steht fest.»

«Dann wollten sie dich entführen?»

«Ich denke schon. Und das macht mir wirklich Angst, Sean. Ich meine, um Himmels willen, was wäre dann aus Alex geworden?»

Darauf hatte ich keine Antwort, aber ich musste sie von dem Gedanken ablenken. «Wir müssen euch irgendwo in Sicherheit bringen. Hast du noch Freunde in der Behörde?»

«Eigentlich nicht. Außerdem weiß ich nicht recht, ob ich mich im Augenblick an die wenden würde.»

«Warum nicht?»

«Diese Leute waren Profis», antwortete sie. «Die hatten einen bestimmten Grund für den Überfall. Ich zermartere mir das Hirn und zweifle an allem und jedem, denn ich kann mir absolut nicht vorstellen, was zum Teufel irgendwer von mir wollen könnte. Seit ich bei der DEA gekündigt habe, hätte mein Leben nicht gewöhnlicher verlaufen können. Und das bedeutet, dass es irgendwas mit meinem Vorleben zu tun haben muss. Aber wenn es so ist, weiß ich nicht, wem ich in der Behörde vertrauen kann. Ich habe undercover gearbeitet. Nur wenige Leute wussten, was ich tat. Das heißt, wenn jemand mir wegen meines damaligen Jobs an den Kragen will, muss es eine undichte Stelle geben. Das ist ein Grund, weshalb ich dich angerufen habe.»

Der andere Grund lag auf der Hand. Und ich war froh, dass sie es getan hatte.

«Okay. Was ist mit der Polizei in San Diego?»

«Die kann ich nicht einschalten. Wie sieht es denn aus, falls sie Tom tot in unserem Eingangsflur finden? Ehefrauen und Freundinnen werden doch immer als Erste verdächtigt. Verdammt, wahrscheinlich ist die Pistole, die ich einem der Angreifer abgenommen habe, dieselbe Waffe, mit der Tom erschossen wurde. Und jetzt ist sie voll mit meinen Fingerabdrücken.»

«Wenn du den Überfall nicht meldest, machst du dich aber erst recht verdächtig.»

«Ich weiß. Aber wenn ich mich an die Polizei wende, wird es kompliziert. Du weißt doch, wie so was läuft. Sie würden erst mal vom Schlimmsten ausgehen, und dann würden sie mich festhalten, bis sie die Sache aufgeklärt hätten. Das will ich nicht, dann würde Alex irgendwelchen Flaschen vom CPS in die Hände fallen», sagte sie und meinte damit die staatliche Kinderschutzbehörde. «Sean, er ist erst vier.»

«Hast du Verwandte in der Gegend?»

«Nein, aber das spielt keine Rolle. Ich will einfach nicht von ihm getrennt werden, keine Sekunde», entgegnete sie mit Nachdruck. «Nicht, solange diese *mamabichos* auf freiem Fuß sind.»

«Wenn sie hinter dir her sind, wäre es vielleicht sicherer für ihn, nicht bei dir zu sein.»

«Zum Teufel, unter keinen Umständen. Ich lasse ihn verflucht noch mal nicht aus den Augen», kam es sofort zurück.

«Okay», sagte ich, und etwas Warmes regte sich in mir, eine plötzliche Erinnerung an ihre unbezähmbare Willenskraft, ausgelöst von den Kraftausdrücken, mit denen sie gern um sich warf. Ich schaute auf die Uhr. Es war kurz nach halb eins. «Du musst jetzt für ein paar Stunden untertauchen, bis ich bei dir bin.»

«Sean, ich wollte nicht –»

«Ich komme, Mish», fiel ich ihr ins Wort, während ich bereits ins Auto stieg und den Motor anließ. «Ich nehme den nächsten Flug. Schätze, ich kann in sieben, höchstens acht Stunden bei dir sein.»

Michelle schwieg einen Moment lang, dann sagte sie: «Wow.»

«Was denn?»

«Nein, ich … Danke. Ich glaube, insgeheim habe ich wohl gehofft, dass du das sagen würdest.»

«Versteck dich einfach so lange, okay?» Ich hatte bereits ausgeparkt und fädelte mich zwischen den anderen, langsameren Fahrzeugen hindurch. «Wo kannst du in der Zwischenzeit unterkommen?»

«Ich suche mir ein Hotel in der Nähe des Flughafens und warte dort auf dich.»

«Klingt gut. Hast du Bargeld?»

«Hier ist ein Geldautomat.»

«Zieh genügend Geld und benutz dann keine Karten mehr.» Ich dachte an das, was sie gesagt hatte – es war ein professionelles Überfallkommando gewesen. «Nimm auch den Akku aus deinem Handy. Und lass den Wagen stehen. Nimm ein Taxi oder fahr mit dem Bus.»

«Okay», erwiderte sie. «Ich rufe dich dann vom Hotel aus an und gebe dir Bescheid, wo ich bin.»

«Gut. Wahrscheinlich sitze ich dann schon im Flieger, aber du kannst mir ja auf die Voicemail sprechen», sagte ich, während ich ein langsam fahrendes Auto überholte und zugleich überlegte, ob ich wirklich an alles gedacht hatte. «Und rühr dich nicht aus dem Hotel, Mish. Wir werden diese Sache klären.»

«Sicher», antwortete sie, klang aber alles andere als überzeugt.

Ich zögerte, dann sagte ich: «Hey, Mish.»

«Ja?»

«Du hättest es mir erzählen sollen.»

Ich musste es einfach sagen.

Verdammt, sie hätte es doch wirklich tun sollen.

Einen Moment lang war es still in der Leitung, dann sagte sie in gequältem, reuigem Ton: «Ja. Na ja, aber ... besser spät als nie, hm?»

Ich hatte das Gefühl, dass mein Herz in einem Schraubstock steckte. «Ist alles in Ordnung mit ihm? Mit Alex?»

«Es geht ihm prächtig. Du wirst sehen.»

Die Worte versetzten mir einen Stich. «Benutz den Geldautomaten und nimm den Akku aus dem Handy», schärfte ich ihr noch einmal ein. «Ich bin bald bei dir.»

Ich beendete das Gespräch, dann drückte ich die Speichertaste für Nick Aparo, meinen Partner beim FBI. Ich musste ihn informieren, was im Gange war, und ich brauchte seine Hilfe, um herauszufinden, wie ich so schnell wie möglich nach San Diego gelangen konnte.

Während die Verbindung aufgebaut wurde, starrte ich vor mich hin. Ich war ganz benommen von der Bombe, die Michelle hatte platzen lassen. Ich fühlte mich ausgelaugt und war hin- und hergerissen – wie sehr hatte ich mir ein Kind gewünscht, so verzweifelt, dass beinahe meine Beziehung mit Tess daran zerbrochen wäre. Aber zugleich war mir bewusst, dass die Neuigkeit Tess hart treffen würde. Sehr hart.

KAPITEL 4

Mir blieb gerade noch genug Zeit für einen kurzen Halt in dem Haus, in dem ich mit Tess und Kim wohnte. Nachdem ich ein paar Sachen in einen Rucksack gestopft und mein Pistolenhalfter umgeschnallt hatte, machte ich mich auf den Weg über die Interstate 95 runter nach Newark.

Von meinem Partner hatte ich erfahren, dass die früheste Verbindung ein United-Flieger am Nachmittag war, mit Zwischenlandung in Denver. Dadurch verlor ich zwar eine Stunde, aber das war nicht zu ändern. Jedenfalls nicht, solange ich nicht bereit war, mir mit irgendeinem Trick einen FBI-Jet zu verschaffen, der mich runter nach San Diego brachte. Selbst wenn mir das gelungen wäre, hätte es mir mit Sicherheit ein Verfahren der Dienstaufsicht und höchstwahrscheinlich die Kündigung eingebracht. Diesen Weg war ich schon einmal gegangen. Vor ein paar Jahren, als ich ohne das Wissen meines Chefs mit Tess nach Istanbul geflogen war. Damals entging ich nur knapp einer Begegnung mit den aufgeschlossenen Schätzchen des Office of Professional Responsibility beim FBI. Das Problem war, ich konnte nicht offen darüber sprechen, warum ich einen Jet brauchte – dazu hätte ich verraten müssen, was bei Michelle im Gange war. Aparo und ich hatten überlegt, was das kleinere Übel war: eine Stunde zu verlieren oder neue Risiken für Michelle einzugehen, wenn mehr Personen von ihrem Aufenthaltsort erfuhren. Letztendlich hatte ich Aparo widerstrebend zugestimmt. Es war besser, die Verzögerung in Kauf zu nehmen und dafür die Geschichte geheim zu halten.

Während ich durch den spärlichen Verkehr fuhr, gingen mir verschiedene Dinge durch den Kopf. Michelles Enthüllung veränderte mein Leben, so viel stand fest. Ich würde es mit allerlei Turbulenzen zu tun bekommen. Und die heikelste davon, die mich sowieso schon die ganze Zeit beschäftigte, hing mit der Person zusammen, die jetzt mein BlackBerry zum Klingeln brachte, als ich gerade von der Interstate in Richtung Terminal abfuhr.

Einen Moment lang fragte ich mich, ob ich den Anruf annehmen sollte, doch im Grunde hatte ich keine Wahl.

«Hi.»

«Hi, mein Hübscher», begrüßte mich Tess. «Wie läuft das Junggesellen-Wochenende? Mussten die Shermans schon die Polizei rufen?»

Ihre Stimme war Balsam für meine erschütterte Seele. «Sie haben es angedroht, aber wir konnten uns gütlich einigen.»

«Wie hast du das angestellt?»

«Ich habe sie eingeladen rüberzukommen und ihnen ein Pfeifchen angeboten. Das Problem ist nur, jetzt werde ich sie nicht mehr los. Diese Leute können Party machen!»

Ich hörte Tess kichern. Sicher stellte sie sich bildlich das über siebzigjährige Paar im Outfit einer Studentenverbindung vor – was ganz sicher kein schöner Anblick wäre. Ich nutzte diesen Moment der Heiterkeit.

«Hör mal, ich kann jetzt nicht reden. Ich bin gerade im Begriff, in einen Flieger zu steigen.»

«Ach, Schätzchen», witzelte sie, «du kannst es wohl nicht erwarten bis zum nächsten Wochenende?»

Ich brachte ein kleines Kichern zustande. «Das ist es nicht.»

Tess wurde plötzlich ernst. «Das dachte ich mir irgendwie schon. Was ist los? Wohin fliegst du?»

«Nach San Diego.» Ich zögerte, ehe ich hinzufügte: «Da ist was vorgefallen. Ich muss dringend hin.»

«Irgendwas, worüber ich mir Sorgen machen müsste?»

«Nein.» Ich hasste es, Tess anzulügen, auch wenn es eher ein Verschweigen war als eine direkte Lüge. Und es war ein Satz, den ohnehin niemand glaubte, ich selbst in diesem Moment am wenigsten. Aber ich konnte Tess jetzt nicht einweihen, nicht über ein Handy mit Freisprecheinrichtung in einem Auto.

«Aber es ist dramatisch genug, dass du dich deswegen auf der Stelle ins Flugzeug stürzt?»

Ich zögerte wieder, ich wollte wirklich nicht lügen. Ich musste das Gespräch abbrechen. «Es ist wirklich nichts Ernstes. Hör mal, ich bin jetzt am Flughafen, ich muss Schluss machen. Ich rufe dich zurück, okay?»

Tess schwieg einen Moment lang, dann sagte sie: «Ja, klar. Aber – Sean?»

Sie brauchte es nicht auszusprechen, die Sorge in ihrer Stimme war nicht zu überhören. Sie sagte das immer, auch nach all den heiklen Situationen, die wir zusammen durchgestanden hatten.

«Ich weiß», sagte ich.

«Ruf mich an.»

«Versprochen.»

Damit beendete ich das Gespräch. Ich fühlte mich mies, weil ich Tess unnötig Sorgen bereitete, und noch weitaus mieser, weil ich ihr nicht die Wahrheit gesagt hatte.

Tatsache war, ich wusste nicht, wie ich ihr die Neuigkeit beibringen sollte. Ganz gleich, wie ich es einleitete oder formulierte oder beschönigte, es würde ihr weh tun.

Wir hatten ein paar Jahre lang erfolglos versucht, ein Kind zu bekommen. Wer weiß schon wirklich, warum so etwas vorkommt. Die Ärzte machen alle möglichen Untersuchungen und erklären, was ihrer Meinung nach der Grund ist, aber letztendlich hatten wir wohl einfach Pech. Nach Ansicht der Spezialisten war die wahrscheinlichste Erklärung Tess' Alter und dass sie so viele Jahre lang die Pille genommen hatte. Aber was immer der Grund war, und obwohl wir es in den besten Kliniken mit Reagenzglasbefruchtung versucht hatten, es gelang einfach nicht. Der quälende Prozess war zu einer langen Leidensgeschichte geworden, und jeder gescheiterte Versuch bedeutete ein neues emotionales Trauma. Tess wurde immer depressiver, quälte sich mit Unzulänglichkeitsgefühlen, was mir absurd erschien – sie ist die fähigste und großzügigste Frau, die ich je gekannt habe. Aber sie wusste, wie sehr ich mir gewünscht hatte, selbst Vater zu werden, nicht nur Kims Stiefvater zu sein, und sosehr ich mich bemühte, die Enttäuschung herunterzuspielen, die ich im tiefsten Inneren empfand, ich war wohl einfach nicht überzeugend genug. Für Tess wurde das Zusammensein mit mir immer schwerer, und am Ende war sie nach Jordanien geflogen unter dem Vorwand, sie müsse dort für ihren geplanten Templer-Roman recherchieren. Es war noch nicht lange her, dass wir durch Zufall wieder zusammengekommen waren – ein Zufall, der beinahe tödlich ausgegangen wäre, denn Tess war in Petra von einem wahnsinnigen iranischen Agenten entführt worden.

Und jetzt das.

Es würde ihr weh tun, ohne jeden Zweifel.

Und es war eine Sache, die einen Keil zwischen zwei Partner treiben konnte – etwas, das ich um alles in der Welt vermeiden wollte. Tess war mein Leben. Aber mir war klar, das plötzliche Auftauchen einer Exfreundin mit einem kleinen Kind würde bestenfalls für ständige Reibungen sorgen und schlimmstenfalls unsere Beziehung zerstören. Erschwerend kam hinzu, dass Michelle Martinez intelligent, witzig, äußerst attraktiv war und – das war Schlimmste – dass ich Tess nie von ihr erzählt hatte. Ich hatte diesen ganzen Abschnitt meines Lebens ausgeblendet. Und ganz gleich, wie attraktiv Tess selbst ist – denn das ist sie, ich würde sie als *strahlende Erscheinung* beschreiben –, und obwohl sie wusste, dass ich ganz verrückt nach ihr war, würde sie diese Episode aus meiner Vergangenheit unweigerlich als Bedrohung empfinden. Das täte wohl jeder. Verdammt, ich selbst zweifellos auch. Und auch diesmal würde es mir sicher schwerfallen, sie davon zu überzeugen, dass sie sich keine Sorgen zu machen brauchte. Dabei brauchte sie das wirklich nicht. Michelle war schon eine ernsthafte Flamme gewesen, aber Tess war nun einmal das ganze Feuerwerk.

Ich blickte diesem Gespräch also nicht gerade freudig entgegen, auch wenn ich schon dabei war, es mir auszumalen. Während ich auf den Parkplatz fuhr, traten allerdings noch viel düsterere Gedanken in den Vordergrund und verdrängten die Sorge um Tess. Ich dachte an Michelle und einen kleinen

Jungen, den ich noch nie gesehen hatte, und an die Gefahren, die um die beiden lauerten.

Mich beschlich das ungute Gefühl, dass ich vielleicht doch besser einen Jet genommen hätte.

KAPITEL 5

San Diego, Kalifornien

Als die Tür sich öffnete, stockte mein Herz.

Nicht im negativen Sinn. Es war eher ein ‹Oh mein Gott›, ein Überwältigtsein von Eindrücken. Absolut positiven Eindrücken.

Sie hatte es noch immer, das gewisse Etwas. Die glatte, honigfarbene Haut, die leichten Sommersprossen auf ihrer schmalen Nase und den hohen Wangenknochen. Die überwältigend blauen Augen, durch die man auf die Intelligenz und Durchtriebenheit dahinter blickte. Den straffen, kurvenreichen Körper, dessen Anblick jedem Mann den Atem rauben musste. Alles war genau so, wie ich es in Erinnerung hatte.

Aber das war es nicht, was mein Herz stocken ließ.

Es war der vierjährige Junge, der reglos neben ihr stand, ihre Hand fest umklammert hielt und mich anstarrte.

Bei seinem Anblick vergaß ich zu atmen.

Als Michelle sagte, Alex sei vier, war mir nicht wirklich klar gewesen, wie klein ein Vierjähriger ist. Wie winzig und wie zerbrechlich. Ich hatte einfach noch nie viel mit Kindern in dem Alter zu tun gehabt. Ich selbst hatte weder Nichten noch Neffen, und Kim war fast zehn, als meine Beziehung mit Tess begann. In meiner Behörde gab es zwar Kollegen, die kleine Kinder hatten, aber abgesehen von Aparo hatte ich mit niemandem dort wirklich Kontakt. Daher mein Schock und meine Scheu. In diesem Moment, dort in dem nüchternen, tristen Hotelflur, ging mir das Herz auf, wie ich es noch nie erlebt hatte. Ich wusste einfach, dass Alex mein Sohn war.

«Willst du jetzt noch lange hier rumstehen wie ein *burro,* oder nimmst du mich vielleicht mal in den Arm?», fragte Michelle.

Ich riss meinen Blick von Alex los und sah ihr in die Augen. Ihrem forschen Auftreten zum Trotz lag darin eine schwelende Angst. Kaum wahrnehmbar, man musste Michelle schon gut kennen, aber mir entging sie nicht. Ich lächelte, fasste sie an den Schultern und zog sie an mich, um ihr einen Kuss zu geben, einen etwas verlegenen Kuss, nicht direkt auf die Lippen, aber auch nicht wirklich auf die Wange. Sie umarmte mich fest und vergrub ihren Kopf in meiner Halsgrube.

Hoffentlich hasst man mich nicht dafür, dass ich das sage, aber ich will nicht lügen: In diesem Augenblick fühlte sich das großartig an. Irgendwie schräg, ja, aber großartig.

Dann fühlte ich ihr Zittern, und jegliche Vorstellung von ‹großartig› löste sich in Luft auf.

Wir standen einen langen Moment so da, atmeten einander ein, durchströmt von einer Sturmflut verwirrender Gefühle, einer nicht abgeschlossenen Vergangenheit, die auf eine brutale Gegenwart prallte, standen schweigend da und dehnten den angenehmen Teil unseres Wiedersehens aus in dem Wissen, dass uns bald der eigentliche Grund dieser Begegnung einholen würde. Schließlich lösten wir uns voneinander, sahen einander in die Augen, während wir spürten, was wir einmal gehabt hatten. Dann wandte Michelle sich ab und präsentierte mit der Geste einer Showmasterin ihren Sohn.

«Und das ist Alex», sagte sie mit einer Mischung aus Stolz, Unbehagen und Schmerz auf dem Gesicht.

Ich blickte wieder auf den Jungen hinunter, der mich unsicher anstarrte, und etwas in mir schlug um. Plötzlich wurde mir klar, dass der Ausdruck in Alex' weit aufgerissenen Augen nicht bloß Unsicherheit war. Es war Angst. Ich beugte mich zu ihm hinunter, um ihn zu begrüßen, aber Alex wich panisch zurück und versteckte sich hinter dem Bein seiner Mutter, umklammerte es und vergrub sein Gesicht daran.

«Nein», wimmerte er.

Michelle sah sich nach ihm um.

«Alex, was hast du?»

Der Junge schwieg, noch immer hinter ihrem Bein versteckt, ohne sein Gesicht davon zu lösen.

Ich sah fragend Michelle an. Sie wandte sich um, ging in die Hocke und wollte Alex nach vorn schieben, aber er wehrte sich und schrie noch einmal: «Nein.»

«Alex, hör auf mit dem Unsinn.» Ihre Stimme war ruhig, aber fest.

«Nein, Mommy, nein», wimmerte der Junge.

«Es ist schon okay, Mish», sagte ich.

Michelle überhörte es. «Alex, hör auf damit», befahl sie noch einmal, jetzt energischer, wenn auch immer noch ruhig. «Das ist mein Freund Sean. Würdest du jetzt bitte aufhören, dich so albern zu benehmen, und ihm Hi sagen. Er ist hier, um uns zu helfen.»

Der Junge sah noch einmal zu mir auf, dann versteckte er

sich wieder hinter seiner Mutter und klammerte sich noch fester an sie. Er zitterte.

«Es ist schon in Ordnung», sagte ich zu Michelle und hob beruhigend die Hände. «Er hat heute wirklich schon eine Menge durchgemacht.»

Michelle betrachtete Alex kurz, dann drückte sie ihn an sich und nickte. «Ich weiß, aber … ich verstehe nicht, was in ihn gefahren ist. Normalerweise ist er sehr kontaktfreudig, und ich dachte, jetzt, wo du hier bist …» Sie verstummte, sichtlich verwirrt und enttäuscht.

«Wenn man bedenkt, was ihr zwei heute durchgemacht habt … dann ist es vielleicht gar nicht so schlecht, dass er Fremden gegenüber misstrauisch ist.»

«Wahrscheinlich», sagte sie und schüttelte den Kopf. «Es ist nur … Er hatte in letzter Zeit Albträume, und … na ja, das Ganze ist etwas kompliziert.» Sie blickte zu mir auf, und ich las in ihren Augen echten Schmerz. Wahrscheinlich setzte es ihr trotz allem, was sie an diesem Tag durchgemacht hatte, ziemlich zu, dass meine erste Begegnung mit Alex so verlief. «Himmel, es tut mir wirklich leid. Es hat nichts mit dir zu tun, das weißt du doch?»

«Mach dir darum keine Sorgen.»

Ich ließ mich auf ein Knie nieder, sodass ich Alex fast auf Augenhöhe ins Gesicht sehen konnte, und streckte die Hand aus. «Hi, Alex. Ich freue mich wirklich sehr, dich kennenzulernen.»

Nach einigem Zögern warf der Junge mir einen scheuen Blick zu, dann kniff er die Augen zu und zog sich wieder hinter seine Mutter zurück.

Ich sah zu Michelle auf. Sie verfolgte die Szene angespannt

und offenbar sehr besorgt. Sie warf mir einen verzweifelten und entschuldigenden Blick zu, und ich nickte ihr leicht zu. Wenigstens waren Alex und ich uns jetzt begegnet, wenn auch unter unglücklichen Umständen. Es war nur ein winziger erster Schritt, aber trotzdem für uns alle drei ein bedeutender. Sicher hatten wir noch einen langen und steinigen Weg vor uns, es gab so viel aufzuholen – und eine Menge schwerer Entscheidungen zu treffen.

«Komm doch rein», sagte Michelle schließlich.

Ich trat ins Zimmer und bemerkte, wie sie sich misstrauisch nach beiden Seiten auf dem Flur umsah, ehe sie die Tür hinter mir abschloss.

KAPITEL 6

Wir führten unser Gespräch auf dem Balkon, während Alex fernsah. Er war ein großer Fan von *Ben 10*, was, wie ich soeben gelernt hatte, eine ungeheuer beliebte Fernsehserie war. Alex besaß alles dazu: die kleinen Figuren von Ben und einer ganzen Schar seltsam aussehender Außerirdischer, die Turnschuhe, sogar ein großes, cool aussehendes Gerät an seinem Handgelenk, das – wie ich ebenfalls gerade erfahren hatte – Omnitrix hieß und das jeder echte *Ben-10*-Fan unbedingt haben musste. Dieses Gerät verlieh Ben die Fähigkeit, sich in einen der zehn Außerirdischen zu verwandeln. Diese Fähigkeit nutzte er, um seine Feinde zu besiegen. Ich war froh, dass er das Gerät besaß – nach allem, was er durchgemacht hatte, konnte Alex jede erdenkliche Superkraft brauchen.

Michelle hatte eine Weile gebraucht, um den Jungen zu beruhigen, aber irgendwie war es ihr gelungen, während ich mich auf dem Balkon aufhielt. Das Zimmer lag in der dritten Etage des niedrigen Hotels, mit Blick auf den Yachthafen und das Meer. Auf der gegenüberliegenden Straßenseite sah ich Jogger und Fußgänger auf der Uferpromenade, die die an- und ablegenden Segelboote im Hafen beobachteten, während tief am Himmel Flugzeuge im langsamen Landeanflug dahinzogen. Alle Welt schien auf den Beinen zu sein, um den Ausklang eines herrlichen Tages am Meer zu genießen, sich lachend im sanften Schein der untergehenden Sonne zu amüsieren – und keiner von ihnen ahnte etwas von dem Horrorszenario, das an diesem Morgen über Michelles Leben hereingebrochen war.

Die Schiebetür stand halb offen, aber solange der Fernseher lief, bestand kaum die Gefahr, dass Alex etwas von unserem Gespräch mitbekam. Dennoch sprachen wir mit gesenkter Stimme. Wie Michelle mir erklärte, besaßen Vierjährige die Fähigkeit, einen mit Dingen zu überraschen, die sie beiläufig aufgeschnappt hatten und dann wiedergaben, wenn man am wenigsten damit rechnete. Beide Pistolen, meine Browning Hi-Power und die Glock 22 mit Schalldämpfer, die Michelle bei dem Überfall einem der Männer abgenommen hatte, lagen auf dem wackeligen weißen Balkontisch, und daneben standen ein paar Coladosen aus der Minibar.

Es fiel mir noch immer schwer zu begreifen, was vorgefallen war, aber jetzt hatte ich Gelegenheit, mit Michelles Hilfe die Lücken zu schließen. Diejenigen, die mich beschäftigten, ebenso wie diejenigen, die Michelle plagten. Ich fing mit der Frage an, von der ich wusste, dass sie Michelle am meisten quälte.

«Er ist tot», teilte ich ihr mit. «Die ersten Cops am Tatort haben ihn an der Eingangstür gefunden. Es tut mir leid.»

Michelle schloss die Augen und nickte stumm, während ihr ein paar Tränen über die Wangen liefen. Ich zog sie an mich und hielt sie einen Moment lang im Arm. Dabei fühlte ich, wie sie zitterte.

«Hast du mit ihnen gesprochen?»

«Ich habe bei unserer hiesigen Dienststelle angerufen und die Kollegen gebeten nachzuforschen.»

Sie nickte wieder, immer noch an mich geschmiegt, aber sie sagte nichts. Wieder fühlte ich ihr Zittern.

Ich ließ ihr einen Moment Zeit, ehe ich noch einmal sagte: «Es tut mir leid.»

«Mhm.» Sie löste sich von mir und wischte sich die Augen, verloren in einer schmerzlichen Benommenheit. Dann wurde ihr Blick ein wenig schärfer. «Der Kerl, den ich abgestochen habe, war er noch dort?»

«Nein. Nur jede Menge Blut. Sie müssen ihn mitgenommen haben. Wie schwer hast du ihn verletzt?»

«Also wenn er nicht gerade irgendein Zirkusakrobat ist, der sich Schwerter durch den Hals stechen kann, nehme ich an, dass er tot war, noch ehe sie ihn zum Lieferwagen bringen konnten.» Sie seufzte niedergeschlagen. «Ich sagte doch, diese Typen wussten, was sie taten.»

«Ich weiß.» Ich musterte sie einen langen Moment, dann brach ich das Schweigen. «Sag mal ... Wie eng war die Beziehung zwischen dir und Tom?» Es war mir etwas peinlich, eine solche Frage zu stellen, und ich fühlte mich nicht gut, als ich mich bei dem Gedanken ertappte, wie eng wohl die Beziehung zwischen ihm und Alex gewesen war. Aber ich musste mir ein Bild davon machen, was geschehen war und warum.

Michelle zuckte die Schultern. «Wir waren erst seit ein paar Monaten zusammen.» Sie schüttelte traurig den Kopf und blickte aufs Meer hinaus. «Er war ein feiner Kerl.»

«Hat er bei dir gewohnt?»

«Nein», antwortete Michelle. «Er hatte ein Haus drüben in Mission Hills. Aber er war meist übers Wochenende bei mir, wenn er nicht gerade seine Kinder bei sich hatte. Er war geschieden. Verdammt» – sie stieß einen tiefen Seufzer aus – «die Kinder. Oh Gott. Wer wird es ihnen beibringen?» Sie sah zu mir auf. «Ich muss mit ihnen sprechen.»

«Nicht jetzt, Mish. Lass uns erst mehr Klarheit in die Sache bringen.»

«Sie werden am Boden zerstört sein», sagte sie, und ihr stiegen erneut Tränen in die Augen. «Am Boden zerstört.»

Wieder ließ ich ihr ein wenig Zeit, ehe ich fragte: «Was hat er beruflich gemacht?»

«Er ist – war – Architekt. Mit einem netten, gut gehenden Büro. Er hat seine Arbeit geliebt.»

Ich sah, wie schwer es ihr fiel, über ihn zu sprechen, erst recht in der Vergangenheitsform, aber ich musste gründlich sein. Doch Michelle kannte das Prozedere, und sie schüttelte verärgert den Kopf, während sie offenbar versuchte, ihre Gedanken zu ordnen. «Hör mal, mir ist klar, worauf du hinauswillst, aber es ging nicht um ihn, Sean.» Sie klang verärgert, dann fasste sie sich wieder. «Sie haben ihn erschossen, kaum dass er die Tür geöffnet hatte. Es ging ihnen um mich. Und wenn ich nicht wäre, wenn er nicht letzte Nacht bei mir geschlafen hätte, dann würde er jetzt noch –»

«Ich bitte dich, Mish», fiel ich ihr ins Wort. «Du darfst dich nicht mit solchen Gedanken quälen. Es war einfach Pech, nichts als entsetzliches Pech. Und ich will wirklich nicht kaltschnäuzig oder egoistisch klingen, aber wenn er nicht gewesen wäre, hätten sie dich gekriegt, und wir würden jetzt nicht hier stehen.» Ich schwieg einen Moment lang, um meine Worte wirken zu lassen, dann fügte ich hinzu: «Was ist mit seinem Umfeld? Mit Geschäftspartnern, Freunden, Verwandten – wie viel wusstest du sonst noch über sein Leben?»

«Es ging nicht um ihn», beharrte sie. «Er war ein lieber, aufrichtiger Kerl. Vertrau mir, in seinem Leben gab es nichts, was zu so etwas hätte führen können. Er war nur einfach zufällig gerade da.»

Ich sah sie einen Moment lang an, dann sagte ich «Okay» und beschloss, diesen Punkt vorerst ruhen zu lassen. Trotzdem würde ich die örtliche Dienststelle um eine Hintergrundüberprüfung bitten, auch wenn ich in meinem tiefsten Inneren Michelles Gefühl traute. «Also, wenn es um dich ging ... was steckt dann dahinter? Du hast gesagt, in deinem Leben lief alles glatt.»

«Vollkommen.»

«Was ist es dann? Eine Art Bumerang-Effekt aus deiner Zeit bei der DEA?»

«Muss wohl. Ich meine, mir fällt keine andere Möglichkeit ein, aber ... warum gerade jetzt? Ich habe diesem Leben vor vier, fünf Jahren den Rücken gekehrt.»

Das war ein berechtigter Einwand. Es erschien nicht plausibel, dass etwas von damals sich nach so langer Zeit rächte.

«Und seitdem hast du nur noch als Basketballtrainerin gearbeitet?»

«Ja. Mit meinen Qualifikationen hatte ich ja nicht gerade unbegrenzte Möglichkeiten. Außerdem macht es mir Spaß. So habe ich Gelegenheit, mit Kids zu arbeiten und dafür zu sorgen, dass sie nicht auf die schiefe Bahn geraten. Ich kann in ihrem Leben etwas bewirken, das gefällt mir. Sie öffnen sich mir und erzählen mir Sachen.»

«Was für Sachen?»

«Teenager-Zeug.»

«Drogen?»

Sie nickte. «Natürlich. Drogen spielen in ihrem Leben eine große Rolle, das weißt du doch. Und ich denke, vielleicht kann ich trotz allem etwas bewirken, vielleicht kann ich mehr für ihr Wohlergehen tun, als nur dafür zu sorgen, dass sie genügend an die frische Luft kommen. Ohne dafür eine Dienstmarke tragen zu müssen.»

Ich fragte mich, ob es hier eine Spur geben könnte. «Wovon sprechen wir hier? Bist du irgendwem ernsthaft in die Quere gekommen? So sehr, dass sich vielleicht ein angepisster Dealer an dir rächen wollte?»

«Auf keinen Fall», entgegnete Michelle. «Das ist alles in ganz kleinem Rahmen. Ich rede mit den Kids, erzähle ihnen von Dingen, die ich gesehen habe. Ich spiele nicht den Sheriff der Nation oder so.»

Ich dachte kurz darüber nach. Auch mit diesem Punkt sollte man sich näher beschäftigen. Nach Michelles Beschreibung des Überfallkommandos zu urteilen glaubte ich allerdings nicht recht, dass sich daraus etwas ergeben würde.

«Okay. Was ist mit deinem Leben vor Tom? Welche anderen Beziehungen hattest du? Könnten irgendwelche Exfreunde mit dem Überfall in Verbindung stehen?»

Michelle runzelte nachdenklich die Stirn, dann sagte sie: «Na ja, da war dieser Idiot von einem FBI-Agenten, der mich geschwängert und dann verlassen hat.» Sie sah mich mit ausdrucksloser Miene an, dann stahl sich der Anflug eines reuigen Lächelns auf ihr Gesicht. «Entschuldige. Ich weiß, das war unfair. Aber die Sache ist die, nach dir ... Ich hatte ein Neugeborenes zu versorgen. Denkst du, da wäre ich durch die Clubs gezogen und hätte Männer aufgerissen?»

«Nein, aber ... das liegt ja ein paar Jahre zurück. Du musst doch vor Tom noch andere Männergeschichten gehabt haben?»

Sie winkte ab. «Ja, klar, es gab da ein paar Typen. Aber nichts Ernstes. Und an keinem von denen war auch nur im Entferntesten etwas Zwielichtiges. Nachdem ich den Job bei der DEA geschmissen hatte, wollte ich mit diesem Leben nichts mehr zu tun haben. Ich musste an mein Kind denken. Da war Schluss mit solchem Scheiß.»

Ich schmunzelte ein wenig. Sie bemerkte es.

«Was ist?»

«Ach, es fällt mir einfach schwer, mir dich in solchen Begriffen zu denken», sagte ich. «Dass du ein ruhiges Leben führst.»

Sie stieß ein kurzes, nervöses Lachen aus. «Du kannst mir glauben, es war eine ziemliche Umstellung. Aber ich habe es eben für Alex getan, das war Motivation genug.»

«Und darum hast du deine Stelle bei der Drogenbehörde aufgegeben.»

«Das war der Hauptgrund, ja. Ich wollte nicht weiter diesen Job machen und riskieren, irgendwann einen Waisen zu hinterlassen. Und ich wollte auch nicht länger in Mexiko leben. Nachdem Calderón den Kampf gegen die Kartelle beschlossen hatte, gab es da einfach zu viel Blut auf den Straßen», sagte sie. Sie bezog sich auf den Beschluss des damals neu gewählten Präsidenten, von seinem ersten Tag im Amt an, 2006, sein Militär in einen Vernichtungskrieg gegen die Kartelle zu schicken – einen Krieg, der nach der jüngsten Statistik inzwischen mehr als dreißigtausend Menschenleben gefordert hatte. Die Glücklicheren waren erschossen worden, die anderen entweder geköpft oder bei lebendigem Leib verbrannt, und ihre Überreste wurden vielfach in anonymen Massengräbern verscharrt oder in Natronlauge aufgelöst.

Aus dem Durcheinander der Fragen, die mir durch den Kopf schwirrten, drängte eine besonders unbequeme Frage in den Vordergrund. Ich runzelte die Stirn und zögerte, weil ich nicht recht wusste, ob ich sie wirklich jetzt stellen sollte. Aber ich konnte nicht widerstehen, ich musste es wissen.

«Sag mir eins», begann ich. «Wann hast du es gemerkt?»

«Dass ich schwanger war?»

«Ja», erwiderte ich beinahe widerstrebend. «War es bevor oder nachdem ich gegangen bin?»

Sie sah mich einen Moment lang an, dann erwiderte sie: «Vorher.»

Zorn begann in meinen Schläfen zu pochen. Das war nicht die Antwort, auf die ich gehofft hatte. Ich schüttelte nur den Kopf und wandte mich ab.

«Hey, vergiss nicht, du warst derjenige, der gegangen ist.»

Ich wandte mich ihr wieder zu. «Das heißt nichts. Ich wusste doch nichts davon. Du hattest meine Nummer. Warum hast du mich nicht angerufen und es mir erzählt? Dachtest du, ich wollte nicht daran teilhaben?»

«Nein. *Ich* wollte nicht, dass du daran teilhast.» Michelle sprach mit fester Stimme, ohne eine Spur von Reue und ohne meinem Blick auszuweichen. Sie schwieg kurz, um meine Reaktion zu beobachten, dann fügte sie hinzu: «Ich wollte dich nicht in meinem und seinem Leben haben, Sean. Nicht so, wie du damals warst. Komm schon, erinnerst du dich etwa nicht? Du warst verdammt mies drauf. Bis oben hin voller Wut und Bitterkeit und völlig aufgefressen von Schuldgefühlen.»

All das war leider wahr.

«Es war eine schwere Zeit», sagte ich bitter, während die Erinnerungen an jene Nacht in dem Labor weit draußen in der mexikanischen Wildnis wieder über mich hereinbrachen.

Erinnerungen an Dinge, von denen ich ihr nichts erzählt hatte.

Michelle gehörte nicht zu unserer Task-Force, ihr Job war es, undercover den Geldfluss zu verfolgen und den Drogenbaronen den Geldhahn zuzudrehen. Sie kannte nicht die ganze Wahrheit darüber, warum wir in jener Nacht dort draußen waren, selbst ich kannte sie nicht. Der Auftrag war aus heiterem Himmel gekommen, eine dringende, plötzlich angesetzte Befreiungs- und Rettungsoperation, zu der ich abgestellt worden war. Und als wir zurückkehrten, war ich so am Boden und quälte mich so sehr mit dem, was wir getan hatten, dass ich es nicht über mich brachte, es ihr zu erzählen. Überhaupt hätte ich es nicht über mich gebracht, es irgendwem zu erzählen, aber ihr am allerwenigsten. Während jener chaotischen Tage hatte ich ihr nichts weiter offenbaren können, als dass alles schiefgelaufen war und dabei unschuldige Zivilisten gestorben waren, darunter auch der Mann, den wir dort hätten herausholen sollen.

Ich erzählte ihr nicht, dass ich derjenige war, der ihn exekutiert hatte.

«Das weiß ich ja», sagte sie. «Aber du hättest nicht einfach so zu verschwinden brauchen. Wer weiß, wenn du geblieben wärst, hätte ich dir vielleicht helfen können, die Sache durchzustehen. Und dann wären wir jetzt vielleicht immer noch zusammen.» Ihre Stimme brach, und ich hörte ein leises Bedauern heraus.

Auch ich empfand so.

Sie hatte natürlich recht, ich hätte es ihr erzählen sollen. Vielleicht hätte sie mir ja wirklich bei der Bewältigung helfen können. Vielleicht hätte ich die Geschichte dann nicht all die Jahre in meinem Inneren herumzutragen brauchen, als hätte ich einen nuklearen Sprengsatz verschluckt. Aber damals konnte ich kaum in den Spiegel schauen, und ich konnte mich nicht überwinden, mein Inneres mit irgendjemandem zu teilen.

«Es tut mir leid», sagte ich und fühlte mich elend.

Michelle winkte ab. «Weißt du, was ich nie verstanden habe ... Er war amerikanischer Staatsbürger und wurde zu dem, was er tat, gezwungen. Aber trotzdem hat er eine wirklich üble Superdroge entwickelt, nicht wahr? Ich meine, darum warst du dort, um ihn da rauszuholen. Und dass er gestorben ist, sicher, das war tragisch. Aber vielleicht war es doch besser so. Wer weiß, welchen Schaden seine Droge angerichtet hätte, wenn sie in Umlauf gekommen wäre. Meinst du nicht auch?»

Ich schüttelte den Kopf und stieß niedergeschlagen die Luft aus. «Davon haben wir uns aber nie persönlich überzeugt.»

«Du weißt, welchen Schaden er hätte anrichten können, wie viele Leben vielleicht zerstört worden wären, ob absichtlich oder unabsichtlich ... Vielleicht war es das Beste so.»

Ich zuckte die Schultern, ich wollte nicht mehr darüber sprechen. «Vielleicht.» Dann wechselte ich das Thema. «Also, wer wusste noch davon, dass Alex mein Sohn war? Was hast du denen gesagt, als du ihnen mitgeteilt hast, dass du den Job aufgibst?»

«Ich habe niemandem etwas erzählt. Ich habe einfach gesagt, ich bräuchte eine Auszeit, und bin gegangen. Niemand wusste davon.» Dann fiel ihr etwas ein, und sie korrigierte sich: «Außer Munro. Der Widerling hat mich am Flughafen gesehen und sich seinen Teil gedacht. Er hat sich sogar an mich rangemacht. Er wusste, dass ich schwanger war. Wenigstens hatte ich das Vergnügen, sein Gesicht zu sehen, als ich ihn abgeschossen habe. Ein unbezahlbarer Anblick. Ich war wirklich gnadenlos.»

Ich nickte, wandte mich ab und starrte zum Horizont. Das vom Wasser gespiegelte Sonnenlicht brannte mir in den Augen, und ich wünschte, es könnte die Flut der Bilder von jenem Tag ausbrennen, die vor meinem geistigen Auge aufstiegen.

Dann legte Michelle ihre Hand auf meine.

«Weißt du was? Mir tut es auch leid», sagte sie versöhnlich. «Vielleicht war es ganz und gar nicht gut, was da gelaufen ist.»

Ich wandte mich ihr wieder zu und zuckte die Schultern. Es war unfair von mir, die Schuld auf sie zu schieben. «Nein. Ich war wirklich verdammt mies drauf.» Es drängte mich, das Thema zu wechseln, ich wollte weg von diesen Erinnerungen. «Wie auch immer, es hat keinen Sinn, jetzt noch lange darüber zu brüten.»

Michelle erwiderte nur: «Okay.»

Ich zog mein Handy hervor. «Ich habe meine Kollegen gebeten, einen sicheren Unterschlupf für dich zu organisieren. Das müsste inzwischen passiert sein. Ich rufe sie an, um die Adresse zu erfahren, und bringe dich hin.»

«Was ist mit den Mordermittlern? Die müssen alle Einzelheiten des Vorfalls erfahren.»

«Eins nach dem anderen», wehrte ich ab. «Lass mich erst

dich und Alex an einen sicheren Ort bringen. Dann fahre ich hin und rede mit den Mordermittlern.»

«Ich will nicht, dass sie mir Alex wegnehmen, Sean. Nicht für eine Minute. Versprich mir, dass du nicht zulassen wirst, dass es dazu kommt.»

Ich sah sie an und nickte. «Es wird nicht dazu kommen.»

Eigentlich konnte ich dafür nicht wirklich garantieren, ich brauchte erst das Okay von höherer Stelle. Wären wir in New York gewesen, dann hätte ich dieses Versprechen mit weniger Unbehagen geben können. Aber hier draußen war ich der Gnade des Special Agent in Charge der hiesigen Dienststelle ausgeliefert, David Villaverde. Ich hatte ihn noch nicht kennengelernt, er schien jedoch ein anständiger Kerl zu sein. Bisher hatte er sich hilfsbereit gezeigt, allerdings hatte er noch nicht die ganze Geschichte erfahren. Ob er danach noch ebenso hilfsbereit sein würde, blieb abzuwarten.

Ich tätigte den Anruf und erfuhr die Adresse des sicheren Hauses. Es befand sich in einem Ort namens Mira Mesa, nicht weit von der Miramar Airbase des Marine Corps, etwa zehn Meilen nördlich von unserem jetzigen Standort. Der Plan sah vor, dass wir mit einem Taxi zur Einfahrt der Airbase kommen sollten, wo zwei Agenten uns erwarten würden, um uns zu dem sicheren Unterschlupf zu bringen.

Als ich das Gespräch beendete, sah Michelle mich an, als ob etwas an ihr nagte.

«Was hast du?», fragte ich.

«Bist du mit einer Frau zusammen?»

«Ja.»

Sie verzog das Gesicht, dann sagte sie: «Es tut mir leid. Dass ich dich dazu gebracht habe, herzukommen.»

Ich wehrte mit einer Kopfbewegung ab. «Mach dir darum keine Gedanken.»

Dann gingen wir zur Tür des Zimmers, Michelle mit Alex an der Hand. Er hielt noch immer Abstand von mir und warf mir ängstliche Blicke zu.

«Bereit?», fragte ich, griff unter meine Jacke und entsicherte meine Pistole.

Michelle nickte. «Es kann losgehen.»

Ich schaute auf Alex hinunter. Als der Vierjährige sich noch weiter hinter seine Mutter zurückzog, gab es mir einen Stich ins Herz. Ich richtete den Blick wieder auf Michelle, die mir zunickte. *Es wird alles gut.* Ich erwiderte die Geste, dann öffnete ich die Tür.

Ich sah mich nach beiden Seiten um und entdeckte nichts Besorgniserregendes. Der Flur war leer.

Ich ging voran zum Aufzug und drückte die Taste mit dem Pfeil nach unten. Augenblicke später ertönte das charakteristische Surren, dann signalisierte ein schrilles *Ping* die Ankunft des Aufzugs. Nach einem kurzen Blick zu Michelle wandte ich mich der Aufzugtür zu, die zur Seite glitt.

In dem Aufzug standen Leute.

Um genau zu sein, drei kräftige Männer mit Windjacken und dunklen Mützen. In dem Augenblick, als sich die Tür öffnete, zogen sie gerade ihre Gesichtsmasken hoch, und drei böse, kalt starrende Augenpaare weiteten sich vor Überraschung.

Ich begriff sofort – ich brauchte nicht zu sehen, wie Michelle sie fassungslos anstarrte, und ich brauchte nicht zu hören, wie sie schrie: «Das sind sie.» Ich war bereits in Aktion, warf mich nach links, um sie und Alex aus der Schusslinie zu stoßen, während meine rechte Hand zur Waffe fuhr. Mein Blick begegnete denen der drei Männer, die ebenfalls unter ihre Jacken griffen, dann kamen die Pistolen zum Vorschein …

… und schon flogen die Kugeln.

KAPITEL 7

«Nimm Alex, ich gebe euch Deckung», schrie ich, während ich von den Aufzugtüren wegstürzte.

Michelle riss bereits den Vierjährigen hoch, drückte ihn fest an sich und sprintete den Flur entlang.

Ich war dicht hinter ihr. Ich lief seitwärts, den ausgestreckten Arm mit der Pistole auf das andere Ende des Flurs gerichtet, den Blick in höchster Alarmbereitschaft geschärft, um jede Bewegung sofort wahrzunehmen. Ich sah, wie einer der Männer den Kopf aus dem Aufzug steckte, zugleich erschien die Mündung einer Pistole mit Schalldämpfer, und wir beide feuerten gleichzeitig. Ich gab mehrere Schüsse ab, und der Gangster schoss, während er wieder in Deckung ging, ebenfalls ein paarmal, sodass mir die Kugeln um die Ohren pfiffen und in die Wände des Flurs einschlugen.

«Lauf weiter», rief ich Michelle zu und warf blitzschnell einen Blick über die Schulter, um mich zu orientieren. Ich sah, dass der Flur nach links abknickte und Michelle gerade um die Ecke verschwand. Ich fluchte innerlich darüber, dass ich keine andere Wahl gehabt hatte, als sie wegzustoßen, statt sie zu mir herüberzuziehen. So mussten wir durch diesen Teil des Flurs flüchten, in die entgegengesetzte Richtung unseres Zimmers, das wir nun nicht mehr erreichen konnten, weil dazwischen der Aufzug war. Ich wusste nicht, wie es hinter der Ecke weiterging, aber uns blieb eben kein anderer Ausweg.

Als ich die Stelle erreichte, wo der Flur abknickte, kam der Kopf des Schützen erneut zum Vorschein, diesmal dicht über dem Boden. Die Waffe hielt er geradeaus vor sich, und wieder fielen Schüsse. Während um mich herum die Kugeln flogen, erwiderte ich das Feuer, konnte jedoch im Laufen nicht richtig zielen. In Deckung angekommen, holte ich rasch Luft, dann spähte ich um die Ecke. Ich konnte nur einen flüchtigen Blick auf einen weiteren Schützen werfen, der aus dem Aufzug stürzte und sich an der Wand des Flurs auf ein Knie fallen ließ, und schon setzte der Kugelhagel ein. Eins der Geschosse schlug nur ein paar Fingerbreit neben meinem Gesicht in die Wand ein, Holz- und Putzsplitter flogen. Während ich wieder in Deckung ging, fühlte ich einen brennenden Schmerz in der Wange – etwas hatte mich getroffen. Doch ich ignorierte es und sah mich hastig nach Michelle um.

Sie stand etwa fünfzehn Meter weiter an einer offenen Tür am Ende des Flurs, winkte mir fieberhaft zu und zischte: «Hier entlang.»

Mit dem Rücken an die Wand gedrückt, atmete ich noch einmal tief durch, dann schob ich meine Waffe um die Ecke und schoss blindlings ein paarmal in Richtung des Aufzugs. Ohne einen weiteren Blick zu riskieren, rannte ich Michelle nach.

Wir stürmten durch die Tür und die Treppe hinunter. Michelle lief voran, Alex noch immer fest an sich gedrückt, während ich ein paar Stufen hinter ihnen zurückblieb, um das Risiko zu minimieren, dass einer der beiden von einer verirrten Kugel getroffen wurde, die mir gegolten hätte. Immer wieder warf ich einen hastigen Blick zurück – ich durfte weder stolpern noch aber die Treppe über uns aus den Augen lassen.

Es dauerte nicht lange, bis ich die Schützen ins Treppenhaus stürmen und hinter uns die Treppe herunterpoltern hörte. Ich sah sie flüchtig über uns und verfolgte sie durch das Visier meiner Pistole, widerstand jedoch dem Drang zu schießen, denn ich wollte keine Munition verschwenden, solange ich nicht eine freie Schusslinie hatte. Die Dreckskerle hielten sich an den Wänden, außerhalb meiner Sicht, und spähten nur einmal für einen Sekundenbruchteil über das Geländer. Sofort feuerte ich ein paar Schüsse ab. Wir alle rannten sechs Treppenabsätze hinunter, so schnell, wie es nur möglich war. Endlich erreichten Michelle, Alex und ich das Erdgeschoss und stürzten aus dem Treppenhaus in die Lobby des Hotels.

Ich fuchtelte mit meiner Pistole und schrie: «Alle runter auf den Boden!», während wir durch die große, offene Halle schnurstracks auf den Ausgang zurannten. Die Lobby war ziemlich leer. Die wenigen anwesenden Personen drehten sich verwirrt und erschrocken um; manche begannen panisch zu schreien und gingen hastig in Deckung, während andere einfach erstarrten. Wir stürzten am Aufzug vorbei, dessen Tür sich gerade öffnete – und ein einzelner Schütze kam heraus, der uns direkt in den Weg rannte. Michelle wich ihm aus, stürmte an ihm vorbei wie ein von Teufeln gejagter Quarterback und rannte mit unverminderter Geschwindigkeit weiter. Jetzt war ich an der Reihe: Mit aller Kraft rammte ich ihm den Unterarm gegen das Kinn. Durch die Wucht meines Ansturms aus vollem Lauf wurde der Mann zu Boden geschleudert und verlor seine Waffe, die dicht neben mir über den Boden schlitterte. Es gelang mir, sie mit einem Fußtritt wegzustoßen, ohne meinen Lauf zu verlangsamen. Ich blieb Michelle weiter auf den Fersen.

Wir erreichten die Tür und kamen im Vorhof des Hotels schlitternd zum Stehen. Er grenzte an einen mittelgroßen Parkplatz, wo die Hotelgäste ihre Wagen abstellten. Mir war klar, dass wir keinen Augenblick zögern durften. Schwer atmend und mit wild klopfendem Herzen überblickte ich den Parkplatz und entdeckte links von uns das, womit ich gerechnet hatte: einen weißen Lieferwagen, mit der Front zum Hoteleingang geparkt, und darin eine einzige Silhouette, die eines weiteren Schützen. Sobald er uns sah, riss er die Tür auf und sprang aus dem Wagen.

«Da lang», rief ich und lotste Michelle von dem Lieferwagen fort – in dem Moment sah ich ein Auto auf den Parkplatz einbiegen und auf eine Parklücke zusteuern.

«Da drüben.» Ich zeigte auf die blaue Limousine. «Der Wagen da. Los.»

Wir rannten darauf zu, wobei ich für Rückendeckung sorgte. Gerade als wir an einer Reihe geparkter Fahrzeuge entlangstürmten, ging eine weitere Salve los. Die Kugeln schlugen um uns herum in Karosserieteile ein und zertrümmerten eine Windschutzscheibe direkt hinter uns.

«Bleib nicht stehen», schrie ich Michelle zu, während ich herumfuhr und das Feuer der zwei Schützen, die auf uns zurannten, erwiderte.

Wir erreichten den Ford, als der Fahrer, ein kahler, dickbäuchiger Mann im Anzug, gerade eingeparkt hatte und aus seinem Wagen steigen wollte.

«Geben Sie mir Ihre Schlüssel», verlangte ich knapp und hielt ihm die Pistole vors Gesicht, damit er nicht lange zögerte.

Der arme Kerl hielt mir mit zwei Fingern die Wagenschlüssel hin. Ich riss sie ihm aus der Hand, zerrte ihn aus dem Wagen und stieß ihn von mir. «Ducken Sie sich», befahl ich ihm.

Der Mann warf sich auf den Boden. Ich riss Michelle die Tür zum Rücksitz auf, schrie «Steig ein» und feuerte noch eine Salve gegen die Verfolger.

Michelle hob Alex in den Wagen und wollte hastig einsteigen, als ich sah, wie einer der Schützen die Pistole hob und auf uns zielte. Ich nahm ihn ins Visier, aber gerade als ich abdrückte, sah ich das Mündungsfeuer seiner Waffe und hörte rechts neben mir ein lautes Stöhnen.

Grauen durchfuhr mich, als ich mit einem Seitenblick sah, wie Michelle mühsam hinter Alex auf den Rücksitz kletterte.

Unter ihrer Brust bemerkte ich einen kleinen, dunklen Fleck.

«Mish?!»

Ohne etwas zu erwidern, verschwand sie im Wagen.

Ich fluchte innerlich, denn mir war klar, was gerade geschehen war. Genau an dieser Stelle, wo dicht beieinander Lunge, Herz und andere lebenswichtige Organe liegen, das konnte nicht gut sein. Doch im Augenblick konnte ich nichts weiter unternehmen, als uns alle schnellstens von hier wegzubringen. Ich warf mich auf den Fahrersitz, steckte den Schlüssel ins Zündschloss und legte mit einem Ruck den Rückwärtsgang ein. Dann drehte ich mich um und schaute über die Schulter, um den Wagen in halsbrecherischem Tempo aus der Parklücke zu steuern.

Ich konnte nur einen kurzen Blick auf Michelle werfen, aber ihr Anblick traf mich wie ein Dolch. Ihre Augen waren vor Angst und Schmerz geweitet, ihr Gesicht schweißbedeckt.

«Himmel, Mish», stieß ich heiser hervor.

Sie schaute auf ihre Wunde hinunter, dann hob sie den Kopf und blickte mir stumm in die Augen. Verwirrung stand ihr ins Gesicht geschrieben. Sie wollte etwas sagen, doch es gelang ihr nicht gleich, die Worte zu formen. Schließlich brachte sie heraus: «Ich bin … Scheiße, Sean, ich bin getroffen.»

Durch die Windschutzscheibe hinter ihr sah ich die beiden Schützen näher kommen. Einer von ihnen, der Dreckskerl, der eben Michelle angeschossen hatte, bewegte sich schwerfälliger als der andere, und ich bemerkte an seiner Schulter einen dunklen Fleck. Dort musste meine Kugel ihn getroffen haben, aber eben einen Sekundenbruchteil zu spät.

Er sollte keine zweite Chance bekommen.

«Halt dich fest», sagte ich zu Mish und trat so fest aufs Gaspedal, als wollte ich es durch das Bodenblech treten. Der Ford raste rückwärts, geradewegs auf unsere beiden Verfolger zu.

Einem von ihnen gelang es, mit einem Satz über die Motorhaube eines geparkten Wagens auszuweichen, aber der Kerl, um den es mir eigentlich ging, war nicht so behände. Ich rammte ihn und stieß ihn rücklings gegen die Seite eines anderen Autos, so fest, dass die untere Hälfte seines Körpers mit einem widerlichen Knirschen zermalmt wurde. Für mich klang es auf eine perverse Art richtig gut. Dann knallte ich den Vorwärtsgang ins Getriebe, und der Wagen raste vom Hotelparkplatz. Mit quietschenden Reifen fuhr ich rechts ab und dann mit halsbrecherischer Geschwindigkeit die Küstenstraße entlang. Immer wieder warf ich für einen Sekundenbruchteil einen Blick zu der angeschossenen Michelle auf dem Rücksitz, in der verzweifelten Hoffnung auf ein Anzeichen dafür, dass sie durchhielt.

KAPITEL 8

«Mish, bleib bei mir, okay? Bitte halt durch», flehte ich atemlos, und die wüstesten Flüche schossen mir durch den Kopf, während ich mich mit raschen Blicken vergewisserte, wie es ihr ging. Zugleich zog ich mein Handy hervor.

Als ich zweimal die grüne Taste drückte, um die Wahlwiederholung zu aktivieren, sah ich flüchtig, wie Michelle zu mir aufblickte. Es stand nicht gut um sie. Ihre Augen waren halb geschlossen, ihr Mund schmerzverzerrt, und ihr Gesicht war jetzt nicht mehr nur feucht, sondern schweißüberströmt. Ihr Hemd war an der Brust blutgetränkt, sie hatte den rechten Arm um Alex gelegt und drückte ihn fest an sich. Ihre Augen weiteten sich, fest auf mich gerichtet, und sie setzte an, etwas zu sagen, aber ein Husten unterbrach sie, und Blut quoll aus ihrem Mund.

Mir rutschte das Herz in die Hose.

«Halt durch, Baby», wiederholte ich. In diesem Moment meldete sich Villaverde.

«Reilly?»

«Ich habe Michelle bei mir, sie ist angeschossen, wir brauchen Hilfe», erklärte ich. «Ich habe sie und ihren Sohn hier bei mir im Wagen und ...» Ich sah mich um und suchte nach einem Anhaltspunkt dafür, wo wir uns befanden. «Ich fahre auf der Küstenstraße vom Hotel aus in Richtung Westen.»

«Werden Sie verfolgt?»

Ich warf einen Blick in den Rückspiegel, von dem Überfallkommando war nichts zu sehen.

«Nein. Aber ich muss sie in ein Krankenhaus bringen, schnell.»

Ich hörte, wie Villaverde einem seiner Männer etwas zurief, dann sagte er: «Okay, Sie müssen auf dem Harbor Drive sein, das heißt, das nächste Krankenhaus ist ...» Er hielt inne, um zu überlegen.

«Schnell», drängte ich verzweifelt, «sie verblutet ...» – und gerade in diesem Moment fiel mir etwas auf, am Himmel links von mir. Ein Flugzeug im Landeanflug.

Mein Herz setzte einen Schlag aus. «Vergessen Sie das Krankenhaus. Ich bin am Flughafen.» Ich überblickte die Straße vor mir, und tatsächlich entdeckte ich ein großes Hinweisschild zum Flughafen, eine Ausfahrt zu Terminal zwei. «Schicken Sie einen Notarzt, ich bin vor Terminal zwei. Der Wagen ist eine blaue Ford-Limousine.»

«Bleiben Sie dran.»

Ich hörte, wie er jemandem zurief, er solle die Rettungszentrale des Flughafens verständigen, dann meldete Villaverde sich wieder.

«Was ist mit den Angreifern?»

«Ich habe einen von ihnen auf dem Parkplatz ausgeschaltet, bestimmt finden Ihre Leute die Spuren, aber die anderen sind sicher längst über alle Berge.»

«Okay, ich halte Sie auf dem Laufenden. Und viel Glück für sie.»

Ich warf das Handy auf den Sitz neben mir und trat fester aufs Gaspedal. Während wir an anderen Fahrzeugen vorbeirasten, verstellte ich den Rückspiegel so, dass ich Michelles Gesicht sehen konnte.

«Wir sind gleich da, hörst du, Mish?», redete ich ihr verzweifelt zu. «Wir sind gleich da.»

Sie hielt nur noch mühsam die Augen offen.

Von Angst überwältigt, steuerte ich den Ford an einer Reihe Autos vorbei, die ich nur undeutlich wahrnahm, dann fuhr ich von der sechsspurigen Straße ab und lenkte den Wagen auf die spiralförmige Rampe, die zum Terminal führte. Weniger als eine Minute später hielten wir neben einem erschrockenen Verkehrspolizisten am Fahrbahnrand.

Ich sprang aus dem Auto und sah mich hektisch nach dem Rettungswagen um. Es war nichts zu sehen.

«Ein Rettungswagen ist auf dem Weg hierher», rief ich dem Cop zu, während ich die hintere Wagentür aufriss, um mich um Michelle zu kümmern. «Versuchen Sie rauszufinden, wo er ist. Wir haben einen Notfall.»

Ich beugte mich in den Wagen. Der Anblick, der sich mir bot, ließ mich erstarren. Michelle regte sich nicht mehr. Ihr Atem ging flach, kaum mehr als ein schwaches Keuchen. Aus einem Mundwinkel rann Blut, vermischt mit Speichel. Der Autositz war bereits durchtränkt.

Behutsam zog ich ihre Bluse hoch, um mir die Wunde anzusehen. Es war ein dunkler Krater dicht unter ihrer linken Brust, aus dem dickflüssiges Blut quoll. Ich legte meine Hand darauf und drückte vorsichtig, um die Blutung zu stillen. Dabei war mir bewusst, welchen Schmerz ich Michelle zufügte, und tatsächlich zuckte sie heftig zusammen, als ich den Druck verstärkte. Ich streichelte mit der anderen Hand ihre bleiche, schweißnasse Wange, auch wenn ich nicht sicher war, ob sie es überhaupt fühlte. Dabei wanderte mein Blick von ihrem Gesicht hinunter zu Alex, der sich unter ihren Arm gekauert hatte, den Kopf gesenkt, die Augen fest zusammengekniffen. Er zitterte heftig.

«Hey», sagte ich sanft. Ich streckte die Hand aus, um ihm über den Kopf zu streichen, doch dann zögerte ich und zog sie zurück. «Alles wird gut», sagte ich zu ihm in dieser nervtötenden, verzweifelten Art, in der man solche Plattitüden hervorbringt. «Sie wird wieder gesund.»

Alex sah nicht auf. Einen Moment lang verharrte er, wie er war, eng zusammengerollt und zitternd, dann nickte er kaum wahrnehmbar, ehe er sich wieder in sein Schneckenhaus zurückzog.

Mein Herz schien stillzustehen, während Michelles warmes Blut unaufhaltsam durch meine Finger sickerte – dann hörte ich in der Ferne schwach eine Sirene, die rasch lauter wurde.

«Sie sind da, Mish, hörst du das? Der Rettungswagen ist da.»

Ihre zitternden Lider öffneten sich halb, für einen Moment konnte sie meinem Blick begegnen. Sie verzog das Gesicht vor Anstrengung, etwas zu sagen, aber sie brachte nichts heraus, sondern hustete nur wieder Blut.

Ich beugte mich dichter zu ihr. «Nicht sprechen, Liebes. Halte nur durch, jetzt haben wir dich im Handumdrehen im Rettungswagen.»

Sie versuchte es beharrlich noch einmal, aber die Worte blieben ihr im Hals stecken.

«Was willst du mir sagen, Baby?», fragte ich, während das Schrillen der Sirene immer lauter wurde. Es hatte uns jetzt fast erreicht.

Ihre Augen weiteten sich kurz wie von einer übermenschlichen Anstrengung, und sie begegnete wieder meinem Blick, auch wenn es offenbar fast über ihre Kräfte ging. «Alex», keuchte sie schwach. «Pass ... pass auf ... ihn auf.»

«Natürlich. Hey, ich gehe nicht weg», sagte ich und rang mir den Hauch eines ermutigenden Lächelns ab, während ich mit einer Hand Michelles Wange streichelte und die andere weiter auf die Schusswunde drückte. «Wir sind beide hier bei dir», redete ich ihr zu. Aus dem Augenwinkel sah ich, wie der Rettungswagen hinter uns hielt.

Binnen Sekunden waren die Sanitäter am Wagen und untersuchten Michelle. Als sie sahen, wie blass und geschwächt sie war und wie viel Blut sie verloren hatte, wechselten sie einen Blick, und meine Eingeweide krampften sich zusammen. Während sich immer mehr Schaulustige um das Auto scharten, half ich den Sanitätern, Michelle herauszuheben und auf eine Trage zu betten. Dabei hielt ich Alex dicht an meiner Seite und drückte seine Hand, während ich mich bemühte, ihn nicht mitansehen zu lassen, wie die Sanitäter am Fahrbahnrand Michelle versorgten.

Die Satzfetzen, die ich aufschnappte, klangen nicht beruhigend.

«Sie hat starke innere Blutungen», teilte einer der beiden mir schließlich mit, während er an ihrem Arm nach einer Vene suchte, um ihr eine zweite Infusion zu legen. «Ich kann noch nicht sagen, welche Organe betroffen sind, aber hier können wir nichts für sie tun. Sie muss operiert werden.»

In diesem Moment begannen irgendwelche Überwachungsgeräte wild zu piepsen, und der andere Sanitäter rief: «Kreislaufzusammenbruch.» Sofort war sein Kollege zur

Stelle, und beide arbeiteten fieberhaft; einer begann mit der Herz-Lungen-Wiederbelebung, während der andere sich daranmachte, einen Beatmungsschlauch zu legen. Ich trat ein wenig zurück und beobachtete schweigend und wie betäubt, wie die beiden um Michelles Leben kämpften. Jedes Mal, wenn sie unter der Herzdruckmassage zuckte, krampfte sich mein ganzer Körper zusammen. Ich hielt Alex so, dass er nicht sehen konnte, was vor sich ging, und hoffte wider alle Vernunft, sie könnten Michelle retten. Doch im Grunde war mir klar, dass es nicht gut ausgehen würde. Ich fühlte mich ohnmächtig und hilflos, weil ich nichts tun konnte, um alles in Ordnung zu bringen und sie wieder zu der lebensprühenden, faszinierenden Frau zu machen, die sie gewesen war. Wut wallte in mir auf und pulsierte in meinen Schläfen, bis ich das Gefühl hatte, sie müssten platzen. Dann setzte das Piepsen aus, und auf dem Monitor erschien die Nulllinie. Der leitende Sanitäter wandte sich mit düsterer Miene und einem kurzen Kopfschütteln zu mir, eine Geste, die bis in mein Innerstes drang und mich zu zerreißen schien.

KAPITEL 9

«Wie zum Teufel haben die Kerle sie gefunden?»

Wir waren zurück auf der Basis, Villaverde und ich, was in diesem Fall hieß, in seinem Büro in der obersten Etage der FBI-Dienststelle von San Diego, einem flachen, dreistöckigen Gebäude aus Glas und Beton ein paar Meilen östlich von Montgomery Field. Nach dem Vorfall hatte ich noch Stunden damit zugebracht, einigen Mordermittlern die Ereignisse zu schildern und die Männer vom Überfallkommando zu beschreiben, so gut ich konnte. Jetzt war ich erschöpft, unsäglich wütend, mein Kopf war schwer und meine Gedanken zäh, als habe jemand meinen Schädel mit Molasse vollgepumpt.

«Vielleicht sind sie ihr vom Haus aus gefolgt», spekulierte Villaverde, der an die Schreibtischkante gelehnt stand. Er war groß und schlank, und mit seiner reinen, olivfarbenen Haut und dem zurückgekämmten rabenschwarzen Haar gab er ein leibhaftiges Aushängeschild für das FBI ab. Ich konnte mir denken, dass die Schlipsträger ihn schätzten, und fairerweise musste ich einräumen, dass er nach meinem bisherigen Eindruck tatsächlich ein aufrechter, tüchtiger Kerl zu sein schien.

«Sie sagte, dass sie nicht verfolgt wurde», widersprach ich gereizter, als es angebracht war. «Michelle war gut. Sie hätte etwaige Verfolger bemerkt. Erst recht nach allem, was vorgefallen war. Sie hat ja damit gerechnet.»

«Was ist mit ihrem Handy?»

«Nach dem Telefonat mit mir hat sie den Akku rausgenommen.»

«Vielleicht hat sie vom Hotel aus noch jemand anderen angerufen?»

Ich schüttelte heftig den Kopf. «Auf keinen Fall. Michelle war ein Profi. Sie wäre niemals ein solches Risiko eingegangen.»

Villaverde zuckte die Schultern. «Nun, wir werden es bald erfahren. Wenn sie von ihrem Zimmer aus jemanden angerufen hat, ist es ja registriert worden.»

Eine weitere Möglichkeit ließ mir keine Ruhe.

«Was denken Sie, wie viele Hotels und Motels gibt es da draußen beim Flughafen?»

«Ich weiß es nicht, jedenfalls nicht allzu viele. Warum? Denken Sie, dass sie sie so ausfindig gemacht haben? Indem sie alle Hotels abgeklappert haben?»

«Als sie mich vom Einkaufszentrum aus anrief, sagte Michelle, sie wolle in einem Hotel in der Nähe des Flughafens auf mich warten. Wenn diese Typen ihr Handy gehackt und diesen Anruf abgehört haben ... dann brauchten sie doch nur nach einer Frau mit einem kleinen Kind ohne Gepäck und ohne Kreditkarte zu suchen. Vielleicht hatten sie einfach Glück.»

«Tja, wenn es so war, könnte es – je nachdem, wie sie es gemacht haben – Spuren auf ihrem Handy hinterlassen haben.» Er griff zum Telefon und wählte eine Nummer. «Ich lasse das vom Labor überprüfen.»

Während Villaverde telefonierte, stand ich schweigend vor dem großen Fenster und starrte hinaus. Innerlich kochte ich vor Wut. Die Sonne war längst untergegangen, und draußen herrschte düstere, bedrückende Dunkelheit. Die Straßenlaternen auf dem fast leeren Parkplatz gaben nur ein schwaches Licht ab, und am Himmel waren weder Mond noch Sterne zu sehen, kein heller Schein, kein Licht am Ende des grauenvollen Tunnels, in den sich dieser Tag verwandelt hatte. Es war, als habe sich die Natur verschworen, mich meinen Verlust noch stärker fühlen zu lassen.

«Ich begreife das nicht», stieß ich wütend hervor. «Sie sagte, die wollten sie nicht töten. Sie sagte, einer der Männer, die in ihr Haus eingedrungen waren, hatte sie im Visier, aber er hat nicht abgedrückt.»

«Vielleicht war es einfach ein Versehen», schlug Villaverde vor, der sein Telefonat beendet hatte. «Sie haben selbst gesagt, dass es eine wilde Schießerei war.» Er zögerte, dann fügte er mit unsicherer Miene hinzu: «Vielleicht galt der Schuss, der sie getötet hat, eigentlich Ihnen.»

Mir stieg die Galle hoch. Dieser Gedanke war mir auch gekommen, und ich hatte alles in Frage gestellt, was ich getan, jede Entscheidung, die ich getroffen hatte von dem Moment an, als Michelle mich anrief.

«Na großartig, da fühle ich mich doch gleich besser», grollte ich. Ich versuchte, Wut und Reue abzuschütteln und mich darauf zu konzentrieren, was jetzt zu tun war. «Okay, also, was für Anhaltspunkte haben wir, abgesehen von Michelles Handy? Die Aufnahmen der Überwachungskameras vom Hotel, den Ballistikbericht vom Hotel und von ihrem Haus … Was noch? Fingerabdrücke? Blut von den Angreifern?»

Villaverde nickte. «Wir haben reichlich DNA, vom Haus und von den Überresten des Kerls, den Sie auf dem Parkplatz zermalmt haben. Ich weiß nicht, wie es mit der Auswertung der Überwachungsbänder steht, aber die Forensiker lassen ihre Ergebnisse gerade durch die zentrale Datenbank laufen.»

«Wie sieht es mit den Nachbarn aus?»

«Das Morddezernat ermittelt schon seit dem Notruf in der Gegend, aber ich mache mir keine großen Hoffnungen. Was sollte schon dabei herauskommen? Das Kennzeichen des Lieferwagens?»

Ich erinnerte mich, den Wagen des Überfallkommandos auf dem Hotelparkplatz gesehen zu haben, aber in der Hitze des Gefechts hatte ich das Nummernschild nicht registriert. Es spielte ohnehin keine Rolle. In solchen Fällen war es immer das Gleiche, der Wagen war entweder gestohlen oder mit falschen Papieren gemietet.

«Ich muss Sie bitten, sich auf der Dienststelle in der Stadt ein paar Gesichter anzusehen», sagte Villaverde, womit er die riesige digitale Verbrecherkartei meinte. Keine erfreuliche Aussicht für mich.

Widerstrebend sagte ich ja, während ich mich fragte, wer diese Kerle waren. Ich rief mir ins Gedächtnis, was ich gesehen hatte, was ihre Gesichter und ihre Bewegungen mir verrieten. Sie waren skrupellos, zu allem entschlossen und wirkten wie ein eingespieltes Team, als hätten sie schon einige Übung. Das brachte mich zu der Frage, was wir noch alles erfahren würden, wenn wir sie endlich zur Strecke brachten.

«Sie haben zwei Männer verloren, die zumindest schwer verletzt, wahrscheinlicher aber tot sind», bemerkte ich.

«Die werden sie garantiert nicht ins Krankenhaus bringen», entgegnete Villaverde. «Bestenfalls finden wir demnächst irgendwo die Leichen, aber darauf würde ich nicht wetten. Eher werden sie als Würmerfraß in einem der Canyons enden oder draußen in der Wüste.»

Ich an ihrer Stelle hätte jedenfalls diese Lösung gewählt. Trotzdem musste man alle Möglichkeiten in Betracht ziehen für den Fall, dass einer der Dreckskerle, die Michelle getötet hatten, oder einer ihrer Hintermänner einen Fehler machte; so etwas kam zu unserem Glück hin und wieder vor.

«Sie haben zwei Männer an einem Tag verloren. Kennen Sie viele Überfallkommandos, die einen solchen Verlust hinnehmen könnten, ohne mit der Wimper zu zucken?» Ehe Villaverde etwas erwidern konnte, fügte ich hinzu: «Wir müssen die DEA mit ins Boot holen.»

«Warum?»

«Michelle hatte keine Ahnung, weshalb irgendwer es auf sie abgesehen haben könnte. Das Einzige, was ihr einfiel, war, dass es vielleicht etwas mit ihrer Vergangenheit als Agentin zu tun hatte. Dem müssen wir nachgehen.»

Villaverdes Gesichtsausdruck verriet, dass das neu für ihn war. «Ich kenne den Leiter der hiesigen Dienststelle. Ich werde ihn kontaktieren.» Er dachte einen Moment lang nach, dann fragte er: «War sie bei Ihnen an der Ostküste stationiert?»

Ich schüttelte den Kopf. «Nein. In Mexiko-Stadt.»

«Mexiko? Waren Sie auch dort?»

«Nein, ich war in Chicago.»

«Und wie sind Sie beide dann zusammengekommen?»

«Ich war mit einer gemeinsamen Task-Force verschiedener Behörden unten. Es ging um ein neues Drogenlabor, wo verdammt reines Meth gebraut wurde, das gerade in den Verkehr kam. Ich hatte die Spur über ein paar Gangster von den Latin Kings verfolgt, die sie beliefert haben.»

«Operation Sidewinder?», fragte Villaverde.

«Genau. Jedenfalls, Mish war bereits dort, sie operierte vom DEA-Hauptquartier in der Botschaft aus und griff die Haupt-Drahtzieher da an, wo es am meisten weh tat – beim Geld. Es hat nicht lange gedauert, bis sich unsere Wege kreuzten.»

«Okay. Wer war zu ihrer Zeit der dortige Attaché? Mit dem müssen wir reden.»

Ich runzelte die Stirn. «Hank Corliss.»

Auch Villaverde verzog das Gesicht. Offenbar war ihm der Name ein Begriff. «Corliss. Lieber Himmel.»

Ich nickte. «Ist er noch bei der DEA?»

Er zuckte die Schultern. «Teufel, ja. Was sonst sollte er tun, nach dem, was er durchgemacht hat – wenn Sie verstehen, was ich meine?» Er schwieg kurz, wie um seine Achtung für den Mann zum Ausdruck zu bringen, dann fuhr er fort: «Er ist jetzt der Chef in L. A. Leitet die So-Cal-Task-Force.» Der Name hatte bei Villaverde offenbar eine Frage angestoßen, denn er sah mich nachdenklich an. «Denken Sie, es könnte eine Verbindung geben zwischen diesen Vorfällen und dem, was ihm widerfahren ist?»

Der Gedanke war mir auch schon gekommen, aber besonders plausibel erschien es mir nicht. Seitdem waren fast fünf Jahre vergangen – würde jemand so lange warten, ehe er eine zweite Welle der Verheerung entfesselte?

«Nach so langer Zeit? Und nachdem Michelle schon vor Jahren den Dienst quittiert hat? Das halte ich doch für sehr unwahrscheinlich. Außerdem war sie nicht Mitglied unserer

Task-Force – sie hat undercover in ganz anderen Bereichen gearbeitet. Aber wie dem auch sei, jedenfalls müssen wir mit ihm reden.» Ich schwieg kurz, ehe ich hinzufügte: «Es wäre wohl besser, wenn die Anfrage von Ihnen käme. Corliss und ich ... wir sind nicht gerade die besten Freunde.» Das war milde ausgedrückt.

Villaverde kicherte leise. «Verstehe.»

Er schwieg sekundenlang, um seine nächsten Worte abzuwägen.

«Hören Sie», sagte er schließlich, «das ist ja alles schön und gut, und vielleicht ergibt sich tatsächlich etwas daraus, aber ... Wir kommen schon zurecht, okay? Sie haben im Augenblick andere Sorgen.»

Ich sah ihn fragend an.

Villaverde drehte sich um und deutete zu der Glaswand, die sein Büro vom Schreibtisch seiner Sekretärin trennte. «Der Junge.»

Ich blickte durch die Scheibe. Alex hatte sich etwas beruhigt und saß still auf einer schwarzen Ledercouch, den Blick auf den Teppich gesenkt. Neben ihm saßen zwei Frauen. Die eine war Villaverdes übertüchtige persönliche Assistentin Carla, der ich den Jungen zuerst anvertraut hatte. Später war eine jüngere, dunkelhaarige Agentin in weißem Hemd und anthrazitfarbenem Kostüm dazugekommen, die Jules Lowery hieß. Die Aufmerksamkeit der beiden war ganz auf den Jungen gerichtet. Sie plauderten mit ihm und versuchten, ihn aufzumuntern, während er lustlos aus einer Pappschachtel Chicken Nuggets und Pommes frites aß. Villaverde hatte bereits eine Kinderpsychologin angefordert, eine Frau, die schon früher mit dem FBI zusammengearbeitet hatte, aber bisher hatte man nur ihre Voicemail erreichen können und wartete auf den Rückruf.

«Hat er irgendwelche Angehörigen, bei denen er unterkommen kann? Er braucht jetzt jede Menge Liebe und Fürsorge», fügte Villaverde hinzu. «Darüber sollten Sie sich Gedanken machen.»

Er hatte natürlich recht. Ich war so darauf fixiert gewesen, die Hurensöhne in die Hände zu bekommen, die Michelle erschossen hatten, dass ich gar nicht wirklich an das andere Opfer dachte, das sie hinterlassen hatten.

«Ich weiß.»

«Und, was haben Sie jetzt mit ihm vor?»

Mir war nicht klar, warum er danach fragte. «Er ist mein Sohn. Was denken Sie? Er wird bei uns leben.»

«Okay, großartig, aber da werden Sie noch einigen Papierkrieg vor sich haben. Wahrscheinlich müssen Sie einen Bluttest machen lassen, um die Vaterschaft zu beweisen. So etwas dauert seine Zeit.» Er hielt inne, als ob er das alles bereits im Geiste durchspielte, dann fragte er: «Wissen Sie von nächsten Angehörigen, die sich Ihnen in den Weg stellen könnten? Leben Michelles Eltern noch? Solche Angelegenheiten können sehr unschön verlaufen.»

Als ich Michelle am Telefon danach fragte, hatte sie gesagt, es gebe niemanden in der Nähe. Ich versuchte mich zu erinnern, was ich über ihre Familie wusste. Wir waren nur ein paar Monate lang zusammen gewesen, und auch wenn es sehr intensive Monate waren, solche nebensächlichen Details waren inzwischen verblasst.

«Ich bin mir nicht sicher, aber soweit ich weiß, hatte sie keine Geschwister. Ich glaube, ihr Vater ist schon länger nicht in Erscheinung getreten, und ihrer Mutter ging es damals, als wir zusammen waren, nicht gut. Ich meine, sie hatte Alzheimer, aber ... so genau weiß ich es nicht.»

«Okay, das können wir herausfinden.» Villaverdes Gesichtsausdruck wurde milder. «Hören Sie, worauf ich hinauswill: Sie haben mit diesem Kind genug zu tun. Sie müssen den Behördenkram regeln und ihn mit nach Hause nehmen, ihn kennenlernen und das Fundament für sein neues Leben legen. Das wird nicht leicht sein nach allem, was er heute durchgemacht hat. Ich meine, er hat gerade mitangesehen, wie seine Mutter gestorben ist. Großer Gott. Das wird schwer zu bewältigen sein. Sie haben eine Mammutaufgabe vor sich, mein Freund. Und auf die müssen Sie sich jetzt konzentrieren. Das andere übernehmen wir schon.»

Ich hörte ihm kaum zu. Vor meinem geistigen Auge lief in einer Endlosschleife die Szene ab, wie Michelle sich zusammenkrümmte, als sie gerade in den Wagen steigen wollte. Ich hörte ihr Stöhnen, als die Kugel sie traf.

«Ich will diese Kerle schnappen», sagte ich nur.

«Hey, das will ich auch. Ich habe schon mit dem Leiter der Abteilung für Kriminalinformationen des SDPD gesprochen. Glauben Sie mir, die Sache hat für uns alle höchste Priorität. Aber Sie können hier nicht wirklich etwas beitragen. Wir sind nicht in New York. Das hier ist nicht Ihr Revier, Sie würden nur unsere Ressourcen strapazieren.» Er stieß die Luft aus, ließ die Schreibtischkante los und trat neben mich an die Glaswand. «Schauen Sie, Michelle ist tot. Ihr Freund ist tot. Ob die Täter darauf aus waren, sie zu entführen, oder nicht, spielt jetzt keine Rolle mehr. Es ist vorbei. Diese Dreckskerle werden wieder in die Kloaken kriechen, aus denen sie gekommen sind. Und wir müssen eben so lange sämtliche Spuren verfolgen, bis wir sie haben. Gehen Sie. Nehmen Sie Ihren Sohn, und gehen Sie nach Hause. Überlassen Sie diese Sache uns.»

Ich ballte die Fäuste und spürte, wie meine Kiefermuskeln sich verkrampften, während seine Worte auf mich wirkten. Alex. Alex war jetzt meine Priorität, und sosehr ich es hasste, mir das einzugestehen, ich würde zu dieser Ermittlung nicht viel beitragen können. Hier war ich ein Außenseiter, kannte mich nicht aus, hatte keine Kontakte. Ich wäre diesen Leuten nur zur Last gefallen.

Doch sosehr das auch stimmen mochte, es war trotzdem bitter.

Ich warf einen Blick auf die Uhr. Es war kurz nach zehn – jeder Vierjährige hätte längst ins Bett gehört. Ich musste Alex von hier fortbringen in eine wärmere, tröstlichere Umgebung, ihn schlafen legen, damit er ein wenig Ruhe bekam. Es hieß doch immer, Kinder seien unglaublich zäh und belastbar. Alex würde die Kraft eines ganzen Lebens brauchen, wenn er das hier überwinden sollte. Und ich selbst würde einiges zu lernen haben, und zwar schnell. Zuerst musste ich mir überlegen, was ich ihm erzählen würde, wann und wie ich ihm beibringen sollte, was geschehen war. Auf so etwas war ich absolut nicht vorbereitet. Mir war klar, dass er so schnell wie möglich Hilfe brauchte, und so, wie es aussah, würde die Kinderpsychologin nicht vor morgen früh in Erscheinung treten.

«Ich sollte ihn hier rausbringen», sagte ich.

«Wir werden ein paar Zimmer im Hilton organisieren. Da bringen wir öfter Leute unter», bot Villaverde an. «Vielleicht wäre es gut, wenn Jules mitkäme – sie könnte Ihnen helfen, ihn ins Bett zu bringen und zu beruhigen», fügte er hinzu und wies mit einer Kopfbewegung zu der brünetten Agentin.

«Sicher.» Ich nickte ein wenig geistesabwesend, mir war klar, dass die Hilfe, die ich wirklich brauchte, von woanders kommen musste. Vor allem aber dachte ich daran, dass ich einen wichtigen Anruf zu tätigen hatte, einen, den ich nicht länger vor mir herschieben konnte.

Ich warf noch einmal einen Blick auf die Uhr und dachte kurz an die Zeitverschiebung zwischen Kalifornien und Arizona, ehe ich mich daran erinnerte, dass es im Staat des Grand Canyon keine Sommerzeit gab und dort also dieselbe Uhrzeit war wie in San Diego.

Was bedeutete, dass es für den Anruf noch nicht zu spät war.

«Geben Sie mir ein paar Minuten», sagte ich zu Villaverde, während ich zur Tür ging und mein Handy hervorzog.

KAPITEL 10

Cochise County, Arizona

Tess traute ihren Ohren nicht.

Zuerst war sie begeistert, als Reilly anrief. Es war nie leicht für sie, wenn er zu Einsätzen unterwegs war und sie nicht wusste, wo er sich befand oder wie groß die Gefahr wirklich war. In solchen Zeiten schlug ihr Herz höher, wenn sie seine Nummer im Display sah. Auch heute Abend empfand sie diese Anspannung – sie wusste nicht, warum er in San Diego war, welche Gefahrenstufe dort seine sofortige Anwesenheit erforderte, und sie wollte ihn gerade anrufen, als ihr Handy klingelte. Wie immer spürte sie ein freudiges Kribbeln im Bauch, als sie seine Stimme hörte, wie immer durchströmten sie Freude und Erleichterung, nur dass diesmal ihre Hochstimmung von kurzer Dauer war.

Ihr war bewusst, dass er sich nach Kräften bemühte, ihre Gefühle zu schonen und es ihr vorsichtig und einfühlsam beizubringen, aber dennoch war es ein gewaltiger Schlag. Trotz all seiner Bemühungen fühlte sie sich zerrissen, wie durch eine Mangel der Trauer gedreht, des Schmerzes, des Mitgefühls, der Melancholie, und, ja, sosehr sie auch gegen das Gefühl ankämpfte, da war auch ein Anflug von Eifersucht.

Gegen Ende des Telefonats fühlte sie sich benommen,

emotional gebeutelt und körperlich ausgelaugt, und zu alledem brach ihr die Vorstellung das Herz, dass es dem Mann, den sie liebte, zweifellos noch elender erging.

Als sei all das noch nicht schlimm genug, war da eine junge Mutter, die gerade ihr Leben verloren hatte, und ein Vierjähriger, der hatte mitansehen müssen, wie seine Mutter starb.

Für Tess gab es nur eins zu sagen.

«Ich komme morgen früh mit dem ersten Flieger.» Ihr ruhiger, ernster Ton ließ keinen Widerspruch zu.

Und Reilly widersprach nicht.

«Alles okay?», erkundigte sich Villaverde, als ich wieder in sein Büro trat.

«Ja», erwiderte ich und empfand eine fremde, kalte Leere in meinem Inneren. Ich sah kurz durch die gläserne Trennwand zu Alex hinüber und sagte: «Bringen wir erst mal den Jungen hier raus. Aber wenn wir ihn schlafen gelegt haben, gibt es etwas, das ich tun muss.»

«Spucken Sie's aus.»

«Michelles Haus», sagte ich zu Villaverde. «Ich will es sehen.»

KAPITEL 11

In der Straße vor Michelles Haus herrschte lähmende Stille. An diesem Abend war die ohnehin ruhige Wohngegend noch ruhiger als sonst, als hielte sie im Schock den Atem an. Vor dem Haus stand ein einzelner Streifenwagen, und das Grundstück war von gelbem Absperrband umgeben – schwache Hinweise auf das Gemetzel, das früher am Tag hier gewütet hatte.

Es waren die einzigen draußen.

Drinnen waren die Spuren sehr viel konkreter.

Das Erste, was Villaverde und mich empfing, als wir eintraten, war eine große Lache geronnenen Blutes. Eine Schleifspur führte von der Tür in einem Bogen seitlich weg. Ich sah bildlich vor mir, wie sie entstanden sein musste, als die Männer des Überfallkommandos hastig ihren verletzten oder sterbenden Kameraden aus dem Haus schafften und dazu die Leiche von Michelles Freund beiseiteschoben. Eine zweite Blutspur – wohl die des angeschossenen Gangsters – wand sich weiter ins Haus hinein und verschwand in einem dunklen Flur. Daneben waren die blutigen Stiefelabdrücke von wenigstens zwei Männern zu sehen.

Ich ging in den Flur hinein, wobei ich es vermied, auf die roten Flecken am Boden zu treten. Überall lagen Dinge herum, die die Spurensicherung zurückgelassen hatte – schwarzes

Pulver für Fingerabdrücke, Kärtchen zur Positionsmarkierung, Gummihandschuhe und leere Bandabroller. Es ist mir schon immer aufgefallen, wie schnell der Tod sich ausbreitet und ein neues Territorium in Besitz nimmt, wie schnell er dem Zuhause eines Opfers alles Lebendige aussaugen kann, sodass es scheint, als sei derjenige bereits jahrelang fort. Das war hier nicht anders, und die brutale Endgültigkeit berührte mich umso mehr, da ich Michelle so nahegestanden hatte.

Ich folgte der makabren Spur weiter ins Haus hinein und den engen Korridor entlang. Am Ende, bei der Küchentür, befand sich die nächste Stelle des Überfalls: überall auf dem Boden und an den Wänden Blut. Eine Flut von Bildern stürmte auf mich ein, Bilder, die mein Gehirn aufgrund von Michelles Schilderung produzierte. Ich sah vor mir, wie sie dem Eindringling das Küchenmesser in den Hals gestoßen hatte, und glich das Bild mit den Blutspritzern an den Wänden ab. Ich stellte mir vor, wie der Mann zusammengebrochen war – dort, wo sich auf dem Boden die große Blutlache befand – und wie die anderen ihn dann tot oder sterbend aus dem Haus geschafft hatten, wobei seine nachschleifenden Füße zwei Blutspuren auf den Boden malten.

Ich betrat die Küche. Hier war kaum etwas verändert. Ich sah Michelles Geist darin umhergehen, sah, wie sie ihre samstagmorgendliche Routine verrichtete. Ich bemerkte die offen stehende, halb ausgeräumte Spülmaschine, doch dann zog der Kühlschrank meinen Blick an.

Ich trat näher heran.

Jeder Quadratzentimeter der Tür war mit Fotografien, Zeichnungen und anderen persönlichen Erinnerungen bedeckt, wie eine große Bildmontage von Michelles Leben. Ich konnte nicht aufhören, sie zu betrachten, und dabei wurde meine Brust eng. Diese Bilder waren ein Erinnerungsschrein glücklicherer Tage, das Zeugnis einer Frau und ihres Sohnes und der guten Zeiten, die sie gemeinsam erlebt hatten – gute Zeiten, an denen ich keinen Anteil gehabt hatte, gute Zeiten, die Alex nie wieder mit seiner Mutter genießen würde.

Ich stand da und ließ die Bilder auf mich wirken. Sie zeigten Alex als Baby, Alex und Michelle in Parks und Schwimmbädern und am Strand, und von allen diesen Bildern strahlten mir fröhliche, lächelnde oder lachende Gesichter entgegen. Als ich Alex' Zeichnungen betrachtete, schnürte es mir die Kehle zu. Es waren unbeholfene, farbenfrohe Bilder mit Strichmännchen, Bäumen und Fischen und krakeligen Buchstaben, der hinreißende Ausdruck einer Unschuld, die der Junge wohl für immer verloren hatte. Die ganze Zeit fühlte ich mich in die Szenen hineingezogen, wie durch einen Spiegeleffekt einer Digitalkamera, der mir endlose verlorene Möglichkeiten vorführte.

«Mir scheint, sie hatte ein schönes Leben.»

Villaverdes Worte rissen mich aus meinen Gedanken.

Ich nickte langsam. «Ja.»

Villaverde trat näher und betrachtete einen Moment lang schweigend die Erinnerungsfotos an der Kühlschranktür. Dann sagte er: «Die Spurensicherung ist hier fertig, also wenn Sie irgendwas mitnehmen wollen ...»

Ich sah ihn an. Er zuckte die Achseln. Ich wandte mich wieder dem Kühlschrank zu, warf noch einen langen Blick auf die Bilder und nahm schließlich ein Foto ab, auf dem Michelle und Alex neben einer Sandburg an irgendeinem Strand posierten.

«Sehen wir uns die anderen Räume an», sagte ich zu Villaverde, während ich das Foto in die Brusttasche schob.

Der Rest des Hauses war mehr oder weniger unberührt. Während ich durch das Wohn- und das Schlafzimmer ging, blickten mir immer wieder gerahmte Fotos von Michelle und Alex entgegen, aber abgesehen davon, dass sie die Kälte in meinem Inneren verstärkten, schien nichts in einem der Zimmer ungewöhnlich oder so, als müsse es eingehender untersucht werden. Alex' Zimmer stellte schon eher eine Herausforderung dar. Mir war klar, dass es hilfreich für ihn sein würde, ein paar seiner liebsten Dinge um sich zu haben, aber ich wusste nicht, wo ich anfangen und was ich auswählen sollte, und diese Ratlosigkeit machte mich noch niedergeschlagener. Überall lag Spielzeug herum, Bücher und Kleidungsstücke, und die Wände waren ein buntes Mosaik aus Postern von Comicfiguren und Alex' eigenen Bildern. Ich fand, es wäre ein guter Anfang, die mit Comicfiguren bedruckte Bettwäsche mitzunehmen und dazu die drei Plüschtiere, die auf dem Bett lagen. Ich rollte alles zusammen und nahm auch etwas Kleidung aus dem Schrank.

Der letzte Raum, den wir betraten, war der kleinste der drei. Hier hatte Michelle sich ein Arbeitszimmer eingerichtet. Es gab einen Schreibtisch aus dunklem Holz, gut bestückte Bücherregale und ein breites Sofa, auf dem ein paar Kissen mit Samtbezügen lagen. Auch hier fanden sich Fotorahmen zwischen den Büchern und sonstigen Erinnerungen an Michelles Leben. Ich stellte fest, dass sie neben den dicken Romanen und Reiseführern, von denen ich wusste, wie sehr sie sie mochte, auch reichlich New-Age-Literatur besessen hatte. Bücher über den menschlichen Geist, esoterische Welten …

Ich hatte mich immer darüber lustig gemacht. Alles wirkte warm und anheimelnd, alles strahlte Michelles besonderen Geschmack aus. Es machte mir umso deutlicher, wie sehr Alex sie vermissen würde.

Als ich den Blick über die Bücherregale gleiten ließ, fiel mir ein kleiner drahtloser Router auf, der auf einer Archivbox aus Kunststoff lag. Bei näherem Hinsehen erkannte ich, dass die grünen LED-Lämpchen leuchteten, was bedeutete, dass er aktiv war. Ich drehte mich um und bemerkte auf einem Tischchen neben dem Schreibtisch einen kleinen Tintenstrahldrucker. Das Logo darauf zeigte an, dass er ebenfalls schnurlos war. Ich richtete den Blick auf den Schreibtisch selbst. Darauf stand kein Computer, an der Seite hing jedoch ein dünnes weißes Kabel herunter, das zu einem kleinen weißen Netzteil mit Apple-Logo in einer Wandsteckdose führte.

Aber ein Computer war nirgends zu sehen.

Ich wandte mich an Villaverde. «Hat jemand einen Computer mitgenommen? Ein Notebook oder vielleicht ein iPad?»

«Augenblick.» Er zog sein Handy hervor.

Ich schaute mich um, nichts. Ich sah noch einmal im Schlafzimmer, im Wohnzimmer und in der Küche nach.

Nichts.

Villaverdes Anruf fiel negativ aus. Die Ermittler, die im Haus gewesen waren, hatten keinen Computer vorgefunden. Sonst hätten sie ihn mitgenommen und ins Kriminallabor gebracht.

«Im Hotel hatte sie keinen bei sich», sagte ich zu Villaverde. «Das heißt, er war wahrscheinlich noch hier, als sie aus dem Haus flüchtete.»

Ich sah mir den Router noch einmal an. Das Gerät war von Netgear, nicht die original Apple Time Capsule – schlecht für uns, denn das Gerät von Apple erstellt automatisch drahtlos ein Backup vom Computer, und das hätte für uns in diesem Fall sehr interessant sein können. Aber wahrscheinlich hätten die Eindringlinge es dann ebenfalls mitgenommen.

«Also hat das Überfallkommando ihn mitgenommen», stellte Villaverde fest.

Das war keine besonders hilfreiche Erkenntnis, aber es verriet mir immerhin eines.

Die Killer waren nicht allein hinter ihr her gewesen.

KAPITEL 12

Halbinsel Yucatán, Mexiko

Raoul Navarro liebte diesen Ort. Er liebte es, einfach nur hier zu stehen, auf seiner bevorzugten Terrasse unter den vielen schattigen Terrassen der *casa principal* seiner Hacienda, einen guten kubanischen Rum zu genießen und die Aussicht auf sich wirken zu lassen. Der volle Mond spiegelte sich auf der Oberfläche des Zierteichs, eine sanfte Brise strich durch die Bougainvilleen, und unzählige Zikaden zirpten seiner Welt ein Schlaflied.

Raoul Navarro führte ein gutes Leben.

Mehr als gut, wenn man bedachte, dass eine weitere kubanische Spezialität, diese von der weiblichen, langbeinigen Sorte, gerade nackt in seinem Bett schlief. Denn auch wenn Navarro Single war, so war er doch selten allein. Er besaß einen unstillbaren Appetit für alles Fleischliche, und dank seines Vermögens und des guten Aussehens, das ein höchst begabter, inzwischen leider verstorbener plastischer Chirurg seinem Gesicht verliehen hatte, fiel es Navarro nicht schwer, diesen Appetit zu stillen.

Seine derzeitige Gespielin war die Wellnessleiterin eines nahe gelegenen Luxushotels, die sich zu seinem Erstaunen und Entzücken im Bett als noch lüsterner und experimentierfreudiger erwiesen hatte als er selbst. Während er nun über seine Parkanlagen hinausblickte, überkam ihn schon wieder die Lust, bei ihr zu sein und ihren Körper mit sanften Bissen zu erkunden. Genau das hätte er jetzt getan, wären da nicht die Ereignisse in San Diego gewesen, die seine Gedanken schon den ganzen Tag beschäftigten und noch immer seine geballte Aufmerksamkeit forderten. Denn auch wenn sein Leben mehr als gut war, würde es doch noch einmal sehr viel besser werden, wenn alles nach Plan lief – nach *seinem* Plan. Einen anderen ließ Raoul Navarro nicht gelten.

Er war es gewöhnt, seine Pläne umzusetzen.

Zwar waren vor fünf Jahren die Dinge gründlich außer Kontrolle geraten, aber er hatte überlebt. Er hatte inzwischen einen neuen Namen und ein neues Gesicht, konnte sich frei bewegen, an einem herrlichen Abend wie diesem köstliche kubanische Spezialitäten genießen in dem herrschaftlichen Zuhause, das seine Zuflucht war – eine Zuflucht vor den Gefahren der Vergangenheit, eine Zuflucht, in die er gezwungen worden war und die sich doch als das Beste erwiesen hatte, das ihm je passiert war.

Er hatte den heruntergekommenen Grundbesitz etwa zwei Jahre nach seinem vorgetäuschten Tod gekauft, und es hatte zwei weitere Jahre und mehrere Millionen Dollar erfordert, dem Anwesen aus dem 17. Jahrhundert seinen früheren Glanz zurückzugeben. Angesichts seiner Größe – es erstreckte sich über rund sechshundert Hektar – überraschte das nicht. Ursprünglich als Viehranch angelegt, war das Gelände im 18. Jahrhundert in eine *henequén*-Plantage umgewandelt worden, wo auf üppigen Feldern Agaven angebaut wurden, aus deren Fasern man Seile herstellte – das «grüne Gold», mit dem ungeheure Vermögen gemacht wurden. Später waren fast alle Haziendas in Yucatán verkommen, den Landreformen der mexikanischen Revolution einerseits und der Erfindung von Synthetikfasern andererseits zum Opfer gefallen, aber nach fast einem Jahrhundert der Vernachlässigung war in den letzten paar Jahren ein neues Interesse aufgekommen, diese herrlichen Anwesen wiederzubeleben. Manche wurden zu kleinen Luxushotels ausgebaut, andere zu Museen und ein paar wenige zu privaten Wohnsitzen.

Die Wiedergeburt der Haziendas war mit seiner eigenen zusammengefallen.

Diese Parallele gefiel Navarro ganz besonders.

Als er so dastand und die friedvolle Atmosphäre seines Zuhauses genoss, wusste er, dass er die richtige Entscheidung getroffen hatte. Angesichts seiner Situation und der Gewalt, die im größten Teil des Landes wütete – einer Gewalt, an der er nicht bloß teilgehabt hatte, sondern die er sogar zu besonderen Extremen eskalieren ließ –, hatte er daran gedacht, ins Ausland zu gehen. Er besaß das nötige Geld und einen absolut sauberen Pass, er hätte sich niederlassen können, wo immer er wollte, aber er wusste, dass er woanders nicht glücklich gewesen wäre. Es musste Mexiko sein. Und wenn er in Mexiko lebte, war Mérida der ideale Ort für ihn. Auf der Halbinsel Yucatán an der südöstlichen Spitze des Landes gelegen, war die «Stadt des Friedens» so weit von der Grenze zu den USA entfernt, wie es nur ging, weitab von dem Blutrausch, der den Norden des Landes überzog. Es war ein Ort, an dem Probleme mit der Wasserversorgung, überfüllte öffentliche Schulen und ein von einer Schlange gebissener Polizist die größten Probleme darstellten, und das passte ausgezeichnet zu seinem neuen, reingewaschenen Selbst.

Es erstaunte ihn immer wieder, wie viele seinesgleichen – oder besser solche, die einmal seinesgleichen gewesen waren – es einfach nicht begriffen. Je reicher und mächtiger sie wurden, umso miserabler lebten sie. Sie konnten nicht mehr zwei Nächte in Folge im selben Bett schlafen, wechselten täglich das Handy, lebten in ständiger Angst vor Verrat und umgaben sich mit einer Armee von Bodyguards. Gefangene ihres eigenen Erfolgs. Vor ihnen hatten die kolumbianischen Drogenbarone ein blutiges Ende gefunden. Pablo Escobar, ihrer aller Großvater, hatte auf Platz sieben der *Forbes*-Liste der Reichsten gestanden, aber dennoch lebte er wie eine Ratte, huschte von einem schäbigen Versteck ins nächste und wurde schließlich im reifen Alter von vierundvierzig in einem Slum erschossen. Den mexikanischen Drogenbossen erging es nicht viel besser. Es schien, als ob die verdammten *federales* des Präsidenten jede Woche einen der großen Köpfe rollen ließen – dabei lösten sie damit ironischerweise nur noch mehr Gewalt und Blutvergießen aus, bei den Kämpfen um die Nachfolge und um Revieransprüche. Die Drogenbosse, die noch nicht tot oder inhaftiert waren, verkrochen sich in ihren Festungen, wechselten ständig den Unterschlupf wie Flüchtlinge – die sie ja tatsächlich waren – und warteten auf die Kugel, die irgendwann, wenn sie gerade nicht damit rechneten, ihrem sinnlosen Leben ein Ende machen würde.

Navarro hatte die Lektion gelernt.

Er würde nicht so enden wie sie, und sein Leben würde ganz sicher nicht sinnlos sein. Nicht, wenn alles nach Plan lief.

Und die Ausführung dieses Plans war gerade in vollem Gange.

Er grinste innerlich bei dem Gedanken an das elende, jämmerliche Leben anderer Verbrecherbosse, und es bereitete ihm ein besonders großes Vergnügen, dass gerade sie ihm zu seinem Ausstieg verholfen hatten. Der eigentliche Anlass für ihn, sich aus dem großen Drogengeschäft zurückzuziehen, war schließlich gewesen, dass sie mit ihren Armeen Jagd auf ihn machten. Wegen seiner Übertretungen, weil er es gewagt hatte einzufordern, was ihm rechtmäßig gehörte, auch wenn das blutige Auseinandersetzungen mit dem heiligen, unantastbaren *yanqui* persönlich, dem Oberboss der DEA in Mexiko, bedeutete.

Nun, El Brujo hatte es ihnen gezeigt.

Es war ihm gelungen, diesen falschen *maricóns* ein Schnippchen zu schlagen und mit dreihundert Millionen Dollar von ihrem Geld in den Sonnenuntergang zu reiten. In der Zwischenzeit häuften diese primitiven Bauern weiter Vermögen an, von denen sie nie etwas haben würden, während sie einander im Streit um die Vorherrschaft abschlachteten. Dann war *la providencia* ihm ein weiteres Mal hold gewesen. Sie hatte unerwartet eine Tür geöffnet und ihm eine Gelegenheit geboten, das Begonnene zu vollenden und sich einen Platz in der Geschichte zu sichern.

Diese Gelegenheit würde er sich nicht entgehen lassen.

Er warf einen Blick auf die Uhr. Wie aufs Stichwort ertönte der Klingelton seines abhör- und ortungssicheren Prepaid-Handys.

Es war Eli Walker, sein Mann in San Diego.

«Haben Sie, was ich will?», fragte Navarro.

Das kurze Zögern verriet ihm alles, was er wissen musste. Es folgte ein trockenes, durchaus nicht zerknirscht klingendes «Nein».

Navarro schwieg.

«Die Frau», setzte Walker an, «sie –»

«*Mamaguevo de mierda*», zischte Navarro. «Schon wieder diese verdammte Frau? Ich habe Ihnen doch gesagt, mit wem Sie es da zu tun haben. Dass sie eine ehemalige DEA-Agentin ist. Sie wussten, über welche Ausbildung sie verfügt.»

«Ja, aber –»

«Was habe ich Ihnen gesagt, nachdem Sie es in ihrem Haus vermasselt haben? Was habe ich gesagt?»

«Verdammt, sind wir hier im Kindergarten?», versetzte Walker schroff.

«Was habe ich gesagt?», beharrte Navarro langsam und mit leiser Stimme.

Wieder blieb es einen Moment lang still in der Leitung, dann antwortete sein Kontaktmann. Er klang verärgert und ungeduldig. «Sie haben gesagt, sie hat keine Priorität mehr. Sie haben gesagt, sie ist entbehrlich.»

«Ich sagte, töten Sie die *puta,* wenn es sein muss, aber bringen Sie mir, was ich verlangt habe.»

«Und Ihre Anweisung wurde befolgt, *amigo*», entgegnete Walker. «Wir sind ziemlich sicher, dass das Flittchen einen Schuss in die Brust abbekommen hat.»

Navarro fühlte, wie sich ihm die Nackenhaare aufstellten, als er den Amerikaner das spanische Wort benutzen hörte. Es ging nicht so sehr um das Wort selbst, es war mehr die Art, wie er es sagte, der herablassende, rassistische Unterton. «Und wo liegt dann das Problem?»

«Sie hat sich Hilfe geholt. Irgendeinen Typen, den sie angerufen hat, nachdem sie uns aus ihrem Haus entkommen ist.»

«Sie hat jemanden angerufen?»

«Ja. Nachdem wir zuletzt miteinander gesprochen haben.»

Interessant.

«Wen?»

«Das weiß ich noch nicht. Ich weiß nur, dass sie ihn Sean nennt.»

Navarros Puls schnellte in die Höhe.

«Anscheinend ist er der Vater des Kindes», fuhr Walker fort. Seine Worte trieften vor spöttischer Verachtung. «Allerdings wusste das Arschloch bis jetzt nichts davon.»

Sämtliche Nerven in Navarros Körper begannen zu kribbeln.

Sean Reilly, dachte er. *Er wusste nichts davon.*

Mit erzwungener Ruhe fragte er: «Was noch? Was haben sie sonst noch miteinander geredet?»

«Er hat ihr ein paar Anweisungen gegeben, um zu verhindern, dass man sie aufspüren kann. Ich denke, er ist Polizist oder vielleicht auch ein DEA-Agent.»

Navarro machte sich nicht die Mühe, das richtigzustellen. «Und weiter?»

«Er hat gesagt, er kommt mit dem nächsten Flieger zu ihr.»

Navarro wurde schwindelig.

Perfekt.

Er hatte wohl eine größere Bandbreite von Rauschzuständen und Trips mit halluzinogenen Substanzen erlebt als irgendein anderer Mensch auf Erden, doch was er jetzt empfand, das zählte mit zum Besten.

«Er war also bei ihr? Als Sie sie gefunden haben, war er bei ihr?»

«Jep. Wir haben eine Weile gebraucht, um sie aufzuspüren, und in der Zwischenzeit war er bereits da. Dieser Kerl hat uns ernsthafte Scherereien gemacht. Ich habe einen weiteren meiner Jungs verloren.»

Navarro ging nicht darauf ein. Sein Verstand war vollauf darauf konzentriert, die neuen Informationen zu verarbeiten und seinen nächsten Zug strategisch zu planen – das, was er am besten konnte, wenn er nicht gerade damit beschäftigt war, neue Methoden der Schmerzerzeugung zu entwickeln, um alles niederzuschlagen, was seine kleine Welt bedrohte.

«Nun, ich fürchte, Ihre Aufgabe ist soeben bedeutend … anspruchsvoller geworden, *amigo*», teilte er seinem Kontaktmann schließlich mit. «Der Mann heißt Sean Reilly. Er ist FBI-Agent. Und ich würde mich wirklich gern mal mit ihm treffen.»

«Wow, Moment mal, Moment mal. Der Typ ist vom FBI?»

«Ja.»

Der Mann stieß einen kurzen Pfiff aus, dann sagte er: «Das war nicht Teil unserer Vereinbarung.»

Hijo de puta, dachte Navarro. Jetzt kommt's. «Sie wollen mehr Geld, ist es das?»

«Nein, ich weiß nicht, ob ich mit dieser Sache überhaupt noch irgendwas zu tun haben will», entgegnete Walker gereizt. «Eine Tussi und ein Kind, das ist eine Sache. Dieser Bursche … Da reden wir wirklich über eine völlig andere Liga. FBI, ATF, Stress mit diesen Typen wäre das Letzte, was ich brauchen kann. Erst recht wenn ich nicht mal weiß, worum es bei der ganzen Angelegenheit überhaupt geht.»

Navarro kochte innerlich. «Ich dachte, bei Ihnen könnte ich mich darauf verlassen, dass der Job erledigt wird.»

«Ja, na ja, was soll ich sagen – es gibt solche und solche Jobs. Das Problem ist, wenn man unseren *federales* in die Quere kommt, gerät man ganz schnell in Teufels Küche.»

Das wusste Navarro allerdings aus eigener Erfahrung nur zu gut.

Er überlegte einen Moment lang, und ihm wurde klar, dass er sich die Hände vielleicht schmutziger machen musste als beabsichtigt.

«Wo sind sie jetzt?»

«Ich weiß es nicht. Nach der Schießerei im Hotel haben wir ihre Spur verloren. Wir haben die Scanner eingeschaltet, und ich und die Jungs wollten in den Notaufnahmen von ein paar Krankenhäusern nachforschen, aber inzwischen denke ich, wir sollten von der ganzen Sache die Finger lassen und uns zurückziehen. Wenn sie stirbt, wird das ein ganz heißes Eisen. Also ist vielleicht jetzt der richtige Zeitpunkt für uns, *vaya con dios* zu sagen, wenn Sie verstehen, was ich meine. Vielleicht kommen wir ein andermal wieder ins Geschäft – vorzugsweise wenn es nicht um einen verdammten FBI-Mann und seine Familie geht.»

Navarro unterdrückte seine Wut. Er versuchte sich ins Bewusstsein zu rufen, dass Walker durchaus kein Versager war. Navarro hatte ihn und seine Männer schon früher ein paarmal angeheuert, vor Jahren, als er noch Navarro war, und auch in jüngerer Zeit, in seiner neuen Rolle als Nacho, einer von Navarros Gefolgsleuten «aus den alten Zeiten». Auf den Amerikaner war immer Verlass gewesen. Navarro musste ihn nur noch ein wenig länger auf Kurs halten – wenigstens bis er die Sache selbst in die Hand nehmen konnte, was, wie ihm jetzt klarwurde, nötig sein würde.

« Okay, wenn Sie sich aus dem Geschäft zurückziehen wollen, kann ich das verstehen. Aber ich habe immer noch die zweite Hälfte Ihrer Bezahlung, und ich bin sicher, Sie wollen das Geld haben. »

« Und ich habe hier etwas, von dem ich sicher bin, dass *Sie* es haben wollen, *amigo*. Habe ich nicht recht ? »

Die Unverschämtheit des Mannes brachte Navarro in Rage, aber Walker hatte tatsächlich recht. Er hatte etwas, das Navarro wollte, sogar sehr dringend. « Also schön, wie wäre es dann mit folgendem Deal: Sie erledigen noch eine letzte Kleinigkeit für mich und bekommen das volle Honorar. »

Darüber brauchte der Mann nicht lange nachzudenken. « Was ist es ? »

« Finden Sie sie. Finden Sie heraus, was aus der Frau geworden ist, und finden Sie Reilly. Mehr brauchen Sie nicht für mich zu tun. Machen Sie sie ausfindig und sagen Sie mir, wo sie sich aufhalten. Um den Rest kümmere ich mich selbst. Ist das ein Deal ? »

Walker überlegte kurz, dann erwiderte er: « Gut. Bis morgen Abend habe ich ihren Standort. »

SONNTAG

KAPITEL 13

Das Wiedersehen verlief, nun ja, unbehaglich.

Tess' Flieger landete ziemlich pünktlich, und ich empfing sie am Flughafen. Alex hatte ich in der Obhut von Jules zurückgelassen, die ungemein liebevoll mit ihm umging, wobei ihr Lächeln, das als Risikofaktor für die globale Erwärmung eingestuft gehörte, zweifellos ein Übriges tat. Ich selbst hatte den größten Teil des Vormittags im Hauptquartier des San Diego Police Department zugebracht, einem modernen Gebäude am Broadway, wo ich Verbrecherfotos aus der Datenbank durchsah und gemeinsam mit einem Phantombildzeichner versuchte, ein brauchbares Fahndungsbild zu erarbeiten. Tess war unter den ersten Fluggästen, die aus der Maschine stiegen. Sie schritt forsch aus und zog einen kleinen Rollkoffer hinter sich her. Obwohl sie aussah wie eine Sommerbrise auf zwei Beinen und ihr Haar munter wippte, erkannte ich ihre Anspannung, sobald sich unsere Blicke trafen.

Wir umarmten und küssten uns flüchtig, wie ein Paar, dessen Ehe das Verfallsdatum überschritten hatte. Auf dem Weg durch das Terminal beschränkten wir uns auf oberflächliches Geplauder über Nevada und den Flug. Draußen traf mich die sengende Mittagshitze wie ein Schlag, und ebenso schlagartig brach die Erinnerung über mich herein, als ich über denselben Gehweg ging, auf dem nicht einmal vierundzwanzig Stunden zuvor Michelle gestorben war.

Das alles war noch zu frisch für mich. Ich bin ziemlich sicher, dass Tess meinen Gesichtsausdruck bemerkte, als ich auf den Boden schaute, aber sie fragte nicht nach, sondern ging schweigend neben mir her zum Parkplatz. Das FBI hatte mir einen Leihwagen besorgt, einen Buick LaCrosse, der, wenn man über den unglücklichen Namen mit dem ach so originellen großen C hinwegsah, ein ganz anständiger Wagen war.

Ich verstaute gerade Tess' Gepäck im Kofferraum, als ich ihre Hand auf meinem Arm fühlte.

«Es tut mir wirklich leid wegen deinem Verlust, Sean.»

Sie ließ ihre Hand an meinem Arm aufwärts gleiten und drehte mich zu sich herum. Ich zog sie an mich und küsste sie, ein impulsiver, inniger, begieriger Kuss, der mir im nächsten Augenblick schon seltsam unpassend vorkam. Ich löste meine Lippen von ihren und umarmte Tess stattdessen, ihren Kopf an meine Schulter gedrückt, sodass ich ihr nicht in die Augen sehen musste. So standen wir einen langen Moment schweigend da, bis ich schließlich sagte: «Ich bin froh, dass du gekommen bist.»

«Ich konnte gar nicht anders», erwiderte sie mit einem halben Lächeln.

Ich gab ihr noch einen Kuss, diesmal allzu flüchtig, dann stiegen wir in den Wagen und fuhren los.

Sie fragte mich, wie es Alex ging. Der Junge war in schlechter Verfassung. Die Nacht hatte er an Jules geschmiegt zugebracht und war alle paar Stunden aus Albträumen aufgewacht, wobei er einmal sogar eingenässt hatte. Sosehr es mich drängte, bei ihm zu sein und ihm zu helfen, all das durchzustehen – ich sah ihm doch noch immer jedes Mal das Unbehagen an, wenn ich versuchte, mich ihm zu nähern. Also hielt ich mich zurück, während Jules ihn tröstete, so gut sie konnte.

Das Hilton lag gut erreichbar an der Kreuzung der Freeways Cabrillo und Mission Valley. Wir kamen an Familien vorbei, deren Kinder mit T-Shirts und Mützen von SeaWorld aufgeregt umherliefen, und an kleinen Grüppchen von Konferenzteilnehmern, die versuchten auszusehen, als seien sie gern hier. Schließlich erreichten wir die Zweizimmersuite im obersten Stockwerk, die Villaverdes Leute für uns gebucht hatten.

Alex hockte im Wohnzimmer vor dem Fernseher, und neben ihm saß Jules, fürsorglich wie immer. Ich war unsicher, wie Alex auf Tess reagieren würde – schon wieder tauchte ein neues Gesicht in seinem Leben auf, und das zu einer Zeit, da er eigentlich nur das seiner Mutter sehen wollte –, aber es lief besser als erwartet. Für Tess jedenfalls. Ich dagegen schien für ihn noch immer eine Art Schreckgespenst zu sein.

Tess bemerkte es sofort.

Nach einem Moment wandte sie sich mir zu und flüsterte, sodass Alex es nicht hören konnte: «Er scheint wirklich Angst vor dir zu haben.»

Ich nickte kläglich. «Ich hab's dir ja gesagt. Es ist einfach frustrierend. Ich weiß nicht, wie ich das überwinden kann.»

Tess fasste mich am Arm. «Er braucht Zeit. Du warst dabei, als sie starb. Er verbindet dich damit.»

«Ja, aber da muss noch etwas anderes sein … Es hat schon vorher angefangen.»

Tess runzelte verwirrt die Stirn, dann sah sie sich nach Alex um.

«Wir sollten dafür sorgen, dass er ein wenig rauskommt, findest du nicht? Irgendwas Nettes mit ihm unternehmen, damit er mal wieder einen Grund zur Freude hat.» Ohne meine Antwort abzuwarten, ging sie auf Alex zu und kniete sich vor ihn hin, sodass sie ihn auf Augenhöhe ansehen konnte.

«Wie wär's, Alex?», fragte sie ihn. «Hättest du Lust auf einen Ausflug, zum Pizzaessen oder so? Was ist dein Lieblingsessen? Wo würdest du am liebsten hingehen? Du brauchst es nur zu sagen.»

Es dauerte nicht lange, bis Alex ihrem Charme erlegen war, und sie entlockte ihm das erste Beinahe-Lächeln, das ich bei ihm sah, als sie sagte, Cheesecake Factory sei auch ihr Lieblingsimbiss. Ich beobachtete aus einigem Abstand, wie die beiden diskutierten, was köstlicher war, Key lime oder Oreo, doch dann schlug die sich ausbreitende Wärme in mir augenblicklich wieder in Eiseskälte um, als Alex die Killerfrage stellte, die er schon so oft gestellt hatte.

«Was ist mit meiner Mama? Kommt sie auch mit?»

Tess warf einen Blick zu mir, dann wandte sie sich wieder Alex zu, fasste seine Hand und erwiderte: «Nein, Schatz, ich fürchte, deine Mommy kommt nicht mit.»

«Warum nicht?», wollte Alex wissen. «Wo ist sie?»

Tess zögerte, dann atmete sie tief durch und sprach es aus. «Sie ist im Himmel, Liebes.»

Ich hatte das Gefühl, als ob mein Brustkorb implodierte.

Eine Weile nach diesem herzzerreißenden Gespräch gingen wir drei schließlich mit Alex ins SeaWorld. Tess war die ganze Zeit einfach unglaublich. Sie brachte den Jungen sogar dazu, etwas zu essen, was Jules und mir bislang nicht gelungen war.

Alex war noch immer sichtlich auf der Hut vor mir, mied den Blickkontakt und benutzte Tess als Puffer zwischen sich und mir. Ich beschloss, es sei das Beste, ihm seinen Raum zu lassen, während Tess weiter ihren Zauber wirken ließ. Wir hatten noch ein ganzes Leben vor uns, um miteinander ins Reine zu kommen.

Als wir gegen sechs ins Hotel zurückkehrten, machte sich Tess daran, Alex ins Bett zu bringen. Unsere Suite bestand aus einem Schlaf- und einem Wohnzimmer mit Verbindungstür zu einem angrenzenden Schlafzimmer. Ich ging in die Hotelbar hinunter und bestellte ein Bier. Ich war furchtbar kribbelig. Ein ganzer Tag war vergangen, in dem ich nichts unternommen hatte, um den Anschlägen auf Michelle auf den Grund zu gehen, außer dass ich mich durch ein paar hundert kalt, verstört oder einfach ausdruckslos starrende Gesichter geklickt hatte. Ich war es nicht gewohnt, so untätig zu sein, und es fraß mich schlichtweg auf. Das Problem war, dass jetzt Sonntagabend war und ich ziemlich hilflos. Ich konnte nur abwarten, bis Villaverde sich meldete, weil es Neuigkeiten von den Jungs von der Technik gab oder von den Mordermittlern, die sich mit den Schießereien beschäftigten. Gleichzeitig war mir bewusst, wie dringend ich mich um Alex' Wohlergehen kümmern musste. Ihm tat es offensichtlich gut, dass Tess gekommen war.

Trotzdem, ich musste irgendetwas tun. Mir fiel allerdings nichts ein, das ich tatsächlich hätte tun können.

Ich überlegte gerade, ob ich noch ein Bier bestellen sollte, als Tess erschien und sich auf den Hocker neben mir setzte.

«Kommst du öfter hierher?», fragte sie und rang sich ein erschöpftes Lächeln ab.

Ich brachte ebenfalls ein kurzes Lächeln zustande. « In meinem Zimmer ist meine Freundin. Wir müssen zu dir gehen. »

Sie zog eine Augenbraue hoch. « Soll ich dir mal was sagen ? Der Satz ist dir entschieden zu leicht über die Lippen gekommen. » Sie sah mich ein paar Sekunden lang scherzhaft-forschend an, dann wandte sie sich dem Barkeeper zu und gab ihm ein Zeichen, noch zwei Flaschen zu bringen.

« Schläft er ? »

Tess nickte. « Jules ist bei ihm. Übrigens, sie ist klasse. Eine echte Entdeckung. Du kannst dich glücklich schätzen, sie hier zu haben. »

Ich zuckte die Schultern und starrte ins Leere. « Ja, es war überhaupt eine glückliche Woche. »

Tess rückte näher an mich heran und fuhr mit den Fingern durch die Haare an meinem Hinterkopf. « Alles okay mit dir, Baby ? »

Ich wusste selbst nicht recht, was ich empfand. Einen Moment lang schwieg ich und starrte auf die riesige Flaschensammlung hinter der Bar. « Es ist einfach schräg », sagte ich schließlich. « Ich hatte seit Jahren nicht mehr an sie gedacht. Ich meine das ganz wörtlich. Und dann ruft sie auf einmal an und … » Ich wandte mich Tess zu. « Sie ist tot, und ich habe einen Sohn. Einfach so. »

« Ich weiß », sagte Tess nur, und der Druck ihrer Finger verstärkte sich ein wenig. « Es ist entsetzlich, was ihr zugestoßen ist. Mehr als entsetzlich. Und trotzdem … Du hast einen wunderbaren kleinen Jungen, Sean. »

Ich bemerkte, dass ihre Stimme ein wenig brüchig wurde, und sah den Glanz in ihren Augen. Als sie blinzelte, um die Tränen zurückzuhalten, konnte ich nicht anders, als sie auf der Stelle an mich zu ziehen und zu küssen. So verharrten wir einen langen Moment, dann hielt ich sie einfach in den Armen, fühlte ihren Atem an meinem Ohr und ihre Wimpern an der Wange.

«Kommst du damit klar?», murmelte ich.

«Mehr als klar, Baby», erwiderte sie flüsternd. «Mehr als klar.»

Minutenlang saßen wir so, jeder den Geruch des anderen atmend, und versuchten, unsere Orientierung wiederzufinden, dann küsste ich Tess noch einmal und löste mich von ihr. Ich hob meine Flasche und prostete ihr wortlos zu. Tess begegnete meinem Blick und stieß ihre Flasche sacht gegen meine. Wir tranken beide einen tiefen Zug.

«Ich habe heute Morgen mit Stacey gesprochen. Erinnerst du dich noch an Stacey Ross?»

Der Name kam mir bekannt vor, und gleich darauf fiel es mir wieder ein. Stacey war eine Psychiaterin, die sich auf die Behandlung von Kindern spezialisiert hatte. Tess und sie hatten sich angefreundet, als Stacey Tess' Tochter Kim behandelte, nachdem die beiden im Metropolitan Museum ein Blutbad miterlebt hatten. An jenem Abend hatten wir uns zum ersten Mal gesehen. Kim war damals neun, und Stacey hatte ihr sehr geholfen, das Erlebte emotional zu verarbeiten.

«Sie hat mir ein paar Tipps gegeben. Für Alex.»

«Was hat sie gesagt?»

«Sie sagte, er wird fünf Phasen durchmachen, wie auch ein Erwachsener es täte. Du weißt schon ... Verleugnung, Wut, Verhandeln, Depression, Akzeptanz. Aber sie hat auch gesagt, dass Jungen und Mädchen mit solchen Dingen unterschiedlich umgehen. Er wird sich wahrscheinlich mehr in sich verschließen, als ein Mädchen in seiner Lage es täte. Und es könnte ihn in der Entwicklung etwas zurückwerfen. Das ist es, wobei wir ihm helfen müssen. Über alles zu reden und es nicht in sich hineinzufressen. Aber mit unserer Hilfe wird er es schaffen», sagte sie entschlossen, wobei ihre Augen wieder ein wenig feucht wurden. «Wir werden es gemeinsam schaffen. Und sie ist für uns da, wenn wir sie brauchen.»

Ich nickte und trank noch einen Schluck. Ich sah Tess an, wie schwer das alles für sie war. Wir hatten in der Vergangenheit über ihre Ängste gesprochen, darüber, wie entsetzlich für sie die Vorstellung war, ihr könnte etwas zustoßen und Kim bliebe allein zurück. Das war ein entscheidender Grund gewesen, weshalb sie dem Ruf der Wildnis den Rücken gekehrt hatte und stattdessen Romane schrieb.

«Was hat sie noch gesagt, in Bezug auf die akute Situation jetzt?»

«Nun, er wird natürlich viel weinen. Er wird wahrscheinlich unregelmäßig schlafen und zu ungewohnten Zeiten aufwachen. Vielleicht etwas bettnässen. Abgesehen davon hat sie gesagt, wir sollen nicht lügen – darum habe ich vorhin mit ihm über den Himmel gesprochen. Er muss glauben, dass sie glücklich ist, dass es ihr gut geht, auch wenn sie nicht hier bei ihm sein kann. Stacey hat auch gesagt, wir müssen ihm so viel Beständigkeit wie möglich bieten. Ich nehme an, es kommt nicht in Frage, dass er in Michelles Haus zurückkehrt.»

Ich schüttelte den Kopf.

«Ohnehin wäre es nicht gut für ihn, jetzt, wo sie nicht mehr da ist. Aber er braucht ein paar seiner liebsten Dinge um sich, wo auch immer er ist. Übergangsobjekte, so hat sie das genannt. Spielzeug, vielleicht sein Kissen oder seine Decke.

Seine Lieblingstasse zum Trinken. Solche Sachen. Vielleicht sogar Michelles Nachthemd oder sonst etwas, das nach ihr riecht. Wäre das okay für dich? Ich könnte Alex fragen, was er vermisst, und morgen hingehen und ihm die Sachen holen.»

Michelles Haus war noch immer ein Tatort, und mir behagte die Vorstellung nicht, dass Tess sich dort aufhielt, aber ich sah ein, dass es wichtig war. «Klar. Ich fahre morgen mit dir hin.»

«Wunderbar. Und weißt du, ob Michelle in der Nähe irgendwelche nahen Verwandten hatte, Menschen, bei denen Alex sich wohlfühlte? Vielleicht ihre Mutter oder eine Schwester?»

Ich berichtete Tess das wenige, was ich über Michelles Familie wusste, und versprach, am nächsten Morgen so viel wie möglich in Erfahrung zu bringen. Sie beugte sich wieder zu mir herüber und küsste mich, dann legte sie mir eine Hand an die Wange. «Wir werden ihm helfen, wieder glücklich zu werden, Sean. Das verspreche ich dir.»

Ich nickte ihr zu und lächelte, und sie drückte meinen Arm. Dann ging sie wieder hinauf, um nach Alex zu sehen. Ich blieb allein zurück, ein weiteres Bier in den Händen, und versank wieder in meinen düstersten Gedanken. Bis mein Handy klingelte.

Es war die Kavallerie.

Nicht nur das, Villaverde klang geradezu euphorisch.

Er erkundigte sich nach Alex, aber was sollte ich schon erwidern. Mir war klar, dass es lange dauern würde, ehe ich diese Frage jemals mit einem munteren, beiläufigen «Es geht ihm gut» beantworten könnte. Dann kam Villaverde zum Grund seines Anrufs.

«Die Ballistik hat eine Übereinstimmung mit der Neun-Millimeter gefunden, die Michelle einem der Eindringlinge abgenommen hat. Erinnern Sie sich noch an die bewaffnete Doppel-Entführung oben in dem Forschungszentrum bei Santa Barbara vor etwa einem halben Jahr?»

In meiner Erinnerung stiegen vage Fetzen der Berichterstattung auf. «Irgendeine medizinische Einrichtung, nicht wahr?»

«Genau die meine ich. Das Schultes Institute. Jedenfalls haben wir eine Übereinstimmung. Ihr Mann war einer von dem damaligen Überfallkommando.»

Das war etwas Handfestes.

Ich wusste noch, dass abgesehen von den entführten Wissenschaftlern an jenem Tag auch Menschen gestorben waren. «Bezieht sich die Übereinstimmung auf einen tödlichen Schuss?»

«Jep», bestätigte Villaverde. «Ein Wachmann. Und die Patronenhülse von dem Mord an Michelles Freund stammte ebenfalls aus derselben Waffe.»

Es tröstete mich ein wenig, dass Michelle nach ihrer eigenen Schilderung höchstwahrscheinlich den Mann getötet hatte, der nicht nur Tom erschossen, sondern bereits früher gemordet hatte. Das machte sie nicht wieder lebendig, aber im Augenblick klammerte ich mich an jeden noch so kleinen befriedigenden Gedanken.

«Aber der Fall wurde nie aufgeklärt, oder?», fragte ich.

«Ich warte noch auf ein paar Rückmeldungen, aber soweit ich weiß, wurde er ungeklärt zu den Akten gelegt.»

«Wer ist dafür zuständig?»

«DEA und FBI gemeinsam.»

«Die Dienststellen in L. A.?»

«Jep.»

Ich runzelte die Stirn. Das Unausweichliche stand mir vor Augen. «Ich schätze, wir werden uns wirklich mal mit meinem guten alten Kumpel Hank Corliss unterhalten müssen.»

«Jep», sagte Villaverde wieder. «Ich habe ihn schon angerufen. Wir haben morgen Vormittag einen Termin.»

KAPITEL 14

Keine drei Meilen nördlich des Hotels landete ein gecharterter Privatjet des Typs Embraer Legacy auf dem Montgomery Field Airport in San Diego. Er war nicht einmal fünf Stunden zuvor vom Mérida International Airport in Yucatán gestartet und beförderte vier Passagiere, alle männlich.

Der Zollbeamte, der allein an Bord der kleinen Maschine kam, überprüfte die Pässe der Fluggäste und erklärte die Einreise für rechtmäßig. Das Ganze dauerte kaum zwei Minuten.

Er hatte keinen Grund, sie näher unter die Lupe zu nehmen. Die Chartergesellschaft war eine der angesehensten in der Gegend, und er kannte die Crew von mehreren früheren Landungen. Die Passagiere, allesamt Mexikaner, waren gepflegt, gut gekleidet und höflich. Die Papiere zu dem Flug waren tadellos, und die Pässe der Männer wiesen die Stempel mehrerer europäischer Länder sowie einiger Staaten in Fernost auf. Das alles roch nach gehobener Klasse, und, was wichtiger war, es hatte diese unantastbare, entwaffnende Aura von Integrität.

Kurz nachdem der Zollbeamte wieder gegangen war, stiegen die vier Männer aus dem Flugzeug in zwei Lincoln Town Cars mit Chauffeur um, die schon lange vor der Landung des Fliegers bereitgestanden hatten. In einer für sie angemieteten

Luxusvilla mit sechs Schlafzimmern und Seeblick an einer ruhigen Straße in Del Mar erwarteten sie bequeme Betten.

Sie mussten in dieser Nacht gründlich ausschlafen.

Sie hatten eine Menge Arbeit vor sich.

MONTAG

KAPITEL 15

Ich ließ Tess, Alex und Jules im Hotel zurück, um mich mit Villaverde in seinem Büro zu treffen. Unser Gespräch mit Corliss war für halb elf angesetzt, wir konnten also der furchtbaren Rushhour in Los Angeles entgehen und stattdessen das herrliche vormittägliche Verkehrschaos genießen. Tess brannte darauf, die Sachen für Alex zu holen, und so hatte Villaverde arrangiert, dass eine Polizeistreife sie zu Michelles Haus brachte, während wir unterwegs waren, und dort für ihre Sicherheit sorgte.

Die erste Hälfte der Fahrt verlief reibungslos. Den guten Teil einer Stunde ging es geradeaus über die Interstate, die Sonne im Rücken, das Meer zu unserer Linken und Sanddünen und sanfte Hügel zu unserer Rechten. Dann erreichten wir San Clemente, einen kleinen Ort in ländlicher Umgebung, der uns schonend auf den chaotischen Asphaltkessel von Downtown L. A. vorbereitete.

Hinter dem Gebäude fuhren wir über die Rampe in die Tiefgarage hinunter. An der Gebäudefront standen vier gewaltige, fünfzehn Meter hohe Metallskulpturen, flache Körper in Form männlicher Gestalten, die sich zueinander beugten wie in einer Umarmung. Sie waren von Hunderten kleiner, runder Löcher durchsiebt, sodass sie wirkten, als seien sie von einer Amok laufenden Gangsterbande zerschossen worden.

Ich hatte meine Zweifel, ob eine solche Skulptur vor dem Gebäude einer Bundesbehörde wirklich passend war, aber ich hatte nie den Anspruch erhoben, etwas von moderner Kunst zu verstehen. Wahrscheinlich gab es eine viel tiefere und feinsinnigere Symbolik, die mir einfach entging.

Wir fuhren mit dem Aufzug in die zwanzigste Etage und wurden in Corliss' Büro eingelassen. Hier erlebte ich zwei kleine Schocks.

Der erste war, Corliss nach all den Jahren wiederzusehen. Ich wusste natürlich, was er durchgemacht hatte – es war passiert, nachdem ich Mexiko bereits verlassen hatte, aber es war damals beim FBI Thema Nummer eins gewesen, mit allen grausigen Details –, aber dennoch hatte ich nicht damit gerechnet, dass er so stark gealtert war. Das heißt, nicht einfach gealtert, er wirkte ausgelaugt. Der Hank Corliss, den ich damals gekannt hatte, war ein zäher, eigensinniger und insgesamt unangenehmer Kerl gewesen, mit einem scharfen Verstand hinter einem Paar scharfer Augen, denen nichts entging. Der Mann, der uns jetzt hinter seinem Schreibtisch empfing, war wie ein blasses Abbild des Burschen, an den ich mich erinnerte. Sein Gesicht war ausgemergelt, seine Haut aschgrau und faltig, und er hatte tiefe schwarze Ränder unter den Augen. Seine Bewegungen waren langsam, und meine Großmutter hatte, als sie auf die achtzig zuging, einen kräftigeren Händedruck gehabt als er.

Der zweite Schock war die Anwesenheit von Jesse Munro. Zwei Geister aus der Vergangenheit, zwei Wiedergänger aus einem unliebsamen Kapitel meines Lebens. Munro war allerdings um keinen Tag gealtert. Teufel, ich wusste ja, wie viel Zeit er im Fitnessstudio zubrachte, um seinen gestählten Körper in Form zu halten. Er war ganz so, wie ich ihn in Erinnerung hatte. Dichtes blondes Haar, das mit Gel glatt zurückgekämmt war, tiefe Bräune, offenes Hemd über einem weißen T-Shirt mit weitem V-Ausschnitt, in dem die oberen Brustmuskeln zu sehen waren, und in diesem Ausschnitt glänzte eine schwere Goldkette. Dazu natürlich dieses dämliche, großspurige Grinsen, das er bei jeder Gelegenheit zeigte.

Corliss winkte uns alle zu einer Sitzgruppe gegenüber seinem Schreibtisch.

«So», begann er und musterte mich, als sei ich zu einem Bewerbungsgespräch angetreten. «Wie ich höre, leisten Sie drüben in New York gute Arbeit. Mir scheint, der Wechsel dorthin hat Ihnen wirklich gutgetan, wie?»

Das ironische Lächeln, das dabei über sein Gesicht huschte, verstärkte den Unterton seiner Worte. Nicht dass ich auch nur eine Sekunde lang geglaubt hatte, er habe unsere hitzigen Auseinandersetzungen in Mexiko vergessen. Damals war ich rasend wütend auf mich selbst gewesen, weil ich einen unbewaffneten amerikanischen Staatsbürger getötet – exekutiert – hatte, Wade McKinnon, von dem ich kaum mehr wusste, als dass er ein genialer Chemiker war, der für einen Drogenboss namens Navarro irgendeine Superdroge entwickelt hatte. Munro war auch bei dieser unseligen Mission dabei gewesen, und er hatte in jener Nacht noch schlimmere Dinge getan, Dinge, für die niemand ungestraft bleiben dürfte. Aber während Munro nach unserer Rückkehr keine Gewissensbisse zu plagen schienen, fiel es mir schwer, das, was ich getan hatte, zu verarbeiten. Es fraß mich innerlich auf, bis ich an dem Punkt war, irgendeine Wiedergutmachung leisten zu wollen. Vielleicht herausfinden, ob McKinnon Angehörige hinterlassen hatte, sie wissen lassen, was geschehen war, es mir von der Seele reden und Vergebung erlangen oder mich meiner verdienten Strafe stellen. Corliss und die übrigen Schlipsträger hingegen hatten keine solchen Bedenken und scherten sich einen Dreck um die Dämonen, die mich verfolgten. Vor allem aber wollten sie nicht, dass ich etwas ausplauderte. Also köderten sie mich mit einer Versetzung in die New Yorker Dienststelle, wo sie mir eine leitende Position in der Terrorbekämpfung in Aussicht stellten. Sie wussten, dass ich mir so etwas kaum entgehen lassen konnte. Nachdem ich mich endlose Tage lang mit Grübeleien herumgequält hatte, ergriff ich am Ende die Gelegenheit – zugegebenermaßen nichts, worauf ich besonders stolz bin –, und hier saßen wir nun, fünf Jahre später, und der gespensterhafte Schatten des Corliss von damals betrachtete selbstzufrieden die Lage.

Wie auch immer, ich wollte gerade antworten, es habe wohl uns beiden gutgetan, aber in Anbetracht dessen, was ihm nach meinem Weggang zugestoßen war, kam es mir nicht über die Lippen. Stattdessen entschied ich mich für ein unverbindliches Friedensangebot.

«Es war ein echter Aufstieg.»

Er betrachtete mich forschend, als sei er unsicher, was er darauf erwidern sollte, dann setzte er sich zurecht und kam zur Sache.

«Die Angelegenheit mit Martinez tut mir leid. Sie hat gute Arbeit für uns geleistet, auch wenn ihr Weggang aus der Behörde ein wenig, nun ja, plötzlich kam.» Dabei sah er mich an, als hätte ich etwas damit zu tun. Was ja tatsächlich der Fall war, aber ich war mir ziemlich sicher, dass er davon nichts wusste. Ich meine, er wusste, dass wir etwas miteinander gehabt hatten – das war nicht wirklich ein Geheimnis –, aber Michelle hatte mir gesagt, sie habe niemandem in der Behörde von ihrer Schwangerschaft erzählt. «Sagen Sie mir, was ich für Sie tun kann.»

Er und Munro hörten aufmerksam zu, während ich erzählte, was ich wusste. Anschließend berichtete Villaverde von der Übereinstimmung im ballistischen Befund, von der Munro und Corliss bereits erfahren hatten. Dieser Teil der Geschichte interessierte Corliss besonders, schließlich war es eine heiße Spur, die zu einem ungelösten Fall von ihm führte.

«Also», sagte er, als wir geendet hatten, «haben Sie sonst noch irgendwelche Hinweise auf das Überfallkommando?»

«Bislang nicht», antwortete Villaverde. «Darum sind wir hier.»

Corliss schürzte die Lippen und breitete die Hände aus. «Hey, ich hatte gehofft, Sie hätten etwas mehr für mich, etwas, das uns helfen könnte, diese Dreckskerle zu kriegen.»

«Im Augenblick ist das alles, was wir haben.»

Corliss runzelte die Stirn. «Da haben wir etwas gemeinsam. Unser Fall ist ins Leere gelaufen. Diese Jungs sind da aufgetaucht, haben sich geholt, was sie wollten, und sind wieder verschwunden. Ihre Gesichter waren maskiert. Die Fahrzeuge waren gestohlen, wir fanden später die von jeglichen Spuren gesäuberten, ausgebrannten Wracks. Ballistik und Überwachungsbänder haben auch keine Hinweise ergeben. Keine Gerüchte auf der Straße, kein Trottel, der in irgendeiner Bar das Maul zu weit aufreißt, nichts. Und jetzt, nach einem halben Jahr, ist das Ganze kälter als kalt.»

Ich hatte gehofft, irgendetwas anderes von ihm zu hören,

nur nicht gerade das. Ich warf einen Blick zu Munro, dann sah ich wieder Corliss an. «Ist das alles?», fragte ich.

«Das ist alles.» Seine Gesichtszüge erschlafften, ein Ausdruck distanzierter, deprimierter Endgültigkeit. «Was soll ich sagen? Denken Sie, ich bin glücklich darüber? Es ist eine verdammte Schande. Mir haben sie wegen dieses Falls die Hölle heißgemacht – der Gouverneur hat mich am Telefon derart angebrüllt, dass ich seinen Zigarrenatem durch die Leitung riechen konnte. Es hat mir nichts ausgemacht. Ich war genauso sauer wie er. Ich wollte diese Hurensöhne drankriegen, aber sie haben uns kaum etwas hinterlassen, wo wir ansetzen konnten.»

Einen Moment lang blieb es still im Raum, während wir alle diese entmutigenden Nachrichten verdauten, dann fragte Villaverde: «Wie steht es mit dem Ansatz, dass die Täter Three-Patcher sein könnten?» Damit bezog er sich auf kriminelle Motorradgangs und deren drei «Patches», Aufnäher auf dem Rücken ihrer Westen oder Jacken: oben der Name des Clubs, unten der Ort und in der Mitte das Logo. «Was haben Sie dazu rausgefunden?»

Villaverde und ich hatten vorhin während der Fahrt darüber gesprochen. Er hatte mir erzählt, dass einer der Überlebenden des Überfalls auf das Institut die Täter als «Biker-Typen» beschrieben hatte, und das passte durchaus zu dem, was ich gesehen hatte. Das Überfallkommando, das Michelle in das Hotel verfolgt hatte, bestand aus skrupellosen Kerlen mit von Alkohol und Drogen gezeichneten Gesichtern, die durchaus Biker sein konnten. Allerdings war das schwer zu sagen, da sie ihre Kluft nicht trugen und nicht genug von ihrer Haut zu sehen war, um irgendwelche verräterischen Tätowierungen zu erkennen, seien es nun welche von Bikerclubs oder andere. Allerdings arbeiteten die illegalen Motorradgangs zunehmend als Schlägertrupps und Überfallkommandos für die Kartelle nördlich der Grenze, so viel wussten wir. Da lag der Gedanke nicht fern, dass ein Drogenboss aus Michelles Vergangenheit, der sie in seine Gewalt bringen wollte – sei es, um sich konfisziertes Geld zurückzuholen, oder einfach aus Rache –, auf eine Bikergang zurückgegriffen haben könnte. Ich musste mich noch einmal mit den Verbrecherfotos in der Datenbank beschäftigen, hatten Villaverde und ich beschlossen, diesmal mit engeren Eingrenzungskriterien. Die ATF – die Behörde für Alkohol, Tabak, Feuerwaffen und Sprengstoffe – kannte sich mit den Bikern am besten aus, und Villaverde hatte sich bereits mit seinem dortigen Kontaktmann in Verbindung gesetzt, damit ein paar Seiten für mich zur Durchsicht vorbereitet wurden.

«Wir gehen der Sache nach», sagte Munro. «Wir nehmen jeden zwielichtigen Typen unter die Lupe, der jemals bei uns aktenkundig geworden ist, und arbeiten mit der ATF zusammen, aber es ist ein ziemlich aussichtsloses Unterfangen. Solche Gangs haben einen extrem festen Zusammenhalt. Wenn diese Wichser überhaupt mal was verlauten lassen, dann nur, um uns in die Irre zu führen, indem sie Gerüchte in die Welt setzen, dass es sich um das schmutzige Werk irgendwelcher Rivalen handelt. Die Desperados sagen, es waren die Huns, die Huns schieben es auf die Sons of Azazel und die Sons of Azazel auf die Aztecas. Es ist ein verfluchter Albtraum. Um überhaupt irgendwas in die Hand zu bekommen, muss man verdeckte Ermittler einschleusen, und das dauert seine Zeit. Außerdem wissen wir nicht mal, von welcher

Gang wir hier reden, geschweige denn von welcher Abteilung.»

«Was ist mit den Kartellen?», fragte ich. «Kann man die Sache vielleicht auch andersrum angehen, von oben nach unten?»

Corliss kicherte. «Viel Spaß dabei. Unsere Freunde aus dem Süden haben einen noch strengeren Verschwiegenheitskodex.»

«Aber wenn es Biker sind, denken Sie trotzdem, dass sie ein bezahltes Überfallkommando sind und keine Endverbraucher», vergewisserte ich mich.

«Wenn Sie meine Meinung wollen – ja. Davon bin ich überzeugt.» Corliss beugte sich vor und sagte mit einer Handbewegung zu Villaverde: «Wir alle hatten ausgezeichnete Erfolge damit, zahlreiche Meth-Labors hier bei uns auszuheben, aber Sie wissen so gut wie ich, dass wir damit nur eins erreicht haben: die Produktion über die Grenze in den Süden zu verlagern. Und da werden diese Weißkittel jetzt gebraucht, nicht hier. Unsere Freunde da unten betreiben Superlabors, wo jeder von ihnen drei-, vierhundert Pfund Meth pro Tag produziert. *Pro Tag.* Das ist eine Menge Stoff, und der muss fachgerecht hergestellt werden. Wenn sie also einen genialen Chemiker in die Hände bekommen können, der ihre Produktionsverfahren optimiert und die Qualität der Ware steigert, ohne dabei das Labor in die Luft zu sprengen, werden sie ihn sicher nicht wieder laufen lassen.»

Ich hatte das Gefühl, dass mir noch immer ein großes Puzzleteil fehlte. «Aber ich verstehe nicht, was das alles mit Michelle zu tun haben soll. Sie war seit fünf Jahren raus aus dem Job.»

«Wer weiß.» Corliss wischte meinen Einwurf beiläufig beiseite. Er klang jetzt müde. «Sie hat den Geldfluss der Kartelle verfolgt. Sie hat ein paar von den bösen Jungs schmerzhaft getroffen, indem sie ihnen ihr Spielzeug weggenommen und ihre Bankkonten aufgelöst hat. Vielleicht wollte einer von ihnen Vergeltung. Diese Typen … die gehen für eine Weile ins Gefängnis, dann kommen sie durch Bestechung oder mit Waffengewalt wieder frei, wechseln von da an ständig den Aufenthaltsort und bleiben unter dem Radar … Vielleicht hat einer von ihnen einfach so lange gebraucht, um Michelle aufzuspüren. Immerhin hat sie undercover gearbeitet.»

Das erschien mir nicht überzeugend, aber im Augenblick hatte ich auch keinen anderen Ansatzpunkt.

«Sie haben ihr Notebook mitgenommen», warf Villaverde mit einem Seitenblick zu mir ein, als wolle er Corliss' Ansicht bekräftigen. «Vielleicht suchen sie nach einer Möglichkeit, den Geldtransfer rückgängig zu machen? Vielleicht wollten sie Michelle zwingen, Geld auf ihre Konten zu überweisen?»

Corliss brauchte nicht lange, um das zu verarbeiten. Sobald Villaverde es erwähnte, zuckte eine seiner Augenbrauen in die Höhe.

Mein Nacken verspannte sich, denn ich wusste, worauf das hier hinauslief.

«Ihr Notebook?», fragte Corliss nach.

Villaverde nickte.

Corliss zuckte die Schultern. Er sagte nichts, aber sein ironischer, skeptischer Gesichtsausdruck sprach Bände.

«Was?», fragte ich.

«Nun, sie hat diesen Kerlen eine Menge Geld weggenommen», sagte er und zog die Mundwinkel herunter, als habe er an sauer gewordener Milch gerochen. «Vielleicht hat sie etwas davon für sich behalten. Das wäre bei Gott nicht das erste Mal.»

Ich spürte, wie mir das Blut ins Gesicht schoss. «Michelle war sauber», entgegnete ich mit Nachdruck.

«Und das wissen Sie, weil Sie beide was miteinander hatten?»

«Sie war sauber», beharrte ich.

«Vergessen Sie nicht, sie war als Undercover-Agentin ausgebildet. Sie verstand sich darauf, Dinge geheim zu halten. Selbst vor jemandem, mit dem sie das Bett teilte.»

Ich sah, wie er und Munro einen Blick wechselten, und fühlte die Adern an meinem Hals anschwellen. Es fiel mir schwer, mich zu beherrschen. Michelle war noch nicht unter der Erde, und schon besudelte dieser gestörte, verbitterte Kerl ihr Andenken.

Ich warf einen Blick zu Villaverde, dann sah ich wieder Corliss an. «Sie war ehrlich. Hundertprozentig. Keine Frage.»

Ich schwieg, um meine Worte wirken zu lassen, bereit, auf jeden Widerspruch sofort anzuspringen, doch es kam keiner. Corliss hielt nur mit seinen müden, leeren Augen meinem Blick stand, dann zuckte er die Achseln, die Mundwinkel noch immer verächtlich herabgezogen.

«Vielleicht war sie das», sagte er. «Wie auch immer ... Die Sache muss überprüft werden. Vielleicht führt uns das zu unseren Gangstern.»

Es gefiel mir nicht, dass der Verdacht so im Raum stehenblieb, aber nichts, was ich hätte sagen können, hätte im Moment etwas daran geändert. Eines konnte ich Corliss allerdings entgegenhalten. «Wenn tatsächlich Drogenbosse ihr auf die Spur gekommen sind, haben Sie hier eine undichte Stelle. Anders hätten sie sie nicht finden können.»

Corliss blieb ungerührt. «Welch eine Überraschung. Wissen Sie, wie viel Zeit und Ressourcen wir darauf verwenden, unsere Behörde sauber zu halten? Das ist ein ständiger Kampf.»

«Fällt Ihnen jemand Bestimmtes ein, der vielleicht noch eine Rechnung mit ihr offen hatte?», fragte Villaverde Corliss und steuerte das Gespräch damit geschickt in eine weniger heikle Richtung. «Jemand, der nach so langer Zeit noch Rache wollen könnte?»

«Mehrere», erwiderte Corliss. «Niemand lässt sich gern hochnehmen, erst recht nicht von einer Frau.» Einen Moment lang schien er im Geiste eine Liste möglicher Kandidaten zu erstellen. Jetzt schaltete Munro sich ein.

«Ich muss mir die Fälle, die sie bearbeitet hat, erst ansehen, aber der letzte war ein großer. Carlos Guzman. Sie hat ihm erheblichen Schaden zugefügt. Fast eine halbe Milliarde. Und wie Sie wissen, ist er noch auf freiem Fuß.» Munro zuckte die Schultern. «Wahrscheinlich reicher denn je.»

Villaverde und ich wechselten einen Blick. Wir hatten dem nichts hinzuzufügen. Es schien bereits, als träfe das auch für die beiden zu, doch dann wandte Corliss sich an mich. «Warum hat sie Sie eigentlich angerufen? Ich meine, nach dieser langen Zeit, warum gerade Sie?»

Nachdem Corliss soeben den Verdacht geäußert hatte, Michelle sei womöglich nicht sauber gewesen, hatte ich keine Lust, gerade ihm zu erzählen, dass wir ein gemeinsames Kind hatten.

«Sie hatte Angst und wusste nicht, wohin sie sich wenden

sollte», erwiderte ich. «Und vielleicht glaubte sie noch immer an so etwas Altmodisches wie Vertrauen.»

Corliss stieß mit einem wehmütigen Seufzer Luft aus, dann nickte er langsam. «Vertrauen, ja?» Er schwieg, dann verdüsterte sich seine Miene, und er schien an einen fernen, finsteren Ort entrückt.

«Meine Frau hat mir vertraut, als ich sagte, meine Arbeit werde niemals sie oder unsere Tochter in Gefahr bringen», sagte er. Gleich darauf wurde sein abwesender Blick wieder scharf und ruhte auf mir. «Das hatten die beiden nun also von ihrem Vertrauen, wie?»

Darauf gab es nicht mehr viel zu sagen.

KAPITEL 16

Tess war unbehaglich zumute, als sie über die Türschwelle von Michelles Haus trat.

Sie hatte Alex mit Jules im Hotel zurückgelassen, wo er fröhlich malend an dem kleinen Tisch im Wohnzimmer der Suite saß. Da Reilly nach L. A. fahren musste, hatte er arrangiert, dass ein paar Polizisten sie eskortierten.

Es war ein seltsames Gefühl, dort zu sein. In mehrfacher Hinsicht. Es war seltsam, das leere Haus einer Person zu betreten, die gerade ermordet worden war. Tess erlebte das zum ersten Mal, und es lastete schwer auf ihr, bei jedem zögernden Schritt. Außerdem war es seltsam, das Zuhause von Reillys Exfreundin zu betreten, das Zuhause der Mutter seines Sohnes. Tess fühlte sich wie ein Eindringling, wie ein Aasgeier, der über den Kadaver der kürzlich Verstorbenen herfiel. Das war natürlich Unsinn – Tess versuchte sich bewusst zu machen, dass Michelle in Wirklichkeit sicher dankbar gewesen wäre, dass sie so ohne weiteres bereit war, Alex ins Herz zu schließen. Aber das Unbehagen war schwer abzuschütteln.

Sie hatte nicht vor, lange zu bleiben. Sie würde nur die Sachen holen, von denen sie dachte, dass sie Alex helfen könnten, und wieder verschwinden.

Ihr Atem ging flacher, als sie auf dem Weg zum Wohnzimmer den Blutspuren auswich. Drinnen fiel ihr Blick auf ein paar gerahmte Fotos auf einem Wandbord. Beinahe feierlich trat sie näher und nahm ein Bild in die Hand, das Alex mit einer brünetten Frau zeigte – offenbar Michelle, denn sie war auch auf mehreren anderen Bildern zu sehen. Tess hatte bis jetzt keine Vorstellung gehabt, wie Michelle aussah. Sie war mehr als nur attraktiv. Sie strahlte eine starke Kraft aus, etwas geradezu Magnetisches, das in ihren Augen lag und Tess aus dem Bild heraus förmlich ansprang. Der Anblick löste erneut widersprüchliche Gefühle in ihr aus, eine tief empfundene Trauer, Empathie, in die sich ein Anflug von Eifersucht mischte.

Sie wählte zwei Bilder aus, die Alex und Michelle mit strahlenden Gesichtern zeigten, und steckte sie behutsam in einen Wäschebeutel, den sie aus dem Hotel mitgenommen hatte. Es würde Alex sicher guttun, die Bilder um sich zu haben. Während sie langsam weiter durch das Haus ging, versuchte sie, sich ein Bild davon zu machen, was für ein Mensch Michelle gewesen war und wie Alex' Leben hier ausgesehen hatte. Sie nahm die Küche in Augenschein und betrachtete Alex' Bilder an den Wänden und das Mosaik aus Fotos und Zeichnungen an der Kühlschranktür. Sie schaute sogar in den Kühlschrank, um zu sehen, was Michelle eingekauft hatte und woran Alex gewöhnt war.

Während Tess den Kühlschrank wieder schloss, fiel ihr Blick durch die Glastür in den Garten hinter dem Haus, wo ihr etwas ins Auge sprang. Kleine Farbtupfer auf dem Rasen. Alex' Spielzeug. Sie ging hinaus, und ein bittersüßes Lächeln ließ Grübchen in ihren Wangen erscheinen. Die kleinen, zehn Zentimeter großen *Ben-10*-Figuren, die Alex sich gewünscht hatte, lagen alle unberührt hier herum. Tess erkannte sie, weil

Alex ihr die Bilder auf dem winzigen Display seines Omnitrix-Armbands gezeigt hatte. Außerdem hatte sie eine Online-Bildersuche gestartet und sich von Alex die Figuren zeigen lassen. Tess stellte sich vor, wie Alex damit gespielt hatte, als der Überfall auf das Haus stattfand, und es gab ihr einen Stich, als sie Michelle mit Alex in panischer Flucht vor sich sah. Sie schüttelte die Vorstellung ab, sammelte die Spielfiguren ein und ging wieder ins Haus.

Tess schaute in Michelles Schlafzimmer, dann ins Arbeitszimmer, wo sie unwillkürlich die Bücherregale in Augenschein nahm und versuchte, sich anhand der Titel ein Bild von Michelle und ihren Interessen zu machen. Sie hatte viel Arbeit vor sich. Wenn Alex jetzt ein Teil ihres Lebens war, dann war sie, Tess, es ihm schuldig, seine Mutter so gut wie möglich kennenzulernen. Sie musste Mittel und Wege dazu finden, doch es wäre ein guter Anfang, sich länger mit ihren Sachen zu beschäftigen und mit Freunden und Verwandten zu sprechen.

Aber nicht jetzt. Dazu war es noch zu früh.

Ihr Blick wanderte zu Michelles Schreibtisch hinüber, wo, wie sie von Reilly wusste, wahrscheinlich das verschwundene Notebook gestanden hatte. Der Schreibtisch war ziemlich ordentlich, an beiden Seiten lagen aufgestapelt Papiere und Rechnungen, die Fläche in der Mitte war frei. Tess wollte sich gerade abwenden, als sie bemerkte, dass aus einem der Stapel ein Bild herausragte. Als sie die anderen Papiere herunternahm, fand sie noch mehrere von Alex' Werken, insgesamt vier Zeichnungen.

Tess betrachtete sie neugierig und versuchte zu erkennen, was sie darstellten.

Das erste Bild zeigte offenbar einen Eingeborenenstamm, dunkelhäutige Gestalten und Hütten, umgeben von üppigem Grün unter einem strahlend blauen Himmel. Auf dem zweiten war eine weitere dunkelhaarige Gestalt zu sehen und darum herum anscheinend Kakteen mit roten Blüten. Das dritte stellte eine Figur dar, die über leuchtend orangefarbenen Boden ging, als stünde die Erde in Flammen.

Das vierte Bild zeigte zwei Gestalten, auf jeder Seite des Blattes eine. Sie waren in dem komisch-surrealistischen Stil gezeichnet, den kleine Kinder an sich hatten: ein Oval für den Körper, Striche für Arme und Beine, Kreise für Hände und Füße und daran kurze Striche wie Stöckchen, die Finger und Zehen darstellten. Tess lächelte und wollte das Bild gerade wieder ablegen, als etwas sie zurückhielt. Eine der Gestalten, die auf der linken Seite, schien etwas in der Hand zu halten, das sie auf die rechte Gestalt richtete. Es war kaum erkennbar, aber es wirkte wie eine Pistole. Der Körper der Figur war dunkel ausgemalt. Was Tess jedoch besonders auffiel, war die rechte Gestalt. Sie war kleiner und hatte braunes Haar, große Augen und einen großen, offenen Mund, als ob sie schrie. Sie hielt ebenfalls etwas in der Hand: etwas, das wie ein winziges Strichmännchen aussah. Tess hielt die Zeichnung ins Licht, um besser sehen zu können. Die Figur hatte braunes Gekrakel am Kopf, das Haare darzustellen schien, und die Beine waren grün übermalt.

Etwas an dem Bild schien ihr seltsam vertraut, während der Gesamteindruck irgendwie beunruhigend war. Dann begriff Tess. Mit der Zeichnung in der Hand ging sie zurück in den Flur und kramte aus dem Beutel, in den sie das Spielzeug gepackt hatte, die Ben-Figur heraus. Er war ein junger

Teenager mit braunem Haar, einem weißen Hemd und einer überweiten grünen Cargohose. Tess betrachtete noch einmal die Zeichnung und war sich ziemlich sicher, dass der Gegenstand, den die rechte Gestalt in der Hand hielt, die Ben-Figur war. Was bedeutete, dass die Gestalt selbst Alex sein musste.

Aber wenn es so war, was hatte es dann mit der größeren, dunkel gekleideten Gestalt auf sich, die möglicherweise eine Pistole auf ihn richtete?

Tess überlief ein unbehagliches Prickeln, als ihre Vorstellung blitzschnell in alle möglichen Richtungen lief. Sie ermahnte sich selbst, sich nicht von der Umgebung und den Umständen überwältigen zu lassen, und schob die Gedanken beiseite. Alex war ein Kind, und Kinder spielten mit Spielzeugpistolen. Sie deutete zu viel in das Bild hinein.

Sie steckte die Figur wieder in den Beutel und sammelte noch ein paar Sachen ein, über die sie und Alex gesprochen hatten: anderes Spielzeug, seinen Schlafanzug – natürlich ebenfalls im Ben-Design –, etwas Kleidung, seine Buzz-Lightyear-Zahnbürste und ein paar Bilderbücher. Die vier Zeichnungen nahm Tess ebenfalls mit.

Eine halbe Stunde später saß sie wieder in dem Streifenwagen, der sie zum Hotel zurückbrachte.

KAPITEL 17

Es war gegen drei Uhr nachmittags, als ich mich auf dem Parkplatz vor seinem Büro am Aero Drive von Villaverde verabschiedete, in meinen treuen LaCrosse stieg und mich auf den Weg in die Innenstadt machte, um mir noch einmal Verbrecherfotos anzusehen. Villaverde hatte während der Rückfahrt aus L. A. einen der Mordermittler angerufen und ihm vorab mitgeteilt, wonach wir suchten, damit die Polizisten bis zu meinem Eintreffen Zeit hatten, sich mit der ATF zu verständigen und eine entsprechende Auswahl aus der Datenbank vorzubereiten.

Je länger ich darüber nachdachte, desto aussichtsreicher erschien mir dieser Ansatz. Mein Gefühl sagte mir, dass wir hier auf der richtigen Spur waren. Diese Kerle waren weder Schwarze noch Latinos, und wenn man in Südkalifornien nach einem Trupp weißer Schlägertypen suchte, lag es nahe, sich unter den Bikergangs umzusehen. Mein Optimismus wuchs, auch wenn es im Staat von «One-percenters» nur so wimmelte. So nannten sich die Mitglieder der OMGs, um bei den coolen Abkürzungen zu bleiben: Outlaw Motorcycle Gangs, illegale Motorradgangs, nicht das geläufigere OMG, dem gewöhnlich vier Ausrufezeichen oder ein Smiley folgen. Die meisten trugen sogar einen «1%»-Aufnäher auf ihren Jacken oder Westen. Die Bezeichnung bezog sich auf ein angebliches Zitat eines rechtschaffenen Vertreters eines landesweiten Motorradvereins, der gesagt haben sollte, neunundneunzig Prozent aller Motorradfahrer seien gesetzestreue Bürger. Der fragliche Verein hatte allerdings längst dementiert, dass so etwas jemals gesagt worden war, und ich hatte den Eindruck, die Gesetzlosen selbst hatten diese Zahl aus der Luft gegriffen, um sich einen geheimnisvollen und exklusiven Touch zu geben. Angesichts der Menge von Verbrecherfotos, durch die ich mich gleich kämpfen musste, hielt ich die Bezeichnung für weit verfehlt, wenigstens in Bezug auf Südkalifornien.

Der Weg in die Innenstadt schien nach Villaverdes Beschreibung unproblematisch, erst über die 15 nach Süden, dann auf die Route 94 in westlicher Richtung. Ich schaltete nicht einmal das Navigationssystem ein. Auf dem Freeway floss auf beiden Spuren ungehindert der spärliche Verkehr. Wenn nicht noch etwas Unerwartetes geschah, würde die Fahrt nicht länger als eine halbe Stunde dauern.

Allerdings blieb ich auf dieser Fahrt nicht lange vom Unerwarteten verschont.

Es erschien in Gestalt einer kastanienbraunen Limousine, in der ich zwei Männer sitzen sah. Der Wagen schien mir in verdächtig gleichmäßigem Abstand zu folgen. Nun missbrauche ich mein Amt normalerweise nicht dazu, mit überhöhter Geschwindigkeit über Freeways zu rasen, nur um meine Wäsche von der Reinigung abzuholen, aber in diesem Fall konnte ich es nicht erwarten, mein Glück noch einmal mit der Verbrecherdatenbank zu versuchen. Ich fuhr wohl etwa fünfzehn Meilen pro Stunde über dem Limit, und der Wagen – ein zehn Jahre altes japanisches Modell, vielleicht ein Mitsubishi, genau konnte ich es nicht erkennen – hielt dasselbe Tempo, blieb jedoch etwa fünf oder sechs Autolängen hinter mir zurück. Das Gute an dieser Geschwindigkeit ist, dass etwaige Verfolger es schwer haben, sich hinter einem kleinen Puffer anderer Fahrzeuge zu verstecken, so auch in diesem Fall. Natürlich ist es schon vorgekommen, dass andere Autos mir ganz harmlos gefolgt sind – die Fahrer dachten wohl, wenn eine Radarfalle käme, wäre ich das Opfer, und sie kämen ungeschoren davon –, aber hier sagte mein Gefühl etwas anderes. Seit Michelle und ich das Hotelzimmer verlassen hatten, waren meine inneren Gangster-Sensoren wohl aufs äußerste geschärft, und ich war über die Jahre gut damit gefahren, im Zweifel auf mein Gefühl zu hören.

Ich wechselte auf die rechte Spur und ging ein wenig vom Gas, und tatsächlich schienen auch meine beiden Fans es plötzlich nicht mehr so eilig zu haben, sondern folgten meinem Beispiel. Wiederum hätten manche meiner harmlosen Verfolger sich ebenso verhalten, gewöhnlich weil sie dachten, ich wisse mehr als sie und hätte einen guten Grund zu verlangsamen. Allerdings fuhren die Autos unter solchen Umständen meist dichter auf – elementare Wellentheorie, aber lassen wir das jetzt mal beiseite –, in diesem Fall jedoch blieben die Jungs zurück, sodass sich der Abstand zwischen uns nicht verringerte. Das war noch immer kein Beweis, aber etwas an diesen Typen gefiel mir nicht.

Ich beschleunigte wieder und wechselte erneut die Spur, und sie taten dasselbe.

Meine inneren Alarmglocken schrillten.

Ich fühlte einen kleinen Adrenalinstoß. Wenn jemand mich verfolgte, mussten es die Männer vom Überfallkommando sein, auch wenn mir nicht klar war, weshalb sie das tun sollten. Ich ging im Geiste rasch durch, was wir bisher über ihr Vorgehen wussten. Sie hatten ein paar Wissenschaftler entführt. Sie hatten zweimal versucht, an Michelle heranzukommen. Warum verfolgten sie mich? Michelle war tot. Ich fragte mich, ob sie auf etwas aus waren, das sie besessen hatte, etwas, wovon sie dachten, ich könnte sie hinführen. Sie hatten ihr Notebook mitgenommen – vielleicht war es ihnen nicht gelungen, das Passwort zu knacken. Aber dann fiel mir eine viel wahrscheinlichere Erklärung ein: Vielleicht wussten sie nicht, dass sie tot war. Vielleicht wussten sie nicht einmal, dass sie angeschossen worden war. In diesem Fall versuchten sie möglicherweise noch immer, sie aufzuspüren, um sich von ihr zu holen, was immer sie haben wollten. Daraus könnte sich eine Möglichkeit ergeben, sie aus ihrem Versteck zu locken. Wenn meine beiden Verfolger allerdings Männer vom Überfallkommando waren, bestand das Problem nicht mehr darin, sie aus ihrem Versteck zu locken. Sie waren hier, in Reichweite. Jetzt kam es nur noch darauf an, dass ich den Zugriff nicht verpatzte.

Inzwischen hatte ich die Abfahrt erreicht, die nach rechts auf den Martin Luther King Jr. Freeway führte. Ich bog ab. Die Limousine folgte mir.

Ich blieb auf der rechten Spur.

Nicht schwer zu erraten, was meine Verfolger taten.

Meine Gedanken eilten voraus, und ich ging im Geiste verschiedene Möglichkeiten durch. Ich war mittlerweile ziemlich sicher, dass diese Männer mich verfolgten, und wenn es so war, wollte ich sie fassen. Unbedingt. Dabei sah ich mich vor zwei unmittelbare Probleme gestellt: Erstens musste ich einen ruhigen Ort finden, um sie zu stellen. Diese Typen hatten wiederholt gezeigt, dass sie keine Hemmungen hatten, das Blut Unschuldiger zu vergießen, also würde ich nichts riskieren, wodurch Unbeteiligte in Gefahr gerieten. Diese Schwierigkeit wurde durch mein zweites Problem verschärft: Ich kannte mich in San Diego überhaupt nicht aus, und mein Navigationssystem würde dieses Problem nicht lösen. Hilfreich wäre es dennoch, und so schaltete ich es ein und rief die Karte auf. Dann zog ich mein Handy hervor und rief Villaverde an.

Ich hielt das Handy tief, außer Sicht, und schaltete die Lautsprecherfunktion ein, als Villaverde sich auch schon meldete.

«Ich glaube, ich werde verfolgt», teilte ich ihm mit. «Zwei Männer in einer kastanienbraunen Limousine. Ich bin gerade auf der 94.»

Ein Stück voraus sah ich Hinweisschilder zum Flughafen, was meine Wut noch schürte.

«Können Sie das Nummernschild erkennen?», fragte er.

Ich warf einen Blick in den Rückspiegel. «Nein, sie halten zu großen Abstand.»

«Okay, äh», stammelte er. «Lassen Sie mich … Wie wollen Sie jetzt vorgehen? Wir können eine Straßensperre aufstellen und –»

«Nein, das würde zu lange dauern», unterbrach ich ihn. «Ich will nicht riskieren, sie zu verlieren oder misstrauisch zu machen.»

«Verstehe, aber Sie können es auch nicht allein mit ihnen aufnehmen.»

«Stimmt. Aber jetzt müssen wir zuerst mal überlegen, wohin ich fahre.»

Ich sah flüchtig die vorbeifliegenden Schilder, die bestätigten, was Villaverde mir vorab gesagt hatte: Der Freeway endete hier und ging in die F Street über. Das Hauptquartier des San Diego Police Department lag jetzt nur noch wenige Straßenblocks entfernt. Ich dachte daran, wie geplant meinen Wagen dort zu parken und mich dann von der anderen Seite heranzupirschen, um meine Verfolger zu überrumpeln, während sie darauf warteten, dass ich wieder herauskam. Aber das hätte bedeutet, dass der Zugriff mit bewaffneter Verstärkung mitten auf einer belebten Straße in der Innenstadt erfolgte – ausgeschlossen bei diesen schießwütigen Kampfmaschinen. Allerdings hatte ich kaum noch eine Wahl, denn mir ging der Freeway aus. Ich wollte unbedingt vermeiden, in die Innenstadt hineinzufahren, wo der Verkehr langsamer floss, wo es Ampeln gab, zu viele Fußgänger und weniger Entscheidungsfreiheit, doch die einzige Abfahrt führte auf den San Diego Freeway in Richtung Norden.

Ich warf einen Blick auf das Display meines Navis. Der Freeway verlief etwa eine Meile in nördlicher Richtung, dann knickte er nach links ab und führte eine kurze Strecke nach Westen, in Richtung des Flughafens, ehe er wieder nach Norden verlief. Diesen Richtungswechsel konnte ich nicht riskieren, nachdem ich die ganze Strecke von Villaverdes Büro nach Süden gefahren war. Es hätte ausgesehen, als führe ich völlig unlogisch in einer riesigen Schleife, und meine Verfolger hätten womöglich Verdacht geschöpft und wären verschwunden. Also fuhr ich an der Abfahrt vorbei einfach weiter.

Die kastanienbraune Limousine folgte mir.

«Ich erreiche gleich die F Street», teilte ich Villaverde mit. Zugleich suchte ich im Geiste noch immer nach einer Möglichkeit, meine Verfolger irgendwie zu überlisten und aus dem Hinterhalt anzugreifen, während sie darauf warteten, dass ich wieder zum Vorschein kam. Das schien mir der beste Plan zu sein. Ich erklärte Villaverde rasch, was ich vorhatte, und fragte ihn nach einem Ort abseits von zu vielen Menschen, wo ich die Konfrontation wagen konnte.

Ich befand mich jetzt auf der F Street, einer breiten Einbahnstraße, die in Ost-West-Richtung quer durch die Innenstadt verlief, und ich hörte geradezu die Rädchen in Villaverdes Kopf arbeiten, während er über meine Frage nachdachte.

«Es gibt am Harbor Drive ein Gelände der Küstenwache», sagte er schließlich. «Ich kann dort anrufen und dafür sorgen, dass der Wachmann am Tor Sie durchlässt und ein paar der Jungs als Verstärkung für Sie bereitstehen.»

«Nein! Keine Küstenwache oder Navy, nichts dergleichen. Das könnte sie abschrecken.» Ich hatte Sorge, dass meine Verfolger mir nicht vor einer Militärbasis auflauern wollten, gerade in diesen Zeiten mit erhöhter Terroralarmstufe, und ich wollte sie auf keinen Fall verlieren. «Kommen Sie schon, David», drängte ich. «Hier geht's gleich nicht mehr weiter.»

«Augenblick.» Er schwieg noch für einen kurzen Moment, dann sagte er: «Okay, wie wäre es mit dem Gelände vom Tenth Avenue Terminal, unten am Hafen? Da gibt es Containerhöfe und Lagerhäuser und Vorratstanks und so was. Was halten Sie davon?»

Das schien eine annehmbare Möglichkeit zu sein. «Ist es plausibel, dass ich so gefahren wäre, wie ich es getan habe, wenn ich von Anfang an dorthin gewollt hätte?»

Villaverde überlegte kurz, dann erwiderte er: «Ich wäre nicht unbedingt von der 15 abgefahren, aber, ja, warum nicht?

Die grobe Richtung stimmt. Im Übrigen sind Sie nicht von hier, also brauchen Sie nicht die günstigste Route zu kennen.»

Das war nicht ganz das, was ich hören wollte. Zudem wusste ich nicht, was meine Verfolger dachten oder erwarteten. Aber in der Innenstadt würde ich wohl kaum einen Ort finden, der meinen Vorstellungen entsprach. Da schien der Hafen besser zu sein.

Außerdem hatte Villaverdes Vorschlag bezüglich des Tors zum Gelände der Küstenwache mich auf eine Idee gebracht.

«Gibt es da ein Lagergelände unter Zollverschluss, mit Sicherheitstor?»

«Ja, und ich weiß auch, wo es ist.»

Ich warf einen raschen Blick auf die Straßenschilder an der nächsten Kreuzung. «Okay, ich überquere gerade die Thirteenth. Sie müssen mich zum Terminal lotsen. Und versuchen Sie den Wachmann am Tor zu erreichen, damit er Bescheid weiß, dass ich komme.»

Villaverde sagte das zu und wies mich an, an der nächsten Kreuzung links abzubiegen. In angespannter Erwartung lenkte ich den Wagen um die Kurve und behielt dabei den Rückspiegel im Auge.

Wie erwartet bog die kastanienbraune Limousine hinter mir ebenfalls ab.

KAPITEL 18

Als er auf einer ramponierten Couch mit rissigem Lederbezug vor einem fleckigen Kaffeetisch Eli Walker gegenübersaß, spürte El Brujo, wie sich in seinem Inneren ein Unwetter zusammenbraute.

Er bemühte sich um eine positive Haltung und ließ den Blick über das spartanische Innere des Clubhauses der Gang gleiten. Er musterte die fünf anderen Biker, die in dem Raum herumsaßen, doch sein Gehör und seine Aufmerksamkeit waren auf das Telefongespräch konzentriert, das ihr Anführer, der Präsident des Clubs, gerade führte. Navarro rief sich ins Bewusstsein, dass der Mann ihn bei früheren Gelegenheiten nicht enttäuscht hatte. Bei mehreren früheren Gelegenheiten. Sie hatten bereits vor Jahren gute Geschäfte miteinander gemacht, damals, als Walker und die übrige Welt des Drogenhandels ihn als Raoul Navarro kannten, damals, als er sich mit List und Skrupellosigkeit einen Platz unter den mächtigsten und berüchtigtsten Gangsterbossen erkämpfte. In den vergangenen Monaten hatten sie Geschäfte anderer Art miteinander gemacht, wobei ebenfalls alles glattgelaufen war. Es gab keinen Grund anzunehmen, dass Walker diesmal – wieder – versagte, aber irgendwie wurde Navarro dennoch das Gefühl nicht los, dass der Mann ihn enttäuschen würde.

Das Clubhaus befand sich neben der Geschäftsfassade des

Clubs, der Werkstatt, wo Walker und seine Jungs Motorräder aller Art bauten, verkauften und warteten. Navarro wusste, dass diese Leute gute Geschäfte machten, denn die Garage vorn glänzte vor Lack und teurem Chrom. Er wusste, was für ein leidenschaftliches Verhältnis die Biker zu ihren Maschinen hatten, besonders hier in Kalifornien, und er wusste, wie viel manche für die unglaublich aufgemotzten Spezialausstattungen zu zahlen bereit waren, die Leute wie Walker für sie bauten. Erst letzte Woche hatte er von einem Drehbuchautor in Hollywood gelesen, dessen gestohlenes Motorrad auf den Philippinen wieder aufgetaucht war. Ausgerechnet. Es war fast hunderttausend Dollar wert. Navarro war klar, dass viele der Maschinen, die er vorn in der Werkstatt gesehen hatte, ebenfalls beträchtliche Summen wert waren, und wenn man bedachte, dass der größte Kostenfaktor die Arbeit war und die Margen für die Bauteile zudem riesig, bot dieses Geschäft Walker und seiner Gang die besten Möglichkeiten, das Geld zu waschen, das sie durch Drogen- und Waffenhandel, durch Waffenverkauf und ihre übrigen illegalen Machenschaften einnahmen.

Das Clubhaus selbst war nicht nach Navarros Geschmack. Es wirkte billig mit seiner zusammengewürfelten Einrichtung und den ramponierten Wänden, nicht zu reden von den überquellenden Aschenbechern und dem Gestank nach schalem Bier. Navarro war zum ersten Mal hier – seit seiner Wiedergeburt hatte er sich aus den USA ferngehalten –, und es stieß ihm seltsam auf, dass Walker und seine Gang, obwohl sie offenbar wirklich Geld scheffelten, lebten wie Gammler. Navarro war klar, dass es zur Identität dieser Jungs gehörte, zu ihrem Ethos, zu dem einzigen Leben, das sie kannten, aber es war das Gegenteil dessen, woran er gewöhnt war. Die *banditos* bei ihm zu Hause setzten alles daran, sich mit Luxus zu umgeben und Reichtum und Status zur Schau zu tragen, sobald sie es sich leisten konnten – Reichtum, den sie unweigerlich wieder verloren, der wahrscheinlich sogar zu ihrem Fall beitrug. Vermutlich taten die Jungs hier gut daran, weniger protzig zu leben. Vielleicht vermieden sie es so, dass die ATF auf sie aufmerksam wurde. Wie auch immer, dachte er, es spielte keine Rolle. Hauptsache, sie lieferten ihm, was er brauchte.

Er würde es bald erfahren.

Als er zu Walker hinüberschaute und den großen, kräftigen Mann ins Telefon grummeln sah, trafen sich ihre Blicke. Walkers Gesicht war noch immer eine starre Maske, etwas zwischen versteinert und sehr ernst. Er strich mit seinen fleischigen, schwieligen Fingern über seinen krausen Ziegenbart und nickte Navarro kurz beruhigend zu. Navarro erwiderte das Nicken kühl und wie im Einverständnis, doch in Wirklichkeit hatte er bereits einen gewaltigen Brocken des Respekts verloren, den er einmal für die Fähigkeiten des Bikers aufgebracht hatte. Gleich in dem Moment, als er mit seinen zwei Handlangern erschien und Walker ihn nicht erkannte. Dabei war Navarro sich vollauf bewusst, dass er dem Mann mit diesem Urteil unrecht tat. Der plastische Chirurg hatte an seinem Gesicht so hervorragende Arbeit geleistet, dass Navarros eigene Mutter – wenn sie ihren Sohn nach der Geburt überhaupt noch gesehen und nicht gleich im Stich gelassen hätte – ihn nicht erkannt hätte. Niemand erkannte ihn, und das war schließlich Sinn und Zweck der ganzen langen, schmerzhaften Prozedur gewesen. Dennoch hatte er auf irgendeine widersinnige Weise von Walker mehr erwartet. Er hatte gewollt, dass der Mann ihn erkannte. Das hätte seinen Scharfsinn deutlich unter Beweis gestellt. Aber Walker hatte die Täuschung ebenso wenig durchschaut wie die Handvoll anderer Männer aus Navarros Vergangenheit, denen er sich gezeigt hatte. Und nachdem seine Aktien seit dem ersten Fehlschlag im Haus der Frau ohnehin bereits im Fallen waren, hieß das nichts Gutes für den Biker.

Navarro hoffte, dass der Mann nicht noch tiefer sinken würde.

«Okay, gute Arbeit», hörte er Walker sagen. «Bleibt an ihm dran und haltet mich auf dem Laufenden.»

Walker beendete das Gespräch und sah ihn an.

Navarro begegnete seinem Blick mit hochgezogener Augenbraue, eine stumme Aufforderung zu berichten.

«Meine Jungs sind Ihrem FBI-Mann auf den Fersen», teilte Walker ihm mit. «Er ist gerade auf dem Weg in die Stadt.»

Navarro nickte anerkennend, langsam und bedächtig, dann sagte er nur: «*Muy bien.*»

KAPITEL 19

Dank Villaverdes genauen Anweisungen dauerte es nicht lange, bis ich den großen Seeterminalkomplex erreicht und das Tor zu dem Zolllagerhaus gefunden hatte.

«Ich bin da», teilte ich ihm über die Lautsprecherfunktion meines BlackBerry mit.

«Okay, dann kann's losgehen.»

Wie erhofft waren wenig andere Fahrzeuge in der Nähe und überhaupt keine Fußgänger. Ich setzte den Blinker absichtlich früh, um zu sehen, wie meine Verfolger reagieren würden. Sie verlangsamten sofort, ihre Limousine wurde im Rückspiegel kleiner und kleiner. Nachdem ich einen Containerlastwagen vorbeigelassen hatte, bog ich auf das Lagergelände ab, das auf der anderen Straßenseite lag. Dabei beobachtete ich, wie die Gangster gegenüber der Einfahrt am Straßenrand hielten.

Anscheinend wollten sie auf mich warten. Was bedeutete, dass sie sich von mir irgendwohin führen lassen wollten. Es musste um Michelle gehen. Offenbar waren sie noch immer hinter ihr her.

Während ich den Lastwagen abwartete, sah ich mir die äußere Begrenzung des Geländes an. Sie bestand aus einem knapp zweieinhalb Meter hohen Maschendrahtzaun, der nicht allzu schwer zu überklettern sein würde. Ich hielt am Torhaus und ließ das Fenster herunter, während der Wachmann behäbigen Schrittes heraustrat und auf mich zukam. Ich wusste, dass er Terry hieß, denn ich hatte eben noch mitangehört, wie Villaverde mit ihm telefonierte. Terry war in den Fünfzigern und wirkte nicht gerade besonders trainiert oder behände – der erste Begriff, der mir einfiel, war *Mammut.* Nur gut, dass ich ihn nicht als Unterstützung für meinen Überraschungsangriff eingeplant hatte.

«Terry, nicht wahr?» Ich zeigte ihm meinen Dienstausweis, zum einen der Form halber und zum anderen, damit die Beobachter drüben an der Straße es sahen. Als ich bemerkte, dass er nervös wurde, fügte ich rasch hinzu: «Schauen Sie immer zu mir und verhalten Sie sich, als wäre nichts Besonderes, okay? Tun Sie so, als würden Sie mich fragen, worum es geht, ehe Sie mich reinlassen.»

«Okay.» Seine Augen traten vor Anspannung hervor, und er konnte sichtlich kaum widerstehen, über das Dach des LaCrosse einen Blick zu meinen Verfolgern zu werfen.

«Konzentrieren Sie sich ganz auf mich, Terry», mahnte ich mit ruhiger Stimme, «und beantworten Sie meine Fragen, ohne zu denen rüberzuschauen.»

«Entschuldigung», sagte er. «Okay, äh – also, was wollen Sie wissen?» Terry war definitiv kein Kandidat für einen Oscar.

Ich ließ den Blick rasch über das Gelände schweifen und wies dann mit einem unauffälligen Kopfnicken zu einem Lagerhaus rechts von mir. «Ich muss meinen Wagen hinter dem Gebäude dort abstellen, damit er außer Sicht ist, während ich über den Zaun klettere und mich an die Typen heranpirsche, die mich verfolgen. Okay?»

Terry brauchte einen Moment, um sich zu beruhigen, dann erwiderte er: «Klare Sache.»

Ich fand, das war genügend Theater für meine Verfolger. «Gut.» Mein Blick glitt kurz zu der Automatikpistole, die im Halfter unter seinem überhängenden Bauch steckte. «Ich nehme an, Sie können mit dem Ding da umgehen.»

Er grinste und klopfte auf das Griffstück. «Darauf können Sie Gift nehmen.»

Ich fand sein Gehabe leicht übertrieben, aber besser so, als dass er sich in die Hose machte, sobald etwas schieflief. «Gut. Die Verstärkung ist schon unterwegs, also kommen Sie nicht auf die Idee, hier den Helden zu spielen. Seien Sie einfach nur auf Draht, okay?»

Terry machte ein enttäuschtes Gesicht und erwiderte düster: «Verstanden.»

«Und schauen Sie nicht zu denen rüber, während Sie mich durchlassen.»

Terry nickte noch einmal und trat zurück, um die Absperrung für mich zu öffnen. Ich machte eine dankende Geste und fuhr hindurch.

«Ich bin auf dem Gelände», teilte ich Villaverde mit.

Ich bog hinter dem Lagerhaus ab und fuhr weiter bis zur anderen Seite, wo ich den Wagen dicht an der Wand abstellte.

Aus dem BlackBerry ertönte Villaverdes Stimme. «Ein Streifenwagen der Hafenpolizei kann in etwa drei Minuten bei Ihnen sein, und ein zweiter ist unterwegs.»

Ich nahm das Handy vom Sitz und deaktivierte die Lautsprecherfunktion, während ich aus dem Wagen stieg. «Halten Sie sie zurück. Sie sollen sich erst nähern, wenn ich es sage», verlangte ich mit fester Stimme. «Machen Sie ihnen das klar, David. Ich will nicht, dass meine Jungs die Flucht ergreifen, und ich will hier auch keine wilde Schießerei. Diese Typen haben einen Hang dazu, alles kurz und klein zu schießen.»

«Verstanden. Und bleiben Sie in der Leitung.»

«Mach ich.»

Jetzt hieß es schnell handeln.

Ich zog meine Jacke aus und warf sie ins Auto, dann zog ich meine Pistole, lud sie durch und entsicherte sie, ehe ich sie wieder ins Halfter steckte. Anschließend machte ich mich auf den Weg.

Im Laufschritt erreichte ich die Ecke des Lagerhauses, wobei ich mich vergewisserte, dass ich von der Straße aus nicht gesehen werden konnte. Am unteren Rand des Maschendrahtzauns wuchs hohes Gras, das mir ein wenig Deckung bot. Ich hatte gesehen, wie die beiden am Straßenrand hielten, aber das hier war keine Straße, an der man Autos parkte, und so nahm ich nicht an, dass sie noch dort waren.

Ich spähte um die Ecke und überblickte die Umgebung.

Zuerst sah ich nichts, aber dann entdeckte ich sie. Der Wagen stand auf dem kleinen Parkplatz eines Ladens für Bootsbedarf, fast genau mir gegenüber. Die Parklücken waren leicht schräg angelegt, im Fischgrätenmuster, und die Limousine stand mit der Front zu Terrys Torhaus – was bedeutete, dass ich dem Zaun ein Stück in der entgegengesetzten Richtung folgen musste, ehe ich hinüberkletterte, wenn ich es nicht mehr oder weniger direkt im Blickfeld meiner Verfolger tun wollte.

Hinter dem Lagerhaus, das ich als Deckung benutzte, stand

ein weiteres. Ich entfernte mich ein wenig von der Ecke des Gebäudes und damit von der Straße, vergewisserte mich, dass die Gangster nicht in meine Richtung schauten, und sprintete dann geduckt über das offene Gelände zwischen den beiden Lagerhäusern. Ich rannte weiter, bis ich die hintere Ecke des zweiten Gebäudes erreichte, überprüfte mit einem vorsichtigen Blick, dass die Luft rein war, und lief dann an der Rückwand entlang, bis ich wieder direkt am Zaun kauerte. Zwischen mir und den Gangstern mussten jetzt rund hundert Meter liegen. Das genügte.

Als draußen ein weiterer Lastwagen vorbeirollte, pirschte ich mich an den Zaun heran und zog ein wenig daran, um die Festigkeit zu prüfen. Der Zaun war stabil, und die rautenförmigen Löcher zwischen den Drähten waren gerade groß genug, dass meine Schuhspitzen hineinpassten. Ich wartete geduckt auf den nächsten Lastwagen, als sich mir noch eine bessere Möglichkeit bot: Von dem Lagergelände, auf dem ich mich befand, rollte ein großer Neunachser herunter. Ich nahm an, dass er die Gangster ablenken würde, machte mich bereit und wartete angespannt, und als der Laster vorbeirumpelte, war ich mit drei großen Schritten am Zaun und sprang. Vier schnelle Kletterbewegungen, dann schwang ich mich über die Kante, landete hart auf dem Gehweg, suchte tief geduckt hinter dem langsam fahrenden Lastwagen Deckung und huschte im Schutz der Staubwolke, die er hinterließ, über die Straße.

Hinter einem geparkten Auto, das etwa ein Dutzend Wagen von der kastanienbraunen Limousine entfernt stand, legte ich eine Atempause ein, dann spähte ich hervor. Ich sah den Kerl auf dem Beifahrersitz im Profil. Er starrte geradeaus auf das Tor. Ich zog meine Pistole und rannte los, hielt mich dicht an den Autos und huschte immer von einer Deckung zur nächsten. Dabei wartete ich jeweils ab, bis ein Lastwagen vorbeifuhr, denn dann waren die Beobachter in der Limousine abgelenkt, sofern sie nicht ohnehin starr auf das Tor blickten, um mich nicht zu verpassen, wenn ich wieder herauskam.

Etwa fünf Wagen entfernt legte ich noch eine Pause ein. Von hier aus konnte ich den Beifahrer gut erkennen. Seitlich an seinem kahl rasierten Kopf, über dem Ohr, hatte er ein Tattoo, das aussah wie Flammen, und er trug eine Sonnenbrille mit Metallgestell. Er saß einfach nur da und rauchte, einen Ellenbogen ins Seitenfenster gelegt, den Blick fest auf die Einfahrt zum Lagergelände gerichtet. Obwohl ich unter der Mütze, die er im Hotel getragen hatte, das Flammentattoo nicht hatte sehen können, erkannte ich ihn jetzt. Er war einer der drei Gangster, die im Aufzug heraufgekommen waren, derjenige, den ich in der Lobby umgerannt hatte.

Das Gesicht des anderen konnte ich nicht richtig sehen.

Mein ganzer Körper spannte sich an, und ich verließ meine Deckung. Die Schusshand vorgestreckt, duckte ich mich hinter den Wagen, der ihrem am nächsten stand. Zwischen den beiden Fahrzeugen lag einiger Abstand. Ich blieb geduckt, atmete ein paarmal tief durch, um Kraft zu sammeln, und als der nächste Lastwagen vorbeifuhr, huschte ich um das Heck des Wagens herum und war mit einem Sprung an der Beifahrerseite der Limousine, die Pistole aus gut einem Meter Entfernung auf das Gesicht von Flammentattoo gerichtet.

«Hände aufs Dach, sodass ich sie sehen kann. Alle beide, ein bisschen plötzlich.»

Die zwei schraken zusammen und fuhren zu mir herum.

Durch ihre Sonnenbrillen sahen sie mich mit versteinerter Miene an.

«Los, dalli.»

Um meinen Worten Nachdruck zu verleihen, richtete ich meine Pistole ein wenig nach links und schoss nur ein paar Fingerbreit an Flammentattoos künstlerisch gestaltetem Schädel vorbei in die Heckscheibe, sodass das Sicherheitsglas explodierte und ein Hagel von Glasstückchen auf die beiden einprasselte.

Ich richtete die Waffe wieder direkt auf Tattoos Gesicht.

«Okay, okay», grummelte er und griff jetzt hastig mit beiden Händen nach dem oberen Rahmen des Seitenfensters.

Ich sah, wie sich hinter ihm etwas bewegte. Der Fahrer drehte sich auf seinem Sitz, einen Ausdruck zorniger Entschlossenheit auf dem Gesicht, und griff mit der rechten Hand nach etwas – nach dem Griffstück einer Pistole, das aus seinem Hosenbund ragte. Mir blieb keine Zeit für noch eine Warnung, und so schoss ich.

Der Kerl schrie laut auf, brüllte «Fuck!», und seine linke Hand fuhr zu der blutigen Wunde in seiner Schulter.

«Verdammt, bist du verrückt, Mann?», protestierte Flammentattoo, und sein Blick huschte zwischen seinem stöhnenden Freund und mir hin und her.

«Ich meine es ernst», schrie ich zurück. «Jetzt hoch mit den Händen, und dann raus aus dem verdammten Wagen.»

Ich beobachtete scharf, wie sich die Beifahrertür öffnete und Tattoo ausstieg, langsam, mit erhobenen Armen. Er trug eine schwarze Windjacke über einem dunklen T-Shirt, dazu weite Jeans und schwere Arbeitsstiefel. Ich konnte nicht erkennen, ob er eine Pistole hatte.

«Bist du bewaffnet?», fragte ich und bückte mich ein wenig, um den Kerl am Steuer im Blick zu behalten.

«Ja», antwortete Tattoo mürrisch. «Hüfthalfter.»

«Mit zwei Fingern. Ganz langsam. Auf den Boden.»

Er nickte widerstrebend, dann zog er eine Automatik hervor und legte sie neben seinen Füßen ab.

«Jetzt stoß sie mit dem Fuß unter den Wagen. Sachte.»

Er tat es.

«Okay. Beide Hände aufs Autodach und Beine spreizen», befahl ich, dann richtete ich meine Aufmerksamkeit auf den Fahrer. «Du da, aussteigen.»

Ich trat ein paar Schritte zurück und stellte mich vor den Wagen, um den Fahrer besser sehen zu können. Während ich meine Browning in der rechten Hand hielt, zog ich mit der linken mein Handy hervor.

«Ich habe sie», teilte ich Villaverde mit. «Schicken Sie die Verstärkung.»

Der Fahrer stieg fluchend und stöhnend aus dem Wagen. Er war kleiner und stämmiger als Tattoo und hatte einen Soul Patch, ein kleines Unterlippenbärtchen. Das lange, glatte Haar trug er als Pferdeschwanz. Er ging um die Tür herum, blieb mir gegenüber stehen, funkelte mich mit finsterer Miene an und spuckte auf den Boden.

Ich sah ihm fest in die Augen und sagte: «Ruhig, Brauner. Ich denke, ein Loch reicht für heute, meinst du nicht auch?» Dann wies ich mit einer Kopfbewegung auf die Pistole in seinem Gürtel. «Mit zwei Fingern. Du weißt schon.»

Er spuckte noch einmal aus, dann befolgte er die Anweisung.

«Stoß sie mit dem Fuß unter den Wagen», befahl ich.

«Und ich meine nicht bis rüber zu der menschlichen Fackel da.»

Er bückte sich und tat, was ich verlangt hatte. In diesem Moment trat Terry auf den Plan.

«Heilige Scheiße, sind Sie okay, Kumpel?»

Mein Blick huschte in die Richtung, aus der seine dröhnende, atemlose Stimme ertönte, und ich sah flüchtig, wie er mit gezogener Pistole über die breite Straße angewatschelt kam. Sein Gesicht war schweißnass, und die Hängebacken wippten bei jedem seiner schweren Schritte –

– und dieser Sekundenbruchteil, in dem ich abgelenkt war, genügte den Gangstern.

Fast gleichzeitig, als seien sie irgendwie gedanklich verschmolzen, stürzten die zwei sich mit wüsten Schreien auf mich. Tattoo, der von links kam, erreichte mich als Erster, doch es gelang mir, den Angriff mit dem linken Arm abzuwehren und mit der rechten Hand, in der ich die Pistole hielt, einen Schlag in sein Gesicht zu landen, der ihn quer über Nase und Oberlippe traf. Er taumelte rückwärts, aber in diesem Moment war meine rechte Seite ungedeckt, und schon hatte Soulpatch mich erreicht, packte mich blitzschnell um die Taille und riss mich zu Boden. Die Browning und das BlackBerry fielen mir aus der Hand, als ich hart auf den Asphalt aufschlug, und ich verlor sie aus den Augen, denn meine Aufmerksamkeit galt Soulpatchs linkem Arm, der zu einem Hammerschlag herunterschnellte. Ich lenkte den Schlag mit dem Unterarm ab, ehe ich mit der linken Faust gegen seine blutende Schulter schlug. Er brüllte vor Schmerz auf, und dann schrie Terry: «Stopp!»

Als Soulpatch aufblickte, drehte ich den Kopf zur Seite und

sah Terry dastehen, gut fünf Meter entfernt, das Gesicht in angespannter Konzentration verzogen, die Pistole in beiden Händen. «Ich warne euch!», rief er.

Ich hörte Tattoo schreien «Fuck!», und als ich einen raschen Blick nach links warf, sah ich ihn davonrennen. Dann ließ Soulpatch von mir ab, sprang auf und rannte ihm nach.

Terry rief: «Stehen bleiben!»

Und in diesem Moment, gerade als ich schrie «Nicht!», drückte er ab, einmal, zweimal und wieder, drei schnelle, laute Schüsse, die die Luft zerrissen.

«Neeein!», brüllte ich, rappelte mich auf und sah gerade noch, wie Tattoo in einiger Entfernung auf der Straße stolperte und auf den Asphalt schlug wie ein Spielzeug, dem der Strom abgeschaltet wurde.

«Nicht schießen!», schrie ich Terry zu und breitete weit die Arme aus. Er starrte mich verwirrt an, dann nickte er, und ich fügte hinzu: «Rufen Sie den Notarzt.» Dabei zeigte ich wütend auf den Mann, der zusammengebrochen mitten auf der Straße lag, dann wandte ich mich ab und sah mich suchend nach meiner Browning und meinem Handy um. Das Handy entdeckte ich neben dem nächsten geparkten Auto, die Abdeckung des Akkus hatte sich geöffnet, und der Akku war herausgefallen. Ich beschloss, dass das warten konnte, und konzentrierte mich auf die Waffe. Sie lag neben einem Büschel Unkraut am Rand des Gehwegs.

Ich hob sie auf und rannte die Straße entlang.

Soulpatch war nach rechts abgebogen. Ich sah, wie er sich zwischen den Fahrzeugen auf dem angrenzenden Parkplatz hindurchschlängelte, dann hatte ich Tattoo erreicht. Er lag ausgestreckt am Boden und rührte sich kaum. Sein Atem ging mühsam und keuchend. Wegen seiner dunklen Kleidung konnte ich nicht gleich erkennen, wo er getroffen war, doch dann sah ich es – ein kleines Loch in der Windjacke, am unteren Rand des rechten Schulterblattes.

Ich warf einen raschen Blick zu Soulpatch hinüber, der gerade hinter weiteren Fahrzeugen verschwand, und entschied, dass ich keine Zeit verlieren durfte.

Terry kam langsam und niedergeschlagen auf mich zu. Ich rief: «Bleiben Sie bei diesem Mann, bis der Rettungswagen kommt, und schicken Sie die Uniformierten mir nach.»

Er nickte. «Wird gemacht.» Ich rannte los.

Zwischen geparkten Fahrzeugen hindurch stürzte ich auf den angrenzenden Parkplatz, rannte an einem weiteren unaufgeräumten Bootsgelände und einem Lagerhaus für Fleisch vorbei, aber ich entdeckte ihn nicht mehr. Der Kerl war trotz seiner Verletzung verdammt schnell. Ich hatte ihn nur an der Schulter getroffen, an einer Stelle, wo keine größeren Arterien verliefen, sodass er nicht verbluten würde, und offenbar waren auch keine lebenswichtigen Organe verletzt.

Ich sah mich suchend um, und in meinem Inneren breitete sich eine kalte Leere aus. Rings um mich herum sah ich eine Vielzahl niedriger Gebäude mit Geschäften, die mit Bootsbedarf oder Autos zu tun hatten, dazwischen große, vollgestellte Flächen – jede Menge Versteckmöglichkeiten und jede Menge Autos, die man stehlen konnte. Ich lief weiter in die Richtung, in der ich Soulpatch zuletzt gesehen hatte, aber mit jedem ziellosen Schritt wuchs das Gefühl der Leere wie ein schwarzes Loch, das mich von innen heraus auffraß. Niedergeschlagen musste ich einsehen, dass der Dreckskerl wohl auf und davon war.

KAPITEL 20

«Wo bist du?», bellte Walker ins Telefon.

«Im Barrio», antwortete Ricky «Scrape» Torres. «Die Sache ist völlig in die Hose gegangen, Mann. Ich bin angeschossen.»

Walker hörte die Anspannung und Verzweiflung in der Stimme seines Bikerkameraden. «Was? Was zum Teufel ist passiert?»

«Der Wichser ist plötzlich wie aus dem Nichts aufgetaucht und über uns hergefallen. Eben war er noch hinter dem Tor auf dem Lagergelände, und im nächsten Moment hält er Booster seine Knarre ins Gesicht. Ich wollte meine ziehen, und da hat er mich in die Schulter geschossen, Mann. Ich blute übelst.»

«Was ist mit Booster?»

«Den haben sie abgeknallt, Mann. Dieser verdammte Wachmann hat ihm eine Kugel in den Rücken gejagt, als wir abhauen wollten. Kann sein, dass er tot ist, weiß nicht.»

«Verdammte Scheiße», stieß Walker hervor, und seine Adern schwollen vor Zorn an. «Wie zum Teufel hat er euch entdeckt?»

«Keine Ahnung. Wir haben's vergeigt, okay? Aber ich brauche hier Hilfe, ich verliere Blut, jemand muss mich zusammenflicken.»

Walker überlegte eine Sekunde lang. Dabei bemerkte er,

wie seine versammelten Jungs ihn anstarrten, Sorge und brennenden Zorn in den Augen. Dann blieb sein Blick an dem Mexikaner hängen, der ihn ebenfalls beobachtete. Dieser verdammte Mexikaner und sein verteufelter Scheiß-FBI-Mann. Walker fluchte innerlich, dass er seinem Club das eingehandelt hatte, dass er nicht das Handtuch geworfen hatte, sobald klarwurde, ein FBI-Agent war im Spiel. Das leicht verdiente Geld, das der Mexikaner für die Entführung der anderen zahlte, hatte ihn blind gemacht. Er hatte nicht ahnen können, in was für einem Fiasko dieser letzte Auftrag enden würde.

Egal, jetzt steckten sie in der Sache drin, und einer seiner Männer war bei dem Einsatz verwundet worden. Und Eli «Wook» Walker ließ seine Männer nicht im Stich.

Er fragte: «Du hast gesagt, du bist im Barrio?»

«Ja, gerade unter der Brücke durch.»

«Zu Fuß oder mit dem Auto?»

«Zu Fuß, Mann. Das Auto ist Geschichte.»

Darum machte Walker sich keine Sorgen. Es war ohnehin gestohlen. «Kannst du fahren?»

«Denke schon. Aber dazu müsste ich erst mal an ein Auto kommen.»

Walker dachte kurz nach, dann sagte er: «Okay, besorg dir einen fahrbaren Untersatz und fahr raus zur Grotto. Schaffst du das?»

«Schätze schon.»

«Dann los. Ich schicke jemanden hin, der dich verarztet.»

«Mach schnell, Mann», drängte Scrape. «Ich geh hier vor die Hunde.»

«Beweg einfach deinen Arsch dahin, so schnell du kannst, und warte. Du kommst schon wieder in Ordnung.»

Als Walker auflegte, sah er sich lauter fragenden Gesichtern gegenüber. Ehe er etwas erklären konnte, ergriff der Mexikaner das Wort.

«Gibt es ein Problem?»

Walker war nicht in der Stimmung, etwas schönzureden. «Ja, ich würde sagen, es gibt ein verdammtes Problem», grollte er. «Einer meiner Männer ist niedergeschossen worden, und ein anderer hat eine Kugel in der Schulter, und das alles Ihretwegen.»

Der Mexikaner erhob sich ruhig von der Couch und machte einen Schritt auf Walker zu. Eine Welle der Anspannung lief durch den Raum. Die übrigen Biker richteten sich auf und rückten drohend ein wenig vor, offenbar zum Kampf bereit. Navarros zwei Begleiter taten dasselbe.

Ohne sich nach ihnen umzusehen, bedeutete Navarro seinen Männern mit einer kleinen Handbewegung, sich zurückzuhalten. Dabei musterte er Walker mit einem seltsamen Lächeln. «*Meinetwegen?*»

«Sie hätten mir von Anfang an sagen sollen, dass das Flittchen einen verdammten FBI-Typen als Freund hat», zischte Walker.

Navarro blieb ruhig. «Nun, Sie wussten, dass sie früher bei der DEA war. Und wenn Sie und Ihre *babosos* nicht so jämmerlich versagt hätten, dann wäre der Freund nie in Erscheinung getreten. Oder irre ich mich?»

Etwas an der Art, wie der Mexikaner redete, stieß tief in Walkers Gedächtnis eine Erinnerung an. Er hätte nicht sagen können, was es war, aber es bereitete ihm Unbehagen. Wie auch immer, der Mann stand hier und zog vor Walkers versammelter Mannschaft vom Leder, und das in seinem eigenen verdammten Clubhaus. Das hatten bisher nicht viele gewagt, und noch keinem war es gut bekommen.

«Jetzt hör mir mal zu, du Hurensohn von einem Tacofresser. Ich weiß nicht, in was du da reingeraten bist oder worum zum Teufel es hier eigentlich geht, aber eins weiß ich: Wir sind draußen. Und ich rate dir, hol deinen beschissenen Seelenklempner aus meinem Keller, zahl mir das restliche Geld und geh mir aus den Augen, solange ich noch in gnädiger Stimmung bin.»

Walker durchbohrte den Mexikaner mit dem Blick. Angespanntes Schweigen lastete auf dem ganzen Raum. Aus dem Augenwinkel sah er, dass seine Männer bereitstanden, um bei jedem Anzeichen von Bedrohung einzugreifen. Sie waren sechs gegen drei Mexikaner im Raum und einen weiteren draußen – eine Überlegenheit, mit der Walker mehr als zufrieden war. Ihm war klar, dass die Gorillas des Mexikaners bewaffnet sein mussten, aber seine eigenen Jungs waren auch nicht nur zum Bingospielen da. Ihre Pistolen saßen ebenfalls locker.

Der Mexikaner schien die Lage ähnlich einzuschätzen, und nach kurzer Überlegung entspannte sich seine Haltung. Dann breitete er in einer brüderlichen, versöhnlichen Geste die Arme aus und zuckte die Schultern.

«Ich verstehe ja, dass Sie jetzt wütend auf mich sind. Würde mir genauso gehen. Aber wir haben schon früher gut zusammengearbeitet, und es wäre doch schade, wenn wir das jetzt wegen dieser Sache über Bord werfen und uns die Möglichkeit verbauen, in Zukunft wieder gut zusammenzuarbeiten. Also reichen wir uns die Hände, legen wir diese unselige Geschichte zu den Akten und blicken nach vorn, ohne einander etwas nachzutragen. Einverstanden, *amigo?*»

Walker beäugte ihn skeptisch. Der Mexikaner sah ihn nur mit offenem, herzlichem Blick an.

Der Mann hatte in der Vergangenheit tatsächlich gutes Geld für relativ leichte Arbeit gezahlt, und der Pragmatiker in Walker fand, eine solche Option sollte man sich für die Zukunft offenhalten. Außerdem würde der Club durch die Schießerei schon genug in Schwierigkeiten geraten, da konnte Walker nicht noch vier Leichen und jede Menge Spuren gebrauchen, die er beseitigen müsste, ganz abgesehen davon, dass womöglich die *compadres* des Mexikaners von südlich der Grenze ihm die Hölle heißmachen würden.

Walker nickte. «Einverstanden.»

Der Mexikaner breitete die Arme noch weiter aus und sah ihn mit einem halb vorwurfsvollen, halb erleichterten Ausdruck an, dann trat er auf Walker zu und streckte ihm beide Arme zum Händedruck entgegen.

Walker kam ihm achselzuckend einen Schritt entgegen und streckte ebenfalls die Hand aus.

Er blickte seinem Gegenüber in die Augen, und wieder regte sich dieselbe Erinnerung bei dem Biker, während der Mexikaner beide Hände fest um seine Rechte schloss. In diesem Moment verhärtete sich der Blick des Mannes, und als Walker den düsteren Abgrund dahinter erkannte, wurde ihm klar, dass er schon früher in diese Augen geschaut hatte. Gleich darauf fühlte er, wie etwas Scharfes in die Innenseite seines Handgelenks schnitt.

Augenblicklich breitete sich ein heftiges Brennen in seiner Haut aus. Walker zuckte zusammen und versuchte seinen Arm mit einem Ruck zurückzuziehen, doch der Mexikaner hielt sein Handgelenk noch einen Moment lang fest umklammert, während sein eisiger Blick sich tiefer in ihn bohrte. Dann riss Walker sich los.

Er betrachtete verwirrt und in einem Anflug von Zorn sein Handgelenk und sah eine Spur Blut hervorquellen, wo er den Einschnitt gefühlt hatte. Dann hob er den Blick zu den Händen des Mexikaners.

«Was zum T –»

Walker kam nicht dazu, das Wort auszusprechen. Die beiden *sicarios,* Profikiller, zu beiden Seiten des Mexikaners zogen blitzschnell ihre schallgedämpften Pistolen und entfesselten ein Gewitter tödlich präziser Schüsse.

Drei Sekunden später waren Walkers Männer entweder auf der Stelle tot oder tödlich getroffen.

Walkers Mund stand offen, und er starrte ungläubig auf seine gefallenen Brüder. Entgeistert sah er zu, wie die beiden Killer gelassen durch den Raum gingen und jedem zur Sicherheit noch eine Kugel in den Kopf jagten. Dann riss er den Blick von dem Gemetzel los und richtete ihn wieder auf den Mexikaner – und zwei Dinge trafen ihn wie Faustschläge.

Das erste war die Erkenntnis, wer der Mexikaner in Wirklichkeit war.

Das zweite war, dass er plötzlich jegliches Gefühl in seinen Armen und Beinen verlor.

Er brach einfach zusammen, als seien alle seine Knochen zu Wackelpudding geworden.

Walker konnte sich nicht mehr rühren. Er konnte nicht einmal eine Schulter bewegen oder einen Finger heben, geschweige denn sich ausstrecken. Nichts. Von Entsetzen überwältigt, lag er da auf der Seite, Wange und Nase an die Holzdielen gedrückt. Aus seinem Blickwinkel konnte er nichts weiter sehen als den Staub auf dem mit kleinen Abfällen übersäten Boden.

Die Stiefel des Mexikaners kamen näher, bis sie dicht vor Walkers Gesicht stehen blieben, und aus dem Augenwinkel sah er, wie der Mann hoch über ihm aufragte und auf ihn herunterblickte wie auf eine Kakerlake.

Dann hob sich der Stiefel des Mexikaners.

KAPITEL 21

Als ich zur Straße vor dem Zolllagerhaus zurückkehrte, fand ich an der Stelle, wo ich Flammentattoo zurückgelassen hatte, einen schwarz-weißen Streifenwagen vor. Einer der Uniformierten von der Harbor Patrol redete gerade mit Terry, während der andere in sein Funkgerät sprach. Binnen Sekunden traf der nächste Streifenwagen ein, aus dem zwei weitere Officers stiegen. Ich gab den vieren eine schnelle Beschreibung von Soulpatch, die einer von ihnen über Funk weiterleitete mit der Bitte um einen dringenden Fahndungsaufruf. Dann sprangen die Uniformierten wieder in ihre Wagen, um sich auf die Suche zu machen. Gleichzeitig kam ein Rettungswagen mit heulender Sirene an.

Um Tattoo stand es nicht gut. Er lag noch immer mitten auf der Straße ausgestreckt auf dem Bauch. Ich sah nicht viel Blut auf dem Boden, aber obwohl er bei Bewusstsein war, starrte er nur mit leerem Blick auf den Asphalt und reagierte kaum auf Ansprache. Ich und Terry sahen aus einigem Abstand zu, wie die Sanitäter, eine Frau und ein Mann, sich schnell und zielstrebig an die Arbeit machten.

Ich war wütend auf mich selbst. Ich hatte schon geglaubt, zwei lebendige Personen zu haben, die mir helfen könnten herauszufinden, wer es auf Michelle abgesehen hatte und warum, und jetzt war mir nur ein halb toter Komparse aus einem Mad-Max-Film geblieben, der nicht aussah, als könnte ich von ihm in naher Zukunft irgendetwas erfahren.

Ich setzte mein BlackBerry wieder zusammen und sah zu, wie der Sanitäter den Blutdruck überprüfte, während seine Kollegin mit einer Kleiderschere Tattoos Windjacke und sein T-Shirt aufschnitt, um die ovale Eintrittswunde rechts oben an seinem Rücken freizulegen.

«Blutdruck palpatorisch hundert», verkündete der erste.

«Die Lunge ist getroffen. Drehen wir ihn um.»

Die beiden arbeiteten zusammen, als hätten sie das schon tausendmal getan, ein eingespieltes Team. Jetzt schnitten sie das Hemd auch an der Vorderseite auf. Dicht unter der rechten Brustwarze befand sich eine gut sechs Zentimeter große Wunde, durch die Luft eingesogen wurde.

Die leitende Sanitäterin, eine auffallend attraktive Brünette mit stahlblauen Augen, einer üppigen gewellten Mähne, die sie zurückgebunden trug, und dem aufgestickten Namenszug Abisaab auf der Brust untersuchte den Verletzten mit ruhigen, geschickten Händen, dann sagte sie zu ihrem Kollegen: «Er ist hypoxisch, Sauerstoffsättigung bei neunundachtzig Prozent, und es sieht nach einem Lungendurchschuss aus. Ich denke, er hat einen Pneumothorax. Hol die Maske.»

Sie befestigten rasch eine Sauerstoffmaske über Mund und Nase, dann legten sie am Unterarm mehrere Infusionsschläuche. In diesem Moment hatte mein BlackBerry seinen endlos langen Reboot abgeschlossen. Als ich Villaverdes Nummer wählte, um ihm zu berichten, was vorgefallen war, merkte ich, wie niedergeschlagen ich war.

Ich hörte den anderen Sanitäter, einen kleinen, kräftigen Latino namens Luengo, sagen: «Systole ist bei achtzig», wobei er beunruhigter klang als zuvor. Dann stellte Abisaab fest: «Aus der Wunde kommt schaumiges Blut, wir müssen sie sofort verschließen», und binnen Sekunden arbeiteten sie fieberhaft daran, einen Wundverschluss mit Heftpflaster fest auf der Wunde anzubringen, wobei sie eine Seite offen ließen. Als sie fertig waren, wandte sich Luengo ab und bereitete die Trage vor.

«Leute, ich muss wissen, wie es steht», wandte ich mich an die beiden.

Ohne den Blick von Tattoo abzuwenden, erwiderte Abisaab: «Seine Lunge ist kollabiert, er hat starke Sauerstoff-Unterversorgung und Tachykardie. Er kann kaum atmen. Wir müssen ihn in die Notaufnahme bringen und an ein Beatmungsgerät anschließen.»

«Was heißt das im Klartext?», wollte ich wissen.

Sie wandte sich zu mir um und zog mit zweifelnder Miene die Augenbrauen hoch, sagte jedoch nichts – natürlich, der Verletzte war noch bei Bewusstsein und bekam möglicherweise alles mit, was gesprochen wurde.

Ich trat etwas zurück, um den beiden nicht im Weg zu stehen, und übermittelte Villaverde, was die Sanitäterin mir zu verstehen gegeben hatte. Er stieß einen frustrierten Seufzer aus, dann sagte er: «Sie können da draußen jetzt nicht mehr viel tun. Ich schlage vor, Sie fahren zurück zum Broadway und sehen sich ein paar Fotos an.»

Villaverde hatte recht. Selbst wenn Tattoo es schaffte, würde ich noch tagelang nicht zu ihm können, das war offensichtlich. Es machte mich unendlich wütend. Aus irgendeinem Grund, den ich noch immer nicht durchschaute, verfolgten diese Gangster mich, und es gefiel mir ganz und gar nicht, ständig auf der Hut sein zu müssen, während ich darauf wartete, dass dieser Dreckskerl seine Sprache wiederfand. Ich musste herausbekommen, wer die Typen waren.

Ich sah zu, wie Abisaab und Luengo Tattoo auf die klappbare Fahrtrage legten und festschnallten.

«Ich muss seine Taschen durchsuchen», sagte ich und ging auf die Trage zu.

Abisaab entgegnete unbeirrt: «Wir müssen los.»

«Ich beeile mich», beharrte ich, die Finger bereits in seinen Taschen.

«Sir –»

«Geben Sie mir nur eine Sekunde!»

Er hatte nichts bei sich, keine Brieftasche, keinen Ausweis. Nicht dass ich damit gerechnet hätte, etwas zu finden, aber manchmal hat man Glück. Immerhin fand ich ein Handy, ein billiges Prepaid, das ich einsteckte.

Ich trat zurück, damit die Sanitäter ihn einladen konnten. Dabei bemerkte ich etwas an Luengos Arm: den unteren Rand einer anscheinend größeren Tätowierung, die gerade unter dem Ärmelsaum hervorschaute.

Plötzlich kam mir eine Idee.

«Moment noch, warten Sie.» Ich lief wieder auf die Sanitäter zu und drängte mich an ihnen vorbei zu Tattoo.

«Wir müssen ihn jetzt abtransportieren», protestierte Abisaab.

«Ich weiß, aber –» Ich schob das zerschnittene T-Shirt nach beiden Seiten auseinander, konnte jedoch nichts sehen. Ich wandte mich an Abisaab und verlangte: «Geben Sie mir Ihre Schere.»

«Was?»

«Ihre Schere. Geben Sie sie mir.»

«Wir müssen ihn jetzt abtransportieren», wiederholte sie und durchbohrte mich mit dem Blick.

«Dann vergeuden Sie keine Zeit mehr und geben Sie mir die verdammte Schere.»

Abisaab sah mich an und las offenbar von meinem Gesicht ab, dass es mir bitterernst war, denn sie kramte kopfschüttelnd in ihrer Ersthelfertasche und reichte mir widerwilllig die Schere. Dabei warf sie mir einen Blick zu, als hätte ich soeben ihrer Lieblingskatze den Hals umgedreht.

Ich machte mich daran, die übrige Jacke aufzuschneiden. Dabei fing ich mit dem Ärmel an, der mir am nächsten war.

«Was zum Teufel machen Sie da?», fragte die Sanitäterin.

Ich ließ mich nicht beirren. «Sie vergeuden seine Zeit, nicht meine, ist Ihnen das klar? Seine Zeit.»

Ich zog den Ärmel vorsichtig auseinander, um zuerst den Unterarm freizulegen und dann den Oberarm bis hinauf zur Schulter. Keine Tätowierung.

Ich lief um die Trage herum und nahm mir den linken Arm vor, wobei ich sorgfältig auf die Infusionsschläuche achtete. Auch hier war am Unterarm nichts zu sehen, aber als ich den Ärmel ganz aufschnitt, entdeckte ich die Tätowierung an der Schulter.

Ich zog den Stoff so weit auseinander, dass ich sie ganz sehen konnte. Ein Adler, der zwei gekreuzte M16 in den Klauen hielt, wie die gekreuzten Knochen unter einem Totenschädel. Seltsamerweise trug der Adler eine Sonnenbrille und ein Bandana, und die Flügel sahen aus, als bestünden sie aus Flammen.

Ich starrte auf die Sonnenbrille und das Bandana.

Vielleicht … vielleicht war das ein Anhaltspunkt.

Ich zog mein Handy hervor und machte schnell zwei Fotos von der Tätowierung, vergewisserte mich, dass sie scharf waren, dann schaute ich zu Abisaab auf.

«Er gehört Ihnen», sagte ich mit zerknirschtem Blick. «Es tut mir leid, das hier ist wichtig.» Das schien sie nicht sehr zu erweichen, denn sie sah mich noch immer finster an, aber immerhin ließ sie sich zu einem knappen Nicken herab.

Während sie die Trage zum Rettungswagen schoben, rief ich bereits wieder Villaverde an.

«Der Kerl hat eine Tätowierung an der Schulter», teilte ich ihm mit. «Vielleicht ist er ein Veteran, aber es könnte auch ein Clubabzeichen sein.»

«Schicken Sie ein Bild rüber», erwiderte er. «Ich leite es an die ATF weiter.»

Aufregung erfasste mich. Wenn es ein Clubabzeichen war, musste es bei der ATF bekannt sein, und dann würden wir bald erfahren, wer diese Männer waren.

Ich mailte Villaverde die Fotos, dann sprintete ich zurück zu meinem Wagen. Endlich ein Hoffnungsschimmer.

KAPITEL 22

Walker verfolgte entsetzt, wie der rechte Stiefel des Mannes gegen seine Schulter trat und ihn auf den Rücken drehte.

Der Mexikaner blickte noch immer mit kalter Belustigung auf ihn herab. Walker spürte, wie ihm das Blut in die Schläfen schoss, und als er in die Augen des Mannes starrte, gab es keinen Zweifel mehr.

Das hier war kein «ehemaliger Gefolgsmann» von Navarro, kein «Nacho» oder wie auch immer er sich nannte.

Es war Navarro selbst.

Der Hurensohn war nicht tot.

Als er die Tragweite dieser Erkenntnis erfasste, entgleisten seine ohnehin bereits rotierenden Gedanken vollends, doch er konnte nur hilflos daliegen, während Navarro seine Hand hochhielt und einen großen Silberring zurechtrückte, der seltsamerweise zwei Finger umschloss, den Mittel- und den Ringfinger.

«Wirkt wie Zauberei, nicht wahr? Der Stamm, von dem ich es habe, glaubt, dass es genau das ist – Zauberei. Und in gewisser Weise stimmt das sogar. Ein hochwirksamer kleiner Cocktail aus Neurotoxinen, der die motorischen Neuronen im Bereich des oberen Rückgrats ausschaltet und eine Lähmung aller vier Gliedmaßen bewirkt», sagte er mit echter Begeisterung, als staune er zum ersten Mal über diese Wirkung.

Was, wie Walker aus eigener Anschauung wusste, nicht der Fall war.

Er hatte die Wirkung dieses Mittels schon früher gesehen, in Mexiko. Bei jemandem, den sie verdächtigten, ein Verräter zu sein.

Bei der Erinnerung daran wurde Walker von Angst überwältigt.

«Um das in einem OP zu erreichen, bräuchte man einen ziemlich fähigen Anästhesisten und einiges an Ausstattung», fügte Navarro hinzu. «Und dabei ist das hier einfach nur das Gift einer Urwaldspinne ...»

Navarro ging in die Hocke, um Walker aus der Nähe anzusehen. Plötzlich wich der erstaunte Ausdruck aus seinem Gesicht, und sein Blick wurde raubtierhaft. «Das Beste daran ist, dass es nicht alle Muskeln lähmt. Sie haben vielleicht schon bemerkt, dass ein Teil Ihrer Nerven – vom Hals aufwärts – noch funktionsfähig ist, nicht wahr? Das bedeutet, Sie können sprechen. Also erzählen Sie mir, *amigo*», sagte er leise, fast flüsternd, «was ist diese ‹Grotto›, die Sie erwähnten, und wer ist dieser ‹Scrape›, mit dem Sie gesprochen haben?»

Walker nahm seinen Mut zusammen und spuckte dem Mexikaner ins Gesicht.

«Fick dich.»

Die Miene des Mexikaners erhellte sich, fast als habe er auf diese Reaktion gehofft. Er sah den Biker an, als sei er wieder stolz auf ihn, und streckte die Hand nach hinten aus, ohne sich umzudrehen.

Walker strengte sich an zu erkennen, was er tat. Er sah, wie einer von Navarros Begleitern ihm etwas gab, konnte jedoch nicht ausmachen, was es war. Dann lächelte Navarro ihn an und hielt es vor ihn hin wie ein Zauberer, der ein Kaninchen aus dem Hut zog. Eine Heckenschere, die Sorte, die man einhändig benutzen konnte, mit einer Feder in der Mitte.

Navarro ließ die Schneiden einmal zur Veranschaulichung gegeneinanderschnappen, dann richtete er seine Aufmerksamkeit auf Walkers Körper.

«Mal sehen ... Womit fangen wir an?»

Walker spannte sich an und versuchte, den Kopf zu bewegen, um sehen zu können, was Navarro vorhatte, aber er sah nur den Rücken des Mexikaners und dass er mit den Armen etwas tat. Dann hörte er ein widerliches Knirschen und Knacken, und Navarro wandte sich wieder zu ihm um. Mit schadenfroher Miene zeigte er Walker etwas.

Einen Finger, den er in seiner blutverschmierten Hand hielt.

Walker schmeckte Galle im Mund.

«Das war der erste, bleiben noch neunzehn. Wollen wir es noch mal versuchen?»

Walker spürte, wie ihm der Schweiß in Strömen herunterlief. «Ich sagte doch», stieß er verbissen hervor, «fick dich.»

Er hörte wieder ein Knirschen.

Wieder ein Knacken.

Jetzt kam er nicht mehr gegen seine Übelkeit an. Er erbrach sich, und obwohl er wusste, dass er eigentlich keinen Schmerz empfinden dürfte, gaukelte seine Wahrnehmung ihm dennoch welchen vor. Er fühlte, wie sein Bewusstsein schwand.

«Nun?», fragte Navarro.

Walker nahm die wenige Kraft zusammen, die er noch besaß, und spuckte noch einmal nach dem Mexikaner, doch es war ein jämmerlich schwacher Versuch, der sein Ziel verfehlte. Er wurde noch mutloser.

Navarro sah ihn an wie ein enttäuschter Vater seinen Sohn, dann wandte er sich ab.

«Ich habe nicht allzu viel Zeit, also ... Vergessen wir doch vorerst die übrigen und wenden uns etwas ... Überzeugenderem zu?»

Walker sah, wie Navarro seinen Helfern zunickte, und eine perverse, surreale Mischung aus Entsetzen und Faszination durchströmte ihn, während er beobachtete, wie die Mexikaner sich bückten, um seinen Gürtel zu öffnen und ihm die Jeans herunterzuziehen.

Dann ging Navarro erneut ans Werk.

KAPITEL 23

Die Babylon Eagles. So nannten sich die Dreckskerle.

Ein Hoch auf die Jungs von der ATF, sie brauchten nicht einmal zehn Minuten, um den Namen zu liefern, nachdem Villaverde ihnen mein Foto von der Tätowierung weitergeleitet hatte. Sie hatten auch die Adresse vom hiesigen Treff des Clubs, der zugleich das Hauptquartier war. Das Clubhaus war an eine Motorradwerkstatt angeschlossen, die als legale Fassade diente, und lag an einer Seitenstraße des El Cajon Boulevard in La Mesa. Die Adresse sagte mir nichts, aber ich gab sie in mein Navi ein, und schon war ich auf dem Weg dorthin. Villaverde würde ebenfalls hinfahren und Verstärkung mitbringen, ein Sondereinsatzkommando, ATF und Polizei.

Wieder auf dem Freeway, fuhr ich nach Norden, ein volles Magazin in meiner Browning, eine Signalleuchte auf dem Wagendach und das Gaspedal voll durchgetreten.

Ich hoffte, als Erster anzukommen.

KAPITEL 24

Walker fühlte sich benommen wie nie zuvor.

Dieser Bär von einem Mann war vor Jahren im Gefecht verwundet worden. Kugeln und Schrapnelle hatten sich in sein Fleisch gebohrt, aber er hatte sich tapfer gehalten und war aufs Schlachtfeld zurückgekehrt. Auch danach, seit er aus dem Golf zurückgekehrt war und die Eagles gegründet hatte, hatte er noch reichlich Verletzungen davongetragen, von diversen Klingen, Schlagringen und Baseballschlägern. Walker hielt einiges aus. Den Spitznamen «Wook» verdankte er nicht nur seiner dichten, unbändigen Mähne und dem buschigen Spitzbart, den er trug.

Doch das hier war etwas anderes.

Er war im Begriff wegzutreten, er blutete aus. Das wusste er. Aber es war nicht von gewöhnlichem Schmerz begleitet. Es war ein eigenartiges, weit unangenehmeres Gefühl, ein seltsamer Schmerz aus dem Inneren. Navarro hatte ihm erklärt, das sei ein viszeraler Schmerz, ein Schmerz, der von den inneren Organen selbst ausging und nicht durch das Rückenmark übertragen wurde.

Ein Schmerz, der einen von innen heraus auffraß.

Walker hatte nicht standhalten können. Er hatte Navarro erzählt, was der wissen musste. Und jetzt war er bereit zu sterben. Verdammt, es hatte keinen Sinn mehr weiterzuleben.

Nicht so.

«Worum zum Teufel geht es hier überhaupt?», brachte er kaum hörbar heraus. «Worauf sind Sie aus?»

Navarro starrte auf ihn herunter, während er sich die Hände an einem Handtuch abwischte. «Etwas, in dessen Genuss du wohl leider nie kommen wirst, *amigo.* Aber wer weiß? Vielleicht in einem späteren Leben ...» Er gab das Handtuch einem seiner Handlanger, und als seine Hand wieder in Walkers Blickfeld erschien, hielt sie eine Pistole. «*Vaya con dios, cabrón.*»

Ohne mit der Wimper zu zucken, setzte er die Mündung des Schalldämpfers zwischen Walkers Augen auf und drückte ab.

Navarro richtete sich auf, zog sein Jackett zurecht und strich es glatt, dann gab er dem *sicario,* der ihm am nächsten stand, die Pistole zurück.

«Geh, bring unseren Gast raus», befahl er auf Spanisch. «Und dann machen wir uns auf die Suche nach diesem Scrape.»

KAPITEL 25

Ich traf nicht als Erster ein.

Bei weitem nicht. Als ich von der El Cajon abbog und mich ein Meer von Blinklichtern empfing, befiel mich das niederschmetternde Gefühl, dass wir alle zu spät kamen.

Zwei Streifenwagen und mehrere zivile standen bereits kreuz und quer vor der Motorradwerkstatt, und hinter mir trafen gerade noch eine Streife und ein Rettungswagen ein. Ein paar Polizisten versuchten, den Straßenabschnitt mit gelbem Absperrband zu sichern und die wachsende Menge der Gaffer zurückzuhalten, doch sie waren hoffnungslos in der Unterzahl.

Ich fuhr so nah wie möglich heran, dann ließ ich den Wagen stehen und lief auf das Gebäude zu. Als einer der Uniformierten mich aufhalten wollte, zückte ich im Gehen meine Dienstmarke. Ich traf Villaverde auf der anderen Seite des Garagenhofs an, vor einem Eingang, der anscheinend zum Clubhaus führte. Er sprach gerade mit ein paar Männern vom Sheriff's Department und mehreren Schraubern in Blaumännern. Als er mich bemerkte, unterbrach er das Gespräch und kam auf mich zu.

«Was ist passiert?», fragte ich.

«Da drin», erwiderte er nur und ging voran. Dabei wies er mit dem Daumen auf die Mechaniker. «Ein Anwärter des

Clubs hat sie gefunden und den Vorfall gemeldet. Kein schöner Anblick.»

Anwärter waren Kandidaten für die Aufnahme in den Club, Möchtegern-Brüder, die sich erst bewähren mussten und noch nicht die Clubabzeichen tragen durften.

Villaverde führte mich durch eine Tür an der Seitenwand des einstöckigen Gebäudes in das Clubhaus der Gang.

Oder eher in ihr Schlachthaus.

Ich zählte insgesamt sechs Leichen, die in dem großen Raum verteilt lagen. Fünf von ihnen waren erschossen worden und lagen einfach nur da, in bizarr verdrehter Haltung, ein Inbild des Todes. Schnelle, professionelle Arbeit, jeder wies zwei oder drei Einschusswunden auf und eine weitere zwischen den Augen, den Fangschuss. Die Leichen und die Schusswunden sahen noch frisch aus. Alle Toten trugen ihre Motorradwesten.

Die sechste Leiche war ein Fall für sich.

Es handelte sich um einen großen, kräftigen Mann mit buschigem Spitzbart und langem, fettigem Haar. Er lag mitten im Raum ausgestreckt auf dem Rücken. Wie die anderen trug auch er seine Weste und war durch einen Schuss zwischen die Augen getötet worden. Außerdem fehlten an einer Hand zwei Finger. Ich entdeckte sie ein Stück entfernt, weggeworfen wie Zigarettenkippen. Doch was meinen Blick auf sich zog, war der Unterleib. Die Hose war heruntergezogen und der Penis abgeschnitten. An seiner Stelle war eine einzige blutige Masse geblieben, und eine große Blutlache hatte sich zwischen den Beinen bis hinunter zu den Füßen ausgebreitet.

Mein Magen drehte sich um, und meine Eingeweide krampften sich zusammen. Ich sah mich lieber nicht um, wo dieser Körperteil gelandet war. Stattdessen warf ich einen Blick zu Villaverde.

Sein Gesichtsausdruck verriet, dass in ihm dasselbe vorging wie in mir.

In dieses Spiel war ein neuer Akteur eingetreten.

Wir mussten unseren Fall auf einer völlig neuen Ebene einordnen.

Nachdem mein Magen sich wieder ein wenig beruhigt hatte, fragte ich: «Haben die Jungs in der Werkstatt irgendwas beobachtet?»

Villaverde zuckte die Schultern. «Der Bursche, der den Vorfall gemeldet hat, sah ein Auto davonfahren, kurz bevor er hier reinkam. Eine dunkle Limousine, schwarz, mit getönten Scheiben. Ein großes Auto, wie ein Escalade, aber er meint, es war kein Caddy.» Er schwieg kurz, dann fügte er hinzu: «Das hier müssen Sie sich auch noch ansehen.»

Während er voranging, ließ ich den Blick durch den Raum schweifen. An der Seitenwand hinter einer Ledercouch war das Clubabzeichen großformatig aufgemalt, dasselbe Abzeichen, das ich als Tätowierung an Flammentattoos Schulter gesehen hatte. Es gab eine Bar, ein Klavier, dahinter anscheinend einen Besprechungsraum, und auffälligerweise hingen neben einem Türrahmen mehrere Baseballschläger. Dann bemerkte ich noch etwas. An der hinteren Wand, hinter einem Poolbillard-Tisch. Eine ganze Anzahl gerahmter Fotos.

«Augenblick», sagte ich zu Villaverde.

Ich durchquerte den Raum, um mir die Bilder aus der Nähe anzusehen.

Es waren mehrere gestellte Fotos aus einem Kriegsgebiet, die Sorte Bilder, mit denen man mittlerweile nur allzu vertraut war: schlachtenmüde Soldaten, die in die Kamera grinsten und mit den Fingern das V-Zeichen bildeten, das Ganze in einer kargen Wüstenlandschaft. Eins der Bilder zeigte den verstümmelten Biker und ein paar weitere Frontsoldaten, die stolz vor einem apokalyptischen Szenario mit von angereicherten Urangranaten zerstörten Panzern und brennenden Ölfeldern standen. Offenbar stammte das Bild aus dem Irak, was bedeutete, dass es entweder Anfang der Neunziger oder ein paar Jahre nach dem 11. September aufgenommen worden war. Neben der Veteranengalerie hingen etwa ein Dutzend ähnliche Bilder, die in zwei Reihen angeordnet waren. Es handelte sich um Verbrecherfotos im Format zwanzig mal fünfundzwanzig. Ich nahm an, dass dies die eigentlichen Mitglieder der Gang waren.

Ein paar erkannte ich auf Anhieb: denjenigen, der soeben entmannt worden war; den Kerl, der Michelle erschossen und den ich anschließend mit dem Auto zermalmt hatte; Tattoo; Soulpatch, der düster und trotzig dreinblickte. Wie die anderen hielt er mürrisch eine schwarze Tafel hoch, auf der seine Häftlingsnummer und der Ort der Festnahme standen, in diesem Fall das La Mesa Police Department. Also hier vor Ort. Das bedeutete, auch wenn er noch nicht in der Akte erfasst war, die die ATF über den Club führte und die Villaverde jetzt auf seinem Smartphone hatte, würde es nicht schwer sein, seinen Namen herauszufinden.

«Das sind die Typen, die mich verfolgt haben», rief ich Villaverde zu und tippte mit dem Fingerrücken an den Rahmen.

Villaverde trat neben mich, um sich die Bilder anzusehen.

«Das hier ist der, auf den der Wachmann geschossen hat»,

sagte ich und zeigte auf Flammentattoo. «Und das ist der, der entkommen ist.»

«Okay, finden wir den Namen raus und geben ihn in die Fahndung.» Er rief die ATF-Akte auf und winkte einen der Polizisten heran, damit er den Fahndungsbefehl herausgab.

Ich betrachtete die ganze Angelegenheit mit gemischten Gefühlen. Einerseits schien der gesamte Club ausgelöscht zu sein. Wenigstens die Vollmitglieder. Sechs Tote hier, Michelles Mörder, der, den sie erstochen hatte, Tattoo und Soulpatch. Insgesamt zehn. An der Wand hingen zwölf Porträts, aber die fehlenden zwei konnten lange verstorbene Mitglieder sein, deren Bilder zum Andenken noch hier hingen. Wenn das hier die Typen waren, die die Wissenschaftler aus dem Forschungszentrum entführt und Michelle überfallen hatten, war von ihnen nichts mehr zu befürchten. Allerdings schien eine noch brutalere Gruppe an ihre Stelle getreten zu sein, Leute, die noch auf freiem Fuß waren. Und nachdem die Biker tot waren, mussten wir wieder von vorn anfangen herauszufinden, mit wem wir es zu tun hatten.

Es sei denn, wir fanden Soulpatch.

Bevor sie es taten.

«Ricky Torres», verkündete Villaverde. «Genannt Scrape.» Er zeigte mir das Bild auf seinem Smartphone. Es war ein anderes als das Verbrecherfoto an der Wand, aber eindeutig derselbe Mann.

Ich nickte, woraufhin Villaverde den Uniformierten anwies, die Information weiterzugeben. Während der Deputy davonging, deutete Villaverde mit einer Kopfbewegung zu der Seitentür und sagte: «Da drüben.»

Er führte mich eine schmale Treppe hinunter in einen Keller. Es war ein einziger fensterloser Raum voller Gerümpel, Kisten und Kartons. Die Luft war abgestanden und roch nach Staub und Moder.

«Hier, sehen Sie sich das an.» Villaverde zeigte auf ein paar Rohre, die dicht über dem Boden an einer hinteren Ecke des Raumes verliefen.

Auf dem Boden bei den Rohren lagen zwei Paar Nylonhandschellen, aufgeschnitten. Außerdem lagen verstreut leere Fastfood-Verpackungen und Getränkebecher herum. Ich beugte mich vor, um sie näher in Augenschein zu nehmen. Dem Aussehen und Geruch nach zu urteilen, waren sie ziemlich frisch.

Wen auch immer sie hier unten gefangen gehalten hatten, er schien noch nicht lange fort zu sein.

Ich starrte die Plastikhandschellen an. «Vielleicht haben sie hier die beiden Wissenschaftler festgehalten.»

«Möglich. Aber ich kann mir nicht vorstellen, dass sie sie monatelang gefangen gehalten haben.»

«Vielleicht wurden die Entführten hier bis zur Übergabe versteckt. Was bedeuten würde, dass sie möglicherweise kürzlich wieder jemanden entführt haben.»

Ich wandte mich zu Villaverde um. «Wir müssen uns die Vermisstenanzeigen vornehmen. Vielleicht ist noch ein Chemiker verschwunden.»

Als ich mich noch einmal umsah, bemerkte ich neben dem einen Paar Handschellen etwas Glänzendes. Ich bückte mich. Es war eine Kontaktlinse.

Ich machte Villaverde darauf aufmerksam, und er, der Handschuhe trug, hob sie auf und steckte sie in einen Folienbeutel.

Ich dachte über das Timing nach. Natürlich war es denkbar, dass die Person, die hier unten festgehalten worden war, nichts mit Michelle, den entführten Wissenschaftlern oder der Schießerei oben im Clublokal zu tun hatte und es sich um lauter unterschiedliche Machenschaften der Biker handelte. Aber das zeitliche Zusammentreffen bereitete mir Kopfzerbrechen. Diese Jungs schienen zu viele Eisen im Feuer zu haben, als dass die Ereignisse nicht verknüpft sein könnten. Ich fragte mich, ob das Massaker oben nicht vielleicht in Zusammenhang mit der Person stand, die hier unten von billigen Burgern gelebt hatte, und wenn das der Fall war, was das Ganze dann mit Michelle zu tun haben könnte. Es gab noch immer zu viele unbekannte Faktoren, es war frustrierend. Die Schlüsselfrage war: Wer hatte die Biker angeheuert? Was mich zu der Frage führte, wer das noch wissen konnte.

«Sie sagten, das hier war das Hauptquartier des Clubs?», fragte ich Villaverde, während wir die Treppe wieder hinaufstiegen.

«Ja, warum?»

«Es gab also noch andere Treffpunkte?»

«Ein paar», erwiderte er und scrollte wieder durch die ATF-Akte. «Hier. Der Club hat über den Bundesstaat verteilt drei weitere Ortsgruppen und seltsamerweise» – er blickte auf – «eine in Holland. Ich meine Holland in Europa.»

«Wir müssen mit den benachbarten Gruppen sprechen, herausfinden, wer die engste Verbindung zu der Gruppe hier hatte. Möglicherweise wissen sie, für wen die Jungs gearbeitet haben.»

Villaverde runzelte skeptisch die Stirn. «Möglich, aber in solchen Clubs arbeitet normalerweise jede Gruppe für sich.

Ich bezweifle, dass die anderen in ihre Machenschaften eingeweiht waren. Und selbst wenn, würden sie uns nichts erzählen.»

«Vielleicht nach dem Vorfall hier …»

Villaverde schien noch immer zu zweifeln. «Denen liegt die Verschwiegenheit einfach im Blut.»

Ich wies mit einer Kopfbewegung in Richtung Motorradwerkstatt. «Was ist mit den Anwärtern? Auch wenn sie noch nicht zum engsten Vertrautenkreis gehörten, könnte einer von ihnen etwas aufgeschnappt haben. Und vielleicht weiß jemand, wer da unten gefangen gehalten wurde.»

«Das wäre eine Möglichkeit. Die Jungs sind ziemlich eingeschüchtert. Wenn wir sie jetzt noch ein bisschen in die Mangel nehmen, bekommen wir vielleicht etwas aus ihnen heraus.»

Als wir wieder den Clubraum betraten, wo die blutigen Leichen herumlagen, wanderten meine Gedanken zu Soulpatch/Scrape, und mich beschlich ein unbehagliches Gefühl. Eine Dringlichkeit, die mir die Nackenhaare aufstellte.

«Wir müssen Scrape finden», sagte ich zu Villaverde.

«Wir kennen seine letzte bekannte Adresse, die letzte bekannte Freundin, die Eltern. Da werden wir bald einen Hinweis haben.»

Ich dachte an die Schusswunde in seiner Schulter. «Er hat sicher hier angerufen, um Bescheid zu geben, was am Hafen passiert ist. Das bedeutet, die Irren, die das hier angerichtet haben, wissen möglicherweise von ihm. Vielleicht wissen sie sogar, wohin er unterwegs ist. Wenn sie diese Jungs eliminiert haben, dann haben sie mit ihm vermutlich das Gleiche vor. Wir müssen schnell handeln.»

Mein Frust wuchs. Wir mussten ihn finden, und zwar schnell. Die Chancen standen gut, dass er uns erzählen konnte, was wir wissen mussten – und uns verraten würde, wer diese neu auf den Plan getretenen Akteure waren.

In diesem Moment war draußen vor dem Eingang des Clubhauses ein Tumult zu hören.

«Nein, Ma'am», rief ein Mann. «Sie dürfen hier nicht ...»

«Erzählen Sie mir nicht, was ich darf oder nicht darf, verdammt», schnitt eine Frau ihm heftig das Wort ab. «Dieses Haus gehört meinem Mann, und ich will ihn sehen.»

Im Eingang erschienen zwei Uniformierte, die vergebens versuchten, eine Frau aufzuhalten. Sie drängte sich energisch an ihnen vorbei und stürmte in den Raum. Sie war schätzungsweise Anfang vierzig, gut gebaut, hatte rötlich braunes Haar mit blondierten Strähnchen und trug eine tief sitzende Jeans, Schlangenlederstiefel und ein Jeanshemd, das in der Taille geknotet war. Man hätte sie nicht direkt als hübsch beschrieben, aber sie hatte etwas, eine natürliche, ungekünstelte Anziehung, die schwer zu übersehen war.

Ihr Blick fiel sofort auf den verstümmelten Biker, und sie blieb wie angewurzelt stehen, ließ ihre Handtasche fallen und schlug die Hände vors Gesicht.

«Wook!», schrie sie und brach in Tränen aus. «Wook, oh Gott, nein, Wookie Baby, nein, nein, nein ...»

Sie schwankte, und es sah aus, als würden ihre Beine jeden Moment unter ihr nachgeben. Ich eilte zu ihr, um sie zu stützen. Villaverde folgte mir.

«Ma'am, Sie sollten nicht hier sein, bitte», sagte ich und verstellte ihr den Blick auf die Leiche des Bikers. «Bitte», wiederholte ich und fasste sie an den Schultern.

«Ich ... aber ...», murmelte sie, dann verstummte sie, während ihr die Tränen übers Gesicht liefen. Schließlich fand sie ihre Stimme wieder und stieß wütend hervor: «Was ist passiert? Was haben sie ihm angetan?»

Ich zog sie an mich und hielt sie einen Moment lang in den Armen, damit sie sich beruhigte und wieder zu Atem kam. «Gehen wir nach nebenan», sagte ich und führte sie in den Besprechungsraum, wobei ich darauf achtete, weiterhin den Blick auf die Leiche zu verdecken. «Kommen Sie.»

Es ließ sich nicht vermeiden, dass wir dicht an zwei Leichen vorbeigingen, und auch wenn ich mich bemühte, sie sie nicht sehen zu lassen, sah die Frau sie dennoch und zuckte jedes Mal zusammen.

Ich rückte ihr einen Stuhl so zurecht, dass sie mit dem Rücken zum Clubraum saß. «Bitte nehmen Sie Platz, Ma'am.»

Dann fragte ich sie, ob sie ein Glas Wasser wollte. Ich weiß selbst nicht, warum wir das immer tun, als besäße Wasser irgendeine magische Heilkraft, die Menschen hilft, über die schrecklichsten traumatischen Erlebnisse hinwegzukommen. Die Frau nickte benommen. Villaverde ging zur Bar, um etwas zu holen.

Ich musste behutsam vorgehen, aber ich musste auch schnell etwas aus ihr herausholen. Mein Gefühl sagte mir, dass für Scrape die Uhr tickte, und wir hinkten hinterher. Sie sagte, sie heiße Karen, sie sei Wooks Frau. Wook war Eli Walker, erklärte sie, der Vorsitzende des Clubs. Einer der Anwärter hatte sie direkt nach der grausigen Entdeckung verständigt, und sie war sofort hergekommen.

Ich versuchte, ihre Fragen so schonend wie möglich zu beantworten, soweit ich ihr überhaupt etwas verraten durfte.

Aber ich musste sie schnell zu den Fragen lenken, auf die wir so dringend Antworten brauchten.

«Wir müssen Scrape finden», erklärte ich.

Sie sah mich völlig verständnislos an, als hätte ich plötzlich angefangen, vom Wetter zu reden.

«Warum?»

«Er ist noch auf freiem Fuß», erwiderte ich. «Er ist verwundet, und ich fürchte, die Kerle, die das hier angerichtet haben, sind auch hinter ihm her. Wir müssen ihn vor ihnen finden, sonst endet er womöglich wie die anderen.»

Sie sah mich ängstlich und nervös an. «Verwundet?»

«Er wurde angeschossen.» Ich ließ meine Worte einen Moment lang wirken, dann drängte ich: «Wissen Sie, wie er zu erreichen ist? Haben Sie seine Handynummer?»

Plötzlich wich sie meinem Blick aus und blinzelte mehrmals.

«Es ist okay», redete ich ihr zu. «Es geht hier nicht um Sie. Es geht darum, dass wir Scrape brauchen. Lebend. Ich muss nur wissen, wie ich ihn erreichen kann.»

Sie zögerte noch immer, dann schüttelte sie den Kopf. «Ich habe seine Nummer nicht. Aber wenn er im Auftrag des Clubs unterwegs war», fügte sie hinzu, wobei ihr Blick verriet, dass sie sich damit auf illegale Geschäfte bezog, «dann hatte er sein Handy sowieso nicht dabei. Für so was haben sie immer neue Prepaid-Handys benutzt.»

Ich wandte mich an Villaverde. «Wurde bei Walker ein Handy gefunden?»

«Nein.»

Ich runzelte die Stirn. Die Zeit lief uns davon, wie das Meer zurückweicht, bevor die große Sturmflut hereinbricht. «Wie steht es mit einem sicheren Unterschlupf, einem Ort, wo Scrape sich versteckt halten könnte, um auf Hilfe zu warten? Gibt es einen Arzt, zu dem der Club Beziehungen hatte, oder könnte er bei jemandem zu Hause untergeschlüpft sein? Bei einer Freundin?»

Karen war noch immer sichtlich nervös und schüttelte immer wieder den Kopf, als wisse sie nichts.

«Bitte, Karen», drängte ich behutsam. «Wir müssen ihn finden.»

«Wir haben Kontakt mit einem Arzt am St. Jude's, der nicht zu viele Fragen stellt, aber mit einer Kugel in der Schulter würde Scrape da nicht hingehen.»

«Wohin dann? Denken Sie nach, Karen.»

Sie sah mich an, und ihre Augen wurden vor Konzentration schmal, als erfordere die Antwort auf meine Frage eine körperliche Anstrengung.

Schließlich sagte sie: «Zur Grotto.»

KAPITEL 26

«Ich habe ihn. Verdächtiger in Gewahrsam, ich wiederhole, Verdächtiger in Gewahrsam.»

Todd Fugate, Deputy Sheriff bei der San Marcos Sheriff's Station und Mitglied der Einheit für Gangs und Drogen, gab triumphierend über Funk die Meldung durch. Der Fandungsbefehl war von der Dienststelle in San Diego gekommen, ein Aufruf höchster Dringlichkeitsstufe vom FBI – das war hier nicht gerade etwas Alltägliches. Fugate befand sich an der Grand Plaza Mall, als der Funkruf kam und ihn sofort in Aktion versetzte. Zum Standort der Zielperson, einem heruntergekommenen Lagerhauskomplex abseits des La Mirada Drive, auch bekannt als Grotto, waren es weniger als fünf Meilen über den Parkway. In der Gewissheit, dass er als Erster vor Ort sein würde, trat Fugate kräftig aufs Pedal.

Als er eingetroffen war, wartete er nicht erst auf Verstärkung. In der Meldung hatte es geheißen, der Verdächtige sei an der Schulter angeschossen und wahrscheinlich allein. Davon, dass er eine Waffe trug, war nicht die Rede gewesen. Mehr brauchte Fugate nicht zu wissen, und wie sich herausstellte, behielt er recht. Der Verdächtige war unbewaffnet und geschwächt, dem Anschein nach einer Ohnmacht nahe. Er ergab sich ohne jeden Widerstand. Teufel, so, wie er aussah, war er wahrscheinlich sogar erleichtert, dass er sich nicht länger zu quälen brauchte. Fugate würde ihn selbst zum Krankenhaus fahren, das ging schneller, als auf einen Krankenwagen zu warten, und schon bald würde der Hurensohn sich in einem bequemen Krankenbett wiederfinden, wo ihn reizende Schwestern umsorgten. Das war doch wohl Klassen besser, als allein in einem dreckigen Lagerhaus zu verbluten.

Im Hochgefühl seines Erfolgs packte Fugate den Verdächtigen auf den Rücksitz seines Crown Vic. Er machte sich nicht einmal die Mühe, ihn mit Handschellen an den Metallbügel im Fußraum zu fesseln. Der Mann war kaum noch bei Bewusstsein. Ja, der Deputy Sheriff war sehr zufrieden mit sich selbst. Das San Diego County Sheriff's Office wahrte, so stand es auf dem Kotflügel seines schwarz-weißen Streifenwagens, «seit 1850 den Frieden», und gerade jetzt, an diesem herrlichen Sommerabend, war Todd Fugate stolz darauf, zu dieser ehrenhaften Tradition einen handfesten Beitrag zu leisten.

Weniger als eine Minute später war er tot.

Er fuhr gerade von dem Lagerhaus los, als ein großer Geländewagen am Tor erschien und plötzlich auf ihn zuraste. Fugate riss das Steuer herum, um einen Zusammenstoß zu vermeiden, aber die vordere Stoßstange des Geländewagens traf ihn am Heck und schleuderte den Streifenwagen herum wie ein Spielzeug, sodass er zur Seite schlitterte und vorwärts in einem Graben neben dem Tor landete. Als der geschockte Deputy hinausspähte, sah er, wie der Geländewagen eine schnelle Hundertachtzig-Grad-Wendung machte, wieder auf ihn zuraste und quer hinter ihm zum Stehen kam. Noch ehe die Räder stillstanden, wurden die Türen aufgestoßen, und zwei Männer sprangen heraus.

Fugate legte hastig den Rückwärtsgang ein und trat aufs

Gas, aber die Reifen drehten nur quietschend durch, und das Fahrzeug bewegte sich nicht von der Stelle. Der Deputy gab es auf und zog seine Pistole, doch da war es schon zu spät – die Männer hatten ihn bereits erreicht und kamen ihm zuvor. Der erste Schuss ging durch die Lunge und tat höllisch weh, aber der Schmerz hielt nur eine Sekunde an. Dafür sorgte die zweite Kugel, die ins Gehirn traf und ihm das Licht ausblies.

Fugate sah nicht mehr, wie die Männer den verwundeten Verdächtigen aus seinem Wagen zerrten, auf den Rücksitz ihres Geländewagens stießen und unbehelligt mit ihm davonfuhren.

Es war wohl auch besser so.

KAPITEL 27

Wir standen wieder ganz am Anfang.

Soulpatch – das heißt Scrape oder Torres oder Arschloch oder wie auch immer man ihn nennen mochte – war verschwunden. Flammentattoo – genauer Billy «Booster» Noyes, wie sich herausgestellt hatte – lag mit einem dicken Schlauch in der Luftröhre auf der Intensivstation des Scripps Mercy Hospital. Die übrigen Bikerbrüder waren dauerhaft außer Gefecht, sie lagen auf Aluminiumbahren unten in der Leichenhalle.

Außerdem hatten wir einen toten Deputy, der an diesem Morgen wohl nicht geahnt hatte, dass es sein letzter sein würde.

Und wir hatten eine Menge Fragen.

Fragen, die mich verfolgten, als ich endlich zum Hotel zurückkehrte, bereit, die Erinnerungen an diesen beschissenen Tag zu begraben und mich dem Morgen zuzuwenden.

Ich war erschöpft und niedergeschlagen. Tess wiederzusehen war Balsam für meine Seele. Sie hatte Alex bereits zu Bett gebracht, was ein gutes Zeichen war, auch wenn er sicher nicht die Nacht durchschlafen würde. Ich schaute nach ihm, sah ihn eingerollt in seiner Kinderbettwäsche liegen, umgeben von Plüschtieren und Spielzeugfiguren, und er erschien mir ruhiger als am vergangenen Abend.

Tess war für alle eine Wohltat.

Ich schickte Jules nach Hause und begleitete sie zur Tür. Nachdem sie das ganze Wochenende im Einsatz gewesen war, brauchte sie mal wieder etwas Zeit für sich. Dann bestellte ich beim Zimmerservice ein Club Sandwich, erleichterte die Minibar um ein paar Dosen Bier, reichte Tess eine und ließ mich mit ihr auf der Couch nieder.

Während ich das Sandwich verschlang, berichtete ich ihr in Kurzfassung von meinem Tag, erzählte, was wir im Clubhaus vorgefunden hatten, wobei ich die grausigen Details ausließ. Tess von den Ereignissen des Tages zu erzählen, half mir immer, Abstand zu gewinnen und alles aus einem weiteren, klareren Blickwinkel zu betrachten. So traten die Schlüsselfragen, denen ich nachgehen musste, oft deutlicher hervor.

Fragen wie: Warum hatten sie mich verfolgt? Warum hatten sie Scrape mitgenommen und nicht auf der Stelle erschossen? Aber die größte Frage war natürlich: Wer hatte die Biker umgebracht? War es derselbe, der sie auf Michelle und/oder die Person, die im Keller gefangen gewesen war, angesetzt hatte, oder standen die Morde in keinem Zusammenhang damit? Das zeitliche Zusammentreffen und mein Bauchgefühl sprachen dafür, dass es einen Zusammenhang gab, also ging ich bis auf weiteres davon aus. Damit war eine andere Frage neben dem Wer das Warum. Waren sie gierig geworden, hatte es Streit um die Bezahlung gegeben? Waren sie ihrem Auftraggeber lästig geworden, und wenn ja, warum? Hatten sie versagt – was bedeutet hätte, dass es ein Fehler war, Michelle zu töten? Andererseits wussten sie vielleicht gar nicht, dass sie tot war. Dann kam mir der Gedanke, dass ihr Auftraggeber womöglich einfach keine Verwendung mehr für sie hatte. Dass sie mich am vergangenen Tag verfolgt hatten, zeigte, dass sie das, worauf sie aus waren, noch nicht hatten. Vielleicht hatte ihr Hintermann beschlossen, die Sache selbst in die Hand zu nehmen. Wenn man sah, was Eli Walker durchgemacht hatte, war dieser Gedanke nicht gerade beruhigend.

Als ich geendet hatte, erzählte Tess mir von ihrem Tag. Ich schaltete innerlich einen Gang herunter und ließ mich mit dem Strom ihrer Erzählung treiben, lauschte ihrer Stimme, beobachtete ihren lebhaften Gesichtsausdruck. Dann runzelte sie die Stirn, und ihr Gesicht nahm diesen forschenden Ausdruck an, zu dem ich eine echte Hassliebe entwickelt hatte – Liebe, weil es einen Teil von Tess Chaykins Anziehung ausmachte, dass sie sich in Fragen verbiss und nicht lockerließ, und das Gegenteil, nun ja, weil das gewöhnlich Scherereien mit sich brachte. Sie stand von der Couch auf, ging ins Schlafzimmer und kehrte mit ein paar Bögen Papier zurück, die sie mir zeigte. Es waren Kinderzeichnungen, die sie auf Michelles Schreibtisch zwischen ihren Papieren gefunden hatte.

«Von Alex?», fragte ich.

«Ja, anscheinend. Sie sind vom Stil her ähnlich wie die anderen im Haus.»

Ich sah sie durch. Ohne mich dumm stellen zu wollen – ja, sie waren ganz nett, aber viel mehr hätte ich nicht dazu sagen können. Tess hingegen wurde ganz eifrig.

Sie zog eins der Bilder hervor und legte es zuoberst. «Was siehst du hier?»

Ich bemühte mich, etwas zu erkennen. «Zwei mehr oder weniger menschenähnliche Gestalten. Oder vielleicht sollen es Außerirdische sein?»

Sie warf mir einen Blick zu. «Menschen, du Blödmann. Zwei Menschen. Und ich glaube, das hier ist Alex», sagte sie und zeigte auf die rechte Gestalt. «Das Ding, das er da in der Hand hält, das ist seine Ben-Figur, sein Lieblingsspielzeug. Er hat mich gebeten, sie ihm von zu Hause mitzubringen.»

Ich erkannte nichts. «Hast du ihn danach gefragt?»

«Nein.»

«Warum nicht?»

Sie zog die Nase kraus, was sie immer besonders anziehend machte. «Das ist kein fröhliches Bild.»

«Kein fröhliches Bild. Warum nicht? Weil keine Regenbogen und Schmetterlinge drauf sind?»

Ich liebe es, sie aufzuziehen.

«Sieh dir sein Gesicht an», beharrte sie. «Der offene Mund, die großen Augen. Für mich sieht es aus, als hätte er Angst. Und diese andere Gestalt, die ihm gegenübersteht. Die dunkle Kleidung. Etwas, das sie in der Hand hält.»

«Voldemort? Oh, Verzeihung, den Namen darf man ja nicht aussprechen, stimmt's?»

Wieder dieser Blick, Tess war jetzt aufs äußerste gereizt. Ja, so sieht unser Vorspiel aus. Traurig, aber, na ja, es funktioniert.

«Ich meine es ernst. Ich denke, da ist etwas. Vielleicht eine Pistole.»

Ich betrachtete noch einmal das Bild. Es konnte eine Pistole sein. Es konnte allerdings so ziemlich alles sein, was man hineinsehen wollte, denn die krakelige Gestalt, die es hielt, war so weit vom Aussehen eines echten Menschen entfernt, dass Picassos Figuren im Vergleich dazu naturgetreu wie die von Norman Rockwell waren.

«Kinder spielen ständig Soldat oder Cowboy oder jagen Aliens. Jungs sind eben so. Und selbst wenn diese Gestalt ihn darstellen soll ... dann ist der andere vielleicht einfach irgendeine Zeichentrickfigur oder ein Freund von ihm, wer weiß. Das könnte alles sein.»

«Und warum lag dieses Bild dann auf Michelles Schreibtisch zwischen ihren Papieren und hing nicht wie die übrigen in der Küche oder in Alex' Zimmer an der Wand?»

Darauf fiel mir keine Antwort ein – oder, wenn ich ehrlich war, mir fielen viel zu viele Antworten darauf ein. Außerdem war mein Gehirn durch das wirkliche Leben schon reichlich überstrapaziert. Die Höhenflüge von Alex' Phantasie, so nett und ansprechend sie sein mochten, mussten warten.

«Ich habe keine Ahnung», erwiderte ich schlicht, nahm Tess die Bilder aus der Hand und legte sie auf den Beistelltisch. Dann drehte ich mich herum, drückte Tess gegen die Rückenlehne der Couch und küsste sie begierig. Gleich darauf wurde mir bewusst, wo wir uns befanden, und ich wich zurück. Ich stand auf und streckte ihr die Hand entgegen.

«Wollen wir das nicht lieber in meinem Büro besprechen?»

Während Tess Reilly ins Schlafzimmer folgte, konnte sie nicht aufhören, über die Zeichnung nachzudenken.

Vielleicht hatte Reilly recht. Vielleicht deutete sie zu viel hinein.

Nur dass dieser lästige kleine Dämon der Neugier, der in den dunklen Winkeln ihres Verstandes lauerte, keine Ruhe gab und ständig ihre Aufmerksamkeit forderte.

Der Dämon plagte sie noch immer, als sie die Tür hinter

sich schloss und fühlte, wie Reilly sie herumdrehte und gegen die Wand drückte. In der folgenden Stunde dachte sie allerdings nicht mehr daran, aber später, während sie in Reillys Armen einschlief, war der Dämon wieder da, tobte und wütete, um sich Beachtung zu verschaffen.

KAPITEL 28

Weiter nördlich an der Küste jagte ein Dämon gänzlich anderer Art durch gänzlich andere Gefilde.

Navarro war in seine abgeschiedene Villa am Strand von Del Mar zurückgekehrt, wo er mit gekreuzten Beinen auf einer polierten Teakholzveranda hinter dem Poolhaus saß. Das Meer lag nur einen Steinwurf entfernt vor ihm, und der tief stehende Mond schien auf ihn herab wie eine Verhörlampe, während er einfach nur ruhig und gelassen dasaß – *äußerlich* ruhig und gelassen.

In seinem Inneren sah es völlig anders aus.

Bereits seit mehr als einer Stunde trieb er durch flammende Tunnel und Abgründe endloser Finsternis, fiel und stieg und wirbelte durch Kaleidoskope aus Farben und surreale Visionen aus seiner Vergangenheit und seiner Zukunft.

Natürlich hatte er das schon früher erlebt.

Viele Male.

Bei Menschen, die nicht daran gewöhnt oder nicht in der Lage waren, die Wirkung zu beherrschen, hätte das braune, schlammige Gebräu, das er eingenommen hatte, verheerende Wirkungen haben können, sowohl unmittelbar – Erbrechen, Einnässen, Todesangst, Schreien und Flehen, aus diesem schier endlosen Grauen errettet zu werden – als auch längerfristig. Navarro jedoch wusste, was er tat.

Er hatte dieses besondere psychoaktive Gebräu erstmals im peruanischen Hochland eingenommen, vor langer Zeit, und ein blinder Schamane hatte ihn in dessen Gebrauch unterwiesen. Die geistige Klarheit, die es ihm verschaffte, war anfangs überwältigend, aber er hatte gelernt, sie zielgerichtet einzusetzen, und mit jedem Mal verstand er, sie besser zu nutzen.

Er wich vor dem Rand des Abgrunds zurück und stürzte sich in ein blendend weißes Licht. Sein Kopf war unglaublich klar. Sein Atem ging langsamer, beruhigt durch den inneren Frieden, der aus seinem tiefsten Inneren aufstieg, und er schlug die Augen auf.

Großartig.

Er sog tief die Meeresluft ein und hielt einen langen Moment den Atem an, genoss die neu geweckte Überempfindlichkeit gegenüber allen äußeren Eindrücken. Die Wellen, die an den Strand schwappten, die Grillen in den Bäumen – er hörte sogar die Krebse über den Sand kriechen. Und vor seinem geistigen Auge sah er jetzt Dinge, die ihm bisher entgangen waren oder die er nicht weiter beachtet hatte, mit berauschender Klarheit.

Die Droge hatte gewirkt wie ein Zauber. Er wusste, dass sie das vermochte. Er hatte von den Besten gelernt, seit er im frühen Teenageralter seine lebenslange Faszination für das entwickelt hatte, was Ethnopharmakologen die «Medizin des heiligen Geistes» nannten.

Diese Faszination war ihm später zustattengekommen.

Denn wie alle Kinder war Raoul Navarro in der Überzeugung aufgewachsen, dass es Zauberei gab. Anders als andere hatte er allerdings nie aufgehört, daran zu glauben.

Er war in Real de Catorce aufgewachsen, einem Dorf mit

steilen, kopfsteingepflasterten Straßen und heruntergekommenen spanischen Kolonialhäusern an einem Berghang in einer der höchstgelegenen Hochebenen Mexikos. Während eines Silberrausches vor hundert Jahren erbaut und danach verlassen, besaß Real einen einzigen entscheidenden Vorzug: Es war das Tor zur Wüste Wirikuta, jener Landschaft, die den Huicholen, einem Indiovolk, heilig war und wo sie den Peyote-Kaktus ernteten. Es war ein Ort, wo ein mittelloser Junge wie Navarro sich ein paar Dollar verdienen konnte, indem er die kleinen, knopfähnlichen Triebe dieser Kakteen suchte, die versteckt unter Mesquitesträuchern wuchsen, und sie an *primeros* verkaufte, Touristen, die ihren ersten Peyote-Rausch erleben wollten. Doch Navarro gab sich nicht damit zufrieden, sie nur zu verkaufen. Er war neugierig darauf, was Peyote tatsächlich bewirkte, und er brauchte nicht allzu lange zu warten, bis er es erfuhr. Kurz nach seinem dreizehnten Geburtstag verband ein Huicholen-Schamane ihm die Augen und führte ihn in die Wüste, und er wurde selbst ein *primero.*

Diese Erfahrung veränderte sein Leben.

Sie lehrte ihn, dass die Geister überall waren, jede seiner Bewegungen verfolgten, und er beschloss, dass er alles über sie erfahren wollte.

Er hielt sich viel bei den Schamanen auf, brachte sich selbst das Lesen bei und verschlang schließlich alles, was er in die Hände bekam, von den Werken Carlos Castanedas bis hin zu den Schriften der großen Psychopharmakologen und Ethnobotaniker. Als jedoch die wirkliche Welt sich als kalt und gnadenlos erwies, geriet er auf denselben unausweichlichen Weg wie so viele seinesgleichen. Er wurde in den Strudel der Gewalt hineingezogen, der ihn am Totempfahl des Drogenhandels aufwärts führte – und er stellte fest, dass ihm dieses Leben gefiel. Nicht nur das, er hatte eine Begabung dafür. Und indem er an Macht und Reichtum gewann, konnte er seiner Faszination noch mehr frönen.

Sobald er über die nötigen Mittel verfügte, begann er durch Mexiko zu reisen und dann weiter in den Süden, in die Dschungel und Regenwälder von Guatemala, Brasilien und Peru, wo er sich mit Anthropologen anfreundete und isoliert lebende Stämme aufsuchte, die viel Zeit und Energie darauf verwandten, die unsichtbaren Sphären der Götter und Geister und die verschlungenen Pfade durch die Zeit in unsere Vergangenheit und Zukunft zu begreifen. So wie wir es tun, um die Rätsel der globalen Erwärmung und der Nanotechnologie zu entschlüsseln.

In seinem ständigen Bestreben, Pforten zu neuen Bewusstseinsdimensionen zu öffnen und zu neuen Höhen der Erleuchtung aufzusteigen, verwandte Navarro viel Zeit und Geld darauf, sich den verschlossenen Heilern und Schamanen der Indiostämme anzunähern und ihr Vertrauen zu gewinnen. Unter ihrer Anleitung experimentierte er mit unterschiedlichsten psychoaktiven Substanzen und Entheogenen. Dabei handelte es sich hauptsächlich um aus Pflanzen hergestellte Tränke, die eine wichtige Rolle in den religiösen Praktiken der jeweiligen Stammeskultur spielten. Navarro begann mit relativ leicht zugänglichen, vor Ort verfügbaren bewusstseinsverändernden Substanzen wie psilocybinhaltigen Pilzen und *salvia divinorum,* wobei ihn mazatekische Schamanen in den abgeschiedenen Nebelwäldern der Sierra Mazateca unterwiesen. Später ging er zu weniger bekannten, stärker wirkenden Halluzinogenen wie *ayahuasca* über, der Seelenranke; *iboga,* der heiligen, Visionen erzeugenden Wurzel; zu *borrachero* und anderen Substanzen, in deren Genuss kaum jemals Außenstehende kamen. Navarro reiste sogar bis nach Afrika, drang tief ins Inland von Gabun und Kamerun vor, um an den *Ngenza*-Zeremonien der Bwiti teilzunehmen, wo er lernte, mit den Geistern seiner Ahnen zu kommunizieren. Doch sein Ausgangspunkt war ein düsterer. Seine Seele war bereits dem Bann der Gewalt verfallen, von der sie gekostet hatte, und als diese Drogen sein Bewusstsein veränderten und allmählich sein Ich spalteten, drang er in die finstersten Tiefen seines Unterbewusstseins vor und fand dort Dinge, die die meisten Menschen nicht hätten ansehen wollen.

Navarro jedoch war nicht wie die meisten Menschen.

Mit jeder neuen Erfahrung zogen ihn die Dämonen, die in den Abgründen seiner Astralsphären lauerten, weiter in die Tiefe. Doch er konnte nicht aufhören. Immer stärker faszinierten ihn die Türen, die jede neue Reise in seinem Geist öffnete, und die psycho-spirituellen Offenbarungen, die sie auslösten.

Offenbarungen, die manchmal über das Spirituelle hinausgingen.

Offenbarungen, die ihm halfen, Gefahren in der realen Welt zu überstehen und mit bemerkenswerter Leichtigkeit in der Rangleiter der Drogenbosse aufzusteigen.

Offenbarungen, die ihm den Beinamen El Brujo eingebracht hatten.

Der Hexer.

Und eine dieser Offenbarungen war es, die ihn auf einen neuen Kurs gelenkt, ihm ein neues Ziel vor Augen geführt hatte. Sie war die Wurzel dessen, was ihn jetzt antrieb.

Navarro war seit langem klar, dass sich das Spiel veränderte. Jeder, der wirklich hinsah, konnte erkennen, dass die Welt der Drogen in ständiger Entwicklung begriffen war. Er wusste, dass der derzeit meistverkaufte Stoff, Kokain, keine Zukunft hatte. Die Zeit war reif für etwas Neues, eine Substanz, für die keine lästigen Spritzen, Flämmchen oder Spiegelchen und Rasierklingen nötig waren, eine Substanz, die man einfach in Form einer Pille einnehmen konnte, nicht größer als ein Aspirin. Das war der große Reiz der synthetischen Drogen und Amphetamine, so verheerend sie den Konsumenten auch schädigen mochten.

Wenn Navarro antrat, die Zukunft zu gestalten, würde nichts ihm im Weg stehen können.

Als er wieder von dem Trip herunterkam, waren seine Vorstellungskraft und seine Wahrnehmung deutlich geschärft. Beobachtungen und verborgene Details drängten aus bisher unbemerkten Winkeln seines Geistes ins Bewusstsein.

Eines trat deutlicher hervor als alles andere.

Navarro konzentrierte sich darauf, lockte und nährte es, bis es in herrlicher Klarheit aufschien.

Er ging hinein und stellte sich unter die Dusche, um seinen Körper zu reinigen, ließ sich vom Wasser den Schweiß abspülen und sich in die Welt zurückholen, die andere als real bezeichneten. Dann trocknete er sich ab, zog seinen Pyjama an und rief am Computer Reillys Akte auf.

Sämtliche Informationen lagen vor ihm.

Er griff zum Telefon und rief Octavio Guerra an. Den Mann, der ihm seine Bodyguards vermittelte. Den Mann, der ihm sämtliche Hintergrundinformationen über amerikanische Staatsbürger verschaffte, für die Navarro sich interessierte.

Das Faktotum, das ihm für gewöhnlich alles organisierte, was er brauchte. Und obwohl es schon spät war, wusste er, dass Guerra seinen Anruf jederzeit annehmen würde, gleich ob Tag oder Nacht.

«Der FBI-Agent, Reilly. Laut seiner Akte hat er eine Freundin in New York. Tess Chaykin.» Navarro schwieg kurz, dann wies er Guerra an: «Finden Sie sie.»

DIENSTAG

KAPITEL 29

Wieder war der Himmel strahlend blau, als ich nach La Mesa fuhr, um mit Karen Walker zu sprechen.

Wir hatten ein Treffen mit ihr auf der neuen Polizeiwache an der University Avenue vereinbart, da sie näher am Clubhaus der Eagles und an Karen Walkers eigenem Haus lag. Nach allem, was sie gerade durchgemacht hatte, fand ich das höflicher, als sie hinaus nach Montgomery Field zu bestellen, wo Villaverde sein Büro hatte. Zu ihrer Ehre sei gesagt, dass sie pünktlich erschien, und auch wenn sie ziemlich mitgenommen und angespannt wirkte, hielt sie sich recht gut. Sie brachte keinen Anwalt mit.

Wir empfingen sie zu dritt, ich, Villaverde und Jesse Munro, der an diesem Morgen aus L. A. heruntergekommen war. Nachdem wir uns gestern getrennt hatten, hatte Villaverde Corliss angerufen, um ihm von den Entwicklungen des Tages zu berichten. Corliss hatte angeboten, Munro zu schicken, damit wir jetzt, wo die Ermittlungen sich beschleunigten, direkten Zugriff auf die Ressourcen der DEA hatten. Wir vier saßen in einem Konferenzraum in der zweiten Etage, das erschien mir zuträglicher als die kleinen, fensterlosen Vernehmungszimmer unten, wo die Anwärter des Clubs befragt werden würden.

Aus den Unterlagen der ATF ging hervor, dass Karen und

Eli Walker 2003 geheiratet hatten, kurz bevor Walker in den Irak geschickt wurde. Sie hatten zwei Kinder, einen achtjährigen Jungen und ein dreijähriges Mädchen. Karen führte ein Nagelstudio in La Mesa. Sie war vorbestraft, eine kurze Haftstrafe wegen schwerer Körperverletzung, was nicht recht zu der beinahe gesetzt wirkenden Frau zu passen schien, die ich vor mir sah. Aber vielleicht gab es ja tatsächlich so etwas wie Rehabilitation von Straftätern.

Wir hatten kaum Platz genommen, da erkundigte sie sich schon nach Scrape und ob wir ihn gefunden hätten. Über den Mord an dem Deputy war in den Nachrichten berichtet worden, wir hatten jedoch keine Einzelheiten darüber verlauten lassen, warum er dort gewesen war. Karen hatte, als sie von dem Tatort erfuhr, eins und eins zusammengezählt, und ich beschloss, ihr etwas zu verraten, das die Presse nicht wusste – vielleicht konnte ich so eine gewisse Vertrauensbasis schaffen.

«Sie haben ihn», sagte ich. «Sie haben den Deputy erschossen und Scrape mitgenommen. Wir wissen nicht, wo sie sind, und haben auch keinerlei Hinweise.»

Karens Blick huschte zwischen uns dreien hin und her. In ihren Augen standen Verwirrung und Unbehagen. Und auch Angst.

«Sie haben keine Anhaltspunkte?»

«Darum haben wir Sie hergebeten, Mrs. Walker.»

«Karen», unterbrach sie mich forsch, ohne zu lächeln.

Ich atmete durch und nickte. «Also dann, Karen. Die Lage sieht folgendermaßen aus. Ihr Mann und seine Kumpel haben Aufträge für jemanden ausgeführt. Und ich rede nicht von Motorrad-Spezialanfertigungen. Ich rede von bewaffneten Entführungen, die einige Monate zurückliegen. Ich rede von

Schießereien, bei denen mehrere Menschen getötet wurden. Aber das ist nicht der Grund, weshalb wir jetzt hier sind. Es geht uns nicht darum, Sie mit diesen Ereignissen in Verbindung zu bringen. Es geht uns um das, was im Clubhaus vorgefallen ist. Wir müssen die Kerle finden, die dafür verantwortlich sind, und sie aus dem Verkehr ziehen. Okay?»

Ich wartete, bis Karen mir leicht zunickte, dann sprach ich weiter.

«Sie haben gesehen, wozu diese Leute fähig sind. Wir wissen weder, wer sie sind, noch, worauf sie es abgesehen haben. Aber was immer es ist – anscheinend haben sie es noch nicht bekommen. Das bedeutet, solange sie auf freiem Fuß sind, ist jeder in Gefahr, der dem Club nahestand. Also auch Sie, Karen. Sie sogar mehr als jeder andere.»

Ich schwieg einen Moment lang, um meine Worte wirken zu lassen. Vielleicht klingt es anders, aber das war kein Bluff, ich glaubte tatsächlich, dass sie in Gefahr war. Inwieweit ich mir darum im Augenblick Sorgen machte nach allem, was die Gang ihres Mannes Michelle und all den anderen angetan hatte, war eine andere Frage. Aber vielleicht war ich im tiefsten Inneren gar nicht so gespalten, was diese Frau betraf. Ich empfand keine instinktive Abneigung gegen sie. Zwar wusste ich nicht, wie viel sie über die Machenschaften ihres Mannes gewusst hatte, doch ich ging davon aus, dass sie nicht ganz ahnungslos gewesen war. Andererseits wusste ich aus Erfahrung, dass die Partnerinnen von Gewaltverbrechern häufig auf ihre Art selbst Opfer sind.

«Wir müssen erfahren, für wen die Eagles gearbeitet haben und worin ihr Auftrag bestand», fuhr ich fort.

Wieder huschte Karens Blick von einem zum anderen, als

sei sie hin- und hergerissen. Mir war klar, dass es ihr schon Unbehagen bereitete, sich überhaupt in diesem Gebäude aufzuhalten. Ich hatte ihre Akte gesehen – natürlich war sie kein Fan der Strafverfolgungsbehörden. Sie kramte eine Packung Winston aus ihrer Handtasche, zog eine Zigarette heraus und hielt sie krampfhaft zwischen den Fingern, dann begann sie damit auf den Tisch zu tippen. Sie trug breite Silberringe an ihren kräftigen, sorgfältig manikürten Fingern. Ich bemerkte Tätowierungen an ihren Handgelenken, konnte jedoch nicht erkennen, wie weit sie hinaufreichten.

«Sie wollen doch auch, dass wir denjenigen, der Ihrem Mann das angetan hat, fassen, Karen?», drängte ich.

«Natürlich», erwiderte sie energisch.

«Dann helfen Sie uns.»

Sie klopfte heftiger mit der Zigarette auf den Tisch, dann stieß sie lange die Luft aus und wandte den Blick ab, ehe sie mich wieder ansah.

«Ich will Immunität.»

«Immunität? Wovor?», fragte ich.

«Vor Strafverfolgung. Hören Sie, ich kenne das Spiel, klar? Angenommen, ich wüsste etwas und würde es Ihnen erzählen, dann wäre ich eine Komplizin oder Mitwisserin. Im besten Fall. Und sosehr ich mir auch wünsche, dass Sie die geisteskranken Wichser schnappen, die Wook das angetan haben, ich lege keinen besonderen Wert darauf, selbst im Knast zu landen.»

Sie schwieg und starrte mich an, dann die anderen, dann wieder mich. Sie versuchte, gelassen und herausfordernd zu wirken, aber ich hatte oft genug mit Menschen in ihrer Lage zu tun gehabt, um zu wissen, dass sich hinter dieser Fassade der forschen Biker-Braut ein Häufchen Elend verbarg. Dennoch, ihre Forderung war durchaus vernünftig, jedenfalls von ihrem Standpunkt aus betrachtet. Und so wütend ich über das war, was ihr Mann und seine Gang angerichtet hatten, ich konnte doch nicht wissen, ob sie im Einzelnen darüber im Bilde war. Selbst wenn sie es wäre, blieb fraglich, ob wir es ihr jemals nachweisen könnten. Wichtiger war jetzt, dass sie uns sehr wahrscheinlich helfen konnte herauszufinden, wer hinter der ganzen Sache steckte. Ich wollte endlich Licht ins Dunkel bringen und denjenigen fassen, der die Biker auf Michelle angesetzt hatte. Dafür war ich auch bereit, einen Deal einzugehen, der Karen Walkers tätowierte Handgelenke vor Handschellen bewahrte.

Ich warf einen Blick zu Villaverde. Angesichts von Karens Vorgeschichte hatten wir mit dieser Forderung gerechnet. Und wir waren übereingekommen, dass wir es uns nicht leisten konnten, sie abzulehnen.

«Okay», sagte ich zu ihr.

Erstaunen zeichnete sich auf ihrem Gesicht ab, und sie schien nicht recht zu wissen, was sie davon halten sollte. «Wie, einfach so? Dazu sind Sie doch gar nicht befugt. Müssen Sie nicht erst das Einverständnis von der Staatsanwaltschaft einholen oder so?»

«Das ist bereits geschehen. Wir haben mit der Bezirksstaatsanwaltschaft von San Diego County gesprochen. Die ziehen mit. Mit L. A. County wird es auch keine Probleme geben.» Ich wies mit einer Kopfbewegung zu Munro, und er nickte Karen bestätigend zu. «Sie machen gerade jetzt den Papierkram fertig.» Ich beugte mich vor. «Es geht hier nicht um Sie, Karen. Sie haben mein Wort als Bundesagent, dass nichts, was

Sie hier aussagen, in irgendeiner Weise gegen Sie verwendet wird. Aber wenn wir diese Kerle schnappen wollen, müssen wir schnell handeln. Sonst gehen sie uns womöglich durch die Lappen. Also, wenn Sie irgendetwas wissen, ist jetzt der Zeitpunkt, es zu sagen.»

Ich sah, wie ihre Kiefermuskeln sich anspannten, und sie fing wieder an, mit der Zigarette auf den Tisch zu klopfen, während sie offenbar mit sich rang.

«Wie lange dauert es, bis dieses Papier hier ist?», fragte sie.

«Nicht lange, aber trotzdem könnte es dann schon zu spät sein.»

Sie stieß wieder die Luft aus, und ihre Augen wurden schmal. Dann lehnte sie sich zurück, schaute einen Moment lang zum Fenster hinaus und wandte sich wieder uns zu. Sie nickte mehrmals kurz, wie um sich selbst davon zu überzeugen, dass sie richtig handelte.

«Sie haben für irgendeinen mexikanischen Dreckskerl gearbeitet», begann sie endlich. «Den Namen weiß ich nicht. Wook hat ihn immer nur den ‹Tacofresser› genannt.»

Ich horchte auf. Die Vernehmung kam in Gang.

«Worin bestand der Auftrag?»

«Das Ganze hat so vor sechs oder sieben Monaten angefangen. Da hat er sie angeheuert, ein paar Typen zu entführen.»

«Die Wissenschaftler oben bei Santa Barbara?», fragte Munro.

Karen nickte. «Danach habe ich länger nichts von der Sache gehört. Umso besser, da war ja einiges schiefgelaufen. Dann, vor ein paar Wochen, kam er mit neuen Aufträgen an. Wieder Entführungen.»

«Wer war es diesmal?», fragte ich.

«Weiß ich nicht. Wirklich nicht. Die erste war auch nicht hier in der Gegend.»

«Sondern wo?»

«Weiter nördlich an der Küste. Ich glaube, irgendwo in der Gegend von San Francisco. Hören Sie, Wook hat mir nicht alles erzählt. Manchmal hat er mir überhaupt nichts erzählt, wenigstens nicht direkt. Ich habe dann nur davon erfahren, wenn was schiefgelaufen war und er darüber völlig außer sich war.»

Ich fragte mich, was Wook wohl getan hatte, wenn er völlig außer sich war.

«Sie wissen also nichts weiter darüber, wen sie da entführen sollten?», bohrte ich nach.

«Nein», beharrte sie. «Nur dass es wieder um irgendein Superhirn ging. Und dann vor ein paar Tagen war noch mal so ein Überfall, und der ist wieder völlig in die Hose gegangen.»

Ich spürte, wie mir das Blut ins Gesicht schoss und meine Muskeln sich anspannten. Sie sprach von Michelle. «Wen haben sie überfallen?»

«Ich weiß es nicht», erwiderte Karen. «Aber nach dem, was ich gehört habe, glaube ich, es war eine Frau.»

Ich beobachtete scharf jede Regung in ihrem Gesicht, konnte jedoch nicht erkennen, wie aufrichtig sie war. Wie auch immer, den Rest dieser Geschichte brauchte ich vorerst nicht zu hören, deshalb kam ich auf die dringendere Frage zurück.

«Dieser Mexikaner – was wissen Sie sonst noch über ihn?»

Karen hob die Hände, und ihre Stimme wurde leiser. «Nichts. Wook hat mir nichts weiter erzählt, ich schwör's.»

Irgendetwas erschien mir nicht stimmig. «Ihr Mann und seine Jungs haben diesen Mexikaner also vor sechs oder sieben Monaten einfach so kennengelernt? Und dann gleich ein paar ziemlich riskante Aufträge von ihm angenommen? Das scheint mir doch nicht besonders klug, wie?»

«Wook sagte, sie hätten schon früher zusammengearbeitet. Vor Jahren.»

«Wo?»

Karen seufzte. Sie schien wütend auf sich selbst, weil sie das alles preisgeben musste. «Vor ein paar Jahren haben Wook und die Jungs für einen mexikanischen Drogenboss die Lieferungen auf dieser Seite der Grenze gesichert. Dieser neue Typ war ein Vertrauter von dem damaligen großen Boss. Wook konnte sich nicht an ihn erinnern, aber er sagte, der Kerl wusste Sachen, die nur jemand wissen konnte, der dabei gewesen war.»

«Was zum Beispiel?»

Sie starrte mich sekundenlang an und wirkte dabei immer unbehaglicher. «Der Mexikaner hatte den Verdacht, dass einer seiner Leute von einem rivalisierenden Kartell eingeschleust worden war. Dass die planten, ihm sein Revier streitig zu machen. Wook war an dem Tag dort. Und Guru auch.»

«Guru?»

«Gary. Gary Pennebaker. Er und Wook haben die Eagles gegründet, nachdem sie aus dem Irak zurück waren.»

Ich dachte an die zwei Gesichter an der Wand des Clubhauses, die sich nicht unter den Toten befanden.

«Also jedenfalls waren sie dabei, und der Mexikaner hat angefangen, den Typen zu zerstückeln, um ihn zum Reden zu bringen. Ich weiß die Einzelheiten nicht, aber es war schlimm. Hannibal-Lecter-mäßig schlimm. Wook sagte, der Typ war völlig krank. Guru und Wook haben zugesehen, und Guru hat sich vor versammelter Mannschaft die Seele aus dem Leib gekotzt. Wook konnte nicht mehr aufhören zu lachen.» Karens Miene verdüsterte sich. Es schien ihr peinlich zu sein, dass dieser aufrechte Bürger ihr Mann gewesen war. «Jedenfalls, dieser neue Typ, der war auch dabei. Er arbeitete als Vollstrecker für den Boss. Wook sagte, so, wie er die Sache beschrieben hat, muss er dabei gewesen sein. Und das hat gereicht, um mit ihm ins Geschäft zu kommen.»

Karen hatte bereits gesagt, dass sie den Namen dieses neuen Mexikaners nicht kannte. «Hat Wook erwähnt, wie der Boss damals hieß?»

Sie schüttelte bedauernd den Kopf. «Nein.»

«Was ist mit Pennebaker? Wo ist er? Warum war er nicht mit den anderen im Clubhaus?»

Villaverde hatte sich bereits in die ATF-Akte zu den Eagles vertieft. «Hier steht, er ist nach einer Haftstrafe aus dem Club ausgestiegen?»

Er sah fragend zu Karen auf.

«Das stimmt.»

Ich war elektrisiert. Dieser Guru konnte uns womöglich helfen herauszufinden, wer der mexikanische Hintermann war. Sofern er noch lebte.

«Wo können wir ihn finden?»

Karen zuckte die Schultern und erwiderte: «Das weiß ich so wenig wie Sie.»

KAPITEL 30

Tess stand voller Unruhe an der Tür zu Alex' Zimmer und sah zu, wie er auf dem Boden mit seinen Figuren spielte.

Sie waren bereits unten am Frühstücksbuffet gewesen. Jetzt warteten sie auf Jules, die auf dem Weg zu ihnen war. Alex hatte den vergangenen Tag größtenteils im Hotelzimmer verbracht, und Tess fand, sie sollten mal wieder etwas mit ihm unternehmen, er hatte Ablenkung sicher dringend nötig. Jules hatte vorgeschlagen, in den Balboa Park zu gehen, der in der Nähe lag. Dort gab es reichlich Unterhaltung: einen der weltgrößten Zoos, das Luft- und Raumfahrtmuseum, das Natural History Museum und vieles mehr. Alex war begeistert gewesen und hatte sich, wie nicht anders zu erwarten, für den Zoo entschieden.

Tess wollte endlich los. Sie hoffte, die Tiere und die Shows würden ihn ablenken und ihm helfen, sein Lächeln wiederzufinden, wenn auch nur für kurze Zeit.

Ein Lächeln, das die Zeichnung ihm wohl nicht entlocken würde.

Tess konnte nicht aufhören, an das verdammte Ding zu denken, und schalt sich zugleich selbst für ihre Besessenheit. Als sie sich abwandte, fiel ihr Blick auf den kleinen Tisch am Fenster. Darauf lagen ein paar Bilder, die Alex am Vortag gemalt hatte.

Ihr kam eine Idee. Sie wusste, dass sie dem Drang widerstehen sollte, aber sie kam nicht dagegen an.

Sie ging in ihr Schlafzimmer und holte die Zeichnung, die sie aus Michelles Haus mitgenommen hatte, dann kehrte sie ins Wohnzimmer zurück und wählte zwei der neuen Bilder von dem Tischchen aus. Sie schob das ältere unter die zwei neuen und ging zu Alex hinüber.

Tess setzte sich aufs Bett und hielt die Bilder hoch.

«Diese Bilder sind toll, Alex. Sie gefallen mir wirklich gut. Die hast du mit Jules gemalt, nicht wahr?»

Er nickte, ohne aufzublicken, ganz in die Schlacht der Außerirdischen vertieft, die er mit seinen Figuren spielte.

Tess betrachtete das erste Bild. Es zeigte eine Gestalt mit bohnenförmigem Körper und daneben ein großes Meerestier, entweder einen Delfin oder einen Wal. Offenbar eine Szene aus SeaWorld. Die Gestalt hatte braunes Haar und hielt ein kleines Strichmännchen in der Hand, ähnlich wie auf dem Bild, das ihr Kopfzerbrechen bereitete.

«Bist du das mit dem Delfin in SeaWorld?»

Alex antwortete nicht.

«Alex, sag mal, bist du das mit einem Delfin?»

Diesmal warf Alex einen kurzen, gleichgültigen Blick auf die Zeichnung, dann schüttelte er den Kopf.

Entmutigt vergewisserte sich Tess: «Das bist nicht du?»

Alex schüttelte noch einmal den Kopf, dann sagte er, ohne sie anzusehen: «Das ist kein Delfin. Das ist Shamu.»

Tess überlief ein Prickeln. «Aha, das bist also du mit einem Wal.»

Er nickte.

Die nächste Zeichnung stellte Alex mit springenden Delfinen dar. Er war noch immer in sein Spiel versunken, und es fiel Tess schwer, seine Aufmerksamkeit zu gewinnen. Außerdem fühlte sie sich schuldig, weil sie versuchte, ihn aus seiner Phantasiewelt zu locken und seine Gedanken auf die düstere Zeichnung zu lenken. Doch sie hatte das Gefühl, es tun zu müssen. Der kleine Dämon der Neugier bestand darauf.

«Alex, ich habe gestern bei dir zu Hause noch ein anderes Bild gefunden, und ich möchte dich etwas dazu fragen. Darf ich dich was fragen?»

Er antwortete nicht.

«Ich meine dieses Bild hier», drängte sie weiter und hielt es hoch.

«Das hast du gemalt, nicht wahr, Alex? Das hier bist du, stimmt's? Mit Ben in der Hand?»

Diesmal warf der Junge einen kurzen Seitenblick auf das Bild. Tess beobachtete ihn aufmerksam, um seine Reaktion zu deuten.

Sobald er es sah, huschte ein unbehaglicher Ausdruck über sein Gesicht.

Dennoch konnte sie sich nicht zurückhalten, weiter zu bohren.

«Wenn du das bist, wer ist dann der andere da?» Sie zeigte auf die mysteriöse Gestalt.

Alex schwieg.

«Alex, wer ist das? Ich möchte es wirklich gern wissen.»

Er wandte sich nicht um.

«Alex?»

Keine Reaktion.

Tess beschloss, es anders zu versuchen. «Sag mal, Alex, hat deine Mommy dich auch mal danach gefragt?»

Diesmal bekam sie eine Reaktion. Ein langsames, zögerndes Nicken.

«Und was hast du ihr gesagt?»

Widerstrebend, ohne Tess anzusehen, antwortete Alex: «Wir haben ein bisschen darüber geredet.»

«Worüber habt ihr denn geredet?»

«Mommy wollte auch wissen, wer das ist.»

«Und was hast du ihr gesagt?»

«Ich hab gesagt, ich weiß nicht.»

Er schien die Wahrheit zu sagen.

«Das ist alles, was du deiner Mommy gesagt hast? Dass du es nicht weißt?»

«Ja», bestätigte er leise. «Das hab ich ihnen gesagt.»

Ihnen. Nicht ihr.

«‹Ihnen›? Mit wem hast du denn noch über das Bild gesprochen, Alex?»

Er schwieg.

«Alex? Du hast gesagt, du hast deiner Mommy und noch jemandem gesagt, dass du es nicht weißt. Wer war das? Mit wem hast du noch darüber gesprochen?»

Er zögerte, dann antwortete er: «Dean.»

Tess überlief ein Prickeln. «Wer ist Dean, Alex?»

Alex runzelte die Stirn, dann erwiderte er: «Mommys Freund.»

Tess war ratlos. Reilly hatte ihr von Tom erzählt, aber einen Dean hatte er nicht erwähnt. «Wo hast du Dean getroffen, Alex?»

«In seinem Büro. Er hat ein Aquarium. Ich durfte die Fische füttern.»

Tess tappte völlig im Dunkeln.

«Warum hat Mommy dich nach diesem Bild gefragt, Alex? Was ist Besonderes daran?»

«Nichts.»

Tess schossen allerlei Gedanken durch den Kopf, aber nichts Greifbares. Sie beschloss, ein letztes Mal auf ihre Ausgangsfrage zurückzukommen, und zeigte auf die bohnenförmige Gestalt mit dem Spielzeug in der Hand. «Aber das bist du, oder?»

Alex warf erneut einen raschen Seitenblick auf die Zeichnung und nickte widerstrebend.

«Okay, und ... wer ist das?», beharrte Tess sanft und zeigte auf die andere Gestalt. «Sag mir, was du Dean gesagt hast, Alex. Ich möchte es wirklich gern wissen. Wer ist das?»

Alex schwieg einen Moment lang, dann erwiderte er, ohne aufzublicken: «Niemand.»

Tess sah ihm an, dass er etwas verschwieg. Offenbar hatte er Angst, ihr zu verraten, wen die Zeichnung darstellen sollte.

Das bestätigte ihren Verdacht: Die Sache war wichtig.

Die Frage war jetzt, wer war Dean, und warum hatte Michelle Alex zu ihm gebracht?

Tess wollte Alex nicht weiter unter Druck setzen, sie hatte schon jetzt ein schlechtes Gewissen, ihn so bedrängt zu haben. Aber ihr fiel niemand anders ein, den sie hätte fragen können. Sie wusste nicht, wer Michelles Freunde waren, ob es Verwandte gab, die ihr nahegestanden hatten, und selbst wenn, wusste sie nicht, ob Michelle mit ihnen über dieses Thema gesprochen hatte.

Es gab nur einen Punkt, wo sie ansetzen konnte, um etwas herauszufinden.

«Alex, in welche Schule gehst du?»

KAPITEL 31

Wir mussten Guru finden.

Das Problem war, dass er anscheinend nicht gefunden werden wollte.

Dank Karen und der ATF-Akte kannten wir den Lebenslauf des Mannes wenigstens in groben Zügen. Pennebaker und Walker – Guru und Wook – stammten beide aus der Gegend und waren zum Militärdienst in Camp Pendleton stationiert gewesen, wo sie der 1st Marine Division beitraten. Beide waren 2003 und 2004 im Irak im Einsatz, erst gegen die irakische Republikanische Garde, dann gegen die weitaus kampflustigeren und gefährlicheren Aufständischen, ein Mischmasch untereinander verfeindeter einheimischer Milizen und ausländischer Söldner, die nur eines verband: ihr Hass auf die amerikanischen und britischen Truppen im Land. Pennebaker und Walker hatten vor allem in Falludscha Seite an Seite gekämpft, im Rahmen der Operation Phantom Fury, ein wochenlanger gnadenloser Straßenkampf, der bei allen Beteiligten deutliche Spuren hinterlassen hatte. Die beiden machten sich im Kampf verdient, und es gelang ihnen schließlich, im Besitz all ihrer Gliedmaßen nach Kalifornien zurückzukehren, aber sämtlichen Berichten zufolge waren sie nicht mehr dieselben. Sie waren zornige, verbitterte Männer, sagte Karen. Sobald sie wieder heimatlichen Boden erreichten, quittierten sie den Dienst bei den Marines und gingen zurück nach San Diego County. Wenig später gründeten sie die Babylon Eagles. Interessanterweise schien Pennebaker derjenige gewesen zu sein, der dem Club seinen Namen gegeben hatte.

Ein paar ihrer Kriegskameraden schlossen sich ihnen an, ebenso wie Pennebakers jüngerer Bruder Marty, der noch keine Richtung im Leben gefunden hatte und sich mehr recht als schlecht durchschlug. Die beiden unbekannten Gesichter in der Fotogalerie des Clubhauses waren die zwei Pennebaker-Brüder. Dann, etwa ein Jahr nach der Gründung des Clubs, war Marty bei einer Auseinandersetzung mit einer rivalisierenden Bikergang verwundet worden und auf der Straße verblutet. Pennebaker lief Amok. Er machte den Kerl ausfindig, der seinen Bruder umgebracht hatte, und prügelte ihn zu Tode. Anschließend tat er etwas Unerwartetes: Er stellte sich der Polizei.

Bei der Verhandlung wirkte sich zweierlei zu seinen Gunsten aus: Erstens hatte der Biker, den er getötet hatte, ein ellenlanges Vorstrafenregister. Und zweitens berührte Pennebakers Geschichte die Geschworenen, denn gerade zu dieser Zeit herrschte die Ansicht vor, dass die Regierung nicht so für die heimgekehrten Veteranen sorgte, wie sie es verdient hätten. Guru wurde wegen Totschlags zu sieben Jahren verurteilt. Nachdem er vier davon in Ironwood verbüßt hatte, wurde er wegen guter Führung vorzeitig entlassen. Das war vor etwa fünfzehn Monaten gewesen.

Seitdem fehlte jede Spur von ihm.

In der ATF-Akte war nichts weiter verzeichnet. Karen berichtete, er sei mit veränderter Gesinnung aus der Haft gekommen und habe nichts mehr mit dem Club zu tun haben wollen. Er traf sich noch einmal mit Walker – Karen war nicht dabei –, dann verschwand er.

Keine Daten, keine Angaben. Nichts. Der Mann war wie vom Erdboden verschluckt.

Das verdoppelte mein Interesse, ihn zu finden. Er konnte uns womöglich helfen, unseren mexikanischen Gangsterboss zu finden, indem er uns verriet, wessen Drogenlieferungen er und Walker begleitet hatten. Außerdem interessierte mich, wie und warum er dem Club den Rücken gekehrt hatte. Er war verschwunden, und plötzlich stießen seinen Ex-Biker-Brüdern allerlei schlimme Dinge zu. Das konnte Zufall sein. So etwas kam vor.

Es gab nur eine Möglichkeit, es herauszufinden: Wir mussten ihn aufspüren.

KAPITEL 32

Während er über die Interstate 95 hinauf nach Mamaroneck fuhr, fragte sich der Rauschgiftermittler Andy Perrini, warum Octavio Guerra so darauf erpicht war, diese Archäologin ausfindig zu machen, die neuerdings seichte Romane schrieb. Natürlich musste da etwas dahinterstecken, bei diesem Mexikaner steckte immer etwas dahinter, aber Perrini hatte gerade selbst mehrere Eisen im Feuer, und so hatte er beschlossen, seinen Geldgeber in dieser Sache nicht zu hinterfragen.

Er kannte bereits Tess Chaykins Adresse; sie stand in der Akte, die er vor ein paar Wochen für Guerra zusammengestellt hatte. Das Haus gehörte Tess' Mutter Eileen, aber anscheinend wohnte die verwitwete Mrs. Chaykin nicht mehr dort. Herauszufinden, wo sie sich aufhielt, gehörte nicht zu seinem Auftrag, und Perrini tat, wenn er für andere arbeitete, grundsätzlich nicht mehr, als verlangt wurde. Es sei denn, er konnte durch den Mehraufwand auch mehr Geld herausschlagen.

Der eigentliche Gegenstand von Perrinis Bericht war Chaykins Freund gewesen, ein FBI-Agent bei der Antiterror-Task-Force. Er war vor ein paar Jahren zu ihr gezogen, und jetzt spielten die beiden mit Chaykins jugendlicher Tochter Kim Familie. Perrini widerte der Gedanke an, mit dem Kind eines anderen zusammenleben zu müssen. Aber noch schlimmer war die Vorstellung, Vergnügen und familiäre Verpflichtungen zu verbinden. Er selbst hielt beides strikt getrennt. Einerseits Rachel und die Jungs in Greenpoint, andererseits Louise in dem Apartment an der Second Avenue, das er von seinem – wie er es beschönigend nannte – nicht steuerpflichtigen Einkommen bezahlte.

Um kurz nach zwei Uhr nachmittags bog Perrini in die Mamaroneck Avenue ein und schaltete für den letzten Teil des Wegs die einschläfernde weibliche Stimme seines Navigationssystems ein.

Er hatte sich über Mamaroneck informiert, ehe er aufbrach. Die ganze Organisation dieser Gegend erschien ihm unnötig kompliziert. Es gab ein Dorf und eine Stadt mit demselben Namen, aber das Dorf Mamaroneck gehörte nur teilweise zur gleichnamigen Stadt, wohingegen das gesamte Dorf Larchmont als Teil der Stadt Mamaroneck galt. Auf der Website der Stadt gab es sogar eine Unterseite, auf der man herausfinden konnte, ob man in ihr wohnte oder nicht. Außerdem hatte Perrini gelesen, «Santa Claus is Coming to Town» sei in dieser Stadt geschrieben und uraufgeführt worden, was offenbar ihr stolzester Moment gewesen war. Das alles führte dem Polizisten wieder einmal vor Augen, warum er normalerweise nie weiter in den Norden fuhr als bis nach Mount Vernon.

Sobald er sein Ziel erreicht hatte, löschte er den Speicher des Navis. Dann fuhr er exakt am Tempolimit die baumgesäumte Straße entlang und sah sich das Haus seiner Zielperson und die benachbarten Häuser genau an. Mit den Jahren hatte er gelernt, mit einem kurzen Blick eine große Menge Informationen aufzunehmen. Als er das Ende der Straße erreichte und kehrtmachte, wusste er bereits, dass vor Tess'

Haus kein Auto geparkt stand, dass der Briefkasten seit mehreren Tagen nicht geleert worden war und dass die Vorhänge halb geöffnet waren – ein lächerlicher Versuch, den Eindruck zu erwecken, man sei zu Hause, wenn man in Wirklichkeit verreist war. Das, was ihn an dem Grundstück am meisten interessierte, war von einer Seite offen einsehbar, von der anderen jedoch durch einen großen Rhododendronstrauch verdeckt. Es war für seine Zwecke perfekt beschaffen, auch wenn er natürlich für alle Eventualitäten gerüstet war.

Die Nachbarn zur Linken hatten zwei Söhne, die noch zu klein für das Ferienlager waren, das schloss er aus den zwei Jungenfahrrädern unterschiedlicher Größe, die auf dem Rasen herumlagen, aber im Augenblick schien dort niemand zu Hause zu sein. Die Nachbarn auf der anderen Seite waren anscheinend im Ruhestand. Dafür sprachen sowohl der makellos gepflegte Garten als auch mehrere Gehstöcke, die auf der Veranda an der Wand lehnten. Der glänzende Lexus in der Einfahrt verriet Perrini, dass wenigstens eine Person zu Hause war. Das passte hervorragend in seinen Plan.

Wieder am Ausgangspunkt angekommen, parkte Perrini seinen Wagen etwa hundert Meter vom Haus der Chaykins entfernt hinter einem blauen Prius. Dann rief er noch einmal Chaykins Festnetznummer an; er hatte sie in das Wegwerfhandy eingespeichert, das er ein paar Stunden zuvor gekauft und bar bezahlt hatte. Er ließ es klingeln, bis das Rufzeichen abbrach, dann steckte er sein Handy wieder ein. Alles lief ganz nach Plan.

Niemand zu Hause.

Er suchte aus dem Zeug, das er für Observierungen auf dem Rücksitz liegen hatte, ein Klemmbrett und einen Phillips-Schraubenzieher hervor und löste die Schnürsenkel seiner Lacklederschuhe. Dann stieg er aus dem Wagen und machte sich auf den Weg. Er ging gemächlich die Straße entlang, rückte seine Krawatte zurecht und fuhr sich mit den Fingern durch die rabenschwarze Mähne, ein Merkmal, das ihm immer wieder zustattenkam, sowohl bei Vernehmungen von Frauen als auch bei der noch immer reizenden Louise, die, als sie sich kennenlernten, kaum zwanzig gewesen war.

Als er sich Chaykins Grundstück näherte, schaute er nach unten, bemerkte, dass sein Schnürsenkel offen war, und ging neben dem Rhododendron in die Hocke, wie um ihn zuzubinden. Er legte sein Klemmbrett ab, zog den Schraubenzieher hervor und löste rasch die Schrauben, mit denen die Hausnummer am Torpfosten neben der Einfahrt befestigt war. Als die Schrauben weit genug herausgedreht waren, hebelte er das Metallschild mit dem Schraubenzieher los und steckte es mitsamt den Schrauben ein. Dann band er seinen Schnürsenkel zu, nahm wieder das Klemmbrett und setzte seinen Weg fort.

Er ging selbstbewusst über die Einfahrt des Rentnerpaares, vorbei an ihrem makellos blanken Lexus, und klingelte an der Haustür. Dabei hielt er sein Klemmbrett auf eine förmliche Art, die den meisten Normalbürgern unweigerlich Unbehagen einflößte.

Eine Frau in den Sechzigern öffnete die Tür. Sie trug einen gut geschnittenen Hosenanzug und eine Kette aus echten Perlen. Ein gutes Gefühl durchströmte Perrini. Die Sache versprach fast zu leicht zu werden.

«Guten Tag, Ma'am», grüßte er in dem Ton, den er sonst nur gegenüber Rachels Mutter und der Frau seines Vorgesetzten anschlug. «Ich komme von der Brandschutzbehörde unten an der Weaver Street. Wir überprüfen gerade, ob an jedem Grundstück deutlich sichtbar die Hausnummer angebracht ist, so, wie die Stadtverordnung es vorschreibt.»

Die Frau schaute sofort über Perrinis Schulter zu der Porzellantafel hinüber, die an ihrem niedrigen Lattenzaun befestigt war. Die Tafel war an ihrem Platz. Fragend richtete die Frau den Blick wieder auf Perrini.

Er lächelte.

«Sie selbst erfüllen diese Vorschrift natürlich voll und ganz, Ma'am. Und Sie haben da sogar ein sehr hübsches Schild, wenn ich mir die Bemerkung erlauben darf. Es passt ausgezeichnet zu Ihrem Mimosenbaum.»

Jetzt lächelte die Frau ebenfalls.

Perrini warf einen Blick auf sein Klemmbrett, auf dem sich unpassenderweise der aktuelle Dienstplan der Drogenfahndung des neunten Reviers befand.

«Nein, Ma'am, es geht um die Hausnummer Ihrer Nachbarin» – Perrini tippte mit einem Bleistift auf sein Klemmbrett –, «einer gewissen Tess Chaykin?» Er wies auf den Torpfosten, von dem er soeben das Schild mit der Hausnummer entfernt hatte, und verzog bedauernd das Gesicht. «Da ist keine Nummer zu sehen.»

Die Frau befingerte ein wenig nervös ihre Perlenkette. Offenbar behagte ihr die Vorstellung nicht, dass irgendjemand in ihrer Straße gegen städtische Bestimmungen verstieß.

Perrini musste sich ein hämisches Grinsen verbeißen.

«Wir haben Miss Chaykin in dieser Angelegenheit bereits angeschrieben, aber bisher gab es keine Rückmeldung. Nun erteilen wir ungern Geldstrafen, wenn es sich irgendwie vermeiden lässt. Vielleicht ist Miss Chaykin den Sommer über verreist, und es ist niemand da, der ihre Post durchsieht?»

Die Frau nickte. «Sie ist in der Tat verreist. Aber ihr Freund ist hier», fügte sie hinzu, nicht ohne bei dem Wort ‹Freund› missbilligend das Gesicht zu verziehen. «Allerdings habe ich ihn seit Samstagmorgen nicht mehr gesehen. Vielleicht hat er ihre Post nicht geöffnet?»

Perrini wusste von Guerra, dass Sean Reilly sich in San Diego befand, deshalb überraschte ihn diese Mitteilung nicht.

«Können Sie sie irgendwie erreichen?», fragte er, wobei er sich bemühte, nicht im mindesten aggressiv zu klingen. «Ich kann die Geldstrafe vorerst hinauszögern, aber nicht endlos.»

«Nun, ich weiß nicht», erwiderte die Frau entschuldigend. «Sie ist mit ihrer Tochter in Arizona, auf der Farm ihrer Tante. Hat das nicht Zeit, bis sie wieder zurück ist? Ich glaube, sie ist nur für ein paar Wochen fort.»

Damit hatte Perrini alles erfahren, was er wissen wollte. Er beschloss, den Rückzug anzutreten und die Stadtverordnung von Mamaroneck wieder sich selbst zu überlassen. Er zückte den Bleistift und kritzelte etwas auf das Klemmbrett. «Ich denke, so lange kann ich die Sache noch aufschieben. Ich mache mir eine Notiz, dass ich in ein paar Wochen noch einmal vorbeikomme. Danke vielmals für die Auskunft.»

Die Frau lächelte ihn an und schloss die Tür.

Perrini ging zurück zu seinem Wagen und rief von seinem eigenen Handy Guerras abhörsichere Leitung an. Er wusste, dass der Mexikaner den Anruf nicht annehmen würde, wenn seine Firewall den Anrufer nicht identifizieren konnte.

Guerra meldete sich sofort.

«Haben Sie sie gefunden?»

Guerras militärisch schroffe Art ärgerte Perrini immer wieder, auch wenn er wusste, dass der Mann früher Oberst in der mexikanischen Armee gewesen war, ehe er unter nebulösen Umständen den Dienst quittiert hatte.

«Sie ist nicht hier. Sie ist in Arizona, bei ihrer Tante.»

Guerra schwieg einen Moment lang, dann sagte er: «Ich brauche die Bestätigung, dass sie wirklich dort ist. Geben Sie mir Bescheid, wenn Sie sich vergewissert haben.» Dann war die Leitung tot.

Perrini konnte nicht anders, als Guerras brutale Effizienz zu bewundern, auch wenn ihm vieles an dem Mann gegen den Strich ging.

Er ließ den Motor an und machte sich auf den Weg zurück in die Stadt. Während er auf die Schnellstraße fuhr, rief er Lina Dawetta an, eine Sekretärin des neunten Reviers, mit der er seinerseits eine Beziehung von brutaler Effizienz unterhielt. Sie tat, was immer er von ihr verlangte, damit er ihrem Chef nichts von ihrer Kokainabhängigkeit verriet, sondern sie im Gegenteil mit Stoff versorgte.

Er wusste, dass sie sich nicht querstellen würde. Die letzte Person, die das getan hatte, war mit halb weggeschossenem Gesicht aus dem East River gezogen worden. Und dieser hinterhältige Dreckskerl war immerhin ein Polizist gewesen.

«Ich brauche etwas», sagte er, erklärte, worum es ging, und nannte Ort und Zeitpunkt für ein Treffen.

KAPITEL 33

Mittags liefen die Ermittlungen bereits auf Hochtouren. Wir drei waren noch immer auf der Polizeiwache in La Mesa und verhörten gerade die letzten Anwärter der Gang. Villaverde hatte alle verfügbaren Leute draußen in der FBI-Dienststelle darauf angesetzt, Pennebaker ausfindig zu machen. Munros Kollegen in L.A. arbeiteten ebenfalls daran. Auch die ATF beteiligte sich an der Suche. Von dort erhoffte ich mir am ehesten einen Erfolg, aber der ersehnte Durchbruch ließ auf sich warten.

Die Anwärter hatten nicht viel zu sagen. Unter normaleren Umständen hätte mich das nicht gewundert – den Bikerclubs gingen Loyalität und Pflichtbewusstsein über alles. In illegalen Gangs kam die Verpflichtung einem Blutschwur gleich. Die Mitglieder sprachen niemals mit irgendeinem Außenstehenden über Angelegenheiten des Clubs. Normalerweise hätte ich also die Verschwiegenheit der Anwärter darauf zurückgeführt, dass sie die Gelegenheit nutzen wollten, sich der Aufnahme in den Club würdig zu erweisen. Aber in diesem Fall gab es keinen Club mehr. Er war durch die Schießerei im Hauptquartier ausgelöscht worden. Die Mitglieder waren sämtlich tot, deshalb hätten die Anwärter keinen Grund mehr gehabt, sie schützen zu wollen. Woraus ich schloss, dass sie die Wahrheit sagten. Walker und seine Leute hatten sich offenbar darauf verstanden, Dinge geheim zu halten.

Inzwischen wurden auch die aktuellen Vermisstenmeldungen aus der Gegend überprüft, aber es gab keine Übereinstimmungen mit den früheren Entführungsopfern, Wissenschaftlern, Chemikern, Pharmakologen. Wir dehnten die Suche bis nach San Francisco und noch darüber hinaus aus, schließlich über den ganzen Bundesstaat, bislang jedoch ohne Ergebnis.

Einen Hinweis bekamen wir allerdings. Nichts Großes, aber immerhin etwas.

Er stammte aus dem Streifenwagen des Deputy, der Soulpatch/Scrape bei der Grotto in Gewahrsam genommen hatte.

Neuerdings wurden immer mehr Streifenwagen mit Videokameras ausgestattet, die den Innenraum aufnahmen. Das war in vielerlei Hinsicht sinnvoll. Trunkenheitsfahrer verzichteten in überwältigender Mehrheit darauf, die Vorwürfe zu bestreiten, wenn man ihnen mitteilte, dass sie gefilmt wurden. Das ersparte Papierkram und Zeit vor Gericht. Die Erbsenzähler von der Stadtverwaltung liebten sie – die Kameras, nicht die Trunkenheitsfahrer –, weil sie dazu beitrugen, zig Millionen Dollar für Gerichtsverfahren wegen Klagen einzusparen, die ohne die Videoaufnahmen nicht ohne weiteres abgewiesen werden konnten. Außerdem konnten so Verdachtsmomente dokumentiert werden, die Festnahmen und Fahrzeugdurchsuchungen rechtfertigten, wodurch mehr Drogengelder konfisziert wurden. Und schließlich kam es den Polizisten sehr gelegen, dass widerspenstige Verdächtige vor einer Kamera nicht so schnell handgreiflich oder auch nur beleidigend wurden.

Leider hatten die Kameras die Männer, die es auf Scrape abgesehen hatten, nicht aufgehalten.

Aber sie verschafften uns einen kleinen Einblick in das Geschehene, auch wenn die Gangster die wiederbeschreibbare DVD aus der innen am Autodach befestigten Konsole genommen hatten. Was sie nämlich nicht wussten, war, dass das Überwachungssystem in Fugates Wagen auch eine integrierte Festplatte hatte, die nicht nur ein Backup der DVD speicherte, sondern zusätzlich zehn Minuten vor und nach dem aufgenommenen Ereignis.

Dieses Material stand uns nun also zur Verfügung, heruntergeladen und vorführbereit, in Farbe und hoher Auflösung.

Wir begannen mit der Aufzeichnung der nach vorn gerichteten Kamera. Sie war kurz, aber aussagekräftig. Der Wagen des Deputy steuert auf das Tor des Lagerhauses zu. Sonst ist niemand zu sehen. Dann biegt ein großer, schwarzer Geländewagen auf das Grundstück ein, ein Chevy Tahoe, und rast direkt auf den Streifenwagen zu. Wir sehen den Wagen nur flüchtig, denn der Deputy versucht fluchend, ihm mit Lenkmanövern auszuweichen, sodass die Kamera nicht auf das herannahende Fahrzeug gerichtet ist. Dann wackelt das Bild heftig, als der Chevy den Streifenwagen rammt, dieser dreht sich um sich selbst und landet in einem Graben.

Fugate flucht wieder, aber von diesem Punkt an ist die Aufzeichnung der nach vorn gerichteten Kamera nutzlos. Vor dem gestrandeten Fahrzeug geschieht nichts mehr. Jetzt kommt die Kamera ins Spiel, die auf den Rücksitz gerichtet ist.

Diese Aufzeichnung ist weitaus dramatischer.

Sie beginnt damit, dass Scrape über den Sitz rutscht, eine Hand an die Schulter gepresst. Er murmelt «sachte» und verzieht vor Schmerz das Gesicht, ehe er ruhig sitzen bleibt und sich zurücklehnt. Er sieht ziemlich mitgenommen aus. Dann fährt der Wagen los, und Scrape wird auf dem Rücksitz durchgeschüttelt. Plötzlich wird sein Gesichtsausdruck panisch, der Geländewagen rammt den Streifenwagen, und Scrape wird herumgeschleudert wie eine Puppe. Schließlich prallt er vorwärts gegen die Trennwand aus schlagfestem Glas, als der Streifenwagen in den Graben stürzt und zum Stillstand kommt.

Und dann wird es richtig übel.

Scrape steht das Entsetzen ins Gesicht geschrieben. Ein Schuss zerreißt uns schier das Trommelfell, und Blut spritzt an die Trennscheibe, als außerhalb des Blickfeldes der Kamera der Deputy aus nächster Nähe eine Kugel in den Kopf bekommt. Scrape fängt an zu schreien und weicht zurück, so weit er kann, als sich eine Gestalt, die zu diesem Zeitpunkt nicht klar zu erkennen ist, ins Wageninnere beugt, um ihn herauszuzerren. Wir hören die Geräusche der Auseinandersetzung, das Poltern von Scrapes Stiefeln gegen die Trennwand, wir verfolgen, wie die behandschuhten Hände der dunklen Gestalt nach dem schreienden Biker greifen und ihn schließlich an den Beinen aus dem Wagen zerren. Dann ist nur noch der gespenstisch leere Rücksitz zu sehen, während man im Hintergrund leise, aber deutlich genug hört, wie Autotüren zugeschlagen werden und der Tahoe mit quietschenden Reifen davonfährt.

Nach einem Moment erschütterten Schweigens sagte ich: «Sehen wir uns das noch mal an. Den Teil, wo Scrape aus dem Wagen gezerrt wird.»

Wir verfolgten die düstere Szene ein zweites Mal und achteten auf jede Einzelheit, die uns etwas über die Killer verraten könnte. Ich hatte gehofft, wir würden irgendwelche Merkmale des Kerls erkennen, der sich in das Fahrzeug beugte, um Scrape zu packen – dass vielleicht sein Gesicht kurz zu sehen wäre oder auch nur eine Spiegelung auf irgendetwas in dem Wagen. Aber der Kopf wurde größtenteils von dem breiten Metallrahmen der Trennscheibe verdeckt. Dann bemerkte ich etwas und drückte die Pause-Taste.

«Da. Was ist das?»

Ich spulte ein wenig zurück und hielt die Aufnahme bei einem Bild an, das zeigte, wie der Killer versuchte, Scrape an einem Bein zu fassen. Er trug ein dunkles, langärmeliges Oberteil, aber bei dem Kampf mit dem Biker war der rechte Ärmel hochgerutscht, sodass ich etwas am Handgelenk sehen konnte, zwischen dem Handschuh und dem Ärmelsaum.

Ich bat den Techniker, die Stelle so scharf wie möglich heranzuzoomen. Jetzt konnten wir es klar erkennen: Es war ein Lederarmband, gut einen Zentimeter breit, mit kunstvoller Prägearbeit, Silberfäden und winzigen blauen Schmucksteinen.

Nicht gerade ein Fingerabdruck, grummelte ich innerlich, während ich auf den Monitor starrte. Warum hatten sie Scrape mitgenommen und nicht auf der Stelle erschossen?, fragte ich mich. In welchem Zustand würden wir ihn wohl letztendlich finden?

Ein Klopfen an der Tür riss mich aus meinen Gedanken. Es war unser Kontaktmann vom La Mesa Police Department. Villaverde gab ihm durch die Scheibe einen Wink, und der Cop kam herein. Seine Körpersprache verriet, dass es etwas Wichtiges gab.

«Karen Walker will mit Ihnen sprechen. Sie ist auf Leitung vier.»

Ich drückte die Taste und schaltete auf Lautsprecher.

«Karen? Hier spricht Agent Reilly.»

«Mir ist noch was eingefallen. Wegen Gurus kleinem Bruder Marty. Ich weiß nicht, warum ich gestern nicht daran gedacht habe, aber es könnte Ihnen vielleicht helfen, ihn zu finden.»

Offenbar war es ihr ernst damit, sich ihre Immunität zu verdienen.

«Schießen Sie los.»

«Marty hatte eine Freundin. Dani – Danielle Namour. Er und Dani standen sich sehr nahe, und sie war am Boden zerstört, als er starb. Sie war so fertig, dass ich mich fragte, ob da noch mehr dahintersteckte, ob es etwas gab, das ich nicht wusste, und ich habe sie gefragt. Wie sich herausstellte, war sie schwanger. Von Marty. Ich weiß nicht, vielleicht bringt Sie das auch nicht weiter, aber vielleicht ja doch, wer weiß.»

«Wir sind für jeden Hinweis dankbar, Karen. Wo können wir sie finden?»

«Wir haben nach Martys Tod ziemlich bald den Kontakt verloren. Vielleicht ist sie Gurus Beispiel gefolgt, ich weiß es nicht. Jedenfalls wollte sie nichts mehr mit uns zu tun haben. Aber wie ich hörte, hat sie das Kind bekommen. Ein Mädchen.»

«Karen, wo können wir sie finden?», hakte ich noch einmal nach.

«Nach dem, was ich zuletzt gehört habe, wohnte sie unten in Chula Vista und arbeitete in einer Modeboutique im Chula Vista Center. Aber die Information ist schon ein paar Jahre alt.»

«Großartig, Karen, vielen Dank. Wir werden mit ihr sprechen.»

Sie klang ein wenig erleichtert. «Wie gesagt, ich will, dass Sie die Dreckskerle schnappen, die Wook das angetan haben.»

Ich beendete das Gespräch und warf einen Blick zu unserem Kontaktmann, der bereits auf dem Weg zur Tür war.

«Wir überprüfen das sofort», sagte er und verließ den Raum.

Ich starrte auf das Telefon und ließ das Gespräch im Geiste noch einmal ablaufen. Vielleicht führte dieser Hinweis zu nichts, aber andererseits waren Blutsbande immer noch die stärksten Bande, erst recht wenn es um tragische Ereignisse ging. Eine Tatsache, die ich gerade am eigenen Leib erfahren hatte.

Pennebaker hatte offensichtlich ein Gewissen.

Vielleicht auch in Bezug auf seine Nichte.

KAPITEL 34

Tess sah mit Unbehagen, wie die Farbe aus dem Gesicht der Direktorin wich. Die Frau, Marlene Cohen, hatte noch nicht von Michelles Tod gehört, und Tess wäre lieber nicht diejenige gewesen, von der sie es erfuhr. Aber sie hatte keine andere Wahl. Allerdings vermied sie es, ins Detail zu gehen, sie beschränkte sich darauf zu berichten, dass in Michelles Haus eingebrochen worden war und die Einbrecher Michelle erschossen hatten.

Das Gespräch fand im Büro der Direktorin der Merrimac Elementary School statt, einer modernen, freundlich wirkenden Schule für Kinder vom Vorschulalter bis zur sechsten Klasse, die am Ende einer Sackgasse beim San Clemente Park lag, nicht weit von Michelles Haus entfernt. Tess hatte sich vor ihrem Besuch die Website angesehen, und das Erste, was ihr auffiel, waren die überschwänglichen Bewertungen. Michelle hatte offenbar ihre Hausaufgaben gemacht und für Alex eine besonders angesehene Schule ausgesucht. Das erinnerte Tess daran, was ihr nun bald bevorstehen würde – die Auswahl einer Schule, die Anmeldung, all die Dinge, die Eltern eines kleinen Kindes in der hektischen, von Konkurrenzdruck geprägten heutigen Welt zu bewältigen hatten. Es lag Jahre zurück, dass ihre eigene Tochter Kim die Grundschule besucht hatte, und die Vorstellung, all das noch einmal durchzumachen, schüchterte Tess ein. Ihr Besuch auf der Website von Alex' Schule hatte ihr nüchtern, aber mit vielen Details vor Augen geführt, wie sehr sich ihr Leben von nun an verändern würde.

Von der Website erfuhr sie, dass die Schule im Sommer mehrere Ferienlager anbot, was bedeutete, Tess würde jemanden antreffen, mit dem sie sprechen konnte. Es gab auch eine Namensliste des Lehrkörpers, aber ein Dean war nicht darunter; überhaupt bestand das Kollegium überwiegend aus Frauen. Etwas Näheres über diesen Dean hatte Tess nicht aus Alex herausbekommen. So war sie mit dem Taxi zur Schule gefahren und hatte um ein Gespräch mit der Direktorin gebeten.

Ms. Cohen, eine hochgewachsene, elegante, grauhaarige Frau, die Tess an eine Figur aus einem Gemälde von Modigliani erinnerte, brauchte einen Moment, um sich zu fassen. Dann erkundigte sie sich nach Alex, wie es ihm ging und was jetzt aus ihm werden sollte. Sie sagte zu Tess, sie kenne den Jungen zwar nicht persönlich, glaube sich aber zu erinnern, ihn und Michelle bei Schulveranstaltungen gesehen zu haben.

«Was kann ich für Sie tun?», fragte sie schließlich.

«Ich habe eine Zeichnung von Alex gefunden, die mich neugierig gemacht hat. Als ich ihn danach fragte, erzählte er, seine Mutter sei mit ihm zu einem gewissen Dean gegangen. Ich denke, es könnte sich um eine Art Pädagogen oder Psychologen gehandelt haben. Sagt Ihnen der Name etwas?»

Ms. Cohen schürzte die Lippen und schüttelte den Kopf. «Ich fürchte, nein. Hier an der Schule ist kein Dean tätig. Was hat es denn mit dieser Zeichnung auf sich?»

«Ich weiß nicht recht. Sie zeigt Alex und noch jemanden, eine bedrohlich wirkende Gestalt. Und als ich ihn danach fragte, wollte er nicht darüber sprechen. Er wirkte ängstlich. Wie steht es mit seinen Lehrern, vielleicht wissen sie etwas?»

«Alex war im ersten Kindergartenjahr», sagte Cohen nach einem Blick auf ihren Computermonitor. «In Raum zwei, in Miss Fowdens Gruppe.»

«Und sie hat Ihnen gegenüber nie von ihm gesprochen?»

«Nein.»

Tess runzelte die Stirn. «Ist sie im Hause? Ich würde gern einmal mit ihr reden.»

Ms. Cohen schüttelte bedauernd den Kopf. «Sie arbeitet diesen Sommer nicht.»

«Es ist wirklich dringend. Kann ich sie telefonisch erreichen? Wissen Sie, ob sie verreist ist?»

Die Schulleiterin zögerte.

«Bitte. Es ist wichtig.»

Ms. Cohen lächelte. «Gewiss. Ich versuche es einmal.»

Sie griff zum Telefon, las auf dem Monitor die Nummer der Lehrerin und wählte. Tess wartete ungeduldig. Endlich sprach Ms. Cohen in die Leitung.

«Holly, hier ist Marlene. Ich habe hier eine Frau, die Sie dringend sprechen möchte. Es geht um Alex Martinez.»

Tess hörte entmutigt zu. Aus dem Tonfall der Schulleiterin schloss sie, dass diese nur den Anrufbeantworter der Lehrerin erreicht hatte.

Tess nannte ihre Handynummer, die Ms. Cohen ebenfalls auf das Band sprach. Dann dankte sie der Schulleiterin und verabschiedete sich.

Als sie zu dem wartenden Taxi zurückging, fühlte sie die

Mittagshitze schwer und ermüdend auf sich lasten. In ihrer Erinnerung lief das Gespräch mit Alex noch einmal ab, und die Angst in seinem Gesicht verfolgte sie wie ein Gespenst.

Das beklemmende Gefühl wich auch nicht, als das Taxi losfuhr. Tess zog ihr iPhone hervor, um Jules Bescheid zu geben, dass sie auf dem Rückweg war. Doch dann hielt sie inne und starrte das Handy einen Moment lang an.

Ihre Mundwinkel verzogen sich zu einem kleinen Lächeln, und sie drückte die Speichertaste zwei. Reillys Nummer.

Wie immer meldete er sich sofort. «Alles okay?»

«Ja. Ich komme gerade von Alex' Schule. Ich habe mit der Direktorin gesprochen. Es ist wirklich toll da. Nette Leute.» Sie wollte nicht wieder von der Zeichnung anfangen. «Sag mal, ihr habt doch Michelles Handy, nicht wahr?»

«Ja.»

«Könntest du mal nachsehen, ob da im Adressbuch oder im Kalender ein Dean eingetragen ist?»

«Warum?»

«Alex hat erwähnt, Michelle sei mit ihm zu einem Dean gegangen. Ich weiß nicht, wer es ist, aber … Vielleicht wäre es gut, mal mit ihm zu sprechen, meinst du nicht?»

Reilly schwieg einen Moment lang, dann erwiderte er: «Es geht um diese Zeichnung, nicht wahr?»

Tess fluchte innerlich. Er kannte sie entschieden zu gut. «Ja. Ich habe ihn danach gefragt, okay? Er hatte Angst, Sean. Er hatte ganz offensichtlich Angst und wollte nicht darüber sprechen. Alles, was ich aus ihm herausbekommen habe, war, dass Michelle ihn auch danach gefragt hat und mit ihm zu diesem Dean gegangen ist, um darüber zu reden. Dem sollte man doch nachgehen, oder nicht? Ich meine, was, wenn jemand ihn bedroht hat? Womöglich gibt es einen Zusammenhang zu dem, was Michelle zugestoßen ist?»

Reilly schwieg erneut. «Dean.»

«Genau.»

«Okay», gab er nach, auch wenn er nicht überzeugt klang. «Ich muss jetzt Schluss machen.»

«Ich liebe dich, mein Großer.»

«Ich melde mich wieder.»

Tess steckte ihr Handy ein, starrte durch das Seitenfenster, stieß tief die Luft aus und versuchte, den Stachel der Ungeduld zu ignorieren.

KAPITEL 35

Perrini saß in der einzelnen Nische im hinteren Bereich des Black Iron Burger Shop an der East Fifth Street, wischte sich die letzten Reste des Burgers mit Zwiebelringen vom Mund und rekelte sich. Dieser Job war ausnahmsweise einmal so leicht, dass es schon fast peinlich war, erst recht im Vergleich zu einem Auftrag, den er im vergangenen Jahr von Guerra bekommen hatte. Dabei schien es anfangs um reine Informationsbeschaffung zu gehen, letztendlich hatte er jedoch den hiesigen Operationen eines besonders aggressiven mexikanischen Kartells ein Ende gemacht, das versuchte, in der Stadt Fuß zu fassen.

Anfangs hatte Perrini sich dagegen gesträubt, da er von den Mexikanern regelmäßig Geldumschläge bekam, aber das rivalisierende Kartell, von dem Guerra den Auftrag hatte, war so zufrieden mit seiner Leistung gewesen, dass Perrini einen beträchtlichen Bonus bekam. Zwar hatte Guerra davon satte zwanzig Prozent Kommission einbehalten, aber das Geld würde dennoch ausreichen, um Perrinis ältestem Sohn Nate eine gute College-Ausbildung zu finanzieren.

In der Folge war Perrini kein Risiko eingegangen. Kaum eine Woche nachdem die gesamte Führungsriege des neu eingewanderten Kartells in New York City auf der Gefängnisinsel Rikers inhaftiert worden war, wurde sein ehemaliger

Kontaktmann von einem aufstrebenden Mitglied der derzeit führenden afroamerikanischen Gang in der South Bronx mit einer improvisierten Waffe erstochen; eine Gefälligkeit, die ein alter Freund vom vierundvierzigsten Revier für Perrini arrangiert hatte. Der Vorfall wurde auf rassistische Auseinandersetzungen zurückgeführt und nicht mit einem Revierkampf zwischen rivalisierenden mexikanischen Gangs in Verbindung gebracht.

Für Perrini war die Angelegenheit ein Gewinn auf ganzer Linie, denn das Kartell, das sich mit seiner Hilfe gegen die Konkurrenz behauptet hatte, war von nun an mehr als großzügig sowohl mit Geld als auch mit Stoff. Gerade jetzt steckte in der linken Hosentasche des Polizisten ein Zwanzig-Gramm-Beutel bestes unverschnittenes Kokain.

Er winkte gerade die Kellnerin herbei, um noch einen Vanille-Milchshake zu bestellen, als er Lina Dawetta eintreten sah. Sie schaute sich nervös um, offenbar um sich zu vergewissern, dass niemand hier war, der sie kannte. Dann kam sie zu Perrinis Nische und setzte sich dem Detective gegenüber auf einen der freien Hocker.

Da das Lokal nur ein paar Straßenblocks von der Polizeiwache entfernt lag, war es gewissermaßen Berufsrisiko, dass sie hier auf Bekannte trafen. Bisher war das allerdings erst einmal vorgekommen, und Perrini hatte bei dieser Gelegenheit dem Mordermittler, den er nur flüchtig kannte, verschwörerisch zugegrinst. Sollten sie doch denken, dass er eine kleine Sekretärin bumste. Der Stoff hinterließ zwar allmählich seine Spuren an Lina, aber sie war noch immer auffallend attraktiv mit ihrem olivfarbenen Teint, den sie ihrer sizilianischen Abstammung verdankte, und dem rötlichen Haar. Perrini konnte sicher sein, dass dank einem ungeschriebenen Gesetz zwischen männlichen Cops seine Frau nie von dem Treffen erfahren würde.

«Möchtest du was essen?», fragte er und lächelte die junge Frau an, als sei sie seine Lieblingsnichte oder seine geliebte Schwester und nicht bloß irgendeine kleine Verwaltungsangestellte, die ein Drittel seines Grundgehalts als Detective verdiente.

«Nein. Nur eine Sprite light.»

Sie stellte ihre geöffnete Handtasche auf den freien Hocker neben sich.

Perrini gab die Bestellung an die Kellnerin weiter, dann zog er lässig den Beutel mit Kokain aus der Tasche, ohne den Blick von Lina zu wenden, streckte, noch immer lächelnd, unter dem Tisch die Hand aus und ließ den Beutel in Linas Handtasche fallen.

Er hatte es sich zum Prinzip gemacht, bei einem Tauschhandel immer als Erster zu liefern. Das förderte das Vertrauen und verringerte zugleich das Risiko für ihn, falls das Treffen auffliegen sollte. Er hatte nie verstanden, warum so viele Leute auf lächerlichen Sicherheitsvorkehrungen bestanden, wie man sie aus Filmen kannte. Er verließ sich gern darauf, dass die andere Partei ihren Teil des Deals erfüllen würde – so, wie die andere Partei sich darauf verlassen konnte, dass er keinen Humor dafür hätte, übers Ohr gehauen zu werden.

Lina nahm ihren Lippenstift und die Puderdose aus der Handtasche und ließ in derselben einstudierten Bewegung zugleich das Kokain in einem Seitenfach verschwinden, wo es niemand zufällig sehen konnte.

Während die Kellnerin die Getränke servierte, fuhr Lina

sich mit dem Lippenstift über die blassen Lippen, steckte ihn und die Puderdose wieder ein, dann zog sie ein gefaltetes Blatt von einem gelben Schreibblock hervor und strich es vor sich auf dem Tisch glatt.

«Hazel Lustig. Geboren am 18. Juli 1947. Schwester von Eileen Chaykin, geborene Lustig. Ledig, keine Kinder. Keine Strafverfahren anhängig. Keine Verkehrsdelikte. Steuerlich alles in Ordnung. 1971 Zulassung als Tierärztin für Pferde. Ab 1985 eigene Praxis in New Jersey mit Schwerpunkt auf Rennpferden. 1998 verkaufte sie ihre Praxis und setzte sich in Cochise County, Arizona, zur Ruhe, wo sie eine Ranch mit gut hundertzwanzig Hektar Land besitzt und etwa vierzig pensionierte Rennpferde versorgt. Die Ranch ist nicht für den Publikumsverkehr geöffnet. Zwei Bankkonten, beide in den schwarzen Zahlen. Eins sogar mit einem beträchtlichen Guthaben.»

Lina schob das Blatt über den Tisch.

«Telefonnummer?», fragte Perrini, nachdem er seinen Milchshake in einem langen Zug halb ausgetrunken hatte.

«Die Festnetznummer steht da. Ein Handy besitzt sie nicht. Ich habe auch das Handynetz in der Gegend überprüft, wie Sie es gefordert hatten. Man hat da bestenfalls sporadisch Empfang. Es gibt seit längerem Klagen von den Bewohnern der Gegend und der Presse, aber die Netzbetreiber schert es nicht.» Sie trank einen Schluck von ihrer Sprite light, während Perrini die Seite überflog. «Sonst noch was?»

Perrini faltete das Blatt zusammen und steckte es ein. «Im Augenblick nicht, aber das könnte sich ändern. Ich melde mich wieder. Wie immer.»

«Da ist noch etwas, das Sie wissen sollten. Zurzeit werden

gerade die ungenutzten Accounts für die zentrale Datenbank bereinigt. Wenn sie die alle löschen, werde ich ein gefälschtes Log-in anlegen müssen.»

«Mach, was du willst, solange du mich da raushältst.» Perrini warf Lina einen eisigen Blick zu. Einen Sekundenbruchteil später kehrte das Lächeln zurück, mit dem er sie begrüßt hatte.

«Ich gehe jetzt besser wieder an die Arbeit. Hab noch einen ganzen Berg Fälle einzugeben.» Sie nahm ihre Handtasche von dem Hocker und wandte sich zum Gehen.

«Viel Vergnügen mit dem kleinen Präsent», sagte Perrini und wies auf die Handtasche. «Du weißt ja, es gibt immer reichlich Nachschub zu verdienen.»

Er zwinkerte ihr zu, dann senkte er den Blick auf seinen Milchshake und trank ihn bis auf den Schaum aus.

Als er wieder aufsah, war sie bereits zur Tür hinaus.

Zwanzig Minuten später saß Perrini wieder in seinem Wagen gegenüber dem Tompkins Square. Er hatte verschiedene Herangehensweisen in Gedanken durchgespielt und sich letztendlich für eine entschieden, die im Allgemeinen Wunder wirkte: an die Eitelkeit einer Person zu appellieren, wenn auch nur indirekt.

Er zog sein Wegwerf-Handy hervor und wählte die Nummer von Hazel Lustig. Sie meldete sich nach dem fünften Rufzeichen.

«Hallo?»

«Hi, spreche ich mit Hazel Lustig?»

«Ja. Wer ist denn da?»

«Mein Name ist Daniel Shelton, von der Historical Novel Society. Ich habe von der Literaturagentur Friedstein and Bellingham erfahren, dass Miss Chaykin sich zurzeit bei Ihnen aufhält, ist das richtig?»

Zwar konnte er nur vermuten, dass Chaykin ihrem Agenten die Nummer ihrer Tante hinterlassen hatte, aber wenn sie sich für einen Monat dort aufhielt und der Handyempfang schlecht war, standen die Chancen gut, dass sie es getan hatte.

«Ich fürchte, sie ist nicht hier. Kann ich ihr etwas ausrichten?»

Sie klang abwehrend. Beschützend. Aber jetzt war es zu spät, die Strategie zu wechseln.

«Ach, das ist aber schade. Wir veröffentlichen gerade eine Rezension über ihr neues Buch und – nun, es ist das reinste Loblied. Ich habe den Text gerade reinbekommen, der Rezensent ist ganz begeistert. Und da dachte ich, es wäre toll, zusammen mit der Rezension auch ein Interview zu drucken, einen kleinen Artikel über die Autorin. Ich habe hier nur gerade alle Hände voll zu tun, viele Mitarbeiter sind in Urlaub, und die Deadline steht kurz bevor. Wissen Sie denn, wann Miss Chaykin zurück sein wird? Wir könnten das auch telefonisch machen oder sogar per E-Mail.»

Die Frau schwieg einen Moment lang, dann erwiderte sie: «Die Sache ist die, ich weiß wirklich nicht, ob sie im Augenblick die Zeit erübrigen kann. Sie ist – sie ist durch eine Familienangelegenheit stark beansprucht.» Bei der Erwähnung einer begeisterten Rezension war ihr Ton milder geworden. Anscheinend wirkte ein Appell an die Eitelkeit auch indirekt fast so gut wie direktes Lob.

«Das tut mir wirklich leid. Wir hier sind alle große Fans ihrer Bücher. Ich hoffe, es ist nichts Ernstes.»

Perrini wartete auf eine Erwiderung, aber Hazel biss nicht an.

«Nein», sagte sie, «keine große Sache, danke der Nachfrage. Wenn Sie mir Ihre Nummer geben, werde ich Ihre Nachricht ausrichten.»

Er nannte ihr die Nummer seines neuen Wegwerfhandys und dazu eine E-Mail-Adresse, die er gerade eingerichtet hatte, während er im Auto saß und seinen Burger mit Zwiebelringen verdaute. Dann bedankte er sich höflich und beendete das Gespräch.

Miss Chaykin war wirklich nicht leicht aufzuspüren. Und auch wenn Perrini Spaß daran hatte, sechzigjährige Frauen um den kleinen Finger zu wickeln – eine Kunst, die an seiner eigenen Mutter allerdings versagte, denn sie schien immer genau zu wissen, was er dachte –, war es jetzt doch an der Zeit, die Sache direkter anzupacken.

Er dachte über das nach, was die Frau gesagt hatte. Tess Chaykin war «durch eine Familienangelegenheit stark beansprucht». Ihre Tante werde «seine Nachricht ausrichten». Das klang, als sei Chaykin nicht dort. Perrini dachte an Guerras Anfrage, er wusste, Chaykins Freund war drüben in San Diego. Ob das die Familienangelegenheit war, die sie so in Anspruch nahm?

Das Problem war, dass Guerra keine Erklärungen wollte, wie es wahrscheinlich war. Er forderte Fakten. Und damit blieb Perrini kaum eine andere Wahl, als wiederum eine dritte Partei einzuschalten – etwas, das er möglichst vermied, nicht nur weil er so einen Teil seines Honorars einbüßte, sondern auch im Hinblick auf das Risiko. Er verließ sich nicht gern auf Leute, die er nicht wirklich kannte, und es behagte ihm erst recht nicht, wenn es sich bei den Dingen, die sie für ihn taten, um Straftaten auf Bundesebene handelte.

Er zückte sein Handy und rief Lina an. Sie meldete sich sofort.

«Ich brauche Infos über ein Handy. Das volle Programm.»

«Autsch.»

Auch Lina war die Tragweite klar.

«Ich brauche sie. Ich schicke dir die Nummer per SMS.»

«Okay», gab sie nach. «Schicken Sie sie rüber.»

Perrini kannte den Ablauf. Es würde irgendetwas zwischen dreißig Minuten und fünf Stunden dauern, bis Lina das Handy geortet hätte. Da spielten mehrere Variablen mit hinein: Modell und Bauart von Chaykins Gerät, bei welchem Netzbetreiber sie war, wie gut das Netz an ihrem derzeitigen Standort ausgebaut war, wie viele Sendemasten es gab und ob ihr Handy mit GPS ausgestattet war oder nicht. Allerdings verfügte Lina über einige besondere Tricks. Sie war ein echter Geek im Umgang mit den verfügbaren Daten und hatte Kontaktpersonen bei drei großen Mobilfunk-Anbietern. Bisher hatte sie seine Anfragen nach dem Standort eines Handys noch immer bedienen können.

Perrini beschloss, ein kurzes Nickerchen zu halten, ehe er aufs Revier zurückkehrte. Bis zum Abend würde er sehr wahrscheinlich genau wissen, wo Tess Chaykin sich aufhielt, und diese Information an Guerra weitergegeben haben.

Was der Mexikaner dann damit anfing, war nicht seine Sache. Allerdings wusste Perrini, für welche Art von Kundschaft Guerra gewöhnlich arbeitete, und so konnte er sich denken, dass Chaykin ihre besten Tage hinter sich hatte.

KAPITEL 36

Wir fuhren in Munros Yukon von der Polizeiwache in La Mesa über die Spring Street auf den South Bay Freeway Richtung Süden.

Villaverde hatte sich entschieden, an den Aero Drive zurückzukehren und sein Team über unsere bisherigen Erkenntnisse auf den neuesten Stand zu bringen. Er sagte, er wolle auch Jules per Telefonkonferenz zuschalten. Einer seiner Männer hatte sich bereit erklärt, meinen LaCrosse zurück zum Hauptquartier zu fahren, damit ich ihn später am Tag wieder zur Verfügung hatte – etwas, das in der New Yorker Dienststelle wohl kaum jemand angeboten hätte.

Die Fahrt hinunter nach Chula Vista verlief reibungslos. Die frühabendliche Rushhour würde erst in einigen Stunden einsetzen, und Munro, der es offenbar ebenso eilig hatte wie ich, gab kräftig Gas. Die Polizei von La Mesa hatte Dani Namour bemerkenswert schnell ausfindig gemacht und uns das Geschäft genannt, wo sie arbeitete. Ich hatte darum gebeten, sie nicht vorzuwarnen, denn auch wenn klar war, dass sie ihre Verbindungen zu den Eagles gekappt hatte, wussten wir nicht, was sonst in ihrem Leben vor sich ging und ob sie nicht untertauchen würde, sobald sich die Strafverfolgungsbehörden für sie interessierten. Also hatte eine Polizistin von ihrem Handy aus in der Boutique angerufen und nach Danis Arbeitszeiten gefragt – sie habe sie bei ihrem letzten Besuch «so ausgezeichnet beraten». Wie sich herausstellte, arbeitete Dani an diesem Tag, sie war gerade mitten in ihrer Schicht.

Vielleicht hatten wir jetzt endlich einen Ansatzpunkt. Ich war jedenfalls optimistisch. Es war doch ziemlich unwahrscheinlich, dass derjenige, der die Babylon Eagles fast ausgelöscht hatte – wer immer es sein mochte –, von ihr wusste.

Als wir nur noch ein paar Straßenblocks von unserem Ziel entfernt waren, kam auf Munros Handy Danis Strafregister herein. Offenbar hatte sie es entgegen aller Wahrscheinlichkeit geschafft, auf dem Pfad der Tugend zu bleiben. Abgesehen von ein paar kleineren Verkehrsdelikten schien sie eine Musterbürgerin zu sein. Das ließ im Hinblick auf ihre Tochter hoffen.

Wir stellten den Wagen auf dem Parkplatz vor dem Macy's ab und gingen zum Haupteingang, den ein achteckiger Turm mit einer imitierten Kuppel markierte. Ein blasser Abklatsch der Kuppeln des Vatikans, von denen sie wahrscheinlich inspiriert war. Mit einem raschen Blick auf den Lageplan stellten wir fest, dass Vanessa – die Boutique, wo Dani arbeitete – an der Südseite des Einkaufszentrums lag, gegenüber einer Apotheke. Auf dem Weg dorthin kaufte Munro noch schnell ein paar Getränkedosen, was mich daran erinnerte, dass ich seit dem Morgen nichts gegessen oder getrunken hatte.

Das Geschäft war eine Nobelboutique mit einem kleinen, ausgewählten Sortiment, ausschließlich große Designermarken. Eine elegant gekleidete, stark geschminkte Frau in den Vierzigern bediente gerade eine Kundin, während hinten an der Kasse eine jüngere, blonde Frau Mitte zwanzig stand und in einer Zeitschrift blätterte – Dani. Nachdem ich sie mir als

Bikerbraut vorgestellt hatte, traf der Anblick mich natürlich unerwartet. Ihre Kleidung, die Frisur und das Make-up waren tadellos. Sie hatte das Bikerleben offensichtlich hinter sich gelassen, auch wenn ich hoffte, dass eine kleine Verbindung zu jener Welt noch bestand. Blutsbande sozusagen.

Munro blieb am Eingang stehen, während ich das Geschäft betrat.

«Miss Namour?»

Sie schaute auf, sobald ich hereinkam, und sah mir entgegen. Ihr musste auf den ersten Blick klar sein, dass ich nicht gekommen war, um Kleidung zu kaufen.

«Ja?»

Sie musterte mich forschend und mit sichtlichem Unbehagen. Ich zeigte ihr unauffällig meine Dienstmarke, so, dass die ältere Frau es nicht bemerkte.

«Könnten Sie kurz mit nach draußen kommen?»

Dani strich sich den Blazer glatt und warf einen Blick zu ihrer Vorgesetzten. «Suzie, ich müsste einen Moment mit dem Gentleman vor die Tür gehen, er möchte mich sprechen.»

Suzie nickte zögernd, dann wandte sie sich wieder ihrer Kundin zu. Dani bedeutete mir voranzugehen und folgte mir.

«Eine Etage höher gibt es einen Gastronomiebereich. Da können wir reden.»

Ich gab Munro einen Wink, uns zu folgen, und wir drei gingen zum Aufzug, Dani voran.

Sie ging also einer geregelten Arbeit nach und hatte es offensichtlich zu etwas gebracht, nachdem ihre Zeit im Umfeld der Eagles so unglücklich geendet hatte. Es tat mir leid, an ihre schmerzlichen Erinnerungen rühren zu müssen, aber unsere bisherigen Ermittlungen waren ins Leere gelaufen, und wir brauchten einen Anhaltspunkt, der uns wieder auf die richtige Spur brachte. Wir setzten uns an einen der Tische vor einem mexikanischen Restaurant und kamen ohne Umschweife zur Sache.

«Ich bin Agent Reilly, FBI. Das ist Agent Munro.»

«DEA», fügte er hinzu.

Dani unterbrach uns, ehe ich noch irgendetwas erklären konnte.

«Es geht um den Vorfall im Clubhaus, stimmt's?»

Ich nickte.

«Ich habe es in den Nachrichten gesehen. Sie vergeuden Ihre Zeit, ich weiß nichts darüber», sagte sie energisch und in abwehrendem Ton. «Ich habe seit Jahren nichts mehr mit diesen Jungs zu tun.»

Wut und Bitterkeit brachen so plötzlich aus ihr hervor, dass es beinahe ein Schock war, auch wenn ich über die Jahre bei Vernehmungen gelernt hatte, dass das Schlimme immer dicht unter der Oberfläche lauert, ob sichtbar oder unsichtbar.

«Ihre Tochter Naomi», fragte ich, «sie ist von Marty, nicht wahr?»

Bei der Erwähnung ihrer Tochter verhärteten sich Danis Gesichtszüge – mütterlicher Beschützerinstinkt –, aber als Martys Name fiel, wurde ihr Ausdruck wieder sanfter. Sie wich einen Moment lang meinem Blick aus, als stiegen Erinnerungen in ihr auf.

«Warum sind Sie hier? Hören Sie, Naomi hat keine Ahnung, wer ihr Vater war, und ich will auch nicht, dass sie es erfährt.»

In diesem Augenblick schaltete sich Munro ein. Perfektes

Timing. Er legte beide Hände offen vor sich auf den Tisch und lächelte Dani herzlich an. «Wir sehen ja, was Sie sich hier aufgebaut haben. Und wir haben kein Interesse daran, Ihnen das kaputt zu machen. Wenn Menschen ein mieses Leben hinter sich lassen, einen Job finden, ein Kind aufziehen, ihre Steuern zahlen … dann erleichtert uns das die Arbeit ungemein. Ein vergeudetes Leben weniger ist ein gewaltsamer Tod weniger, den wir aufzuklären haben. Wenn all die Freundinnen, Ehefrauen und Mütter den Gangs einfach den Rücken kehrten, was glauben Sie, wie lange die Jungs durchhalten würden, ehe sie ihren Lebenswandel noch einmal gründlich überdenken?» Er sah sie mit einstudiert strahlendem, entwaffnendem Lächeln an.

Dani entspannte sich sichtlich. Munro hatte genau den richtigen Ton getroffen. Der Mistkerl verstand seinen Job.

Jetzt übernahm ich wieder. «Wir sind hier, weil wir nach Gary suchen.» Ich beobachtete, wie sie auf den Namen reagierte. Sie war sichtlich überrascht, wie ich es erwartet hatte. «Wir denken, dass er uns vielleicht helfen kann, die Kerle zu schnappen, die den Club ausgelöscht haben. Ich kann es Ihnen nicht verdenken, dass Sie mit der Sache nichts zu tun haben wollen, aber wir haben es hier mit Verbrechern der übelsten Sorte zu tun. Sie haben auch einen Deputy umgebracht, oben in San Marcos. Der Mann hatte ein Kind in Naomis Alter.» Ich schwieg kurz, um meine Worte wirken zu lassen. «Wir nehmen an, dass Gary damals einen von ihnen kannte, und nach dem, was sie den Bikern angetan haben, würde er uns sicher helfen wollen, ihnen auf die Spur zu kommen. Das Problem ist, wir wissen nicht, wo er sich aufhält und wie wir ihn erreichen können. Deshalb brauchen wir Ihre Hilfe.»

Dani atmete tief durch, dann seufzte sie. Plötzlich schien sie sich in die unabänderliche Tatsache zu fügen, dass man seine Vergangenheit nie ganz hinter sich lassen kann.

«Er will nicht gefunden werden, und das ist für mich ganz in Ordnung. Ich komme gut ohne ihn und die anderen klar.» An Munro gewandt, fügte sie hinzu: «Wie Sie eben sagten.»

Er nickte ihr zu, anscheinend erfreut, dass sie zugehört hatte.

«Meine Eltern hätten mich beinahe enterbt, als ich anfing, mich beim Club rumzutreiben, aber als Marty umgebracht wurde, haben sie mich unterstützt. Ich glaube, sie waren dankbar, dass ich noch am Leben war. Sie passen auch jetzt noch auf Naomi auf, damit ich arbeiten gehen kann. Letztes Jahr habe ich meinem Vater eine Laseroperation an den Augen bezahlt. Er sagt, er sieht jetzt wieder besser als mit zwanzig.»

Sie war stolz auf das, was sie erreicht hatte. Zu Recht. Aber allmählich wurde klar, dass wir die Fahrt nach Chula Vista umsonst auf uns genommen hatten. Danis Blick schweifte ab. Munro und ich wussten aus Erfahrung, dass es das Beste war, sie einen Moment in Ruhe zu lassen. Schließlich kehrte ihre Aufmerksamkeit zurück. Ich beugte mich gespannt vor – mein Gefühl sagte mir, dass etwas in ihr aufgestiegen war.

«Ich weiß nicht, wo er ist. Er hat zu mir gesagt, ich und Naomi, wir würden ihm sehr fehlen und vielleicht würde eines Tages alles anders sein, aber der Tag ist noch nicht gekommen.»

Ich musste weiter bohren, ihr mit Fragen auf die Sprünge helfen. Vielleicht kam doch noch etwas an die Oberfläche. «Es gelingt nur selten jemandem, komplett von der Bildfläche zu verschwinden», sagte ich. «Die meisten übersehen irgendetwas. Irgendeine Kleinigkeit, eine Kontaktperson, etwas, das sie vielleicht einmal erwähnt haben. Denken Sie nach, Dani. Wenn es um Leben und Tod ginge und Sie ihn unbedingt erreichen müssten, wie würden Sie es anstellen?»

«Ich weiß nicht», erwiderte sie, sichtlich bemüht, sich etwas einfallen zu lassen. «Er wollte ein neues Leben anfangen.» Dann erhellte sich ihre Miene. «Vielleicht ... Eins könnten Sie versuchen. Nachdem ich schwanger wurde, haben Marty und ich einmal darüber gesprochen, was wir täten, wenn uns der Boden zu heiß würde. Wenn wir verschwinden müssten. Ich dachte an das Baby und machte mir Sorgen um das Leben, das Marty führte. Und da hat er mir von diesem Typen bei den Marines erzählt, den Gary kannte. Der unglaublich gut Ausweise fälschen konnte. Marty sagte, wir würden uns an ihn wenden und dann über die Grenze gehen. Vielleicht hat Gary das getan. Vielleicht hat er sich von dem Typen eine neue Identität verschaffen lassen, um von vorn anzufangen.»

Ich wechselte einen raschen Blick mit Munro. Das konnte ein Ansatz sein.

«Hat er erwähnt, wie der Mann hieß?»

Dani schüttelte den Kopf. «Nein. Oder jedenfalls kann ich mich nicht erinnern. Tut mir leid.»

Wieder eine Sackgasse. Kaum dass man Hoffnung schöpfte ...

«Wenn Sie ihn finden», fügte sie hinzu, «grüßen Sie ihn von mir. Sagen Sie ihm, ich denke, es wäre gut für Naomi, ihren Onkel kennenzulernen.»

Damit stand Dani auf, strich ihren Blazer glatt und wandte

sich zum Gehen. Nach zwei Schritten drehte sie sich noch einmal um.

«Aber denken Sie dran, er will wahrscheinlich noch weniger gefunden werden als ich.»

Dann ging sie zum Aufzug und verschwand.

Ich rief Villaverde an und berichtete, was wir erfahren hatten. Er musste nach Marines aus Walkers und Pennebakers Zeit forschen, die wegen Betrugs gesessen hatten oder vor ihrem Eintritt in die Truppe vorbestraft waren. Und ich hatte noch eine Idee. Etwas Konkretes. Etwas, das zu der Einstellung der beiden Biker gegenüber dem Militär gepasst hätte. Es war eine gewagte Spekulation, aber im Augenblick mussten wir alle Möglichkeiten ausschöpfen.

«Suchen Sie auch nach Soldaten aus den letzten zehn Jahren, die nach einem Kampfeinsatz als vermisst galten, aber später wieder aufgetaucht sind. Fangen Sie mit Camp Pendleton an und weiten Sie die Suche dann aus.»

Villaverde begriff sofort, worauf ich hinauswollte. «Sie meinen, Pennebaker hat nach seiner Haftentlassung die Identität eines vermissten Soldaten angenommen?»

«Ja. Wahrscheinlich die von jemandem ohne lebende Angehörige. Ich habe den Eindruck, dieser geläuterte Pennebaker hätte nicht der Familie eines Soldaten Leid zufügen wollen, aber er hätte keine Skrupel gehabt, den Staat zu täuschen.»

«Ich setze sofort meine Jungs drauf an. Kommen Sie jetzt hierher zurück?»

Ich antwortete, wir kämen auf dem schnellsten Weg zurück an den Aero Drive.

Als wir wieder in seiner Dienststelle eintrafen, saß Villaverde mit zwei weiteren Agenten im großen Besprechungsraum. Sie gingen Unterlagen der Army durch. Ich schloss mich ihnen an, während Munro sich einen freien Schreibtisch suchte, um mit Corliss zu telefonieren.

Villaverde hatte das USACIDC, das United States Army Criminal Investigation Command, auf der Marine Corps Base Quantico kontaktiert und die benötigten Personalakten angefordert. Da sowohl das FBI als auch die DEA Auskunft verlangten – und überdies das Police Department und das Sheriff's Office von San Diego nicht lockerließen, solange der Mörder von Deputy Fugate nicht gefasst war –, war er auf keinerlei Widerstand oder Verwaltungshürden gestoßen.

Es gab siebzehn Soldaten, die in unser Profil passten. Sie alle waren irgendwann in den vergangenen zehn Jahren als vermisst registriert, aber nur fünf von ihnen waren innerhalb der letzten zwei Jahre – das war unser Zeitfenster für Pennebaker – wieder aufgetaucht. Von den anderen zwölf waren neun mittlerweile als gefallen gemeldet, die übrigen drei galten noch immer als vermisst.

Wir suchten nach jemandem, der zwischen 1970 und 1985 geboren war und genügend Ähnlichkeit mit Pennebaker hatte, dass dieser sich für ihn ausgeben konnte. Ein Name stach hervor. Marine Sergeant Matthew Frye. Geboren 1982, 2003 vermisst gemeldet. 2009 wieder in Erscheinung getreten. Hatte drei Termine zur psychologischen Beurteilung nicht wahrgenommen und war schließlich Anfang 2010 entlassen worden. Er hatte bei der Rückkehr noch seine Dienstmarke, und eine Schwester, seine einzige lebende Verwandte, hatte ihn identifiziert. Wenn man die Fotos nebeneinander betrachtete, hätten Frye und Pennebaker als Brüder durchgehen können, auch wenn der eine einen Schnurrbart trug und der andere nicht.

«Wo ist Frye jetzt?»

Einer der Junior Agents tippte etwas in sein Notebook und drehte es dann so, dass Villaverde auf dem Display lesen konnte.

«Seine Sozialversicherungsnummer ist in Los Angeles registriert. Arbeitet in einer privaten Reha-Klinik oben in Montecito Heights. Anscheinend wohnt er dort auch, seine Dienst- und Privatanschrift sind identisch.»

Man mag es Instinkt nennen oder auf fünfzehn Jahre Berufserfahrung zurückführen, jedenfalls wusste ich, dass das unser Mann war. Pennebaker war als anderer Mensch aus dem Gefängnis gekommen, aber seine Verbitterung über die Vergangenheit war doch ziemlich sicher geblieben. Er fühlte sich noch immer als Soldat, hatte jedoch zu viel erlebt, um jemals in den aktiven Dienst zurückzukehren. Er musste seine jüngere Vergangenheit hinter sich lassen, weil diese Jahre von schwerwiegenden kriminellen Machenschaften geprägt waren. Wir wussten, dass Walker und Pennebaker in dem Ruf standen, keine halben Sachen zu machen. Warum sonst sollte jemand sie Jahre nach der letzten Zusammenarbeit plötzlich wieder anheuern wollen? Ein solcher Ruf hatte seine Vor- und Nachteile. Es passte alles zusammen. Aber Gewissheit würden wir erst haben, wenn wir ihn persönlich trafen. Hätten wir ihn vorher irgendwie kontaktiert, dann wäre er womöglich erneut untergetaucht.

Ich wandte mich an Villaverde. «Wir müssen rauf nach L. A.»

«Zu dieser Tageszeit geht das nur auf dem Luftweg.»

Anscheinend hatte er dieselben Schlüsse gezogen wie ich.

Er griff zum Telefon und erklärte, er brauche einen Hubschrauber.

Zwanzig Minuten später waren wir mit einem JetRanger des Los Angeles Police Department unterwegs zu einer Unterredung mit dem Mann, von dem ich hoffte, er möge sich als unser Guru erweisen.

KAPITEL 37

Tess hasste es zu warten.

Sie war schon immer ungeduldig gewesen, wie ihre Mutter ihr oft und gern vorhielt. Sie pflegte zu sagen, es sei ein kleines Wunder, dass Tess den Anstand besessen hatte, volle neun Monate in ihrem Bauch zu bleiben, statt vorzeitig strampelnd und schreiend herauszudrängen.

Sie, Jules und Alex waren wieder im Hotel. Sie waren zu einem leichten Mittagessen hinuntergegangen und anschließend in ihre Suite zurückgekehrt. Jules befand sich gerade in einer Telefonkonferenz mit ihrer Dienststelle, während Tess mit Alex auf der Couch saß und *Tikki Tikki Tembo* mit ihm las. Es war eins seiner Lieblingsbücher, eines von denen, die er sich von zu Hause gewünscht hatte. In Tess weckte es Erinnerungen daran, wie sie es vor Jahren Kim vorgelesen hatte, aber trotz der Gefühle, die es heraufbeschwor, konnten der Humor der Geschichte und die witzigen Zungenbrecher Tess nicht von ihrer Grübelei über die Zeichnung und von ihrer brodelnden Ungeduld ablenken.

Dann klingelte ihr Handy.

Sie zog es hervor, las im Display eine Nummer, die sie nicht erkannte, und ihr Herz begann zu rasen. Sofort nahm sie den Anruf an.

Es war Holly Fowden, Alex' Lehrerin.

Während Tess sich für den Rückruf bedankte, sprang sie von der Couch auf, ging hinüber ins Schlafzimmer und schloss die Tür hinter sich. Dann erklärte sie, wer sie war und was geschehen war. Auch Ms. Fowden hatte noch nicht von Michelles Tod erfahren und suchte hörbar erschüttert nach Worten. Tess half ihr aus der Verlegenheit, indem sie das Gespräch auf ihr eigentliches Anliegen lenkte.

«Alex' Mutter war vor einer Weile bei mir», berichtete Ms. Fowden. «Sie hat mir das Bild gezeigt.»

«Warum?»

«Sie hat nicht viel erklärt. Sie sagte nur, etwas scheine Alex zu bedrücken, und erkundigte sich, wie er sich im Kindergarten verhielt.»

«Und, wie verhielt er sich?»

«Normal. Er wirkte ganz fröhlich. Mir war nicht aufgefallen, dass etwas nicht stimmte.»

«Aber seiner Mutter schon?»

«Nun ... ja.» Ms. Fowden schien nicht ganz wohl dabei zu sein, mit Tess darüber zu sprechen, aber sie fuhr fort: «Sie sagte, er schliefe neuerdings schlecht und habe Albträume. Und sie sagte auch, er hätte Dinge gesagt, die sie nicht verstünde, Dinge, von denen sie sich nicht erklären konnte, woher er sie wusste. Das alles schien sie zu beunruhigen, und sie wollte wissen, ob ich mit den Kindern über so etwas gesprochen hätte.»

«Was denn zum Beispiel?»

«Ortsnamen. Städte in Südamerika. Und Tiere wie Boas und Piranhas hat sie auch erwähnt.»

«Und das hatte er nicht von Ihnen?»

«Nein.»

Tess verstand nicht recht, weshalb das Michelle überraschte. Er hätte so etwas leicht im Fernsehen aufschnappen können.

«Hat er zu Ihnen auch solche Sachen gesagt?»

«Nach dem Gespräch mit seiner Mutter fiel mir auf, dass manche seiner Bilder irgendwie anders wirkten als normale Kinderzeichnungen, aber andererseits waren sie auch nicht so außergewöhnlich. Etwas, das er gesagt hat, überraschte mich allerdings. Nur habe ich mir bis zu dem Gespräch mit seiner Mutter nicht viel dabei gedacht.»

Tess horchte auf. «Was hat er denn gesagt?»

«Wir waren draußen im Park, und ich habe die Kinder dort die Blumen malen lassen. Da hat Alex eine ganz prächtige weiße Blume gemalt. Aber als ich ihn fragte, welche es sein sollte, sagte er, es sei keine von den Blumen im Park. Und dann hat er noch etwas gesagt. Er sagte: ‹Die sagen, sie macht das Herz gesund, aber in Wirklichkeit macht sie die Leute tot.›»

Tess stutzte. Was für Fernsehprogramme sah der Junge? «Eine Blume, die Menschen tötet?»

«Ja, seltsam, nicht wahr? Aber als ich ihn fragte, wie er das meinte, wollte er es nicht sagen. Das war schon auffällig, denn in letzter Zeit hatte ich den Eindruck, dass er sich besser ausdrücken kann und einen größeren Wortschatz hat als die anderen Kinder in seiner Gruppe. Aber in diesem Fall wollte er nichts sagen.»

«Und wie ist das Gespräch mit seiner Mutter ausgegangen?»

«Ich habe ihr versprochen, mich bei ihr zu melden, falls er irgendetwas Ungewöhnliches sagte oder täte oder irgendwie unglücklich wirkte. Ein paarmal habe ich sie gesehen, wenn sie ihn brachte. Sie sagte, sie ginge mit ihm zu einem Spezialisten, aber Näheres hat sie nicht erzählt.»

«Sie meinen, zu einem Psychologen?»

«Ja, zu einem Kinderpsychologen. Privat. Sie wollte nicht, dass das in der Schule bekannt wurde. Damit Alex nicht irgendwie abgestempelt würde. Sie wissen ja, wie das ist.»

Tess kannte diesen Druck. «Wissen Sie, wer dieser Psychologe war?»

«Nein.»

«Hat sie irgendetwas über ihn gesagt?»

Ms. Fowden überlegte, ehe sie erwiderte: «Nein, tut mir leid. Ich hatte das Gefühl, dass sie es mir gegenüber eigentlich gar nicht hatte erwähnen wollen, es ist ihr wohl so herausgerutscht.»

Tess brauchte wenigstens irgendeinen Anhaltspunkt. «War es ein Mann oder eine Frau?»

Ms. Fowden dachte kurz nach, dann sagte sie: «Ein Mann. Ja, ich bin ziemlich sicher, dass sie von ‹ihm› gesprochen hat.»

Tess bedankte sich, ließ sich die Telefonnummer der Lehrerin geben und beendete das Gespräch.

Viel hatte sie nicht in der Hand. Einen Vornamen, der möglicherweise der eines Psychologen in der Gegend war.

Tess ging zurück ins Wohnzimmer. Jules hatte inzwischen ihre Telefonkonferenz beendet und spielte mit Alex. Tess wollte sie nicht stören. Nach kurzem Zögern nahm sie ihr iPad, ging wieder ins Schlafzimmer, startete den Browser und begann eine Suche nach Psychologen in der Umgebung von San Diego, die mit Vornamen Dean hießen.

KAPITEL 38

Wir landeten um halb sechs auf dem Hooper Heliport und fuhren mit dem Aufzug ins Erdgeschoss hinunter. Der FBI-Dienstwagen, ein Suburban, erwartete uns bereits. Unser Ziel lag nur fünf Meilen außerhalb der Stadt. Während wir nach Norden in Richtung der Berge fuhren, lieferte uns der Agent auf dem Beifahrersitz ein paar Fakten über die Klinik.

«Die Einrichtung wurde vor rund zwanzig Jahren von Ursula Marshall gegründet, sie finanziert sich durch eine Stiftung. Es gibt zwanzig Betten, weitere zehn Patienten werden halbstationär betreut. Ursulas Tochter war damals von zu Hause ausgerissen und starb mit neunzehn an einer Überdosis. Ursulas Vater gehörte früher ein großer Teil des Staatsgebiets von Washington, und Ursula war das einzige Kind. Sie hat einen Teil ihres Erbes für die Klinik verwendet.»

«Und Frye arbeitet Vollzeit dort?», erkundigte ich mich.

«Wie es scheint, leitet er die Einrichtung. Er ist in verschiedenen Funktionen tätig, unter anderem auch als Therapeut. In der Klinik werden viele Veteranen behandelt.»

«Den Soldaten lieben, den Krieg hassen», bemerkte Munro mit unverhohlenem Sarkasmus.

Offenbar hatte sich seine Einstellung seit unserer letzten Zusammenarbeit nicht geändert: Der Krieg sei nicht vorbei, ehe nicht jeder einzelne gegnerische Kämpfer tot sei, egal ob es sich um den Golfkrieg handelte, den Krieg gegen den Terror oder den Krieg gegen Drogen. Im Augenblick war es mir allerdings ziemlich gleichgültig, was er dachte, solange er Pennebaker nicht verärgerte.

Wir fuhren von der Griffin Avenue ab und höher in die Monterey Hills hinauf. Ein atemberaubender Ausblick, nur ganz vereinzelt waren Häuser zu sehen. Wenn man einen abgeschiedenen Ort suchte, der dennoch nicht allzu weit von einer Stadt entfernt lag, war diese Gegend perfekt. Eine Großstadt mit all ihren trügerischen Ablenkungen und tödlichen Verlockungen war schließlich das Letzte, was Drogenabhängige während ihrer Therapie brauchen konnten.

Die Klinik war ein weitläufiges, dreistöckiges Gebäude im Hazienda-Stil. Das Grundstück wurde an zwei Seiten von ein paar Palmen begrenzt, und eine Rasenfläche fiel steil zur Straße ab. Wir stiegen aus dem Auto und gingen auf den Haupteingang zu. Die Tür stand offen. Wir traten in eine Vorhalle, in der mehrere hohe Kakteen standen. Links sahen wir einen Aufenthaltsraum mit Sesseln und Sofas, rechts lag eine große, offen angelegte Küche mit einem langen, durchgehenden Tisch in der Mitte. Am hinteren Ende der Vorhalle befand sich eine breite Holztreppe.

Eine junge Frau in T-Shirt und ausgewaschener Jeans und mit langem, blondem Pferdeschwanz kam die Treppe herunter auf uns zu.

«Hi. Kann ich Ihnen helfen?» Sie strich sich den Pony hinter das linke Ohr. Ich hätte wetten mögen, dass die Veteranen bei dem Anblick dahinschmolzen.

«Wir möchten gern Matthew Frye sprechen.»

Sie drehte sich um und rief die Treppe hinauf.

«Matt? Hier sind ein paar Herren, die dich sprechen möchten.»

Als sie sich wieder uns zuwandte, sah ich den Glanz in ihren Augen. Keine Frage: Sie und Matthew waren ein Paar.

«Geht es um Donaldson?», fragte sie.

«Nein, warum?»

Sie zuckte die Schultern. «Einer unserer Patienten. Er verklagt die Army auf Schadensersatz. Hat in Afghanistan einen Arm verloren, ist von Schmerzmitteln abhängig geworden, und als die es nicht brachten, hat er zu Heroin gegriffen. Als er bei einem Pflicht-Drogentest aufflog, wurde er gefeuert. Hat drei Jahre lang nicht gearbeitet. Jetzt ist er seit drei Monaten hier und seit sechs Wochen clean.»

Diese Geschichte würde Pennebakers Haltung garantiert in keiner Weise ändern. Sofern Frye tatsächlich Pennebaker war. Sucht man sich über kurz oder lang nicht immer die Umgebung aus, die die eigenen Überzeugungen widerspiegelt?

Unser Gespräch wurde durch einen hochgewachsenen, drahtigen Mann unterbrochen, der die Treppe herunterkam.

«Sind Sie vom Military Review Board?», fragte er verächtlich. «Wundert mich nicht, dass Sie nicht in Uniform erschienen sind. Wahrscheinlich haben Sie in Ihrem Leben keinen einzigen Kampfeinsatz mitgemacht.»

Er blieb vor uns stehen. Die Ähnlichkeit mit dem Foto von Frye war verblüffend. Aber es handelte sich definitiv um Pennebaker.

Munro konnte diese Bemerkung nicht auf sich sitzenlassen. «Wir haben schon reichlich Einsätze mitgemacht. Nur nicht im Kampfanzug.»

Pennebaker musterte uns beide eingehender. Ich sah, wie

sich seine Haltung änderte. Er schien abzuschätzen, ob er es nötigenfalls mit uns beiden aufnehmen könnte.

Munro ging ein paar Schritte auf die Tür zu, falls Pennebaker versuchen sollte zu flüchten.

Der Agent, der uns hergefahren hatte, sicherte bereits den Rückzug. Und der Wagen vom FBI stand ein paar hundert Meter entfernt an der Straße.

Einen Moment lang wippte Pennebaker auf den Fußballen und spannte sich an – die instinktive Reaktion eines Soldaten –, dann wurde seine Körperhaltung locker, und er neigte den Kopf zur Seite.

«Sie wissen, wer ich bin. Glückwunsch.»

Ich ging zum Aufenthaltsraum hinüber, nahm Platz und winkte Pennebaker zu mir. «Kommen Sie, setzen Sie sich. Wir müssen reden. Es geht um den Club.»

Er atmete tief durch, dann folgte er spürbar verärgert meiner Anweisung, zog sich einen Stuhl heran und setzte sich mir gegenüber. Munro kam dazu, blieb jedoch stehen.

«Ich habe nichts dazu zu sagen. Ich bin da schon seit Jahren raus. Schluss, aus.»

Ihm waren weder Schuld noch Paranoia oder Wut anzumerken. Er sprach ruhig und selbstsicher. Der Weg, den Pennebaker eingeschlagen hatte, schien potenziell selbstzerstörerische Gefühle in Sicherheit und ein starkes Selbstwertgefühl umgewandelt zu haben.

«Ich weiß nicht, weshalb ich überhaupt mit Ihnen reden sollte.»

Es lag mir auf der Zunge anzumerken, dass meines Wissens Identitätstäuschung immerhin eine Straftat war und wir ihm deshalb das Leben schwer machen konnten. Stattdessen zog ich mein Handy hervor und zeigte ihm ein Foto seines verstümmelten ehemaligen Kampfgefährten.

«Ich denke, Walker hätte nichts dagegen, wenn Sie mit uns reden.»

Pennebaker betrachtete das Foto, ohne eine Miene zu verziehen. Offenbar war auch sein Magen inzwischen robuster geworden.

«Nach dem, was sie ihm angetan haben», fügte ich hinzu, «würde er bestimmt sogar wollen, dass Sie mit uns reden.»

KAPITEL 39

Lina Dawetta lieferte Perrini wie erwartet die gewünschten Informationen. Sie berichtete, dass die Zielperson ein neues Verizon iPhone benutzte, was die Sache erleichtert hatte. Bei diesem Anbieter hatte Lina eine geradezu übereifrige, sehr zugängliche Kontaktperson, die sich den Reizen eines kleinen Bündels frischer Hundert-Dollar-Scheine und ihrer dunklen sizilianischen Haut nie verschließen konnte. Außerdem hatte Chaykin die GPS-Ortungsfunktion eingeschaltet, was ebenfalls hilfreich war. Das war bei den meisten Leuten der Fall, ohne dass sie sich dessen bewusst waren. Was Lina herausgefunden hatte, bestätigte Perrinis Vermutung: Chaykin hielt sich in San Diego auf.

Perrini kicherte vor sich hin bei dem Gedanken daran, was wohl zwischen den beiden los gewesen war, als sie erfuhr, dass ihr Freund ein Kind hatte, von dem er bisher nichts wusste.

Die ich rief, die Geister …

«Ich habe Ihnen gerade die Tracking App gemailt», teilte Lina ihm mit. «Ihr Kunde benutzt Android, nicht wahr?»

«Richtig», bestätigte er. «Gut gemacht, Schätzchen. Ich melde mich.»

Er beendete das Gespräch und vergewisserte sich, dass er ihre E-Mail empfangen hatte. Dann wählte er Octavio Guerras Nummer.

Nach über einer Stunde Online-Suche hatte Tess noch immer keinen einzigen Dean gefunden.

Sie schloss den Browser und warf ihren iPod aufs Bett, dann setzte sie sich auf. Der Tag ging zur Neige, und sie war keinen Schritt weitergekommen.

Ihre Gedanken kehrten zu Alex zurück, und sie entschied, dass sie alle einen Tapetenwechsel brauchen konnten. Balboa Park mit seinen Freiflächen und Museen war nur einen Steinwurf entfernt. Der Zoobesuch am Vortag hatte Alex auf andere Gedanken gebracht und von den Dingen abgelenkt, die ihn sonst Tag und Nacht verfolgten. Es gab dort noch viel mehr Attraktionen, die ihm ebenso guttun würden.

Tess ging hinüber ins Wohnzimmer, wo Alex und Jules ihren Vorschlag begeistert aufnahmen.

Ein paar Minuten später saßen sie alle drei in Jules' Auto und fuhren zum Balboa Park.

Zwanzig Meilen nördlich von ihrem Standort rollte der schwarze Chevy Tahoe durch das Tor einer Villa mit Seeblick und fuhr zügig die ruhige Wohnstraße entlang in Richtung Freeway.

Im Wagen saßen drei gepflegte Männer in legerer Kleidung – Chino- oder Cargohosen, Sport- oder Polohemden und Schuhe von Timberland oder Merrell. Außerdem trugen sie alle Sonnenbrillen, die die Entschlossenheit in ihren Augen verdeckten, und leichte Windjacken, die die schallgedämpften Pistolen in ihren umgedrehten Unterarmhalftern verbargen.

Einer der drei, der auf dem Beifahrersitz, starrte auf das Android-betriebene HTC-Smartphone in seiner Hand.

Er hatte gerade eine Custom App heruntergeladen, die mit der vorinstallierten Google-Maps-Funktion lief. Im Browser des iPhone war ein Stadtplan von San Diego geöffnet, auf dem zwei Positionsmarker blinkten: der standardmäßig eingestellte, welcher über die eingebaute GPS-Ortungsfunktion den Standort des Geräts anzeigte, und ein zweiter, den die App einblendete.

Man hatte ihnen gesagt, die Position werde bis auf drei Meter genau angezeigt.

Die drei Männer waren im Begriff, diese Behauptung zu prüfen.

KAPITEL 40

Pennebaker gab der Schwester – die ernsthaft besorgt aussah, seit sie wusste, dass wir gekommen waren, um privat mit ihrem Freund zu sprechen – einen Wink, sich zu entfernen, und reichte mir mein Handy zurück. Dann schloss er die Augen und atmete tief durch. Er schien unschlüssig, ob er noch einmal an den Teil seines Lebens rühren wollte, den Walkers Tod heraufbeschwor. Schließlich öffnete er die Augen wieder und sah mich an.

«Was ist passiert?»

Ich berichtete, wie wir Walker und die Eagles vorgefunden hatten. Wie die zwei Biker mich verfolgt hatten. Dass sie zwei Wissenschaftler aus dem Schultes Institute entführt hatten. Und dass Torres verschwunden war und sich wahrscheinlich in der Gewalt derselben Leute befand, die Walker umgebracht hatten.

Als ich geendet hatte, schwieg Pennebaker eine Weile. Dann trat ein Ausdruck rechtschaffenen Zorns auf sein Gesicht, und seine Ruhe war mit einem Schlag dahin.

«Sie schert es doch gar nicht, was denen zugestoßen ist. Sie alle geben einen Scheißdreck auf uns. Man kämpft in einem Krieg, den man nicht gewinnen kann, tötet im Namen des Vaterlands unschuldige Zivilisten, und wenn man dann wieder nach Hause kommt, haben die Leute entweder Angst vor einem oder hassen einen für das, was man auf Befehl getan hat.»

Ich warf Munro einen Blick zu. Er schwieg, aber ihm war anzusehen, dass er sich nur mühsam beherrschen konnte. Ein verbaler Schwanzlängenvergleich fehlte uns jetzt gerade noch. Ganz gleich, wie sehr Pennebaker uns provozierte, ich musste das Gespräch in ruhigen Bahnen halten. Wir konnten es uns nicht leisten, auf Konfrontation zu gehen, sonst würden wir am Ende gar nichts aus ihm herausbekommen.

«Das war sicher nicht leicht für Sie. Sich nach dem Irak wieder in das zivile Leben einzufinden.»

Pennebaker ignorierte mich und setzte seine Tirade fort, wobei er mit jedem Satz verbitterter klang.

«Wir konnten uns nur an unsere Kameraden halten. Aber auch das half nicht, denn der Schmerz und die Gewalt gingen so tief, dass wir einfach nicht wussten, wie wir darüber hinwegkommen sollten. Die Gründung der Eagles hat das Problem sogar eher noch verschlimmert. Es nach innen gewendet. Am Ende hat jeder von uns gegen sich selbst gekämpft. Und verloren. Und das alles soll ich wiederaufleben lassen? Die ganze Scheiße, die dazu geführt hat, dass Marty umgebracht wurde, und die mich beinahe auch umgebracht hätte? Scheren Sie sich zum Teufel.»

Er starrte uns herausfordernd an, und seine Haltung verriet, dass er durchaus bereit gewesen wäre, seine Ablehnung handgreiflich auszudrücken. In diesem Moment konnte ich mir gut vorstellen, wie Pennebaker und Walker gemeinsam in den Ruf eines unschlagbaren Teams geraten waren. Walkers rohe Gewalt und Pennebakers kontrollierter Zorn, das musste die perfekte Kombination gewesen sein.

«Aber Sie sind ausgestiegen, und nach dem, was ich hier sehe» – ich konnte nicht anders, als mich nach der Stelle umzuschauen, wo Pennebakers Freundin eben noch gestanden hatte –, «leben Sie hier nicht schlecht, wie? Hören Sie, uns liegt wirklich nicht daran, Ihnen das, was Sie sich hier aufgebaut haben, kaputt zu machen.»

«Es sei denn, uns bliebe keine andere Wahl», warf Munro ein, der die Rolle des bösen Cops übernahm, ob es mir passte oder nicht.

«Wir müssen diese Dreckskerle kriegen, das ist alles, worauf es uns ankommt», ergriff ich wieder das Wort. «Wer sie auch sein mögen, sie sind unberechenbar und zu allem fähig. Sie wissen, was das heißt. Was solche Leute anrichten können.»

Pennebaker musterte mich mit zusammengekniffenen Augen, sagte jedoch nichts.

Ich hielt noch einmal mein Handy hoch. «Wollen Sie, dass diese Typen frei rumlaufen? Dass sie noch mehr Menschen umbringen? Vielleicht irgendwessen kleinen Bruder?»

Ich bemerkte eine Regung in seinem Gesicht und schwieg einen Moment lang, um meine Worte wirken zu lassen. Schließlich stieß Pennebaker die Luft aus und ließ die Schultern hängen. Sein Gesichtsausdruck wurde eine Spur milder.

«Marty war nicht für dieses Leben geschaffen, aber ich konnte es ihm nicht ausreden. Ich habe Wook im Irak das Leben gerettet, darum hat er mich aussteigen lassen, aber ich konnte Marty nicht retten. In den ersten Monaten konnte ich kaum in den Spiegel schauen. Wenn ich nicht gesessen hätte, wenn ich nicht in diese Struktur hineingezwungen worden wäre, dann wäre ich jetzt wahrscheinlich tot.»

«Aber Sie haben wieder einen Sinn im Leben gefunden.»

«Ich habe einige Scheiße durchgemacht. Und ich weiß, dass es möglich ist, drüber wegzukommen. Aber dazu muss man stark sein. Und man braucht Menschen, denen was an einem liegt. Die sich nicht abwenden. Viele von den Jungs, die aus Afghanistan oder dem Irak zurückgekommen sind, haben gleich als Erstes zur Meth-Pfeife gegriffen. Kein besserer Freund, kein schlimmerer Feind.»

Er kicherte über die Ironie.

Mir war klar, woher dieses gequälte Grinsen kam. *Kein besserer Freund, kein schlimmerer Feind* lautete das Motto der Einheit der Marines, bei der Pennebaker und Walker im Irak gedient hatten.

«Um den Schmerz zu betäuben, ist einem alles recht.» Er schüttelte langsam den Kopf. «Aber das verschlimmert das Problem nur. Es verdeckt die Wunden, sodass man sich nicht mit ihnen auseinandersetzen muss. Also bringen wir die Leute von der Droge runter, und dann beschäftigen wir uns mit den Ursachen, weshalb sie überhaupt erst damit angefangen haben. Das ist ein langer Weg, und es gibt keine schnelle Lösung.»

«Und jetzt, da die Eagles ausgelöscht sind, können Sie nie mehr zurück. Selbst wenn Sie wollten.»

«Das war nur eine Frage der Zeit. Darum habe ich ihnen nach meiner Entlassung den Rücken gekehrt.»

«Das Warum verstehe ich. Nur das Wie ist mir nicht klar. Matthew Frye ist eine wasserdichte Identität. Wie haben Sie das bewerkstelligt?»

«Als ich aus dem Gefängnis kam, musste ich einen neuen Anfang machen. Ich wollte die Vergangenheit hinter mir lassen. Mit einem neuen Namen ist so was möglich. Und da gab es eben jemanden, der mir einen Gefallen schuldete. Er hat es sogar fertiggebracht, mich identifizieren zu lassen. Hat eine Frau angeheuert, die Fryes Schwester spielen musste. Die richtige Schwester ist eine Hure auf Crack. Sie weiß nicht mal, welcher Tag ist, geschweige denn ob ihr Bruder noch lebt. Wenn ich sie zwingen könnte, sich hier behandeln zu lassen, würde ich es tun, aber sie will nicht weg von den Drogen. Das ist das Tödliche. Man muss clean werden *wollen,* selbst wenn man nicht dran glaubt, dass man es kann. Manche unserer Patienten werden rückfällig, aber die meisten schaffen es, acht von zehn. Kein staatliches Programm hat eine so gute Quote.»

«Scheint, als wären Sie in Ihrem eigenen kleinen Krieg gegen die Drogen der Sieger.» Diesmal gab Munro sich keine Mühe, seinen Sarkasmus zu verhehlen.

Pennebaker neigte den Kopf zur Seite. Sarkasmus beherrschte er auch.

«Walker und ich, wir wurden in einen völlig irrsinnigen Krieg geschickt. Und dieser Krieg gegen die Drogen ist nicht weniger irrsinnig als der um Öl. Mit Kriminalisierung und Einsperren erreicht man gar nichts, aber niemand hat den Mumm, irgendwas zu ändern. Ein Viertel aller Gefängnisinsassen wurde wegen minder schwerer Drogendelikte verurteilt, aber das schert wohl niemanden, wie?»

All diese Argumente waren mir nicht neu, aber dennoch wusste ich nichts zu erwidern. Das Ganze war eine moralische Zwickmühle, die einem wirklich Kopfschmerzen bereiten konnte. Unser bestehendes System funktionierte nicht, das wusste ich, und es wurde mir von Jahr zu Jahr klarer. Der sogenannte Krieg gegen die Drogen war nicht zu gewinnen. Dazu war die Nachfrage viel zu groß, und zu viele Leute verdienten leichtes Geld, indem sie diese Nachfrage bedienten. Ganz gleich, wie viele wir aus dem Verkehr zogen, es gab immer mehr als genug andere, die nur darauf warteten, ihren Platz einzunehmen. Die Bestie war unüberwindbar und übermächtig. Ich als ehemaliger Fußsoldat in diesem Krieg wusste das nur zu gut. Anscheinend hatten wir aus den Erfahrungen mit der Prohibition nichts gelernt. In diesen Krieg wurde heute mehr Geld denn je gesteckt, und dennoch stiegen die Produktion, der Verkauf und Konsum von Drogen wie Koks, Heroin und insbesondere Meth mit jedem Jahr weiter an. Ich kannte die Statistiken – die ungeschönten –, und die traurige Ironie war, dass der weltweite Krieg gegen die Drogen – wie ich diesen Ausdruck hasste – inzwischen mehr Schaden anrichtete als der Drogenmissbrauch selbst. Wir hatten nichts weiter erreicht, als einen riesigen internationalen Schwarzmarkt zu schaffen, ganzen Heerscharen organisierter Krimineller zur Macht zu verhelfen, die Gewalt im eigenen Land anzuheizen, ein paar andere Länder in den Ruin zu treiben und das Leben zahlloser harmloser Konsumenten zu zerstören. Nicht dass ich gewollt hätte, dass alle Leute ungehindert konsumierten und sich mit Heroin, Crack oder Meth ihr Leben kaputt machten. Aber andererseits war das Leid, das durch Alkohol oder legale Betäubungsmittel entstand, auch nicht viel geringer. Irgendjemand musste doch mal laut aussprechen, dass diese Verbotspolitik zu nichts führte. Jemand musste das Tabu brechen, das Thema entschlossen auf den Tisch bringen und eine offene, rationale, vorurteilsfreie Diskussion über alternative Herangehensweisen anstoßen. Allerdings hatte ich wenig Hoffnung, dass das in naher Zukunft geschehen würde. In der Geschichte sind die, die eine Niederlage eingestanden, noch nie gut weggekommen, selbst wenn der Krieg in Wirklichkeit längst verloren war.

Pennebaker schnaubte verächtlich und hob resigniert die Hände.

«Wir hatten hier mal eine Frau, die sechs Jahre im Gefängnis gesessen hatte, weil sie für dreißig Dollar Gras verkauft hat. Ihre Kinder wurden ihr weggenommen, und sie ist, sobald sie wieder frei war, auf Meth gekommen. Das war ihre Art auszusteigen. Ein Punkt für das System, wie? Inzwischen gesteht selbst die UN-Kommission für Drogenpolitik ein, dass das völlige Verbot ein Fehlschlag war, und fordert Legalisierung. Dieselbe UN, die uns in den Golf geschickt hat. Denken Sie, irgendjemand in Washington traut sich, darauf zu hören? Es gibt nur einen Weg, mit dem Problem umzugehen: bei den Ursachen des Konsums anzusetzen und den Menschen vor Augen zu führen, dass sie eine Wahl haben. Vielleicht sind sie dann in der Lage, sich für einen besseren Weg zu entscheiden. Ich bin jetzt mit dem Weg, für den ich mich entschieden habe, zufrieden. Es ist das erste Mal, dass ich das sagen kann.»

Ich hielt das für einen günstigen Moment, um Pennebaker auf die Frage zurückzubringen, die uns hergeführt hatte.

«Helfen Sie uns in dieser einen Sache, dann lassen wir Sie in Frieden. Wir wissen, dass Sie und die Jungs damals für einen mexikanischen Drogenboss Transporte gesichert haben. Wer war dieser Mann?»

Pennebakers Miene verdüsterte sich. «Warum?»

«Es ist vielleicht derselbe, der die Eagles für die Entführungen angeheuert hat – und sie anschließend umgebracht hat.»

Pennebaker verzog das Gesicht, als sei diese Erinnerung schlimmer als alle anderen zusammen.

«Der Typ war völlig irre. Das sah man schon an den Augen. Ich kenne diesen Blick. Er hat immer Ex-Militärs angeheuert, amerikanische und mexikanische. Hat sich davon irgendeinen Vorteil versprochen. Und es hat sich wohl tatsächlich ausgezahlt. Wir taten, was er verlangte, und er bezahlte gut. Unsere Regierung mag verblendet, planlos, inkompetent, falsch beraten und manchmal auch einfach dumm sein, aber dieser Kerl war das Böse in Person.»

«Wie war sein Name?»

«Navarro. Raoul Navarro.»

KAPITEL 41

Sie waren wieder im Balboa Park. Sie hatten Jules' Ford Explorer auf dem Parkplatz hinter dem Starlight Theatre abgestellt, und nun wanderten Tess, Alex und Jules inmitten von Menschenscharen über den Platz, um aus diesem strahlend sonnigen Tag in Kalifornien das Beste zu machen und die Attraktionen zu genießen. Diesmal sollte es ins Air and Space Museum gehen.

Als sie an den farbenfrohen Blumenrabatten entlanggingen, wanderten Tess' Gedanken wieder zu ihrem Gespräch mit Alex' Lehrerin und zu der Blume, die Menschen tötete. Ihr erster Gedanke war gewesen, dass Alex das in irgendeinem Zeichentrickfilm aufgeschnappt hatte. Vielleicht handelte es sich um etwas, das ein hinterhältiger Alien mit hämischem Lachen auf die arglose Menschheit loslassen wollte, was Ben mit seinem wundersamen Omnitrix jedoch im letzten Moment verhinderte. Aber Tess konnte einfach nicht aufhören, an die Blume zu denken, auch wenn sie es sich selbst nicht erklären konnte.

«Alex, erinnerst du dich an die Blume, die du im Park für deine Lehrerin gemalt hast?»

Er nickte desinteressiert. «M-hm.»

«Wo hast du die gesehen? Im Park?»

«Nein.»

«Wo denn?»

Er sah sie mit einem seltsamen Ausdruck von der Seite an. «Ich weiß nicht … aber … ich kenne sie.»

«Erinnerst du dich auch, was du über sie gesagt hast?»

Er nickte.

Tess blieb stehen, ging in die Hocke und fasste ihn sanft an der Schulter. «Sag mir, was an dieser Blume so Besonderes ist.»

Alex sah sie an, als versuchte er zu erkennen, worauf sie hinauswollte, dann sagte er: «Sie kann Leute gesund machen. Aber dann macht sie sie tot. Darum ist sie nicht gut.» Und nach einer kurzen Pause fügte er hinzu: «Das hab ich ihnen gesagt.»

«Wem, Alex? Wem hast du das gesagt?»

«Den Leuten. Brooks und den anderen. Aber es hat ihnen nicht gefallen.» Tess war völlig verwirrt. Dann schien er etwas hinter ihr zu bemerken, und sein Gesicht erstrahlte wie Flutlichtscheinwerfer im Stadion. «Guck mal, da!»

Tess folgte mit dem Blick seinem ausgestreckten Zeigefinger. Vor ihnen lag das Air and Space Museum, und zu beiden Seiten des Eingangs waren zwei windschnittige Kampfflugzeuge ausgestellt. Alex machte sich von Tess los und rannte darauf zu.

Dem hatte sie nichts entgegenzusetzen.

Sie warf Jules einen Blick zu, zuckte die Schultern, und die beiden folgten dem Jungen.

Die mörderische Blume musste warten.

KAPITEL 42

Navarro.

Der Name traf mich wie ein Schwall eiskaltes Wasser.

Pennebaker und Walker waren an Navarros Drogenhandel beteiligt gewesen?

Eine Flut widerstreitender Gedanken, Assoziationen, Theorien und böser Ahnungen brach über mich herein, und ich hörte nur noch mit halbem Ohr zu, was Pennebaker über die Geschäfte der Biker mit dem Mexikaner berichtete.

Es war im Wesentlichen so, wie Karen Walker gesagt hatte. Sie begleiteten Drogenlieferungen diesseits der Grenze, Navarros Drogenlieferungen. Es war leicht verdientes Geld, bis sie eines Tages Wind davon bekamen, dass ein rivalisierendes Kartell versuchte, das Territorium des Mexikaners zu übernehmen, indem es einen Maulwurf in seinen engsten Kreis einschleuste.

«Navarro hat ein Treffen mit uns allen angesetzt, um über eine neue Lieferung zu sprechen, damit der Kerl keinen Verdacht schöpfte», erklärte Pennebaker. «Wir sind also über die Grenze nach Süden gekommen und haben uns irgendwo in einer verlassenen Bar in der Salzebene getroffen. Es war einfach unheimlich, Mann. Eben wurde noch geredet, als wäre alles in Ordnung, und plötzlich bricht der Mann zusammen wie von Spocks Vulkaniergriff, nur dass er noch bei vollem

Bewusstsein ist. Er ist einfach nur irgendwie gelähmt. Navarros *pistoleros* nutzen das Überraschungsmoment, ziehen blitzschnell ihre Pistolen und erledigen die zwei Bodyguards des Kerls. Dann zieht Navarro sein Messer und fängt in aller Ruhe an, den Typen zu zerlegen. Er schlitzt ihm den Bauch auf, zerrt die Eingeweide raus und schneidet sie vor seinen Augen in Stücke. Dabei erzählt er ihm in allen Einzelheiten, wie er sterben wird, und wirft die zerstückelten Eingeweide den Hunden vor. Wirklich krank.»

Munro grinste hämisch. «Und Sie haben gekotzt.»

Pennebaker schüttelte mit einer Mischung aus Unbehagen, Beschämung und Ehrfurcht den Kopf. «Ja, ich habe mir die Seele aus dem Leib gekotzt. Navarro hat den Kerl ausgeweidet wie einen Fisch, ich meine, das war wirklich unheimlich. Er hatte ja nicht umsonst den Spitznamen El Brujo.»

«Der Zauberer», fügte Munro hinzu.

«Zauberer, Hexer, wie auch immer.» Pennebaker redete sich in Rage. «El Loco wäre passender gewesen. Der Typ war völlig durchgeknallt. Mir war klar, worauf das rauslief, es war höchste Zeit, dass wir unsere Geschäfte mit ihm beendeten und uns grünere Gefilde suchten. Aber dazu kam es nicht mehr, weil Marty umgebracht wurde, und damit war Ende.»

Ich hörte noch immer nur halb zu, meine Gedanken waren woanders und tauchten in finstere Abgründe.

Ich musste ihn unterbrechen.

«Einen Moment bitte», sagte ich zu Pennebaker und gab Munro einen Wink mitzukommen. Pennebaker sah mich halb gleichgültig, halb verwirrt an, während ich mit Munro hinausging.

«Das hier hat mit der Sache damals in Mexiko zu tun», sagte ich, sobald wir außer Hörweite waren.

Munro runzelte die Stirn und überlegte. «Kann sein, aber – wo ist die Verbindung? Und warum gerade jetzt?»

Der Kerl war mir wirklich keine Hilfe. Ich hatte ihn ohnehin noch nie leiden können, und nach dem Blutbad in Mexiko noch weniger. Als ich ihn jetzt ansah, spürte ich wieder meinen Finger am Abzug, und auch wenn ich allein die Schuld hatte, trug ich ihm die Geschichte noch immer nach.

Trotzdem, jetzt musste ich den Gedanken beiseiteschieben und mich konzentrieren.

«Ich weiß nicht, aber denken Sie doch mal nach. Wir haben einen Chemiker getötet, der eine neue Superdroge entwickelte. Die Kerle, die Michelle überfallen haben, hatten zwei Chemiker entführt, vielleicht sogar mehr.» Meine Gedanken überschlugen sich, mein Gehirn versuchte mit Höchstgeschwindigkeit, die einzelnen Punkte zu verbinden, und ich ahnte bereits, wie das Bild am Ende aussehen würde. «Die Droge, die McKinnon entwickelte – wir konnten sie in jener Nacht nicht sicherstellen. Was war, nachdem wir da raus waren? Ich habe nur gehört, dass sie nie gefunden wurde.»

Munro nickte. «Sein Notebook –»

«Ich weiß, davon habe ich gehört. Zwei Tastendrücke, und es hat sich selbst zerstört.»

In jener Nacht war es uns gelungen, zwei der Dinge mitzunehmen, die McKinnon eingepackt hatte: ein Notebook und ein altes zerschlissenes, ledergebundenes Tagebuch. Letzteres hatte sich als wertlos erwiesen, laut Corliss und einem Analysten von der CIA enthielt es die Ergüsse eines jesuitischen Missionars namens Eusebio Sowieso, von wann auch immer, auf Spanisch, handgeschrieben und halb verblasst. Das Notebook, auf dem McKinnon wahrscheinlich seine Forschungsergebnisse gespeichert hatte, war, wie sich herausstellte, nicht nur durch Passwort und Fingerscan gesichert, sondern zudem mit irgendeiner hochkomplexen 256-Bit-Blowfish-Software. Bei der zweiten falschen Eingabe des Passworts zerstörte sie die Festplatte. Zwei Versuche. Nicht fünf, nicht zehn. Wenn das nicht extrem war. Die Spitzentechniker der CIA konnten weder diese Sicherung umgehen noch später irgendwelche Daten wiederherstellen. Solche Sicherheitsvorkehrungen waren eigentlich nicht überraschend, wenn man bedachte, dass diese Chemiker oft an neuen Substanzen arbeiteten, die Milliarden Dollar wert waren, aber für uns war es ein schwerer Rückschlag.

«Aber nach dem Überfall auf Corliss haben Sie und Ihre Leute mit allen Mitteln Jagd auf Navarro gemacht», sagte ich. «Konnten Sie da nichts sicherstellen?»

«Navarro hatte den Stoff doch selbst nicht, Mann. Was denken Sie denn, warum er Corliss überfallen hat? Die Formel für diese Droge ist mit McKinnon gestorben. Darüber ist Navarro ausgerastet. Darum ist er zum Berserker geworden und über Corliss hergefallen, obwohl ihm klar sein musste, dass die DEA ihm dafür die Hölle heißmachen und seine Killer ganz oben auf die Fahndungsliste setzen würde.»

Die ganze Sache wurde immer klarer, zugleich spürte ich aber, dass es noch etwas anderes Wichtiges gab, das aus den tiefsten Winkeln meiner Überlegungen an die Oberfläche drängte.

«Okay, die Formel ist also verloren, aber die denken, wir hätten sie», stellte ich fest. «Irgendjemand muss es denken.

Darum hat Navarro damals Corliss überfallen. Darum hat derjenige, der hinter dieser ganzen Sache steckt, die Biker darauf angesetzt, die Wissenschaftler zu entführen. Und das muss auch der Grund sein, warum sie Michelle wollten.»

«Aber Michelle gehörte nicht zu unserer Task-Force», wandte Munro ein. «Sie hatte mit unserem Einsatz in Navarros Labor nichts zu tun.»

«Nein», erwiderte ich, «aber ich.»

Die Erkenntnis fuhr mir wie eine Bombe in die Eingeweide und zerriss mich von innen.

«Es ging denen gar nicht um sie.» In meinem Kopf fügten sich die Puzzleteile mit gnadenloser Klarheit zusammen. «Sie waren auf mich aus. Darum die Anschläge auf Michelle. Sie wussten, dass ich derjenige bin, der McKinnon erschossen hat. Sie müssen denken, ich wüsste etwas.»

Ich sah noch einmal vor mir, wie Michelle angeschossen wurde, wie sie mich anblickte, schon vom Tod gezeichnet, wie sie auf dem Gehweg lag und das Leben aus ihr heraussickerte; ich hörte wieder, wie sie kraftlos ihre letzten Worte heraushauchte. Am liebsten hätte ich mich umgebracht.

Sie hatten es die ganze Zeit auf mich abgesehen.

Sie hatten die Anschläge auf Michelle verübt, um an mich heranzukommen.

Meinetwegen war sie gestorben.

Das Blut strömte wie Säure durch meine Adern und zerfraß mich. Sie hatten sich wohl an Michelle gehalten, weil sie nichts von Tess wussten. Oder vielleicht war New York zu weit außerhalb ihrer Reichweite, also mussten sie mich hierherlocken, in ihr Revier, nur einen Katzensprung von der Grenze entfernt.

Und als hätte das nicht genügt, wurde mir noch etwas klar.

Alex.

«Sie hatten es nicht nur auf Michelle abgesehen», stieß ich mit zugeschnürter Kehle hervor. «Auch auf Alex. Sie müssen gewusst haben, dass er mein Sohn ist. Darum die Überfälle. Um ihn zu entführen und als Druckmittel gegen mich zu benutzen. Um an mich heranzukommen.» Das musste der Grund sein, weshalb sie mich noch immer verfolgten. Nicht weil sie nicht wussten, dass Michelle tot war. Sondern weil es eigentlich um mich ging. Sie wollten etwas von mir, und sie wollten Alex benutzen, um es zu bekommen, was immer es sein mochte.

Was bedeutete, dass Alex noch immer in Gefahr schwebte.

Und Tess ebenfalls.

All das wurde mir mit einem Schlag klar. Wie benommen zog ich mein Handy hervor und drückte die Speichertaste für Jules' Nummer.

KAPITEL 43

«Wow, guckt mal, das da», kreischte Alex und zeigte begeistert auf eins der Flugzeuge vor dem Museum.

Sie standen unter dem Lockhead Blackbird, der sie auf seinen drei Metallstützen hoch überragte.

«Das hier ist das schnellste. Es ist wie eine Rakete.» Alex bestaunte das windschnittige schwarze Spionageflugzeug, das einmal von den Salzseen der Area 51 in Nevada zu seinem Jungfernflug gestartet war. Der Junge war ganz aus dem Häuschen und schaute immer wieder zwischen dem Blackbird und dem kleineren Convair Sea Dart auf der anderen Seite des Eingangs hin und her.

Jules erkannte die Freude in Tess' Gesicht, als sie beide zusahen, wie Alex herumlief, und musste selbst lächeln. Sie wusste, was Tess empfand. Alex nach allem, was er durchgemacht hatte, so glücklich zu sehen, und wenn es nur für einen flüchtigen Moment war, wirkte so herzerwärmend und stimulierend wie ein Glas guter gereifter Single Malt.

Tess warf einen Blick zu Jules und lächelte sie voller Dankbarkeit an, dann wandte sie sich an Alex. «Was meinst du, wollen wir reingehen?»

Er rannte bereits voraus.

Der runde Museumsbau bestand aus einem äußeren Ring, in dem dicht an dicht Luftfahrzeuge jeder Form und Größe ausgestellt waren, und einem Pavillon in der Mitte. Das Prachtstück der ganzen Ausstellung war ein riesiges Wasserflugzeug aus der Zeit des Zweiten Weltkriegs. Alex hatte Tess erzählt, dass er schon früher in dem Museum gewesen war, aber er hatte noch keinen der 3D-animierten Filme gesehen, die im Zable Theater liefen. Die Filme waren zusätzlich mit physikalischen Effekten versehen, sodass irgendein Werbemensch auf die Idee gekommen war, sie ‹4D› zu nennen, auch wenn streng genommen alle 3D-Filme bereits in einem Einstein'schen vierdimensionalen Multiversum liefen.

Sie wanderten zwischen den Ausstellungsstücken umher. Alex lief strahlend vor Begeisterung voraus und zeigte aufgeregt mal auf dieses, mal auf jenes Flugzeug. Im Gebäude herrschte ebensolches Getümmel wie draußen, und Jules ertappte sich dabei, wie sie unbewusst die Menschen in ihrer Umgebung musterte. Es war ein ganz gemischtes Volk, Familien und Paare, Einheimische und Ausländer, Alte und Junge, ein breiter Querschnitt der Bevölkerung, versammelt um dieses herausragende Beispiel der menschlichen Genialität, den uralten Wunsch zu fliegen wahr zu machen.

Sie waren etwa eine halbe Stunde dort und warteten gerade in der Schlange vor dem kleinen Kino, als Jules ein Mann auffiel, ein Latino mit dunkel olivfarbener Haut, bekleidet mit Jeans, Windjacke und Cowboystiefeln. Jules bemerkte, dass von seinem Ohr das Kabel einer Handy-Freisprecheinrichtung ausging, und sie sah, dass der Mann ins Mikrophon sprach. Sie wusste selbst nicht recht, warum ihr Blick an ihm hängen blieb. Etwas an ihm erschien ihr seltsam, aber sie konnte es nicht benennen. Er wirkte einfach fehl am Platz. Wie ein Tourist sah er jedenfalls nicht aus. Er schien sich in dieser Umgebung unwohl zu fühlen, als sei er nicht wirklich hergekommen, um sich die Flugzeuge anzusehen. Doch nachdem sie ihn ein paar Sekunden lang beobachtet hatte, entschied Jules, dass sie sich zu viele Gedanken machte. Er hatte nicht ein einziges Mal zu ihnen herübergeschaut. Wahrscheinlich hatte er nur gerade einen beruflichen Anruf bekommen, oder seine neue Freundin hatte ihn genötigt, mit ihr und ihrem Kind diesen Ausflug zu machen, obwohl er eigentlich gar keine Lust dazu hatte. Was auch immer für eine Geschichte dahintersteckte, Jules nahm sich vor, ihn nicht weiter zu beachten.

Sie schalt sich selbst für ihr Misstrauen. Wieder einmal ein Zeichen, dass sie sich nie wirklich entspannen konnte. Sie machte diesen Job einfach schon zu lange, sie war ständig innerlich in Alarmbereitschaft. Sie stellte sich vor, wie ihre Freundinnen jetzt die Augen verdreht hätten, aber Tatsache war, dass sie ihre Arbeit als FBI-Agentin liebte. Vor allem ihre beste Freundin, die am College ihre Zimmergenossin gewesen war, redete ihr immer wieder zu, sie solle doch heiraten und eine Familie gründen, aber Jules lachte über ihre Sticheleien ebenso wie über ihre guten Ratschläge. Sie versprach zu versuchen, lockerer zu werden und das Leben mehr zu genießen, aber ihnen beiden war klar, dass das leere Worte waren.

In der Warteschlange ging es voran, und als Jules den Vorführraum betrat, sah sie sich rasch nach den Ausgängen um. Abgesehen vom Haupteingang gab es an der Rückwand des kleinen Raumes mit nur sechsunddreißig Sitzen noch zwei Türen, die zum Informationszentrum führten. Gleich darauf wurde ihr bewusst, dass sie rein aus Instinkt darauf geachtet hatte.

Selbst bei einem Vergnügungsausflug mit einem Vierjährigen konnte sie ihren Job nicht vergessen.

Sie sah, wie Tess und Alex ihre 3D-Brillen aufsetzten und Platz nahmen, um ins *Jet Pack Adventure* einzutauchen. Jules beschloss, draußen auf die beiden zu warten und inzwischen per Smartphone die neuesten Entwicklungen zum Fall abzurufen. Eine Sekunde lang überlegte sie sogar, den Flugsimulator auszuprobieren – sie hatte viele Simulationsflüge mit Hubschraubern und kleinen Flugzeugen absolviert, aber noch nie mit einem F-18-Kampfjet –, aber dann ging der Vibrationsalarm ihres Handys los.

Sie warf einen Blick auf das Display, es war Reilly. Wahrscheinlich rief er an, um sich nach seinem Sohn zu erkundigen.

«Wo sind Sie gerade?»

Er klang beunruhigt.

Während sie seine Frage beantwortete, spannte sie sich an und überblickte instinktiv ihre Umgebung.

Reilly kam ohne Umschweife auf den Punkt: «Sie müssen Alex und Tess da rausbringen, ohne sie zu ängstigen. David organisiert einen sicheren Unterschlupf.»

Jules lief es eiskalt den Rücken hinunter. «Warum, was ist passiert?»

«Sie haben es auf mich abgesehen. Darum waren sie hinter Michelle und Alex her. Sie wollten sie benutzen, um an mich heranzukommen. Das bedeutet, Alex ist noch immer in Gefahr. Und Tess auch.»

Jules hörte zu, während Reilly ihr rasch die Hintergründe erklärte, die Ereignisse in Mexiko vor fünf Jahren, Raoul Navarro. Als er den Namen aussprach, hörte sie eine Mischung aus Frustration und schlecht verhohlenem Unbehagen heraus, was ihre eigenen bösen Ahnungen verstärkte. In der kurzen Zeit, seit sie Reilly kannte, hatte er sie mit seinem klaren Denken und entschlossenen Handeln beeindruckt, vielleicht hatte sie sich sogar zu einer unvernünftigen kleinen Schwärmerei hinreißen lassen. Dass er jetzt so aufgewühlt klang, verunsicherte sie zutiefst.

Er teilte ihr auch mit, dass die Gangster, die die Eagles ausgelöscht hatten, wahrscheinlich Ex-Militärs waren, das sei Navarros Modus Operandi.

Als er endlich eine Pause machte, um Luft zu holen, fragte sie: «Soll ich Verstärkung anfordern?»

Reilly zögerte, ehe er erwiderte: «Nein, das ist vorerst nicht nötig. Ich will nicht, dass Alex sich noch mehr ängstigt, als ohnehin schon. Fahren Sie einfach nur mit den beiden zum Hotel zurück und packen Sie Ihre Sachen. Ich komme sofort zurück nach San Diego.»

«Verstanden.»

Sie beendete das Gespräch und zog sich unauffällig hinter ein tief hängendes Flugzeug zurück, um mit einem schnellen Rundumblick den Museumsraum zu überschauen. Zuerst fiel ihr nichts Verdächtiges auf, dann bemerkte sie wieder den Latino. Er stand dicht beim Eingang zum Hauptpavillon, doch diesmal sah sie neben ihm einen zweiten Mann, der ebenfalls das Kabel einer Freisprecheinrichtung am Ohr hatte. Er hielt irgendein Gerät in der Hand, und beide schauten aufmerksam auf das Display. Dann sah einer von ihnen in Jules' Richtung, wies mit einer unauffälligen Kopfbewegung zum Vorführraum hinüber – und in diesem Moment sah sie es. Eine kleine Ausbeulung unter seiner Windjacke. Offenbar trug er eine Pistole in einem Unterarmhalfter.

Ihre Nackenhaare sträubten sich.

Jules behielt die Männer jetzt fest im Blick, doch die beiden rührten sich nicht von der Stelle. Sie schauten geradeaus an ihr vorbei und schienen sie nicht zu bemerkten. In Sekundenschnelle überschlug sie die Lage, wie es ihr antrainiert war, und sie ging im Geiste die verschiedenen Möglichkeiten durch. Im besten Fall spielten die Männer Angry Birds oder riefen Sportergebnisse ab. Im schlechtesten Fall hatten sie feindliche Absichten. Aus ihren Blicken und ihrer Körpersprache schloss sie auf Letzteres.

Was bedeutete, dass sie Alex und Tess verfolgten.

Und das wiederum musste heißen, dass sie sie irgendwie per GPS orten konnten, wahrscheinlich über Tess' Handy.

Aber wenn es so war, schienen sie im Augenblick keinen Zugriff zu planen, sondern warteten ab, bis Tess und Alex wieder herauskamen, um sie auf freier Fläche anzugreifen oder später im Wagen, während der Fahrt.

Verdammt.

Jules konnte nicht wissen, mit wie vielen Gegnern sie es zu tun hatte, aber ihr war klar, dass sie eine Schießerei an einem belebten öffentlichen Ort unbedingt vermeiden musste. Die jüngsten Vorfälle hatten gezeigt, dass dieser Raoul Navarro keine Skrupel hatte, unschuldige Leben zu opfern, sondern entschlossen war, mit allen Mitteln an Reilly heranzukommen, auch über die Leichen von Frauen und Kindern.

Sie suchte fieberhaft nach einer Lösung, bis ihr plötzlich eine Idee kam: Wenn es sich tatsächlich um das Überfallkommando eines Kartells handelte, konnte sie die GPS-Ortung gegen sie einsetzen. Vielleicht würde es ihr so gelingen, Tess und Alex in Sicherheit zu bringen, ohne dass dabei irgendjemand zu Schaden kam. Jules fragte sich nur, ob sie Reilly zurückrufen sollte – als Agent wollte er sicher auf dem Laufenden gehalten werden, aber als Vater war eine detaillierte Berichterstattung das Letzte, was er brauchen konnte. Villaverde hatte sie bereits am Vortag zur Seite genommen, um ihr zu sagen, Reilly stecke zwar mitten im Geschehen, aber sie müssten aufpassen, dass seine persönliche Verstrickung in diesen Fall nicht zum Problem wurde, nicht zuletzt für Reilly selbst. Ihre Priorität lag auf Alex. Die Gangster zur Strecke zu bringen war zweitrangig, zuerst musste der Junge in Sicherheit sein.

Dennoch, irgendetwas musste sie Reilly sagen.

Sie rief ihn an und beschrieb die Lage.

«Was soll ich jetzt tun?», fragte sie.

Er schwieg kurz, dann erwiderte er: «Greifen Sie nicht an, okay? Greifen Sie auf keinen Fall an. Wie Sie schon sagten, wir wissen nicht, wie viele es sind. Es ist sicher Polizei auf dem Platz oder in der Nähe. Ich fordere Verstärkung für Sie an.»

«Sean, ich will hier keine Schießerei. Nicht hier, in dieser Menschenmenge, und mit Alex und Tess mittendrin.» Sie erklärte ihm, was sie stattdessen vorhatte.

Reilly stieß frustriert die Luft aus. «Dazu müssten Sie sich von den beiden trennen, und sie wären ohne Schutz.»

«Ja, aber mit etwas Glück würde niemand sie verfolgen.»

Er schwieg erneut und wog offenbar die Möglichkeiten gegeneinander ab. Keine war verlockend.

«Ich kann das durchziehen, Sean», beharrte sie. «Es wird funktionieren.»

«Okay. Aber seien Sie vorsichtig, Jules. Versprechen Sie mir, nicht die Heldin zu spielen.»

Sie lächelte nervös, ihr Herz schlug schneller. «Ich halte Sie auf dem Laufenden.» Damit beendete sie das Gespräch.

KAPITEL 44

Jules drehte sich ruhig um, ging zum Vorführraum hinüber und trat leise ein. Sie entdeckte Tess und Alex sofort. Die beiden saßen am Ende einer Reihe, Tess auf dem Sitz zum Gang hin und neben ihr Alex, der gebannt auf die Leinwand starrte.

Jules ging neben Tess in die Hocke.

«Da draußen sind ein paar Männer. Ich vermute, die haben keine guten Absichten.»

Sie sah Tess an, um sich zu vergewissern, dass diese die Information gefasst aufnahm, dann fügte sie hinzu: «Uns bleibt nicht viel Zeit. Vielleicht haben sie Sie über Ihr Handy geortet. Geben Sie es mir, ich werde sie damit von Ihnen weglocken.»

«Aber –»

«Ich habe mit Sean gesprochen», beharrte Jules mit ruhiger, leiser Stimme. «Es ist die sicherste Möglichkeit. Geben Sie mir Ihr Handy.»

Tess zog ihr iPhone hervor und händigte es ihr aus. Jules nahm an, dass die Romanautorin bereits einige lebensbedrohliche Situationen durchgemacht hatte und ihr klar war, dass schnelles, entschlossenes Handeln oft lebensrettend war.

«Bleiben Sie noch zehn Minuten hier», wies sie Tess an. «Dann kommen Sie zur Ausfahrt vom Parkplatz.»

Sie gab Tess die Autoschlüssel. Jules schätzte, dass Tess und Alex für den Weg zum Wagen nicht länger als zehn Minuten brauchen würden. Wenn sie wieder alle drei zusammengetroffen waren, konnten sie geradewegs über den Park Boulevard verschwinden.

«Viel Glück», sagte Tess und legte Jules eine Hand auf den Arm. «Und danke.»

Jules nickte, dann schlich sie zurück zum Ausgang.

Sie schaltete das iPhone aus, steckte es in die Tasche und verließ den Vorführraum. Es gefiel ihr ganz und gar nicht, Tess und Alex allein zu lassen, aber bei ihnen zu bleiben und womöglich überwältigt zu werden, war noch riskanter.

Sie trat aus der Dunkelheit in den hell erleuchteten Ausstellungsraum hinaus und sah sich um. Die beiden Verdächtigen standen jetzt drüben bei einem ungewöhnlich aussehenden Flugzeug, das die Form eines Bumerangs hatte. Wenn sie Profis waren und tatsächlich Tess' iPhone verfolgten, stellten sie es geschickt an – sie sahen die Bewegungen der Zielperson voraus, positionierten sich jedoch so, dass sie nötigenfalls jederzeit die Richtung wechseln konnten. Sie blieben dran, aber nicht zu dicht.

Ein weiteres Anzeichen dafür, dass sie das waren, wofür Jules sie hielt.

Jules duckte sich in den Schutz einer Gruppe Museumsbesucher und ging schnell zum Haupteingang. Sie rechnete sich aus, dass ihr etwa eine halbe Minute blieb, ehe die Verfolger merkten, dass sie ihnen durch die Lappen gegangen war. Die GPS-Ortung funktionierte gut, aber nicht perfekt. Das Signal wurde mehrmals umgeleitet, ehe es die Telefongesellschaft erreichte. Hinzu kam die Verzögerung zwischen dem Signal selbst und dem Handynetz, über das es verfolgt wurde. Wenn sie das iPhone innerhalb dieser dreißig Sekunden wieder einschaltete, konnte sie diese Zeit nutzen, um etwas Vorsprung zu gewinnen, ohne dass die Verfolger überhaupt bemerkten, dass sie das Signal verloren hatten.

Jules verließ das Museum durch den Haupteingang des Rundbaus und schaltete das iPhone wieder ein. Sie vergewisserte sich, dass die Tastensperre aktiviert war, dann wandte sie sich nach Norden in Richtung des Museum of Art. Auf dem Platz wimmelte es noch immer von Tagesausflüglern aus Ferienlagern, Reisebussen mit ein- oder aussteigenden Touristengruppen, Eltern, die ihren Kleinkindern aus Geländewagen halfen, und händchenhaltenden Pärchen mit Picknickkörben, die alle das herrliche Wetter genossen. Jules war sich bewusst, dass sie nicht schneller gehen durfte, als ein aufgeregter Vierjähriger laufen würde, aber sie nutzte dabei jede mögliche Deckung: Seniorengruppen, größere Fahrzeuge und Familien, die darüber stritten, was sie zuerst sehen wollten. Als sie auf den breiten Gehweg trat, der an den geparkten Fahrzeugen entlangführte, mischte sie sich unter eine große Touristengruppe.

Sie unterdrückte den Drang, sich umzuschauen. Die Verfolger wussten sicher, wie Alex aussah – vielleicht hatten sie sogar ein Bild von Tess –, aber sie selbst konnten sie unmöglich kennen. Es würde nicht leicht für sie sein, in einer Menschengruppe in Bewegung einen vierjährigen Jungen auszumachen. Jules musste darauf vertrauen, dass die Männer nicht bemerkten, dass sie einer falschen Fährte folgten – wenigstens so lange, bis es keine Rolle mehr spielte.

Nach weiteren hundert Metern nutzte sie eine Baumgruppe als Deckung und spähte in die Richtung, aus der sie gekommen war. Und tatsächlich, die Männer kamen auf sie zu, den Blick abwechselnd auf das Handy und auf die große Touristengruppe gerichtet, die sich langsam von dem Museum entfernte.

Als Jules den Schutz der Bäume wieder verließ und die Rampe zum Marie Hitchcock Puppet Theater hinaufging, entdeckte sie etwas, das für ihre Zwecke hervorragend geeignet war. Gerade entfernte sich ein elektrischer Buggy mit zwei älteren Damen im Schneckentempo vom Theater. An der Seite prangte der Schriftzug SAN DIEGO ZOO.

Der Zoo lag ganz am anderen Ende des Parks, und offenbar war der Wagen auf dem Weg dorthin. Jules warf einen Blick zurück, stellte fest, dass sie außer Sicht ihrer Verfolger war, und rannte auf den Buggy zu.

Als sie ihn erreichte, verlangsamte sie ihren Schritt und machte den Fahrer auf sich aufmerksam.

«Entschuldigen Sie», sagte sie und gab ihm Zeichen anzuhalten.

Er bremste.

«Kommen Sie wieder hierher zurück?», erkundigte sie sich lächelnd. «Ich bin mit meinen Großeltern hier, und es wäre ganz angenehm für sie, zum Zoo fahren zu können.»

Der Fahrer des Buggys antwortete, er werde in etwa zwanzig Minuten wieder da sein und sie abholen. Jules bedankte sich und trat zurück, und als der Buggy wieder anfuhr, ließ sie Tess' iPhone in einen der Gepäckkörbe hinten am Fahrzeug fallen. Dann zog sie sich wieder in den Schutz der Bäume zurück und wartete.

Kaum zwanzig Sekunden später kamen die beiden Männer in etwa zehn Meter Entfernung vorbei und folgten weiter dem GPS-Signal des iPhone. Aufs äußerste gespannt, beobachtete

Jules sie, bis sie vorbei waren, dann verließ sie ihre Deckung und kehrte um.

Als sie sich nach ein paar Sekunden noch einmal umsah, verschwanden die Verfolger gerade um eine Wegbiegung. Jetzt war Jules außerhalb ihres Sichtfelds. Sie fiel in einen Laufschritt und rannte schließlich auf das Air and Space Museum zu. Bald lag es nur noch ein paar hundert Meter vor ihr. Sie wollte gerade den Weg zu dem Parkplatz einschlagen, auf dem sie ihren Wagen abgestellt hatte – einen Fußweg entlang einer Betriebsstraße zwischen zwei großen Verwaltungsgebäuden –, als sie plötzlich stehen blieb.

Da war noch ein dritter Verfolger.

Nicht mehr als dreißig Meter entfernt, ganz am Rand des Parkplatzes, stand ein Latino neben einem schwarzen Geländewagen, einem Chevy Tahoe – dem gleichen, den sie auf dem Überwachungsvideo aus dem Streifenwagen des erschossenen Deputy gesehen hatte. Auch dieser Mann hatte ein Kabel am Ohr.

Im selben Moment, als sie ihn bemerkte, drehte er sich um, und für einen Sekundenbruchteil trafen sich ihre Blicke. Beiden war augenblicklich klar, dass der andere sie bemerkt hatte. Und das bedeutete, der Mann konnte sich jetzt denken, dass Tess und Alex nicht da waren, wo seine Komplizen sie vermuteten.

Jules hatte keine Möglichkeit, Tess zu warnen. Ihr Handy befand sich gerade auf halbem Weg zum Zoo.

Ihr blieb keine Zeit nachzudenken. Sie wusste nur eins: Sie durfte nicht zulassen, dass der Kerl die anderen verständigte, aber wenn sie ihre Waffe zog, würde die Situation im Handumdrehen außer Kontrolle geraten. Also tat sie das Einzige, was ihr einfiel.

Sie rannte aus Leibeskräften auf den Mann zu.

Sie sah, wie seine Augen schmal wurden, wie er stutzte und sich etwas zwischen Belustigung und Unglauben auf seinem Gesicht abzeichnete. Einen Sekundenbruchteil später warf sie sich gegen ihn, den rechten Arm dicht vor dem Körper angewinkelt, sodass der Mann rückwärts gegen den Wagen gerammt wurde, ihm die Luft ausging und drei Rippen brachen. Mit dem restlichen Schwung stieß Jules ihn zu Boden.

Sie stürzte sich auf ihn. Während sie ihre Handschellen hervorzerrte, versuchte sie, den Mann am Boden zu halten, doch er war zu stark. Er wehrte ihren Arm ab und packte sie an der Schulter, dann drehte er sich und stieß sie mit Wucht gegen die Wagentür. Jules schlug mit dem Kopf so heftig gegen das Blech, dass sie für einen Moment nur noch verschwommen sah. Ihr Blick wurde gerade rechtzeitig wieder klar, um das unverkennbare Aufblitzen von Stahl auszumachen, als der Killer ein gefährlich aussehendes Stilett aus dem linken Stiefel zog.

Wieder stürzte sie sich auf ihn und packte mit der Linken das rechte Handgelenk des Gegners, während sie ihm den Handballen ihrer Rechten mit aller Kraft gegen die Nase rammte. Er stöhnte vor Schmerz auf, und für einen Moment sank die Hand mit dem Messer nach unten, doch dann richtete er es direkt auf ihren Bauch. Er war stärker als gedacht, und Jules war klar, dass jetzt ihre letzte Chance kam, mit ihm fertigzuwerden.

Sie trat nach dem Arm mit der Waffe, warf sich darauf und schmetterte ihn mit beiden Händen auf den Asphalt, aber der Gangster hielt das Messer fest umklammert. Er riss das rechte Knie hoch und traf Jules mit voller Wucht in die Nieren. Der Stoß warf sie zur Seite, aber während sie sich auf dem

Boden abrollte, hielt sie sein rechtes Handgelenk noch immer mit beiden Händen umklammert. Der Gegner folgte ihrer Bewegung und versuchte, sie mit seinem Gewicht niederzudrücken, doch Jules nahm ein letztes Mal alle Kraft zusammen, drehte seinen Arm herum und warf sich mit Schwung dagegen, um ihm die Waffe in den Bauch zu rammen.

Er riss die Augen auf und rang nach Luft, während Jules ihn über sich hinwegdrehte, sodass er flach auf dem Rücken landete. Um kein weiteres Risiko einzugehen, zog sie ihre Glock und versetzte ihm damit einen kräftigen Schlag gegen die Schläfe. Er war auf der Stelle bewusstlos. Sie klopfte ihn ab, steckte sein Handy und seine Pistole aus Edelstahl ein und legte ihm dann zur Sicherheit Handschellen an. Als sie wieder auf die Beine kam, sah sie, wie einige Touristen sie anstarrten, manche entsetzt, andere mit einem Ausdruck, der besagte *Bravo, Mädchen.*

«FBI», rief sie und hielt ihre Dienstmarke hoch. «Halten Sie Abstand. Dieser Mann ist gefährlich.» Sie zog ihr Handy hervor, meldete den Vorfall und bat den Kollegen in der Leitstelle, die örtliche Polizei zu verständigen – sie sollten so viele Uniformierte wie möglich schicken.

Ihr ganzer Körper kribbelte vor Anspannung. Tess und Alex schwebten in großer Gefahr. Zwar konnte sie nicht wissen, ob der Mann, den sie soeben unschädlich gemacht hatte, seinen *compadres* schon etwas mitgeteilt hatte, aber sie musste davon ausgehen, dass die inzwischen Verdacht geschöpft hatten und ahnten, dass Tess und Alex sich eher in der Nähe von Jules' jetzigem Standort befanden. Sie rannte los in Richtung ihres Wagens, als sie aus dem Augenwinkel sah, wie die beiden Verfolger vom nördlichen Ende her auf den Parkplatz kamen.

Sie hatten Jules noch nicht bemerkt, aber sie wussten, wo ihr Komplize war, und würden sehr bald bei ihm sein. Jules sprintete weiter. Sie entdeckte ihren Wagen am gegenüberliegenden Ende des Parkplatzes, dicht bei der Ausfahrt.

Jules rannte, so schnell sie konnte, bahnte sich einen Weg durch das Getümmel, um den Wagen zu erreichen, bevor die Männer sie entdeckten. Sie lief am südlichen Rand des Parkplatzes entlang, nicht ohne alle paar Sekunden einen Blick über die Schulter zu werfen – dann sah sie, dass einer der Killer sie bemerkt hatte und seinen Kumpel auf sie aufmerksam machte.

Die beiden Männer rannten los, quer über den Parkplatz, um ihr den Weg abzuschneiden.

Noch während sie ihre Pistole zog, wurden bereits mehrere Salven auf sie abgefeuert. Die Kugeln pfiffen ihr um die Ohren. Ein paar Kinder, die gerade wieder in die Autos ihrer Familien kletterten, fingen an zu schreien, als in ihrer Nähe eine Windschutzscheibe zerbarst, und schon brach auf dem gesamten Gelände Panik aus, Menschen schrien und suchten Deckung. Jules zielte und versuchte gerade, den vorderen der Angreifer ins Visier zu bekommen, als von rechts ein Streifenwagen auf den Parkplatz fuhr. Die Killer sahen ihn ebenfalls, und als einer von ihnen seinen Lauf verlangsamte, um auf die Polizisten zu schießen, blieb Jules stehen, ließ sich auf ein Knie fallen und feuerte fünf schnelle Schüsse ab. Zwar traf sie nicht, aber der Angreifer war gezwungen, hinter der Ecke des Gebäudes an der Westseite der Wartungsstraße in Deckung zu gehen.

Der andere rannte weiter, wobei er sich im Schutz einer Reihe Fahrzeuge hielt. Er steuerte geradewegs auf die Ausfahrt des Parkplatzes zu – und damit auf den Ford Explorer.

Bei Jules schrillten alle Alarmglocken.

Sie rannte weiter, während der Streifenwagen mit quietschenden Reifen zum Stehen kam. Zwei Polizisten sprangen heraus und bezogen Position hinter ihrem Wagen, aber der Fahrer wurde von einer Kugel getroffen und ging zu Boden, ehe er in Deckung gehen konnte. Jules verlangsamte ihren Lauf und zielte auf den Mann, der den Cop niedergeschossen hatte, doch es waren zu viele Zivilisten in der Nähe, sie konnte keinen Schuss riskieren. Sie musste weiterrennen. Der Angreifer, der am Rand des Parkplatzes entlang auf Tess zusteuerte, näherte sich jetzt schnell dem Geländewagen.

Jules sah sich nach beiden Seiten um. Sie hatte keine Chance, Tess zuerst zu erreichen – sie wäre dem Gegner geradewegs in den Weg gerannt. Der Mann lief schnurstracks auf den Wagen zu. Er schien zu wissen, dass Tess und Alex darin saßen, vermutlich weil Tess nicht in einer Parklücke stand, sondern an der Ausfahrt wartete. Während sie beide aus verschiedenen Richtungen auf den Explorer zurannten, sah Jules, wie der Latino mit der Pistole darauf zielte. Aber auch jetzt waren zu viele Menschen und Fahrzeuge zwischen ihnen, als dass sie auf ihn hätte schießen können.

Stattdessen schwenkte sie nach rechts, sprang auf die Motorhaube eines parkenden Autos und von dort aufs Wagendach, um freie Schusslinie zu haben. Sie zielte, die Pistole in beiden Händen, und wollte gerade abdrücken, als von rechts mehrere Kugeln durch die Luft pfiffen. Der zweite Verfolger hatte sie ins Visier genommen. Eine Kugel streifte sie an der Schulter, und sie verlor das Gleichgewicht, stürzte vom Wagendach und schlug hart auf den Asphalt auf. Die Pistole glitt ihr aus den Händen. Der Mann, auf den sie eben hatte schießen wollen, war jetzt nur noch knapp zwanzig Meter von ihr entfernt und ging zum finalen Angriff über.

Jules suchte auf allen vieren nach ihrer Pistole, spähte unter die umstehenden Fahrzeuge und warf dabei immer wieder rasche Blicke zu dem näher kommenden Killer. Sie sah, wie sich im Vorgeschmack des Tötens ein boshaftes Grinsen auf seinem Gesicht ausbreitete – und dann hörte sie hinter sich lautes Reifenquietschen. Als sie herumfuhr, sah sie ihren Explorer im Rückwärtsgang geradewegs auf sich zurasen.

Sie rollte sich seitlich aus dem Weg, und schon kam der Wagen mit kreischenden Reifen schlitternd neben ihr zum Stehen.

Jules wartete nicht auf eine schriftliche Einladung.

Sie riss die hintere Tür auf und warf sich auf den Rücksitz.

«Weg hier!», rief sie.

Tess hatte schon den Vorwärtsgang eingelegt und trat das Gaspedal durch. Als sie durch die Ausfahrt rasten, sah Jules sich noch einmal nach dem Verfolger um. Er machte bereits kehrt und verschwand in der Menge.

Während Tess mit hoher Geschwindigkeit auf den Park Boulevard einbog und den Balboa Park hinter sich ließ, versuchte Jules sich mit dem Gedanken zu beruhigen, dass es auf dem Gelände bald von Polizisten wimmeln würde. Sie würden sich um die Gangster kümmern. Dennoch war sie nicht sicher, ob sie richtig gehandelt hatte. Sie schloss die Augen, um die Frage in Ruhe zu überdenken.

Wie auch immer, Alex und Tess waren in Sicherheit.

Das zählte doch wohl einiges.

KAPITEL 45

Ich konnte wieder atmen.

Tess und Alex waren außer Gefahr. Jules hatte sie direkt vom Balboa Park aus ohne Zwischenstopp im Hotel sicher zu einem geheimen Unterschlupf des FBI gelotst. Villaverde hatte ein paar Agenten beauftragt, ihre Sachen aus der Suite zu holen und dorthin zu bringen; einer würde zusätzlich noch zur Sicherheit bei ihnen bleiben. Ich versprach Tess, so bald wie möglich zu ihr zu kommen. Vorher musste ich noch mit Munro in Villaverdes Büro, um über Pennebakers Enthüllungen zu sprechen.

«Es muss jemand sein, der Navarro nahestand», spekulierte Munro. «Jemand, der wusste, worauf er aus war, und der jetzt selbst versucht, es in die Hände zu bekommen. Einer seiner Gefolgsmänner, der nach seinem Tod in der Rangordnung aufgestiegen ist.»

So lief es da unten. Immer wenn einer der obersten Gangsterbosse inhaftiert oder getötet wurde, brach unter seinen Gefolgsleuten ein regelrechter Krieg um die Nachfolge aus, während sie zugleich kämpfen mussten, um Übernahmeversuche durch andere Kartelle abzuwehren. Die Spirale der Gewalt schraubte sich weiter hoch, und oft war das Ergebnis schlimmer als der Zustand davor. So oder so schien es, als hätten wir nichts zu gewinnen.

Von den Killern würden wir nichts erfahren. Derjenige, dem Jules das Messer in den Bauch gerammt hatte, erreichte das Krankenhaus nicht lebend. Die anderen zwei waren in der Menge untergetaucht.

«Was ist das überhaupt für eine Droge?», fragte Villaverde. «Was ist so Besonderes daran?»

«Wir wissen es nicht», antwortete Munro. «Wir wissen nur, dass es sich um ein hochwirksames Halluzinogen handelt, das McKinnon bei irgendeinem gottlosen Eingeborenenstamm im finstersten Urwald entdeckt hat.»

Ich erinnerte mich an die Aufzeichnung von McKinnons Notruf. Er war ganz überraschend gekommen, von einem Handy, das zu ihm hereingeschmuggelt worden war.

Seine Botschaft war kurz, chaotisch und eindringlich gewesen.

Er nannte seinen Namen und sagte, er sei vor mehreren Monaten von bewaffneten Banditen entführt worden, als er in den Regenwäldern unten im Süden, in der Gegend von Chiapas, nach bisher unentdeckten Tier- und Pflanzenstoffen forschte. Die *banditos* hatten ursprünglich geglaubt, sie könnten von einem großen Pharmakonzern Lösegeld für ihn erpressen, ein verbreitetes Berufsrisiko für Forscher, die in entlegenen Gegenden jenes Erdteils arbeiteten. Als sich herausstellte, dass McKinnon ausschließlich in eigener Sache forschte, überlegten sie, ihn zu töten, ehe ihnen eine andere Möglichkeit einfiel, ihren Fang doch noch zu Geld zu machen. Sie boten ihn Navarro an, weil sie dachten, El Brujo sei vielleicht an den Fähigkeiten des entführten Chemikers interessiert.

Sie ahnten gar nicht, wie sehr.

In dem verzweifelten Versuch, das eigene Leben zu retten, hatte McKinnon den Fehler begangen, Navarro von etwas zu erzählen, das er entdeckt hatte. Etwas, wonach er seit Jahren gesucht hatte, etwas, womit der Schamane eines kleinen, isoliert lebenden Stammes tief im Regenwald ihn bekannt gemacht hatte. Es handelte sich um ein hochpotentes Halluzinogen, das, wie er sagte, mit keiner anderen Substanz vergleichbar war. Navarro probierte es aus, war begeistert und wurde besessen davon.

«McKinnon wollte nicht mit Einzelheiten herausrücken», berichtete Munro, an Villaverde gewandt. «Man musste ihm jede Kleinigkeit aus der Nase ziehen. Er sagte, es sei ein Alkaloid mit absolut unwiderstehlicher Wirkung, und beschrieb es als ‹*ayahuasca* auf Speed›. Aber Navarro hatte ein Problem. Wie bei den meisten Halluzinogenen, die diese Eingeborenenstämme kannten, gestaltete sich die Einnahme so, als würde man Schlamm trinken. Buchstäblich. Es war ein grässliches, zähflüssiges Gebräu, das wie Scheiße schmeckte und wovon man sich tagelang die Seele aus dem Leib kotzte. Niemand hätte es versuchen wollen. Navarro verlangte, dass McKinnon seine Entdeckung in die Form einer praktischen Pille brachte, die keine der schlimmen Nebenwirkungen hatte. Wenn es erst einmal in Tablettenform vorlag, konnte Navarro es leicht mit Chemikalien versetzen, die eine starke Abhängigkeit erzeugten. Er drohte, anderenfalls McKinnon langsam und qualvoll zu töten; wir wussten, wie überzeugend er in dieser Hinsicht sein konnte. Also machte McKinnon sich an die Arbeit. Und es gelang ihm. Er sagte zu uns, er habe herausgefunden, wie er es in Tablettenform synthetisieren konnte, aber er hatte Navarro nichts davon gesagt – noch nicht. Er wusste nicht, wie lange er seine Entdeckung noch geheim halten konnte. Wir stellten Nachforschungen über McKinnon an und stellten fest, dass seine Geschichte glaubhaft war. Er hatte das entsprechende Profil und besaß die nötigen Kenntnisse und Fähigkeiten, um so etwas zu entwickeln. Also mussten wir etwas unternehmen. Wir durften es nicht so weit kommen lassen, dass diese Droge in Umlauf kam. Darum mussten wir ihn da rausholen.»

Oder töten, ergänzte ich im Stillen.

«Aber Sie wissen nicht, wie diese Droge wirkt?», bohrte Villaverde nach.

«Das wollte McKinnon nicht sagen. Ich schätze, er hielt es für zu gefährlich, noch mehr preiszugeben. Darum hat er seinen Notruf abgesetzt. Und darum hat er keine Aufzeichnungen darüber hinterlassen. Wenigstens haben wir nie welche gefunden.»

Villaverde nickte nachdenklich. «Und jetzt ist also ein weiterer Akteur auf den Plan getreten, der darauf aus ist – der Auftraggeber der Biker.» Er wandte sich an mich. «Warum gerade Sie? Was denken die, was Sie ihnen geben könnten?»

Ich erwiderte: «Ich habe keine Ahnung. Aber sie müssen wissen, dass ich dort war» – ich wandte mich Munro zu –, «dass *wir* dort waren, und vielleicht denken sie, ich hätte McKinnons Aufzeichnungen gefunden und hätte sie noch immer.» Ich sah Munro an. Etwas war mir nicht klar. «Sie waren auch dort. Warum haben die es auf mich abgesehen und nicht auf Sie?»

Er zuckte lässig die Schultern. «Keine Ahnung.»

Wie auch immer, jedenfalls mussten wir herausfinden, mit wem wir es zu tun hatten, wenn nicht Tess und Alex – und vielleicht auch ich – den Rest unseres Lebens im Elfenbeinturm irgendeines Zeugenschutzprogramms eingeschlossen sein wollten. Und etwas an ebendieser Frage bereitete mir Kopfzerbrechen.

Ich wandte mich erneut an Munro.

«Was wissen Sie über Navarros Tod?»

Die Andeutung eines wissenden Grinsens auf seinem Gesicht verriet mir, dass er genau wusste, worauf ich hinauswollte.

«Ich kann Ihnen nicht hundertprozentig versichern, dass der Dreckskerl tot ist, falls es das ist, was Sie meinen.»

Es durchfuhr mich wie ein elektrischer Schlag. «Genau das meine ich.»

Wieder ein Schulterzucken. «Wie Sie ja wissen, waren wir hinter ihm her. Die DEA nimmt einen Anschlag auf einen ihrer Agenten nicht auf die leichte Schulter, erst recht nicht, wenn so ein kokainwütiger *maricón* jemanden wie Hank Corliss überfällt.»

Das musste jedem Drogenboss klar sein, auch Navarro. Es war in Stein gemeißelt, seit damals Mitte der Achtziger in Mexiko Enrique Camarena entführt und zu Tode gefoltert worden war. Die DEA hatte alles darangesetzt, seine Mörder zu bestrafen. Da es schwierig war, die Auslieferung aus Mexiko zu erwirken, hatten amerikanische Agenten sogar Verdächtige gekidnappt und in die USA geschmuggelt, um sie dort vor Gericht zu stellen. Und trotzdem hatte Navarro persönlich an Corliss Rache geübt, dreist und in aller Offenheit.

Ein schlechter Schachzug.

Buchstäblich ein wahnsinniger Schachzug.

«Die Drogenbosse sind uns zuvorgekommen», fuhr Munro fort. «Durch Navarro waren sie alle so sehr unter Druck geraten, dass sie beschlossen, es sei in ihrem eigenen Interesse, die Hexenjagd zu beenden. Aber sie waren nicht bereit, ihn uns lebend auszuliefern; er wusste zu viel. Also luden sie ihn zu einer kleinen Unterhaltung ein. Aber er ist nicht darauf hereingefallen.»

«Und dann haben sie ihn mit einer Autobombe getötet», unterbrach ich ihn. Ich erinnerte mich, einen Bericht darüber gelesen zu haben, der in den verschiedenen Behörden in Umlauf war. «War der rechtsmedizinische Befund hieb- und stichfest?»

«Ich bitte Sie. Sie wissen doch selbst, womit wir es hier zu tun haben. Mexiko.» Er dehnte die Silben mit unverhohlenem Sarkasmus – *Mee-chie-koh.* «Aber wir haben getan, was wir konnten. Unsere eigenen Jungs haben DNA-Tests durchgeführt und die richtigen Fragen gestellt. Und sie sind zu dem Schluss gekommen, dass er es war.»

«Aber auf welcher Grundlage?»

«Was immer verfügbar war. Sachen, die wir in seinem Haus gefunden haben – seine Zahnbürste, Haare, Spuren von seinem Bettlaken. Größe, Gewicht.»

«Fingerabdrücke?»

«Ja, sie stimmten sowohl mit denen in seinem Haus überein, als auch mit denen in der Akte der *federales,* die ihn früh in seiner Laufbahn einmal festgenommen hatten.»

Keiner dieser Beweise war fälschungssicher. Wenn er über das nötige Geld und entsprechende Kontakte verfügte – und davon war bei jemandem in seiner Position auszugehen –, konnte Navarro das Ganze inszeniert haben.

Genau dahin ging mein Verdacht.

Es gab keine Möglichkeit, Gewissheit zu erlangen. Jedenfalls noch nicht.

So oder so spielte es im Grunde keine Rolle. Ob es nun Navarro selbst war oder einer seiner Gefolgsleute, entscheidend war, dass derjenige hinter etwas her war, wovon er glaubte, ich hätte es. Aufgrund eines Fehlers, eines Fehlurteils, das mir unterlaufen war – oder weniger beschönigend ausgedrückt, eines Verbrechens, das ich begangen hatte –, damals vor fünf Jahren. Alles im Leben rächt sich, nicht wahr? Den Spruch hatte ich tausendmal gehört. Ich hatte nie weiter darüber nachgedacht. Bis jetzt. Aber wenn es so war, wenn ich diese Sache richtig durchschaut hatte, bedeutete das, diese Gangster waren in erster Linie darauf aus, mich in ihre Gewalt zu bringen. Ich war sozusagen ihre goldene Gans.

Und diesen Umstand konnte ich nutzen.

KAPITEL 46

Der sichere Unterschlupf war ein Haus im Ranch-Stil mit drei Schlafzimmern hoch am Hang in El Cerrito. Es war im Wesentlichen so, wie ich es erwartet hatte. Mit viel gutem Willen hätte man es als minimalistisch, klassisch oder funktional beschreiben können, ich hätte eher von Knast- oder Baumarktstil gesprochen. Nicht dass ich mit einem Luxusquartier gerechnet hätte, aber es tat mir für Tess und Alex leid, erst recht da ich nicht wusste, für wie lange wir sie hier versteckt halten mussten. Es war einfach eine trostlose Unterbringung.

Immerhin, das Wohnzimmer lag nach Westen hinaus und bot eine ganz nette Aussicht auf die Skyline der Stadt und auf das Meer dahinter, vor allem jetzt, da die Sonne gerade am Horizont unterging. Bewohner, die aus anderen Gründen hier wären als wir, hätten den Anblick wahrscheinlich genießen können. Ich nicht. Ich stand einfach nur da, allein, und sah düster zu, wie ein weiterer Tag zu Ende ging. Ich dachte an Mexiko, an Michelle und daran, dass ich damals mit dem Finger am Abzug irgendwie eine Ereigniskette in Gang gesetzt hatte, die jetzt, fünf Jahre später, dazu geführt hatte, dass eine andere Waffe gegen sie abgefeuert wurde.

«Hübsche Aussicht.»

Tess trat neben mich, schaute hinaus und strich mir leicht über den Rücken, dann legte sie den Arm um meine Taille.

«Du weißt doch, für meine Liebste ist mir das Beste gerade gut genug.»

Sie grinste. «Ihr verwöhnt mich, guter Herr.»

Ich warf einen Blick über die Schulter. Aus der Küche drangen die leisen Stimmen von Jules und dem neuen Aufpasser, Cal Matsuoka.

«Wie geht's Alex?»

«Nicht so gut. Er ist noch ziemlich aufgewühlt wegen des Vorfalls vorhin.» Tess klang niedergeschlagen. «Und der Umzug hierher macht ihm auch zu schaffen.» Sie schaute sich um. «Ich weiß nicht mehr, was ich ihm erzählen soll.»

Ich nickte. «Wir werden einen Ausweg finden.»

Sie zuckte die Schultern und wandte sich wieder dem Fenster zu. Ihre Augen wirkten glanzlos, und sie konnte nicht verbergen, wie Frustration und Unbehagen sie niederdrückten.

«Was wird sein, wenn ihr diese Kerle gefasst habt, die Männer, die die Biker und den Deputy erschossen haben? Was dann? Woher wissen wir, dass ihr Auftraggeber nicht einfach andere auf uns ansetzt?» Tess drehte sich zu mir um. Sie sah richtig eingeschüchtert aus. «Wie können wir jemals sicher sein, dass der ganze Spuk ein Ende hat?»

Das war der Moment, ihr tief in die Augen zu schauen und der Held zu sein, der beruhigende Worte voller Gewissheit spricht wie *Keine Angst, wir werden sie zur Strecke bringen.* Aber das hätte Tess mir ohnehin nicht abgenommen, ihr war klar, dass die Wirklichkeit anders aussah. Allerdings muss ich sagen – als ich da so neben ihr stand, konnte ich mir nicht vorstellen, diese Kerle nicht zur Strecke zu bringen. Ich würde dafür sorgen, dass sie für immer aus unserem Leben verschwanden. Also sagte ich tatsächlich: «Wir werden sie zur

Strecke bringen. Sie und ihre Hintermänner.» Und zu Tess' Ehre sei gesagt, dass sie nicht verächtlich schnaubte, sie ließ sich nicht einmal Skepsis anmerken. Sie nickte nur, und ihr Gesicht nahm einen entschlossenen Ausdruck an.

Dann blickte sie wieder hinaus auf den Sonnenuntergang.

«Erzähl mir, was geschehen ist», sagte sie. «Der Mann, den du erschossen hast, dieser Wissenschaftler ... Erzähl mir davon.»

Ich erklärte ihr kurz die Verbindung zwischen den Eagles und Navarro und – in ganz groben Zügen – welchen Bezug das alles zu dem Einsatz in Mexiko hatte. Ich hatte ihr noch nie davon erzählt, ebenso wenig wie damals Michelle. Auch diesmal ging ich nicht ins Detail, weil ich nicht wollte, dass sie die ganze Wahrheit erfuhr.

«Rede mit mir, Sean», drängte Tess, die meine Zurückhaltung spürte. «Erzähl mir, was passiert ist.»

In diesem Moment war es, als würde in mir ein Schalter umgelegt, und ich beschloss, nicht denselben Fehler zu machen wie bei Michelle. Ich hätte es ihr damals erzählen sollen, und auch Tess hätte ich es schon längst erzählen sollen.

Mein Blick wanderte zum Horizont, wo der letzte goldene Streifen der Sonne gerade ins Meer eintauchte, und wieder einmal liefen die Ereignisse von damals vor meinem inneren Auge ab, als sei das alles gestern gewesen. Allerdings kann das Gedächtnis täuschen. Manchmal glaubt man, sich an etwas ganz klar und lebhaft zu erinnern, und in Wirklichkeit sind die Erinnerungen gar nicht so genau. Mit der Zeit formt der Geist die Wahrheit um, verzerrt und passt an oder fügt Kleinigkeiten hinzu, sodass am Ende schwer zu unterscheiden ist, was wirklich geschehen ist und was nicht. Aber in diesem Fall glaubte ich tatsächlich, glasklare Erinnerungen zu haben.

Ohne sie wäre ich glücklicher gewesen.

Es war nicht leicht, zu ihm zu gelangen.

Navarros Labor lag irgendwo im Nirgendwo, hoch oben in der gesetzlosen, unzugänglichen Sierra Madre Occidental, einer hohen Kette vulkanischer Berge, die von tiefen Schluchten und Klüften durchzogen war und von Canyons, die barrancas *genannt wurden und von denen manche tiefer waren als der Grand Canyon. Weder den Herrschern der Azteken noch den spanischen Eroberern war es je gelungen, die kriegerischen, sich mit aller Gewalt widersetzenden Eingeborenen in ihren Dörfern in den Falten der Sierra unter ihre Herrschaft zu bringen, und die mexikanische Regierung war auch nicht erfolgreicher gewesen. Die Berge mit ihren üppigen Hanf- und Mohnfeldern wurden von regionalen Machthabern und untereinander verfeindeten Drogenmafias kontrolliert. Wie schon vor hundert und mehr Jahren zogen noch heute Banden bewaffneter Banditen und Gesetzloser auf Pferden und Maultieren durch die Wildnis. Navarro hatte den Ort für sein Unternehmen geschickt gewählt.*

Wir hatten nicht viele Anhaltspunkte. McKinnons Position war bestimmt worden, indem während seines Anrufs das Handysignal geortet wurde. Anschließend war der Einsatz in aller Eile geplant worden, und damit nicht etwa korrupte Mitarbeiter mexikanischer Behörden Wind davon bekamen und Navarro warnten, beschafften wir uns die nötigen Informationen selbst mit Hilfe einer Predator-Drohne der Air Force, ohne die Regierungsorgane vor Ort einzuschalten.

Der Plan sah vor, dass wir mit dem Hubschrauber eingeflo-

gen wurden, aber die Landschaft um das Zielobjekt herum war dazu alles andere als geeignet. Die Anlage war auf einem hohen Tafelberg errichtet, und die Umgebung war zu unwirtlich und unzugänglich für einen Vormarsch am Boden. Aufgrund der hohen Lage mit ungehindertem Ausblick nach allen Seiten war außerdem die Gefahr groß, dass ein herannahender Hubschrauber bemerkt wurde. So landeten wir schließlich rund drei Meilen entfernt und legten die übrige Strecke zu Fuß zurück. In schwierigem Gelände, wo es, wie wir wussten, Skorpione, Klapperschlangen, Berglöwen, Bären und zu allem Übel auch noch onzas *gab, unheimliche mythische, Puma-ähnliche mutierte Wesen.*

Also der reinste Sonntagsspaziergang.

Wir landeten etwa drei Stunden vor Sonnenaufgang, so blieb uns genügend Zeit, im Schutz der Dunkelheit das Labor zu erreichen, McKinnon herauszuholen und bis zur Morgendämmerung wieder beim Hubschrauber zu sein. Schnell und geschmeidig überwanden wir steile Felshänge und tosende Bäche, schlugen uns durch Kiefernwälder und Eichendickichte, zwischen Wacholder und Kakteen hindurch. Wir waren zu acht: ich, Munro, zwei Männer von der Kampftruppe der DEA und vier Soldaten von den Special Forces. Uns war klar, dass das Gelände scharf bewacht wurde, deshalb waren wir entsprechend ausgerüstet: Heckler & Koch Maschinenpistolen mit Schalldämpfer, ebenfalls schallgedämpfte Glocks, Bowiemesser, Körperpanzerung, Nachtsichtbrillen. Außerdem trugen wir am Kopf kleine Videokameras, deren Aufnahmen live an die DEA-Dienststelle in der Botschaft in Mexiko-Stadt übertragen wurden. Und eine Predator-Drohne lieferte uns über die Steuerzentrale auf der Peterson Air Force Base in Colorado ebenfalls Livebilder. Natürlich sah der Plan keinen offenen Angriff vor. Wir sollten unbemerkt in das Labor eindrin-

gen und unseren Mann herausholen, ehe uns überhaupt jemand entdeckte.

Doch es kam anders.

Munro und mir gelang es ohne größere Schwierigkeiten, an den verschlafenen Wachmännern vorbeizukommen. Nur um einen konnten wir nicht herumschleichen, sodass Munro ihn mit seinem Messer ausschalten musste. Wir fanden McKinnon wie angekündigt in seinem Labor vor. Er war schätzungsweise Ende fünfzig und mittelgroß, ein wenig hager, mit silbergrauem Spitzbart und klaren, blauen Augen, aus denen Intelligenz strahlte. Er trug einen weißen Cowboyhut aus Stroh mit einer silbernen Nadel in Form eines Skorpions und ein Westernhemd mit Druckknöpfen, und auf der Arbeitsfläche neben ihm lag ein abgewetzter alter Lederbeutel. Der Mann wirkte verängstigt und zugleich begeistert, uns zu sehen, und konnte es gar nicht erwarten aufzubrechen. Die Sache hatte nur einen Haken.

Er war nicht allein.

Bei ihm war eine Frau, die er in seinem Anruf nicht erwähnt hatte, eine Einheimische, die während seiner Gefangenschaft für ihn gekocht und seine Wäsche gemacht hatte. Eine Frau, mit der er eine Beziehung angefangen hatte. Offenbar eine tiefe Beziehung, denn sie hatte ihr Leben riskiert, indem sie ein Handy zu ihm hineinschmuggelte – das Handy, von dem er uns angerufen hatte. Sie hatte ihren Sohn bei sich, einen Jungen von drei oder vier Jahren – bei dem Gedanken daran schnürte es mir jetzt so die Kehle zu, dass ich kaum noch atmen konnte. Und sie war schwanger. Von McKinnon. Ihr Bauch war schon ziemlich dick.

Er würde nicht ohne sie gehen. Und nicht ohne den Jungen.

Damit hatten wir ein Problem.

Ein gewaltiges Problem.

Es war ja nicht so, als hätte draußen eine Limousine für uns bereitgestanden. Wir mussten wieder an den Wachen vorbeikommen. Unbemerkt. Anschließend mussten wir die drei Meilen bis zu der Stelle zurücklegen, wo der Hubschrauber wartete. Durch unwegsames Gelände. In völliger Dunkelheit.

Munro lehnte es ab.

Er erklärte McKinnon, die Frau und das Kind könnten den Weg auf keinen Fall schaffen. Sie würden uns zu sehr aufhalten, womöglich sogar unfreiwillig verraten, und damit wäre unsere Mission aufgeflogen und wir womöglich alle tot. Da draußen war eine kleine Armee von Koks getriebenen, schießwütigen pistoleros, *und von denen bemerkt zu werden war das Letzte, was Munro wollte.*

McKinnon war aufgebracht. Er weigerte sich strikt, ohne die beiden zu gehen.

Munro blieb stur und wurde wütend.

Dann wurde es richtig übel.

McKinnon sagte, er sei nicht bereit zu verhandeln.

Munro teilte ihm mit, er, McKinnon, sei nicht in der Position, Bedingungen zu stellen, und machte sich über seine Naivität lustig. Woher er überhaupt wisse, dass das Kind von ihm sei, die Frau habe ihn bestimmt nur reingelegt, um aus diesem elenden Höllenloch rauszukommen, sie wolle ihn als Eintrittskarte in die USA benutzen.

Ich versuchte zu vermitteln und sprach für die Frau und das Kind, sagte zu Munro, wir könnten den Jungen tragen und die Frau kenne sich bestimmt besser in der Gegend aus als wir. Munro hielt mir vor, wir seien nicht hier, um unschuldige Geiseln zu befreien, sondern um einen Dreckskerl rauszuholen, der an neuen Mitteln arbeitete, um Menschenleben zu zerstören. Wir seien ihm nichts schuldig, fauchte Munro. Unsere Aufgabe sei nicht, ihn zu retten, sondern dafür zu sorgen, dass seine Forschungsergebnisse nie ans Licht kamen, Punkt.

McKinnon sagte, Munro könne ihn mal, und er würde bleiben.

Und da rastete Munro aus.

Er zog seine Glock und erschoss, ohne mit der Wimper zu zucken, erst den Jungen, dann die Mutter.

Ich war fassungslos. Ich sehe noch immer den Schock und das Entsetzen auf dem Gesicht der Frau in dem Sekundenbruchteil, nachdem die erste Kugel ihr Kind getroffen hatte, und wie ihr Kopf dann von der zweiten Kugel zurückgerissen wurde wie von einem Windstoß, ehe sie tot zusammenbrach.

Jetzt rastete McKinnon aus.

Er fing an zu schreien, schleuderte uns Beschimpfungen entgegen und lief im Labor umher, völlig außer sich vor Wut. Munro schrie zurück, befahl ihm, still zu sein, und richtete die Pistole auf ihn. Ich versuchte, die beiden zu beruhigen, aber da war nichts mehr zu machen. McKinnon fing an, mit Gegenständen nach uns zu werfen, mit Laborgeräten, Hockern, was immer er zu fassen bekam.

Dann rannte er zum Ausgang.

Wir liefen ihm nach, aber er war bereits an der Tür, riss sie auf und stürmte, noch immer lauthals schreiend, hinaus.

Damit entgleiste die Situation vollends.

Ich erreichte ihn als Erster und konnte ihn gerade noch packen, als in der Dunkelheit auch schon die ersten Schüsse losgingen. Rufe hallten durch die Nacht, die Wachen waren durch McKinnons Ausbruch aufgeschreckt und rannten von allen Seiten auf uns zu. Kugeln schlugen in die Holzwände des Labors ein, während ich McKinnon wieder hineinzerrte, wütende, ungedämpfte Salven ratterten aus den AK-47 der Mexikaner, während von außerhalb des Geländes kurze Dreiersalven ertönten – unsere Jungs, die an verschiedenen Stellen Position bezogen hatten, um unseren Rückzug zu decken. In all den chaotischen Lärm mischten sich knappe, eindringliche Kommentare aus dem Ohrhörer meines Funkgeräts.

Die pistoleros *waren von Gras, schwarz gebranntem* lechuguilla-*Tequila und Koks so vernebelt, dass sie nicht mehr klar denken konnten, und so brach völliges Chaos aus. Ich lief zurück zur anderen Seite des Labors, mit dem linken Arm McKinnon im Schwitzkasten haltend, mit der rechten Hand die kurzläufige UMP auf die Tür gerichtet, als die ersten Wachen hereinstürmten. Es waren drei Männer. Den ersten schaltete ich aus, ein weiterer wurde von Munros Schüssen getroffen, aber der dritte duckte sich hinter eine Arbeitstheke und begann, aus seiner Deckung heraus den Raum mit Maschinengewehrsalven zu überziehen.*

Ich zerrte McKinnon weiter, und wir beide sprangen hinter einen Laborschrank, wo wir in einem Hagel von Splittern hart auf dem Boden aufschlugen, während um uns herum alles kurz und klein geschossen wurde. Inzwischen verschwand Munro außer Sicht, über Funk teilte er mir mit, er wolle McKinnons Unterlagen sicherstellen, die sich im hintersten Bereich des Labors befanden. Dann stürmte ein weiterer pistolero *herein, der ebenfalls wild um sich schoss und wahllos auf alles feuerte, was sich bewegte. Er hielt sich links von seinem* compadre *und pirschte sich an der Seite des Raumes entlang nach hinten, und ehe ich mich versah, war ich von Munro abgeschnitten, und die beiden Schützen nahmen mich ins Kreuzfeuer.*

Dann hörte ich McKinnon fluchen und stöhnen und sah, wie er sich ans Bein griff.

Er war getroffen, mitten in den Oberschenkel, genau zwischen Knie und Hüfte. Ich konnte nicht erkennen, ob es ein Durchschuss war, und es sah zwar nicht gut aus, aber wenigstens sprudelten keine Unmengen Blut hervor, die Oberschenkelarterien waren anscheinend nicht getroffen. Sein Gesicht war schmerzverzerrt, seine Augen funkelten wütend, seine Hände waren blutüberströmt, und mir war augenblicklich klar, dass er es auf keinen Fall bis zum Hubschrauber schaffen würde. Ich war mir nicht einmal sicher, ob ich selbst es schaffen würde – die beiden Gegner hatten mich in der Zange.

Munro steckte ebenfalls in der Klemme, er hatte es mit weiteren Schützen zu tun, und ich hörte ihn über Funk knurren, er träte jetzt den Rückzug an und brächte sich in Sicherheit.

Ich blieb allein in meiner schier ausweglosen Lage zurück. Neben mir kauerte der Wissenschaftler, und die beiden halb wahnsinnigen Mexikaner kamen immer näher.

Draußen tobte die Schlacht. Menschenleben waren hier unten wenig wert, und so hatte Navarro eine kleine Armee auf dem Gelände in Stellung, eine kleine Armee, die jetzt geballt und mit ratternden Maschinengewehren auf den Plan trat. Unsere Jungs erledigten sie scharenweise, aber angesichts der schieren Überzahl der Gegner gab es natürlich auch auf unserer Seite Verluste. Ich hörte, wie einer getroffen wurde, dann ein zweiter – und mir wurde klar, dass auch ich schleunigst den Rückzug antreten musste.

Ich war mir nicht sicher, ob ich heil da rauskommen würde, aber mit McKinnon im Schlepptau war es ganz und gar unmöglich. Selbst wenn es mir gelänge, die pistoleros *auszuschalten – er war nicht in der Verfassung, dass ich ihn hätte mitnehmen können.*

Andererseits konnte ich ihn auch nicht zurücklassen.

Er wusste zu viel.

Munros Stimme ertönte aus meinem Ohrhörer. Er redete heftig auf mich ein, drängte mich zu tun, was getan werden musste.

Ich höre noch seine Worte durch das Knistern. «Knallen Sie den Hurensohn endlich ab, Reilly. Tun Sie es. Sie haben gehört, was er getan hat. ‹Im Vergleich dazu wird Meth so langweilig wie Aspirin erscheinen›, erinnern Sie sich? Und Sie haben Skrupel, diesen Dreckskerl aus dem Weg zu schaffen? Wollen Sie ihn lieber laufen lassen, ist das Ihr Beitrag zur Verbesserung der Welt? Wohl kaum. Das wollen weder Sie noch ich auf dem Gewissen haben. Wir sind hergekommen, um eine Aufgabe zu erfüllen. Wir haben unsere Befehle. Wir befinden uns im Krieg, und er ist der Feind. Also vergessen Sie Ihre blödsinnige Moral, knallen Sie den Mistkerl ab und machen Sie, dass Sie wegkommen. Ich warte nicht länger.»

Mir blieb keine Zeit mehr.

Und vielleicht war es ein entsetzlicher Fehler, vielleicht war es ein unentschuldbarer Mord an einem unschuldigen Zivilisten, oder vielleicht war es die einzig mögliche Handlungsweise – ich weiß wirklich nicht mehr, was ich glauben soll –, jedenfalls richtete ich meine Pistole auf McKinnon und jagte ihm eine Kugel in den Kopf. Dann schleuderte ich zwei Brandgranaten in Richtung der banditos *und rannte los, während hinter mir das Gebäude in Flammen aufging.*

KAPITEL 47

Tess sah mich an, als hätte ich soeben ihre Lieblingskatze erwürgt. Und nicht nur das, als hätte ich sie anschließend durch den Fleischwolf gedreht. Diesen Blick werde ich nie vergessen.

Einen quälend langen Moment sagte sie nichts. Auch ich schwieg. Ich wartete ab, ließ ihr Zeit.

Nach einer Weile ertrug ich das Schweigen nicht länger.

«Sag etwas», bat ich leise.

Sie seufzte tief und sprach mit leiser, bedrückter Stimme.

«Ich ... Es ist einfach ... Das ist jetzt das zweite Mal in einer Woche, dass du mir etwas aus deiner Vergangenheit um die Ohren haust, und das hier ... Ich kann es einfach nicht fassen, dass du mir nie davon erzählt hast.» Ich las Schmerz in ihren Augen und hasste mich selbst dafür, sie verletzt zu haben.

«Ich bin nicht stolz darauf.»

«Trotzdem ...»

«Ich ... ich war von mir selbst angewidert. Ich konnte kaum leben mit dem, was ich getan hatte. Und außerdem hatte ich Angst, dich deswegen zu verlieren.» Als ich sie jetzt ansah, war ich nicht sicher, ob wir je darüber hinwegkommen würden.

Dass sie nichts sagte, was meinem Gefühl widersprochen

hätte, machte die Sache nicht gerade besser. Sie wandte nur den Blick ab und nickte vor sich hin. Ich las in ihrer Miene einen Funken Entschlossenheit, als suchte sie nach irgendetwas, das die verheerenden Konsequenzen dieser Enthüllung mildern konnte.

«Warum war es so wichtig, ihn aus dem Verkehr zu ziehen?», fragte sie schließlich. «Was für eine Droge war das, an der er gearbeitet hat?»

Ich runzelte die Stirn. Das war ein Punkt, der für mich alles noch schlimmer machte. «Wir haben es nie erfahren», antwortete ich. «Er hat das Geheimnis mit ins Grab genommen. Und Navarro wohl auch, sofern er wirklich tot ist. Aber irgendjemand macht jetzt Jagd darauf, und zwar mit allen Mitteln.»

Ich berichtete Tess, was ich nach unserer Rückkehr über McKinnon gelesen hatte. Ich hatte alles über ihn erfahren wollen, ich war geradezu besessen davon. Also besorgte ich mir die Akte, die die DEA über ihn zusammengestellt hatte, und stellte darüber hinaus eigene Nachforschungen an.

McKinnon war ein angesehener Anthropologe und Ethnopharmakologe aus Nordvirginia, ein zurückhaltender Mensch, der nicht im Rampenlicht stehen wollte. Er hatte in Princeton promoviert, und nachdem er einige Jahre lang erst dort und später an der University of Hawaii in Manoa gelehrt hatte, bekam er ein Stipendium von der National Geographic Society, um die Heilpflanzen von Eingeborenenstämmen in entlegenen Gegenden Mittel- und Südamerikas zu erforschen. Er machte sich auf die Suche nach traditionellen Heilmitteln, die meist mündlich von einem Heiler an den nächsten überliefert wurden, und seine Faszination wuchs. Er war zu einem richtiggehenden Medizinjäger geworden und beschloss, sein Leben dieser Aufgabe zu widmen. Er lebte bei isolierten Stämmen im Amazonasgebiet und den Anden, erforschte und dokumentierte ihren Gebrauch von Pflanzen und finanzierte seine Arbeit mit Honoraren für Vorträge und indem er Artikel und Fotodokumentationen an Zeitungen und Zeitschriften verkaufte.

Die Arbeit war sein Leben, er hatte weder Frau noch Kinder.

Tess fragte: «Wie kam es dann, dass er eine Superdroge entdeckt hat?»

Ich erinnerte sie daran, dass in vielen Kulturen, besonders im Fernen Osten, Körper und Geist als Einheit angesehen wurden, anders als in der westlichen Medizin. Wenn eine geistige oder körperliche Krankheit geheilt werden sollte, musste immer im jeweils anderen Bereich nach tieferen Ursachen gesucht werden. Wie ich erfahren hatte, gingen die Schamanen im Amazonasgebiet dabei noch weiter. Nach ihrer Überzeugung bestand wahres Heilen darin, Körper, Geist und Seele gleichermaßen zu behandeln. Manche glaubten, körperliche und seelische Störungen würden von bösen Geistern verursacht, die mit religiösen Ritualen ausgetrieben werden mussten, und dabei kamen häufig psychoaktive Substanzen zum Einsatz, Halluzinogene wie *ayahuasca,* von dem nachgewiesen wurde, dass es sowohl Depressionen als auch metastasierten Krebs heilen konnte. Für einen Forscher wie McKinnon bedeutete das, die Wirkungen der komplizierten Tränke zu erkunden, die in jahrhundertelangem Gebrauch weiterentwickelt worden waren, und sich mit den psychoaktiven Substanzen zu beschäftigen, aus denen sie gebraut wurden.

«Bei seinen medizinischen Forschungen nahm er an religiösen Riten teil und nahm alle möglichen Halluzinogene ein», berichtete ich. «Und dabei ist er irgendwann auf diese Droge gestoßen.»

«Du weißt aber nicht, wo er sie entdeckt hat, bei welchem Stamm?»

«Nein. Und offenbar wusste auch Navarro es nicht, und derjenige, der jetzt hinter der Droge her ist, auch nicht, ob es nun Navarro selbst ist oder jemand anders.»

«Es muss jedenfalls eine hochwirksame Substanz sein, sonst würde doch nicht jetzt, noch nach fünf Jahren, jemand mit aller Macht versuchen, sie in die Hände zu bekommen.» Sie sah mich an, und etwas an ihrem Ausdruck machte mir Hoffnung, dass wir beide vielleicht doch nicht am Ende waren. «Vielleicht hast du das Richtige getan. Wer weiß ... Wenn er nicht gestorben wäre, dann wäre vielleicht alles noch schlimmer gekommen.»

Das hatte Michelle auch gesagt. Ich hatte jahrelang versucht, mich selbst davon zu überzeugen, aber als Tess es jetzt sagte, dachte ich, es könnte etwas Wahres daran sein. Wie auch immer, im Augenblick war ich einfach nur froh, dass Tess überhaupt noch mit mir sprach.

«Aber was zum Teufel ist an dieser Droge so besonders gefährlich?», fragte sie. «Es gibt Unmengen Halluzinogene, und die sind nicht so schlimm wie Meth, oder?»

Ich hatte damals dieselbe Frage gestellt. «Drei Punkte: Erstens hat er gesagt, es könnte ein riesiger Erfolg werden, es brächte so einen Kick, dass die Leute nicht widerstehen könnten, und im Vergleich zu dieser Droge sei Meth so langweilig wie Aspirin. Das waren seine Worte. Zweitens ist es ihm gelungen, es in Tablettenform zu bringen, sodass es leicht einzunehmen wäre. Die richtige Droge zum richtigen Zeitpunkt kann sich ausbreiten wie die Pest. Und drittens hätte Navarro quasi das Monopol darauf gehabt und hätte Stoffe beimischen können, die eine starke Abhängigkeit erzeugen. Und das wäre eine Katastrophe, immerhin reden wir hier von einem hochwirksamen Halluzinogen.»

«Was wäre so katastrophal daran?»

«Die Gehirne der meisten Menschen», erklärte ich, «sind nicht in der Lage, die Wirkung eines solchen Mittels zu verarbeiten. Sie können es einfach nicht. Mit der Wirkung von Gras oder Koks oder Heroin kommt das Gehirn irgendwie klar, aber ein hochwirksames Halluzinogen ist eine gänzlich andere Sache. Da besteht die Gefahr, dass es ernsthaft zerstörerisch auf die Psyche der Konsumenten wirkt. Darum haben diese Stoffe schon von jeher eine Rolle beispielsweise in heidnischen Kulturen gespielt, in denen sie nur wenigen vorbehalten waren, die erst in den Gebrauch eingeweiht werden mussten. Das war eine Art Initiation, ein Ritual, eine Zeremonie ... Eine einmalige Erfahrung im Leben eines Menschen, vergleichbar mit dem Eintritt ins Erwachsenenalter, wenn ein bestimmter Meilenstein im Reifeprozess erreicht ist, oder wenn man eine Krankheit hat, die geheilt werden muss. Die einzigen Menschen, die solche Stoffe regelmäßig nehmen dürfen, sind die Schamanen und Medizinmänner, und das aus gutem Grund. Sie können mit der Wirkung umgehen, weil sie dazu ausgebildet sind, sie haben ihr Leben der Aufgabe gewidmet, sich mit den Erfahrungen solcher Trips zu beschäftigen. Der Durchschnittsmensch ist biologisch und vor allem psychologisch so etwas einfach nicht gewachsen, er hat nicht gelernt, diese intensiven Erfahrungen zu verarbeiten, und gesellschaftlich gesehen hätten die meisten Menschen auch gar nicht die Zeit, sich damit vertraut zu machen. Wenn eine solche Droge auf die breite Masse losgelassen würde, könnte das nach allem, was wir wissen, zu ernsthaften Problemen führen. Es könnte sein, dass die Leute nicht mehr ‹funktionieren›. Die Gefahr wäre groß, dass sie langfristige Depressionen entwickeln, geistig instabil werden, zusammenbrechen. Die Psychiatrien würden von einer Flut von Hunderttausenden Patienten überschwemmt. Sieh dir nur an, wie verheerend Meth sich auswirkt, wie es das Leben der Menschen bestimmt und gesunde, erfolgreiche Leute, die ein gutes Leben hatten, zu Zombies macht. Und das ist erst der Anfang.

Diese Droge könnte noch viel Schlimmeres bewirken», fuhr ich fort. «Meth und Crack sind schlimm genug, aber sie verändern nicht die Gehirnstrukturen. Sie machen high, sie machen abhängig, sie zerstören den Körper, aber wenn man gerade nicht auf einem Trip ist, funktioniert der Kopf wieder ziemlich normal, auch wenn um einen herum das ganze Leben in die Brüche geht. Hardcore-Halluzinogene wirken anders. Die Drogen verändern das Gehirn. Wer eine Droge nimmt, wie McKinnon sie beschrieben hat, kann danach ein anderer Mensch sein, vielleicht mit anderen moralischen Überzeugungen, einer anderen Weltsicht, einer völlig veränderten Wahrnehmung seiner Umwelt ...»

Tess sah mich verwirrt an. «Was, durch eine Droge wie *ayahuasca*? Das ist doch so ein hochwirksames Halluzinogen, oder? Aber ich habe von Leuten gelesen, die ihr Leben lang an Depressionen gelitten haben, und dann sind sie in das

Amazonasgebiet gegangen, haben da eine Woche bei Schamanen gelebt, haben *ayahuasca* genommen und waren geheilt.»

«Ja, aber sie haben das in einem geeigneten Rahmen getan und wurden dabei von einem Experten, einem Heiler begleitet. Und sie haben es genommen, *um geheilt zu werden.* Das Problem bei solchen Geschichten ist, man liest sie und denkt, diese Drogen würden alle unsere Probleme lösen. Man könnte meinen, *ayahuasca* sei das magische Wundermittel gegen Depressionen und *iboga* sollte an alle Heroinabhängigen ausgegeben werden, um sie von der Sucht zu befreien. In Wirklichkeit geht es nicht nur um die Droge selbst, sondern ebenso sehr darum, wer sie einnimmt. In welcher psychischen Verfassung jemand es tut, was er sich davon erhofft, ob er physiologisch dazu geeignet ist. Und vor allem um die richtige Anleitung. Das ist ganz entscheidend. Die Anleitung, der rituelle Rahmen, die Gruppe, und der Schamane betreut dich und führt dich durch den Trip. Wenn so ein Mittel zur Straßendroge wird, wenn irgendwelche Junkies oder Jugendlichen in einem besetzten Haus oder einem Kellerraum oder in einem lauten Nachtclub mit Stroboskopen das Zeug in die Hände bekommen, ist das etwas gänzlich anderes. Wer soll sie da anleiten? Wo ist der erfahrene Heiler, der ihnen hilft, all das zu deuten, was da an die Oberfläche kommt, der ihnen sagt, dass sie nicht den Verstand verlieren, und ihnen hilft zu verstehen, was ihre Psyche ihnen mitteilt?»

«Okay, aber wenn es einen so schlechten Trip gibt und so gefährlich ist, würde das nicht die Leute vom Konsum abschrecken? Das klingt mir nicht nach einem Stoff, der in Nachtclubs in Mode kommen könnte.»

Ich schüttelte den Kopf und stieß die Luft aus. «Die Psychologie von Drogenkonsumenten hat wenig mit gesundem Menschenverstand zu tun. Das weißt du doch selbst. Die Leute suchen nach der Gefahr. Wie bei Heroin – da kommt immer mal wieder eine Lieferung in den Verkehr, die für eine Menge Überdosen sorgt. Und was ist? Auf einmal wollen alle gerade diese Sorte. Sie zahlen mehr dafür. Sie suchen gezielt danach. Wenn bekannt wird, dass Menschen daran gestorben sind, wird der Stoff nur umso beliebter. Es ist wie mit Aids und Nadeln oder mit *Krokodil,* diesem Heroinersatz, der gerade in Moskau im Umlauf ist. Leute, die auf solches Zeug scharf sind, reagieren einfach nicht rational. Sie suchen nach dem größtmöglichen Nervenkitzel. Sie lieben die düstere Seite daran – so was ist intensiver als ein Horrorfilm in 3D. Und wenn man dazu nichts weiter zu tun braucht, als eine Pille einzuwerfen …»

Tess stieß einen tiefen Seufzer aus. «Okay, also … was jetzt?»

«Du und Alex, ihr werdet eine Weile hier bleiben müssen. Es tut mir leid. Und ich denke, du solltest deine Mutter und Hazel anrufen und ihnen in groben Zügen erklären, was hier los ist, damit sie auf der Hut sind.»

Tess sah mich erschrocken an. «Du glaubst doch nicht etwa –»

Ich fiel ihr ins Wort, weil mir klar war, dass sie es nicht aussprechen wollte. «Nein, ich denke nicht, dass sie in Gefahr sind. Aber sicher ist sicher. Ich habe den Sheriff vor Ort bereits gebeten, ein Auge auf die Ranch zu haben. Unauffällig.»

«Meinst du wirklich?»

Ich legte ihr eine Hand auf den Arm. «Sie sind in Sicherheit, Tess. Dafür habe ich gesorgt.»

Ihr Gesicht nahm einen düsteren Ausdruck an. «Okay, ich … ich rufe sie morgen an. Aber … wer auch immer hinter dieser Sache steckt … Er glaubt, dass du es hast, ja?»

Ihr Blick verriet deutlich, worum sie sich sorgte.

«Ja, Tess, ich denke, so ist es. Und ich habe Erfahrung mit solchen Sachen.» Ich lächelte schwach. «Wir wissen jetzt, hinter was sie her sind. Sie wollen es haben, und sie glauben, wir hätten es. Das bedeutet, wir sind am Ruder. Und das können wir nutzen, um sie dazu zu bringen, einen Fehler zu machen.»

Ich musste ihr Mut machen, auch wenn ich selbst nicht recht an meine Worte glaubte. Wir wussten noch immer nicht, mit wem wir es zu tun hatten. Ich ertappte mich dabei, dass ich wieder einmal über McKinnons Worte nachdachte, mit denen alles angefangen hatte.

Im Vergleich dazu wird Meth so langweilig wie Aspirin erscheinen.

Die Worte, die sein Schicksal besiegelt hatten.

Und seitdem noch das Schicksal vieler weiterer Menschen.

So oder so musste ich der Wirkung dieses Giftstachels ein Ende machen.

Dazu musste ich sie aus ihrem Versteck locken. Indem ich das einsetzte, wovon ich wusste, dass sie es wollten.

Mich.

KAPITEL 48

Hank Corliss parkte seinen Wagen in der Einzelgarage seines Hauses, stieg drei kleine Stufen hinauf und trat in den engen Flur seines leeren, stillen Hauses.

Wie jeden Abend.

Er stellte seine Aktentasche im Wohnzimmer auf der Couch ab und schlurfte in die Küche hinüber, wo er ein Whiskyglas aus dem Schrank nahm. Er füllte es mit Eiswürfeln aus dem Eiswürfelbereiter des Kühlschranks, holte eine Flasche Scotch aus einem anderen Schrank und goss langsam ein. Seine müden Augen starrten in die Eiswürfel, die beim Einschenken knackten und sprangen. Er ging mit dem Glas zurück ins Wohnzimmer, ließ sich auf der Couch nieder und schaltete den Fernseher ein. Er wechselte nicht den Kanal. Er regulierte nicht die Lautstärke. Er starrte einfach nur reglos vor sich hin auf die Mattscheibe und setzte das Glas zum ersten Schluck an, schmeckte ihn im Mund, fühlte das Brennen in seiner Kehle und ließ den goldenen Trank seinen Zauber wirken.

Wie jeden Abend.

Aber heute war etwas anders.

Heute durchdrang ein Hoffnungsschimmer die Taubheit in seinem Kopf.

Hoffnung, dass die Bestie, die sein Leben zerstört hatte,

endlich für das Grauen bezahlen würde, das sie verursacht hatte.

Es war nicht wahrscheinlich. Aber möglich. Und das war schon etwas wert. Es war verdammt viel mehr Hoffnung, als er die letzten Jahre empfunden hatte.

Seine Gedanken wanderten zurück zu der Zeit vor fünf Jahren, als er die DEA-Niederlassung in Mexiko-Stadt leitete, wo er einen aussichtslosen Krieg gegen einen gut bewaffneten, skrupellosen Feind führte, der überall war und jeden kaufen, bestechen, erpressen konnte. Nicht umsonst hieß dieser Posten «das größte Abführmittel im Auslandsgeheimdienst». Er war unglaublich gefährlich und zudem eine undankbare Aufgabe. Die meisten Mexikaner wollten ihn und seine Kollegen nicht in ihrem Land haben, obwohl die Revierkämpfe zwischen den Kartellen jedes Jahr Tausende Opfer forderten. Die Einheimischen gaben seinen Landsleuten die Schuld an dem, was in ihrem Heimatland schieflief, die unstillbare Gier nach Drogenlieferungen in den Norden habe den Markt überhaupt erst geschaffen. Gleichzeitig prangerten sie den unbegrenzten Nachschub an Waffen an, der über den Rio Grande ins Land kam und immer mehr Blutvergießen ermöglichte.

«Armes Mexiko ... so fern von Gott und so nah an den Vereinigten Staaten.» Schon im 19. Jahrhundert hatte der Diktator Porfirio Díaz diesen Satz geprägt.

Für die meisten von Díaz' Landsleuten galt er noch immer.

Trotz allem, obwohl ihm klar war, welche Schwierigkeiten ihn dort erwarteten, hatte Corliss sich mit eiserner Entschlossenheit und rückhaltlos – wie man ihn kannte – in seine Aufgabe gestürzt. Für ihn war der Posten ein Ehrenzeichen, die ultimative Herausforderung für jemanden, dessen gesamte

Laufbahn dem Krieg gegen Drogen gewidmet war. Es war eine Gelegenheit, den Kampf auf dem Terrain des Feindes zu führen, das Übel an der Wurzel zu bekämpfen, ehe es amerikanischen Boden erreichte.

Er würde diesen feigen *cabróns* zeigen, wie man es richtig anging.

Corliss und seine Männer konnten gleich zu Beginn ein paar beachtliche Erfolge verbuchen. Gegen die wachsende Flut abgeschnittener Köpfe in Gefriertruhen, gegen Massengräber und eskalierende Korruption, die bis in die höchsten Regierungsämter reichte, hatten Corliss' Männer erfolgreich Razzien in mehreren Labors durchgeführt, tonnenweise Drogen verbrannt und Millionen Dollar illegaler Einnahmen konfisziert.

Dann war dieser Einsatz gekommen.

Und das, was darauf folgte, hatte sein Leben verändert.

Corliss versuchte, nicht an jene Nacht zu denken, aber die Erinnerungen drängten sich auf. Selbst wenn er wollte, selbst wenn er seinen Geist irgendwie hätte zwingen können zu vergessen, sein Körper ließ es nicht zu.

Dafür sorgten der Schmerz und die Narben von dreiundzwanzig Schusswunden.

Er hatte nicht mit dem Überfall gerechnet. Niemand hatte das. Nicht in seinem Haus. Nicht auf einem ummauerten Grundstück, im Heim des DEA-Chefs in Mexiko. Aber genau dort war es geschehen. Und das Sperrfeuer schmerzlicher Bilder, die auf ihn einstürmten, wann immer er es wieder durchlebte, war so massiv und so unwirklich, dass er die echten Erinnerungen nicht mehr von den falschen unterscheiden konnte.

Die Männer waren mitten in der Nacht über sie hereingebrochen, hatten ihn und seine Frau Laura aus dem Schlaf gerissen. Vier Männer mit Balaklavas, vier seelenlose Dämonen, die aus den Abgründen der Hölle auftauchten, sie aus dem Bett zerrten und ins Wohnzimmer stießen, wo sie ihrer schlimmsten Angst begegneten: Ihre neunjährige Tochter Wendy stand mit vor Entsetzen verzerrtem Gesicht da, in den Klauen des einzigen Mannes, der es nicht für nötig hielt, sich zu maskieren.

Raoul Navarro.

Der Mann, von dem kaum Fotos existierten, der, von dem die Behörde bisher nur ein paar körnige, veraltete Aufnahmen besaß. Und doch stand er jetzt hier in Corliss' Wohnzimmer und machte sich nicht einmal die Mühe, sein Gesicht zu verbergen.

Das ließ nichts Gutes ahnen.

Der Mexikaner umklammerte mit einem Arm Wendys Hals und hielt ihr mit der anderen Hand ein kleines, schmales Messer an die Kehle. Klein, wie es war, wirkte es nicht weniger bedrohlich. Die schlanke Klinge glänzte unheilvoll.

«Sie haben mir etwas abgenommen», sagte Navarro. «Ich will es zurück.»

Zuerst begriff Corliss in seinem Schock nicht, was der Mann wollte. Er bat ihn, seine Tochter freizugeben, versprach, ihm alles zu geben, was er verlangte, und forderte ihn auf zu erklären, worum es ging.

«McKinnon», erwiderte Navarro mit kalter Stimme.

Mit einem Schlag begriff Corliss.

«Das Tagebuch», murmelte er. «Ich habe es. Es ist dort.» Er zeigte auf den Eckschrank und bat Navarro mit dem Blick um Erlaubnis, es zu holen.

Navarro nickte knapp, und Corliss durchquerte den Raum. Sein Atem ging kurz und stoßweise, während er mit zitternden Fingern das alte Buch mit dem abgewetzten Ledereinband hervorkramte.

Das Buch, das er von einem Analysten der Behörde hatte übersetzen lassen.

Dessen Inhalt er geheim gehalten hatte.

Er hielt es hoch wie eine Trophäe.

«Hier», sagte er und näherte sich mit zögernden Schritten seinem Peiniger, ein Bittsteller, der dem Henker entgegentrat. «Bitte lassen Sie sie jetzt los.»

Navarro nickte einem seiner Männer zu, woraufhin dieser Corliss das Buch abnahm und es in seinen Rucksack steckte.

«Bitte», wiederholte Corliss.

Navarro lächelte, ein grausames Lächeln, das eisiger ins Mark ging als jedes Stirnrunzeln.

«Halten Sie mich für einen *baboso?*»

Corliss verstand nicht.

«Ich bin nicht deshalb gekommen.» Navarro fixierte ihn mit mörderischem Blick, während er Wendy fester packte und ihr die Klinge an den Hals drückte.

Corliss sah, wie Wendys Schlagader anschwoll. «Nein, bitte, ich weiß nicht, was –» Dann verstand er, und seine Eingeweide krampften sich zusammen. Er wusste, was Navarro wollte. Und die Erkenntnis traf ihn wie ein Stromschlag.

«Ich habe es nicht», versicherte er dem Mexikaner. «Wir haben es nicht. Wir konnten es nicht sicherstellen.»

«Blödsinn.» Wieder verstärkte er den Druck der Klinge.

«Ich schwöre Ihnen, wir haben es nie in die Hände bekommen. Das Notebook war mit einem Passwort gesichert, wir konnten es nicht knacken. Die Festplatte wurde gelöscht. Ich versichere Ihnen, wir haben es nicht.»

«Ich fordere Sie nicht noch einmal auf.»

Corliss suchte verzweifelt nach einem Ausweg, aber ihm fiel nichts ein. «Bitte. Sie müssen mir glauben. Ich würde es Ihnen ja geben, wenn ich es hätte. Ich würde Ihnen alles geben, was Sie verlangen. Nur tun Sie ihr nichts. Bitte.»

Und dann sah er es. Navarros Augen wurden schmal, seine Kiefermuskeln spannten sich an. Er stieß zischend die Luft aus. Und verstärkte wiederum seinen Griff um Wendys Hals – und um das Messer.

«Okay. Wie Sie wollen», sagte Navarro.

Corliss stürzte sich auf ihn.

«Nein!»

Er warf sich mit ausgestreckten Armen nach vorn, um seine Tochter zu packen und der Bestie zu entreißen. Gleichzeitig sprangen Navarros Männer auf ihn zu, während der erschrockene Mexikaner hastig zurückwich –

Und inmitten des Getümmels, in diesem Augenblick des Irrsinns, sah Corliss die Klinge in Wendys Hals dringen, sah Blut hervorsprudeln, sah, wie sie angstvoll die Augen aufriss, den Mund, und ihr Schrei zerriss ihm die Ohren –

Und sie brach zusammen, hielt sich den Hals, aber das Blut quoll unaufhaltsam zwischen ihren Fingern hervor. Ihr entsetzter Blick war auf ihren Vater gerichtet –

Er war in einem Augenblick bei ihr, nahm sie in die Arme, drückte gegen den Schnitt in ihrem Hals, streichelte ihr Haar, versicherte ihr, alles werde gut –

Jetzt war seine Frau neben ihm, die atemlos schluchzte und verzweifelt versuchte, irgendwie zu verhindern, dass das

Leben aus ihr heraussprudelte, und ihrer Tochter ein wenig Trost zu spenden –

«Helfen Sie uns», schrie Corliss. Tränen liefen ihm übers Gesicht. «Helfen Sie uns, verdammt.»

Navarro und seine Männer standen einfach nur da und sahen zu, wie Wendy in wenigen grausamen Sekunden das Bewusstsein verlor. Dann setzte die Atmung aus, und sie lag reglos in Corliss' Armen.

Tot.

Er sah zu Navarro auf, völlig verständnislos, von Wut und Trauer überwältigt.

«Warum?», flüsterte er zwischen atemlosen Schluchzern. «Warum? Ich habe Ihnen gesagt, ich habe es nicht.»

In diesem Moment meinte er zu erkennen, dass Navarro ihm endlich glaubte. Zu spät.

Es spielte keine Rolle mehr.

«Ich habe Ihnen gesagt, ich habe es nicht», schluchzte er. «Warum mussten Sie das tun?»

«Vielleicht werden Sie es später verstehen», entgegnete Navarro kühl. «Im nächsten Leben.»

Diese drei Worte würde Corliss nie vergessen.

Mit einem Aufschrei kam er auf die Beine und stürzte sich auf Navarro.

Doch er erreichte ihn nicht. Er bekam den Mexikaner nie zu fassen.

Die Kugeln hinderten ihn.

Dreiundzwanzig Schüsse.

Damit endeten seine Erinnerungen an jene Nacht.

Er lag tagelang im Koma, Wochen auf der Intensivstation. Verbrachte Monate im Krankenhaus, Jahre in der Reha. Nach den ersten drei Monaten seiner Leidenszeit teilte man ihm mit, dass seine Frau sich das Leben genommen hatte. Das überraschte ihn nicht. Er hatte gesehen, wie sehr Wendys Tod ihr zusetzte und dass sie mit den Erinnerungen an jene Nacht nicht leben konnte. Jetzt war auch sie nicht mehr.

Er hatte beide verloren.

Aber Navarro war noch da, zog sorglos durchs Land und verübte zweifellos weitere Gräueltaten, verursachte Schmerz und Leid, wohin er auch kam.

Ein Monster auf freiem Fuß.

Anfangs war es Corliss selbst unbegreiflich, warum er überlebt hatte. Es war ihm unbegreiflich, warum er an dem Kugelhagel, der seinen Körper zerfetzt hatte, nicht gestorben war. Nachdem er aus dem Krankenhaus entlassen worden war, hatte er daran gedacht, seinem Leben selbst ein Ende zu machen, um im Jenseits wieder mit seinen Mädchen vereint zu sein. Er hatte dauernd darüber nachgedacht, und ein paarmal war er kurz davor gewesen, es zu tun. Aber eines Tages begriff er.

Ihm wurde klar, dass er aus einem bestimmten Grund verschont geblieben war.

Er erkannte, dass er überlebt hatte, um zu tun, was getan werden musste.

Um das Monster zur Strecke zu bringen.

Um dafür zu sorgen, dass das Böse ausgelöscht wurde.

Um dafür zu sorgen, dass dieser Mann für seine Taten bezahlte.

Und jetzt, in diesem Augenblick, schien es, als gebe es eine Chance, dass das Monster endlich aus seinem Versteck kam. Nicht nur das – es war hier, hier in Amerika. In Kalifornien.

In Reichweite.

Corliss' Arm senkte sich auf die Couch, das leere Whiskyglas entglitt seinen Fingern und rollte in die Polster. Und während er in Schlaf sank, klammerte er sich an einen Gedanken: Wenn das Monster je gefasst würde, wäre er derjenige, der ihm die Kehle aufschlitzen und zusehen würde, wie es seine letzten Atemzüge tat und starb, ganz langsam.

Hasta la vista, Wichser.

KAPITEL 49

Auf der polierten Holzveranda des Poolhauses mit Gipsverputz und Terrakottakacheln war das Monster damit beschäftigt, in den Tiefen seines Bewusstseins nach Antworten zu suchen.

Der Tag war nicht gut gelaufen.

Er hatte einen seiner Männer verloren. Von der Zielperson fehlte jede Spur. Und er sah keinen geraden Weg, der ihn zu seinem Ziel führte.

Er brauchte eine erleuchtete Sicht.

Eine Offenbarung.

Das Gebräu des blinden Peruaners würde ihm dazu verhelfen. Wie immer.

Er musste Reilly finden, aber das würde nicht leicht sein. Er konnte seine Männer nicht darauf ansetzen, ihm von dem einzigen Ort aus zu folgen, an den er unweigerlich kommen würde – der örtlichen FBI-Niederlassung. Nicht nach dem Fiasko beim letzten Versuch, bei dem die Biker ihr Leben gelassen hatten. Der Gegner war höchst wachsam. Er würde nach jeglichen verdächtigen Anzeichen suchen. Noch mehr Männer zu verlieren war das Letzte, was Navarro jetzt brauchte.

Guerra und seine technischen Spürnasen würden ihm auch nichts nutzen. Als FBI-Agent besaß Reilly ein Handy, das mit der raffiniertesten Anti-hacking-Software ausgestattet war. Es war unmöglich, ihn darüber zu orten. Und das Handy seiner Freundin war auch aus dem Spiel, seit dem Versuch am Museum war diese Tür geschlossen.

Er saß reglos da, nackt, mit gekreuzten Beinen, und fiel und stieg durch atemberaubende Landschaften und rasend schnelle Folgen von Bildern, die er teils erkannte, teils nicht. Die Wirklichkeit vermischte sich mit dem Surrealen, als seine Synapsen in unerforschtes Land eindrangen und neue Verbindungen formten.

Und dann kam ihm die Eingebung. Die schlichte Erkenntnis, dass die Antwort auf seine Fragen in bequemer Reichweite lag.

Genau genommen lag sie innerhalb der Mauern seiner Villa.

Eine lebende, atmende Antwort, die nach ihm rief, seine Aufmerksamkeit forderte.

Das Gesicht des Hexers verzog sich zu einem friedvollen Lächeln, und er schloss die Augen.

Morgen, das wusste er, würde ein weitaus besserer Tag werden.

MITTWOCH

KAPITEL 50

Ich bekam nicht viel Schlaf. Mein Verstand arbeitete die ganze Nacht hindurch, schmiedete Pläne, klopfte verschiedene Möglichkeiten auf ihre Erfolgschancen ab – und tat alles, um den Grübeleien über Tess und den Stand unserer Beziehung auszuweichen. Am Ende hatte ich keine auch nur annähernd sichere Lösung gefunden, aber manche waren weniger dumm als andere. Sämtliche Vorgehensweisen, die ich durchgespielt hatte, hatten allerdings eines gemeinsam: Es ging im Wesentlichen darum, dass ich mich selbst als Köder einsetzte, um unsere mexikanischen Gegner aus ihrem Versteck zu locken.

Wie man sich wohl denken kann, riss mich das nicht zu Begeisterungsstürmen hin.

Um neun Uhr morgens war ich geduscht und angezogen und betrat Villaverdes Büro, um unsere Optionen durchzusprechen. Munro erschien etwa zur selben Zeit. Mir war klar, dass Villaverde von meinen Überlegungen nicht begeistert sein würde. Ich selbst freute mich auch nicht gerade darauf, als Lockvogel für einen Haufen Wahnsinniger zu dienen, die Spaß daran hatten, Leuten die Genitalien abzuschneiden, aber mir fiel nichts anderes ein, das Aussicht auf Erfolg hätte. Sofern Villaverde oder Munro nicht eine brillante Alternative präsentierten, war ich ziemlich entschlossen, meinen Plan umzusetzen.

Vielleicht war es ein halbherziger Versuch, das, was ich angerichtet hatte, wiedergutzumachen. Ich weiß es nicht. Ich wusste nur, dass ich diese Dreckskerle unschädlich machen wollte, um Gewissheit zu haben, dass Tess und Alex keine Gefahr mehr drohte.

Wir begannen mit den neuesten Updates über die Ereignisse des vergangenen Tages. Nichts davon brachte uns wirklich weiter. Bei dem Kerl, den Jules im Balboa Park erledigt hatte, war nichts gefunden worden, was zur Identifikation beigetragen hätte, und auch seine Fingerabdrücke ergaben keine Übereinstimmung. Der zurückgelassene Geländewagen bot ebenfalls keine Anhaltspunkte. Er war gestohlen, das war bislang alles, was wir wussten. Der Form halber würden Polizisten den Besitzer vernehmen, aber mir war klar, das würde reine Zeitverschwendung sein.

Die Folgeberichte über den mehrfachen Mord im Clubhaus der Eagles lieferten ebenfalls keine bahnbrechenden Erkenntnisse, auch damit hatte ich gerechnet.

«Eine Sache sollten wir überprüfen», sagte ich. «Der Kerl, von dem Pennebaker uns erzählt hat, der, den Navarro zerlegt hat. Pennebaker sagte, eben schien er noch völlig okay zu sein, und im nächsten Moment sei er zusammengebrochen wie von einem Betäubungspfeil getroffen. Nur dass er zwar gelähmt, aber bei vollem Bewusstsein war.»

«Was meinen Sie?», fragte Munro.

«Da ich nicht an Voodoo glaube, würde ich sagen, Navarro hat da getrickst. Und ich frage mich, wie es bei Walker war. Er lag verstümmelt in seinem eigenen Blut, aber nichts deutete auf einen Kampf hin. Als hätte er keinerlei Widerstand geleistet. Das ergibt doch keinen Sinn.»

«Es sei denn, er wurde betäubt», ergänzte Villaverde, der verstanden hatte, worauf ich hinauswollte. «Okay, ich fordere bei der Gerichtsmedizin eine umfassende toxikologische Untersuchung an.»

Ich war bereits ziemlich sicher, was von der Sache zu halten war und was die Untersuchung ergeben würde.

Dahinter steckte kein ehemaliger Gefolgsmann von Navarro.

Es war Navarro selbst gewesen.

Ich wusste es einfach.

Villaverde griff zum Telefon und reichte mir zugleich einen Computerausdruck.

«Der Verbindungsnachweis von Michelles Telefon», sagte er. «Es gibt da einen Dean, wie Sie vermutet haben. Sehen Sie selbst.»

Ich nahm das Blatt. Mehrere Telefonate waren mit Textmarker hervorgehoben, alle in den letzten sechs Wochen. Der Anschluss eines Dean Stephenson. Die Vorwahl war 510.

«Das liegt nicht in dieser Region», stellte ich fest.

Villaverde schüttelte den Kopf. «Berkeley.»

«Und er ist Psychiater?»

«Ja und nein», antwortete Villaverde. «Er ist Dozent für Psychiatrie. Leiter des Fachbereichs oben an der University of California.»

Das überraschte mich und beunruhigte mich zugleich. Unter all den Psychiatern, zu denen Michelle Alex hätte bringen können, hatte sie sich für einen entschieden, der offenbar eine Kapazität war, und das trotz der Entfernung von etwa anderthalb Flugstunden.

Ich rief Tess an und gab ihr die Information weiter, während Villaverde mit dem Gerichtsmediziner sprach. Ich dachte, sie könnte diese Spur verfolgen, während wir uns darauf konzentrierten, wie wir die Gangster aus ihrem Versteck locken konnten – möglichst ohne dass ich dafür mein Leben lassen musste.

Noch etwas nagte an mir, aber ich konnte es nicht richtig benennen. Mir blieb allerdings kaum Zeit, meinen Plan zu erklären, denn plötzlich stürmte einer von Villaverdes Mitarbeitern ins Büro. Sein Gesicht verriet, dass es um eine Sache von höchster Dringlichkeit ging.

«Das müssen Sie sich ansehen.» Damit ging er schnurstracks auf Villaverdes Schreibtisch zu, griff nach der Fernbedienung und schaltete den Fernseher im Regal ein.

Es war ein Nachrichtenkanal. Die Überschrift lautete «Geiseldrama in Mission Valley», und dazu wurden Bilder in niedriger Auflösung gezeigt, die offenbar jemand mit dem Handy aufgenommen hatte. Ein bewaffneter Mann war zu sehen, der jemanden am Hals gepackt hielt, schrie und wild mit seiner Pistole fuchtelte, während er vor der Kamera zurückwich.

Ich erkannte ihn sofort an dem kleinen Unterlippenbärtchen. Es war Ricky «Scrape» Torres alias Soulpatch, der Biker mit der Kugel in der Schulter, der aus dem Auto des toten Deputy gezerrt worden war.

Lebendig und in Farbe.

KAPITEL 51

Ricky Torres verstand nicht, was zum Teufel da mit ihm passierte. Sie hatten ihn mit Klebeband verschnürt wie ein Postpaket und eine gefühlte Ewigkeit lang in irgendeinem Raum eingesperrt. Seine Wunde war behandelt und genäht worden, tat aber immer noch höllisch weh. Dann hatte er vor einer kleinen Weile einen Stich in den Arm gefühlt, bestimmt ein Antibiotikum, und anschließend war das Klebeband entfernt worden, bis auf das über seinen Augen. Man hatte ihn hochgezerrt, in ein Auto gestoßen und war mit ihm davongefahren.

Und jetzt das.

Sie hatten ihn aus dem Wagen auf harten Asphalt geworfen und waren mit quietschenden Reifen weggefahren.

Hatten sie ihn freigelassen?

Zögernd stand er auf und riss sich das Klebeband von den Augen. Sofort blendete ihn die Sonne, er brauchte eine ganze Weile, bis er wieder klar sehen konnte. Endlich erkannte er, dass sie ihn in Mission Valley ausgesetzt hatten, am Parkplatz der großen Westfield Mall. Er war benommen und desorientiert und ertappte sich selbst dabei, dass er interessiert zu dem Hooters-Lokal auf der anderen Straßenseite hinüberstarrte. Sein Gesicht verzog sich zu einem seltsamen Grinsen, als ihm eine verrückte Idee kam. Ein paar Bier in der Gesellschaft spärlich bekleideter heißer Mädchen würden ihm bestimmt helfen, alles zu vergessen, was ihm in den vergangenen Tagen widerfahren war. Wie lange war es gewesen? Zwei Tage? Mehr?

Er wusste es nicht.

Er blieb eine Weile stehen und fragte sich, warum die Mistkerle ihn freigelassen hatten. Während der Fahrt hierher hatte er überlegt, ob sie ihn an einen abgeschiedenen Ort brachten, um ihn zu töten und seine Leiche verschwinden zu lassen. Offenbar nicht. Aber er fühlte sich beschissen. Sein Kopf hämmerte, seine Sicht war verschwommen, und der Schmerz in seiner Schulter, der nach dem Zusammenflicken nachgelassen hatte, kehrte jetzt umso heftiger zurück. Zwar hatte er gefühlt, dass die Kugel entfernt wurde, doch jetzt fragte er sich, ob die Wunde wohl infiziert war. Aus seiner Zeit im Irak wusste er, dass Infektionen an Schusswunden oft tödlicher waren als die Kugel selbst.

Er musste das untersuchen lassen, und zwar schnell.

Aber für ein Bier musste doch noch Zeit sein.

Er machte ein paar unsichere Schritte auf die Straße – sofort ließ ihn das Schmettern einer Hupe erstarren. Er fuhr herum und sah sich einem Lastwagen gegenüber, der mit quietschenden Reifen zum Stehen kam und ihn dabei nur knapp verfehlte. Der Fahrer gestikulierte und fluchte laut, es klang Spanisch, aber Torres war sich nicht sicher. Es hörte sich verzerrt an, und die Lippenbewegungen des Mannes und der Klang seiner Stimme passten nicht zusammen. Außerdem hatte der Fahrer etwas *Seltsames* an sich. Torres starrte mit zusammengekniffenen Augen ins Gegenlicht. Dann sah er es.

Der Kerl hatte gelbe Augen.

Torres blinzelte, schüttelte den Kopf und sah noch einmal

hin. Die Augen waren immer noch gelb. Und nicht nur das, jetzt ragten unter der Oberlippe des Kerls Reißzähne hervor, und seine Haut schimmerte wie Schlangenhaut.

Was zum – ?

Torres stolperte wieder auf den Gehweg, schüttelte heftig den Kopf und zog sich weiter zurück, wobei er den Blick nicht von dem grausigen Bild losreißen konnte. Der Fahrer fluchte und zischte durch seine spitzen Reißzähne, während der Lastwagen davonrumpelte. Torres sah ihm völlig verwirrt nach und fragte sich, was zum Teufel das gerade gewesen war. Er hatte seit seiner Entführung kaum geschlafen, offenbar fing er an zu halluzinieren. Aber er musste sich zusammenreißen und klar denken, wenn er eine Chance haben wollte, den Cops zu entgehen. Er entschied, es wäre jetzt völliger Irrsinn, seine Zeit mit Drinks zu vergeuden und mit dem Versuch, eine großbusige Kellnerin aufzureißen.

Er drehte sich um und wollte in die Gegenrichtung gehen, als er ein Gewicht an seinem Gürtel fühlte. Er schaute nach unten und zog die Windjacke hoch, die sie ihm angezogen hatten, und da sah er es: In seinem Gürtel steckte eine Automatikpistole.

Ihm fiel die Kinnlade herunter, und er zog hastig die Jacke wieder über die Waffe. Nervös blickte er sich um, ob ihn jemand bemerkt hatte, da sah er in dem Gebäude vor sich einen Drugstore, der den größten Teil des Erdgeschosses einnahm. Er brauchte jetzt dringend ein paar wirklich starke Schmerztabletten. Etwas, das den pochenden Schmerz in seiner Schulter dämpfte, damit er sich irgendwo einen sicheren Unterschlupf suchen konnte, um sein weiteres Vorgehen zu überlegen. Ja, das wäre jetzt das Richtige. Ganz bestimmt.

Er machte sich auf den Weg über den Parkplatz zum Drugstore. Aber während er zwischen den parkenden Autos hindurchging, hörte er das unverkennbare Klicken eines Magazins, das in eine AK-47 einrastete.

Er fuhr herum, und seine Hand glitt instinktiv unter seine Jacke, um nach der Pistole zu greifen. Eine Frau lud gerade Einkaufstüten in den Kofferraum ihres Wagens, während ihr Kind schrie, es wolle nicht nach Hause. Als sie sich über den geöffneten Kofferraum beugte, wurde Torres klar, dass sie ihre Waffe im Wagen versteckt haben musste, damit er sie nicht sah. Er dachte daran, zu der Frau hinzugehen und zu verlangen, dass sie ihm die Waffe aushändigte, aber das Geschrei des Kindes steigerte sich plötzlich zu unerträglicher Lautstärke. Es fühlte sich an, als stäche ihm eine ganze Batterie Bajonette in den Schädel.

Er hielt sich die Ohren zu, drehte sich um und rannte in das Einkaufszentrum.

Als er in das Gebäude stolperte, schienen die Leute ihm auszuweichen. Während er am Macy's vorbeilief, blickte er an sich hinunter und sah, dass sein Hemd schweißdurchtränkt war. Oder war das Blut? Vielleicht war er angeschossen worden und hatte es nicht bemerkt, weil der Schmerz in seiner Schulter alles überdeckte? Er fuhr sich übers Gesicht und sah seine Finger an. Nein, es war nur Schweiß. Sein Mund fühlte sich entsetzlich trocken an. Er brauchte Wasser. Und Schmerztabletten. Er lief weiter, aber ein schneidender Schmerz durchfuhr seinen Bauch, so heftig, dass er sich krümmte. Er stützte sich an einer Wand ab und würgte mehrmals. Er hatte das Gefühl, sich übergeben zu müssen, aber wahrscheinlich hatte er gar nichts im Magen. Der Schmerz war so stark, dass er sich mit dem Rücken an die Wand lehnte, und obwohl er verzweifelt versuchte, auf den Beinen zu bleiben, ließ er sich gleich darauf an der Wand hinunter auf den Boden gleiten.

Etwas stimmte nicht. In ihm. Etwas war sehr ernsthaft nicht in Ordnung, das wusste er. Und es begann, ihm Angst zu machen.

Als er den Kopf hob, sah er eine ältere Frau, die ihn mit besorgter Miene anschaute. Das war ein Trick der Selbstmordattentäter, das wusste er. Sie gaben sich als Freunde, und dann ließen sie einen zur Hölle fahren. Er hatte drei Kameraden auf dieses Weise verloren – sie waren mitten auf einer belebten Straße in Stücke gerissen worden, als seine Einheit auf der Suche nach Aufständischen von Haus zu Haus zog. Eine Frau hatte zu seinem Sergeant gesagt, sie könne ihm ein Haus zeigen, in dem sich welche versteckten. Er selbst war zurückgeblieben, um die Straße zu sichern, und Sekunden später lagen Körperteile seiner Kameraden über die Straße verstreut.

Auf so einen Trick würde er nicht hereinfallen.

Er starrte die Frau fest an und griff nach seiner Waffe. Aber dann stockte seine Hand, als er sah, wie ihr Gesicht anfing, sich zu verzerren, ihre sanften grauen Augen wurden schwarz und bedrohlich, und ihre Nase verformte sich zu einem spitzen Vogelschnabel. Er versuchte sich aufzurappeln, aber der Schmerz in seinen Eingeweiden war zu stark. Die Arme der Frau waren jetzt von schwarzen Federn bedeckt, und an der Stelle ihrer Hände befanden sich Klauen mit rasiermesserscharfen Krallen. Mit ausgestreckten Klauen kam sie langsam auf ihn zu.

Unter Aufbietung aller Kräfte zog er die SIG unter seiner

Jacke hervor und fuchtelte damit nach dem harpyienartigen Ungeheuer.

«Zurück! Bleib mir vom Leib!»

Das ließ sich die Bestie nicht zweimal sagen. Sie drehte sich um und huschte davon.

Torres verstand nicht, was hier vor sich ging. Er steckte die Waffe wieder in den Gürtel, kam auf die Beine und schleppte sich um die Ecke zum Eingang des Drugstores. Er war nur ein paar hundert Meter entfernt, und Torres war sicher, dass er es schaffen konnte, solange er nicht wieder stehen blieb.

Er hatte die Hälfte der Strecke bewältigt, als er hinter sich eine Stimme hörte.

«Sir? Sir? Ist alles in Ordnung? Brauchen Sie Hilfe?»

Torres ignorierte die Stimme und ging weiter. Es war ein Trick. Ein Trick, um zu verhindern, dass er die benötigte Hilfe bekam.

«Sir?» Die Stimme wurde zu einem heiseren Krächzen. «Sie müssen stehen bleiben, damit ich mit Ihnen reden kann.»

Torres fuhr herum, viel schneller, als er es in Anbetracht seiner Schmerzen beabsichtigt hatte, und sah sich einem weiteren verdammten Aufständischen gegenüber. Der Mann hatte die Hand an der Pistole an seinem Gürtel. Torres konnte nicht genau ausmachen, welche Uniform der verdammte Turbankopf trug, aber was immer es für eine war, er hatte sie sicher der Leiche eines amerikanischen Soldaten abgenommen.

Es *war* eine Falle.

Sie würden ihn als Geisel nehmen, ihn foltern und ihm den Kopf abschneiden. So machten es diese Irren. Torres sah sich hastig um. Dreißig Meter entfernt – zu weit, als dass er irgendetwas anderes tun konnte, als auf ihn zu schießen – hielt ein jüngerer Mann ein Handy auf ihn gerichtet. Sie filmten bereits das Video ihrer Geiselnahme. Er wollte den Bastard erschießen, aber sein Captain hatte ihm eingeschärft, seine Waffe nur in unmittelbarer Lebensgefahr zu gebrauchen. Oder hatte das jemand anders gesagt? Er konnte sich nicht erinnern. Jedenfalls war ihm klar, dass er seine Befehle nach Möglichkeit zu befolgen hatte.

Er spürte, dass da noch jemand anders war, und drehte sich um. Noch ein Mann, dessen Verkleidung aus Jeans, Tennisschuhen und einem Polohemd bestand, kam auf ihn zu. Himmel. Sie hatten ein ganzes Kommando auf ihn angesetzt.

Er musste etwas unternehmen, sonst würde es ihm übel ergehen.

Er streckte eine Hand mit der Handfläche nach oben aus, wie um sich zu ergeben, aber gleichzeitig machte er zwei Schritte nach links. Dann, als der Mann im Polohemd ihn erreicht hatte, packte er ihn am Hals, zog seine Pistole und hielt sie dem Aufständischen an den Kopf.

«Zurückbleiben», schrie er. «Bleibt mir alle vom Leib, verdammt.»

Der Aufständische in der falschen Uniform hatte bereits seine Waffe gezogen und auf ihn gerichtet, aber jetzt hatte Torres die Oberhand. Er ging rückwärts in Richtung des Drugstores und zerrte seine Geisel mit sich. Trotz des hämmernden Schmerzes in seinem Kopf und des Brennens in seinen Eingeweiden ging er mit jedem Meter schneller. Als er einen raschen Blick auf den Aufständischen warf – der sich vorerst zurückhielt –, sah er, wie die Augen des Mistkerls gelb wurden und ihm Hörner aus dem Kopf wuchsen. Torres blinzelte und schüttelte den Kopf, aber als er die Augen wieder öffnete, waren die Hörner immer noch da, glänzend wie schwarzer Obsidian, spitz und bedrohlich. Ihm selbst lief jetzt der Schweiß in Strömen übers Gesicht, und er schrie «Nein», dann stieß er seine Geisel von sich. Der Mann lief davon, aber vorher warf er Torres einen Seitenblick zu – auch er hatte gelbe Augen und Hörner, und als sein Mund breiter wurde und sich öffnete, entblößte er ein Gebiss mit grässlichen Reißzähnen und eine wütend schlängelnde, gespaltene Zunge.

Entsetzen überkam Torres, als ihm klarwurde, dass er aus irgendeinem Grund diese Dreckskerle als das sehen konnte, was sie wirklich waren. Dämonen, Gesandte Satans, Krieger des Antichrist. Er hatte immer gewusst, dass sie böse waren; er hatte sie nur bisher nie in ihrer wahren Gestalt gesehen. Er musste am Leben bleiben, um es allen zu erzählen. Die Menschen mussten es erfahren. Aber zuerst musste er mit dem entsetzlichen Schmerz fertigwerden, der ihm die Eingeweide zerriss.

Als er den Eingang zum Drugstore erreichte, kam ein weiterer Aufständischer heraus und versuchte, ihn zu packen. Torres rammte dem Kerl seinen Ellenbogen ins Gesicht und versetzte ihm dann einen Stiefeltritt gegen das Schienbein. Der Dämon brach zusammen. Torres ging neben seinem stöhnenden Opfer in die Hocke und nahm ihm die Waffe ab, dann fuhr er herum, in jeder Hand eine Pistole – eine war auf den Aufständischen am Boden gerichtet, die andere auf den Kerl in der falschen Uniform, der jetzt zwanzig Meter vom Ladeneingang entfernt stand. Torres sah, dass noch mehr von ihnen erschienen waren, eine ganze Horde fauchender, klauenbewehrter Bestien, die gegen ihn vorrückten.

Ihm war schwindelig, und seine Sicht verschwamm immer wieder, während er den Kämpfer, den er soeben überwältigt hatte, anschrie.

«Die Türen zu. Schnell!»

Wenn er drinnen eingeschlossen war, konnten sie ihn wenigstens nicht erreichen. Und vielleicht konnte er sich die Schmerztabletten besorgen, die er jetzt wirklich verzweifelt dringend brauchte.

Der Wachmann des Ladens kam auf die Beine, lief zu den Haupteingangstüren – zwei großen Glasscheiben mit verchromten Griffen – und machte sich daran, sie zuzuschieben und abzuschließen.

«Wo ist die Apotheke?», rief Torres.

Der Kerl wies zum hinteren Bereich des Geschäfts.

«Geben Sie mir die Schlüssel.»

Der Wachmann händigte sie ihm aus.

«Und Ihr Funkgerät.»

Er gehorchte.

Torres steckte den Schlüsselbund in die Tasche, dann ließ er das Funkgerät auf den Boden fallen und zertrat es mit dem Stiefel. Er sah sich um. Mehrere Kunden – oder waren es Aufständische in falscher Gestalt? – wichen mit erhobenen Händen vor ihm zurück, manche weinten und wimmerten. Einen Moment lang fragte er sich, was zum Teufel er hier tat. Sollte er nicht schnellstmöglich die Stadt verlassen? Sich vor den Cops in Sicherheit bringen? Wieso war er jetzt hier in diesem Einkaufszentrum, eingeschlossen in einem Geschäft? Doch das spielte im Augenblick keine Rolle. Wenigstens war er noch am Leben. Ja, diese Wichser hatten ihn nicht gekriegt. Nicht wie die anderen seiner Einheit, die diese turbanköpfige Hure in die Luft gejagt hatte. Jetzt war nur noch er übrig. Und er würde nicht zulassen, dass sie ihn auch noch kriegten.

Er brauchte einen Plan.

Erster Schritt: etwas gegen die Schmerzen unternehmen.

Zweiter Schritt: mit dem obersten Offizier reden und einen Deal aushandeln.

Er wusste etwas, das die Übrigen erfahren mussten. Vielleicht war er der *Einzige,* der es wusste.

Beide Pistolen auf seine Umgebung gerichtet, näherte er sich langsam der Apotheke.

KAPITEL 52

Ich war bereits halb aus dem Geländewagen raus, noch ehe Villaverde ihn zum Stehen gebracht hatte. Über den großen Parkplatz verteilt standen wenigstens zehn schwarz-weiße Streifenwagen, außerdem waren am Rand der Transporter eines Spezialeinsatzkommandos und zwei Fahrzeuge einer Eingreiftruppe abgestellt. Ein paar Uniformierte hatten bereits etwa fünfzig Meter vor dem Haupteingang der Mall ein Absperrband gezogen. Auf der anderen Seite des Parkplatzes standen vier Ü-Wagen lokaler Nachrichtensender. Ein fünfter kam gerade dazu, während ich zum Wagen der Einsatzleitung hinüberlief, dicht gefolgt von Villaverde.

Ich zückte meine Dienstmarke und stieg in den Wagen. Dort erwartete uns bereits der Einsatzleiter der Polizei, der sich selbst als Captain Jack Lupo vorstellte. Er machte uns mit dem Leiter des Spezialeinsatzkommandos bekannt, Sergeant Alan Schibl, mit einem zivilen Vermittler für Geiselnahmen namens Tim Edwards und mit Belinda Zacharia, einer adrett gekleideten Frau von der Sheriffbehörde. Letztere war anwesend, weil Torres immerhin Zeuge an der Ermordung ihres Deputy war. Außerdem waren ein paar Uniformierte und ein Funktechniker dabei.

Lupo erklärte uns die Lage. Soweit bekannt, befanden sich in dem Drugstore neunzehn Geiseln, sieben Angestellte und zwölf Kunden, wobei die Zahl der Kunden nicht ganz sicher war. Anscheinend war keine der Geiseln verletzt – noch nicht. Torres schien ein Einzeltäter zu sein. Der Zeuge, der mit seiner Handykamera das Video aufgenommen hatte, hatte ausgesagt, Torres verhalte sich völlig skurril, offenbar habe er Schmerzen, und er habe stark geschwitzt. Edwards hatte versucht, den Festnetzanschluss des Geschäfts anzurufen, aber nachdem sie durch das automatische Rufannahmesystem gelangt waren, meldete sich niemand. Torres nahm keine Anrufe an.

Jetzt konnte sich Schibl, der schon seit unserer Ankunft ungeduldig darauf gewartet hatte, nicht mehr zurückhalten und ergriff das Wort.

«Ich habe zwei Scharfschützen zu beiden Seiten des Haupteingangs zum Geschäft postiert. Im Augenblick können sie ihn nicht sehen, aber ich habe ihnen Anweisung gegeben zu schießen, sobald sich eine Möglichkeit ergibt, ohne dabei Geiseln zu gefährden.»

Noch ehe ich etwas darauf entgegnen konnte, protestierte Zacharia. «Augenblick mal, Sergeant – wir brauchen diesen Kerl lebend. Er ist unser einziger brauchbarer Anhaltspunkt. Der Sheriff hat Rücksprache mit dem Bürgermeister gehalten und hat seine volle Unterstützung. Wir können nicht zulassen, dass Deputy Fugates Mörder davonkommt. Unter keinen Umständen. Sie sollten also Ihre Männer anweisen, sich zurückzuhalten.»

Es sah aus, als könnte sich hier ganz schnell ein übler Machtkampf entwickeln. Ich hatte einen guten Teil meines Berufslebens in der Zwickmühle zwischen rivalisierenden Behörden verbracht. Auch wenn Villaverde offiziell die Leitung hatte, würde er sich doch bei jeder einzelnen Entscheidung gegen die anderen durchsetzen müssen. Ich sah ihn an, und er erwiderte meinen Blick mit einem unauffälligen ironischen Grinsen. Ich kannte diesen Ausdruck. Er würde sich zurücklehnen und abwarten, bis die Streithähne ihr Pulver verschossen hatten, ehe er ruhig seine Autorität behauptete. Ich wäre eine solche Situation anders angegangen, aber das hier war Villaverdes Revier, und außerdem war ich viel zu sehr in den Fall verstrickt, als dass ich hätte versuchen können, mich gegen die anderen durchzusetzen. Sosehr es mir auch gegen den Strich ging, ich beschloss, ihnen ein paar Minuten zu lassen, um selbst zur richtigen Lösung zu gelangen.

Schibl warf sich in die Brust – weiter konnte er in dieser Runde nicht gehen, um zu signalisieren, wie wenig es ihm passte, von einer Frau herumkommandiert zu werden, noch dazu von einer, die nicht mal Polizistin war – und schoss aus allen Rohren.

«Wir müssen ihn bei der ersten Gelegenheit ausschalten, Punkt», versetzte er. «Er ist ein Ex-Marine mit einer langen, gewalttätigen Vorgeschichte. Ich hatte schon öfter mit Belagerungssituationen zu tun, in denen der Geiselnehmer ein Soldat mit Posttraumatischer Belastungsstörung war. Womöglich steht er auch noch unter Meth. Jedenfalls ist der Ausgang immer der gleiche. Am Ende ist der Soldat tot, auf die eine oder andere Art. Also beenden wir diese Situation doch möglichst schnell, um weitere Opfer zu vermeiden.»

Er wandte sich an Lupo, als sei Zacharia Luft.

«Ich verstehe Sie ja», erwiderte der Einsatzleiter, «aber wir müssen hier auch den größeren Zusammenhang sehen. Dieser Mann ist Teil eines großen Falles auf Bundesebene, und er ist der einzige Zeuge für mehrere Kapitalverbrechen, die wenigstens zehn Menschenleben gekostet haben. Wenn es irgendeine Möglichkeit gibt, mit ihm zu reden, müssen wir sie nutzen. Ich fürchte also, ich kann Belinda nur zustimmen. Sagen Sie Ihren Männern, sie sollen nur schießen, wenn eine der Geiseln unmittelbar in Gefahr ist.»

Schibl verzog das Gesicht. Er hatte sich von Lupo offensichtlich Unterstützung erhofft, aber stattdessen hatte der höherrangige Cop ihm unmissverständlich klargemacht, er solle die Anweisung befolgen. Jetzt war es an mir, Villaverde kurz zuzugrinsen. Endlich ergriff dieser die Gelegenheit, etwas zu sagen.

«Die Wahrscheinlichkeit ist hoch», sagte Villaverde zu Schibl, «dass wir Sie noch im Laufe des Tages bitten müssen, Ihren Männern den Befehl zum Schießen zu geben. Aber vorerst denke ich, wir müssen zwischen dem Handlungsbedarf und den Vorteilen der Zurückhaltung abwägen.» Er wandte sich an den Vermittler für Geiselnahmen. «Würden Sie für mich die Verbindung herstellen? Wir sollten noch einmal versuchen, ihn zu erreichen.»

Edwards wählte die Nummer und gab das Handgerät Villaverde, der mich heranwinkte.

«Wollen Sie das übernehmen?»

Ich nickte und nahm das Gerät entgegen. Etwa nach dem zwölften Rufzeichen nahm jemand ab. Edwards' Gesicht erhellte sich erwartungsvoll, und der Techniker signalisierte mit einem Nicken, dass die Aufzeichnung lief.

«Ricky», sagte ich in die Stille hinein, «mein Name ist Reilly. Ich bin vom FBI.»

«Sind Sie auch einer von denen?»

Es war Torres. Er klang aufgewühlt, verzweifelt und völlig verängstigt.

«Was meinen Sie mit ‹denen›, Ricky?»

«Von diesen Dingern.»

«Was für Dinger? Ich bin vom FBI, Ricky. Sind bei Ihnen da drin alle okay?»

«Halten Sie mir nur diese Dinger vom Leib, Mann. Ich hab sie draußen vor dem Eingang gesehen. Die kriegen mich nicht, was immer sie versuchen, verstanden? Wenn einer von denen in meine Nähe kommt, puste ich ihm den verdammten Kopf weg.»

Ich hatte keine Ahnung, wovon er sprach. Er war offenbar auf einem schlechten Trip und hatte viel mehr Angst, als jemand haben sollte, der noch die Chance hatte, sich zu ergeben, bevor die Schießerei losging. Es war ziemlich klar, welchen Kurs ich einschlagen musste.

«Hören Sie mir zu, Ricky. Was immer das ist, wovor Sie Angst haben, wir können Sie schützen. Wir wollten auch Wook schützen, aber sie sind uns zuvorgekommen. Wir wissen, für wen Sie und der Rest der Eagles gearbeitet haben. Guru hat es uns erzählt. Sie müssen uns nur helfen, sie zu finden. Dann können wir sie einsperren, und Sie sind in Sicherheit.»

«Guru?», rief er. «Guru ist weg, Mann. Wie konnten Sie mit ihm reden? Sie lügen. Sie sind einer von denen, stimmt's? Sie wollen, dass ich rauskomme, damit Sie mich mit Ihren Klauen zerfleischen können. Ihr könnt mich mal, Mann. Zum Teufel mit euch allen.» Damit legte er auf.

«Der Kerl ist völlig durchgeknallt», stellte Schibl fest.

Ich musste ihm recht geben. Und das bedeutete nichts Gutes für Torres. Immerhin hatten wir hier einen Sergeant eines

Spezialeinsatzkommandos, der es nicht erwarten konnte, ihn mit seinen Bikerkumpels wiederzuvereinen.

Ich hingegen wollte ihn lebend, um ihn zum Reden zu bringen. Aber mir schien, diese Chance würde ich nicht bekommen.

Am westlichsten Ende des Parkplatzes, im Schutz einer Baumreihe, saßen Navarro und seine beiden überlebenden *pistoleros* in ihrem klimatisierten Toyota Land Cruiser. Nachdem sie Torres ausgesetzt hatten, waren sie hierhergekommen und hatten ihren Beobachtungsposten bezogen, während er gerade ins Innere der Mall verschwand.

Navarro hielt ein Fernglas auf den Bereich des Parkplatzes gerichtet, auf dem es jetzt von Polizisten wimmelte. Sein Mundwinkel verzog sich zu einem leichten Grinsen, als er sich ausmalte, welche Hölle Torres gerade durchmachte. Die Droge, ein graues Pulver, das er in Torres' offene Wunde gerieben hatte, war eine besonders heimtückische Substanz. Er hatte sie in Vanuatu im Südpazifik kennengelernt, von einem ganzkörpertätowierten Schamanen, der der Schwarze Geier genannt wurde. Navarro hatte sie über die Jahre bei mehreren Gefangenen angewandt, und sie hatte ihn nie enttäuscht. Sie schürfte aus dem Unterbewusstsein des Opfers dessen tiefste Ängste und Paranoias, sodass sie ausbruchartig in gesteigerter, albtraumhaft unwirklicher Form zutage traten. Unter ihrem Einfluss verwandelte sich die gewöhnlichste Umgebung in den Stoff von West-Craven-Filmen. Unkontrolliert besaß sie die unheimliche Fähigkeit, die Seele in gänzlich unerwartete Formen der Selbstzerstörung zu stürzen, was Navarro immer wieder unterhaltsam fand. Dabei war ihm klar, dass er diese besondere Art des inneren Zusammenbruchs nie selbst erleben würde.

Er beobachtete, wie Reilly und Villaverde aus ihrem Wagen sprangen und sich ins Getümmel stürzten, und dieser Anblick enttäuschte ihn wiederum. Er hatte erwartet, dass sie getrennt eintreffen würden. Zwar hatte er mit dieser Komplikation gerechnet, aber er hatte dennoch gehofft, dass es anders verlaufen würde.

Trotzdem, er wusste, dass die Gelegenheit günstig war, um den Rest seines Plans umzusetzen. Die erste Hälfte war jedenfalls genau so verlaufen, wie er es sich vorgestellt hatte, das zeigte das Spektakel, das sich jetzt am anderen Ende des Parkplatzes entwickelte. Auch das hatte die Droge des blinden Peruaners ihn gelehrt: Was in der Vorstellung wirklich war – ob unter Drogeneinfluss oder nicht –, das war ebenso wirklich wie das, was man in der Hand hielt oder in den Mund steckte. Vielleicht sogar wirklicher. Er hatte sich selbst als alleinigen Lieferanten einer Droge vorgestellt, der niemand widerstehen konnte. Und bald, nach Jahren des Wartens, würde er es sein. Der Gedanke erregte ihn nicht einmal übermäßig, denn er hatte gewusst, dass der Moment kommen würde, früher oder später. Er hatte es sich vorgestellt, und bald würde es Wirklichkeit werden. Überhaupt, wer konnte sagen, dass die Vorstellung nicht ebenso real war wie die Ereignisse, die sie hervorrief?

Er drehte den Kopf zu dem *pistolero* auf dem Rücksitz, der auf einem 3G Tablet-PC die Live-Berichterstattung über das Geiseldrama verfolgte.

Er nickte dem Mann zu.

Der *pistolero* erwiderte das Zeichen, legte den Tablet-PC ab und stieg aus dem Wagen.

KAPITEL 53

Torres wartete nervös, während der Apotheker unter den Medikamenten hinter der Theke suchte. Er hatte Torres bereits ein paar Schmerztabletten mit Codein gegeben, aber sie schienen seinen Zustand nur verschlimmert zu haben. Jetzt suchte der Apotheker nach Antibiotika.

Torres sah sich immer wieder nach allen Seiten um. Ihm war klar, dass das Geschäft viel zu groß war, als dass er es auf Dauer unter Kontrolle halten konnte. Er musste eben darauf hoffen, dass der Rest seiner Einheit bald zu seiner Rettung kam, ehe die Bestien ihn in Stücke rissen. Er fühlte sich verloren und verwirrt, war unsicher, ob die Aufständischen von den Monstern kontrolliert wurden oder ob beide ein und dasselbe waren. Sein Kopf fühlte sich an, als müsse er platzen, und seine Haut juckte so sehr, dass er sie sich am liebsten in Fetzen vom Leib gerissen hätte. Der Schmerz in seinem Bauch hatte etwas nachgelassen, aber seine Schulter tat jetzt so weh, als sei er eben erst angeschossen worden.

Der Apotheker kam mit einer Pappschachtel hinter der Theke hervor, aus der er einen Blisterstreifen Tabletten zog. Er drückte zwei heraus und hielt sie Torres auf der flachen Hand hin.

«Das ist das stärkste Penicillin, das wir haben. Nehmen Sie es. Es ist immer noch das beste Mittel gegen Infektionen.»

Torres griff danach, aber als seine Finger die Pillen fast berührten, sah er, dass es gar keine Pillen waren, sondern zwei glänzende, käferartige Insekten mit gezahnten Beinen, die in gefährlich aussehenden Widerhaken endeten, und langen Fühlern, die vor- und rückwärts pendelten, um den Weg zu ihm zu ertasten.

Der Apotheker starrte ihn an. «Die werden Ihnen helfen. Vertrauen Sie mir.»

Torres blinzelte, aber in der Handfläche des Apothekers wanden sich noch immer die Käfer.

Er stieß die Hand des Mannes heftig von sich und wich zurück.

«Sie wollen die in mich reinkriegen?», schrie er. «Damit sie mich von innen auffressen? Was haben Sie mir vorher gegeben?» Er richtete seine Pistole auf das Gesicht des Apothekers. «Tut meine Schulter darum so furchtbar weh? Habe ich sie schon in mir?»

Der Apotheker hob beschwichtigend die Hände, und da sah Torres die gelben Augen, die gedrehten, spitzen Hörner, die langen Reißzähne und die schimmernde Haut, und er wusste, so sahen sie alle *in Wirklichkeit* aus. Die Bestie kam direkt auf ihn zu –

Und er drückte ab und sah, wie der Kopf des Monsters explodierte und Blut auf die Theke spritzte.

Eine Welle der Panik breitete sich über den Parkplatz aus. Der *pistolero* wusste nicht, was der Auslöser war. Die Nachrichtenteams arbeiteten plötzlich fieberhaft, Reporter sprachen eindringlich in die Kameras, während Polizisten und Agenten hektisch umherliefen.

Offenbar war in der Mall etwas passiert. Das war gut und schlecht zugleich. Gut, weil es für Ablenkung sorgte und ihm so seine Aufgabe erleichterte. Schlecht, weil es bedeuten konnte, dass die Situation, die sein Boss geschaffen hatte, sich zuspitzte, sodass sich möglicherweise das Zeitfenster für ihn schneller schloss als erwartet.

Doch das war kein Problem. Er brauchte nicht viel Zeit.

Er beschleunigte seinen Schritt ein wenig, jedoch nicht so sehr, dass er Aufmerksamkeit auf sich gezogen hätte, und ging weiter zwischen den kreuz und quer geparkten Fahrzeugen hindurch.

Zwanzig Sekunden später hatte er den Geländewagen erreicht, in dem die Agenten eingetroffen waren.

Und ehe ihn irgendjemand bemerkte, war er bereits auf dem Weg zurück. Ein kleines befriedigtes Grinsen spielte um seine Mundwinkel.

Von der anderen Seite des Geschäfts drangen auf einmal Schreie herüber. Der Lärm schnitt tief in seinen Kopf, während er rückwärtstaumelte und heftig mit seinen Pistolen fuchtelte.

«Stopp! Zurückbleiben! Bleibt mir vom Leib!»

Seine ausgedörrte Kehle brannte. Er hatte immer noch nichts getrunken. Eigentlich hatte er das tun wollen, sobald er das Geschäft betrat, aber dann hatte er es vergessen. Es schien, als könne er keinen Gedanken im Kopf behalten.

«Jemand soll mir Wasser bringen. Bitte.»

Niemand rührte sich. Warum hörten sie nicht auf ihn? Er verlangte doch wohl nicht zu viel. Er wollte nur etwas Hilfe. Wollte, dass der brennende Schmerz in seiner Schulter aufhörte. Dass das Hämmern in seinem Kopf aufhörte. Dass sein Mund sich nicht mehr anfühlte, als fülle er sich langsam mit Sand. Dass er aufhörte zu schwitzen, als sei er in Nasiriya. Er verstand nicht, warum niemand ihm half, und plötzlich stieg rasende Wut in ihm auf.

«Bringt mir Wasser. Sofort!» Er fuchtelte mit den Pistolen, um seiner Forderung Nachdruck zu verleihen.

Nach ein paar Sekunden kam ein älterer Mann auf ihn zu. Er musste wenigstens sechzig sein. Er hielt eine Flasche Wasser in der Hand.

«Bist du Soldat, mein Sohn?»

Der Mann klang freundlich. Als wolle er helfen.

«Ich war Soldat», erwiderte Torres. Er zitterte. «Jetzt nicht mehr.»

Der Mann kam ein paar Schritte näher und hielt ihm die Flasche entgegen wie ein Friedensangebot.

«Mein Bruder war bei der Army», sagte er zu Torres. «Er ist 1991 in Kuwait gefallen.» Er hielt die Wasserflasche dicht an Torres' Hand. «Hier. Trink das. Du siehst aus, als ob du es nötig hast. Aber tu niemandem mehr etwas, Junge.»

Torres starrte mit glasigem Blick auf die Flasche. Nach einigem Zögern nahm er sie. Er schraubte den Deckel auf und hob die Flasche an den Mund, aber gerade als er trinken wollte, bemerkte er dicht über dem Boden der Flasche etwas Schwarzes, seltsam Geformtes. Er hielt die Flasche gegen das Licht und sah, dass sich in dem Wasser ein Knäuel schwarzer Schlangen wand. Sie sahen grotesk aus, mit hervortretenden Augen, die im Verhältnis zum Körper zu groß waren, und herausstehendem Rückgrat. Eine von ihnen schlug immer wieder gegen das Glas und zischte ihn an.

Sie wollten ihn vergiften. Sie taten alles, um die Kreaturen in seinen Körper zu bekommen, damit sie ihn von innen zerfleischten.

Er schleuderte die Flasche durch den Raum und richtete beide Pistolen auf den alten Mann, der trotzdem noch einen Schritt näher kam.

« Gib mir die Pistolen, mein Sohn », sagte der Mann ruhig. « Du musst mir die Pistolen geben, damit du die Hilfe bekommen kannst, die du brauchst. »

Er wusste, dass der Mann log, ihn überlisten wollte. Er wollte ihm die Pistolen abnehmen und ihn dann in irgendeinen dunklen Keller zerren, wo sie ihn aufschlitzen und sich an ihm weiden würden. Machten sie es nicht so ? Er verstand das alles nicht mehr. In seinem Kopf ging alles durcheinander. War er wieder bei der Army, oder träumte er ? Monster gab es in Wirklichkeit nicht. Das wusste er. Aber hier stand eins direkt vor ihm. Das war ganz sicher keine Einbildung. Er sah es klar und deutlich, die gelben Augen und die Reißzähne, den Geifer, der von der Unterlippe troff, die ausgestreckten Klauen.

Ihm wurde klar, dass er hier rausmusste, ehe sie ihn bei lebendigem Leib auffraßen. Es waren zu viele dieser Kreaturen, als dass er sie im Alleingang erledigen konnte, und er war hier mit ihnen eingeschlossen. Er musste weg. Den Spießrutenlauf wagen und entkommen. Wenn er hier mit den Kreaturen eingeschlossen blieb, war es nur eine Frage der Zeit, bis sie ihn verschlangen. Draußen hatte er wenigstens eine Chance. Und vielleicht würden sie nicht noch mehr von ihresgleichen opfern wollen. Das würde er gleich feststellen.

Er wich vor dem heimtückischen Monster zurück und

ging auf eine kleine Gruppe der Kreaturen zu, die sich noch als Menschen tarnten. Er packte eine junge Frau am Hals und zerrte sie zum Haupteingang hinüber. Dabei zog er den Schlüsselbund aus der Tasche. Er schloss die Tür auf, hielt die Frau als Schutzschild vor sich, dann öffnete er eine der Türen eine Handbreit und spähte auf den Innenhof hinaus.

«Ich komme raus», rief er. «Lasst mich gehen, dann töte ich die hier nicht.»

Die Mall war leer bis auf zwei der Kreaturen, die etwa sechzig Meter entfernt im großen Innenhof auf ihn warteten.

Torres machte einen Schritt nach vorn, aber dann fühlte er, wie seine Geisel ihr Gewicht verlagerte, als wolle sie ihn hindern weiterzugehen. Er richtete den Blick auf die Kreatur. In ihrem Genick stachen riesige, rasiermesserscharfe Knochen durch die Haut. Aus den Enden der Arme wuchsen lange Klauen. Federn bedeckten den Körper. Die Gesichtszüge lösten sich auf, und ein gezahnter Schnabel brach aus dem Fleisch hervor. Er ließ die abscheuliche Kreatur los, hob seine Waffe und drückte ab. Oder er glaubte abzudrücken. Er hatte jedenfalls den Abzug drücken wollen, aber irgendwie war es ihm nicht gelungen. Vielleicht hatte es etwas mit der Dunkelheit zu tun, die seinen Kopf erfüllte.

Er nahm noch wahr, wie seine Beine unter ihm nachgaben.

Der Boden fühlte sich unter seinen Stiefeln wie Treibsand an, und während er fiel, fragte er sich, ob er jetzt endlich schlafen durfte.

Ich beobachtete mit angehaltenem Atem in der Übertragung von der Helmkamera des leitenden Scharfschützen, wie Torres zu Boden ging. Die Kugel hatte ihn seitlich in den Kopf getroffen, dicht vor dem rechten Ohr. Die Frau, die er noch Sekunden zuvor als Schutzschild benutzt hatte, brach in Hysterie aus, aber sie lebte.

Das hatte oberste Priorität.

Ich hatte keine Ahnung, warum Torres sie losgelassen hatte, aber dadurch hatte der Scharfschütze freie Schusslinie. Und er konnte nicht anders, als zu schießen, denn es war klar, dass Torres im Begriff war, seine Geisel zu töten.

Mir war vollauf bewusst gewesen, dass das Geiseldrama wahrscheinlich mit Torres' Tod enden würde. Aber dieses Wissen machte die Sache nicht besser. Navarro hatte wieder einmal ein Blutbad verursacht, und der einzige Mann, der uns auf seine Spur hätte bringen können, war tot.

Ich fragte mich, warum Navarro einen bewaffneten Ex-Marine auf einem schlechten Trip in eine belebte Mall geschickt hatte. Andererseits, nach allem, was ich in den vergangenen Tagen erfahren hatte, war offensichtlich, dass Navarro es genoss, Chaos und Tod zu verursachen. Und das hier würde sicher nicht das letzte Mal sein.

KAPITEL 54

Tess hatte nicht gut geschlafen. Sie war überreizt und wütend, und in ihr rangen Fluten starker Emotionen miteinander. Hinzu kam, dass sie sich fühlte wie ein eingesperrtes Tier, das gegen die Fesseln des sicheren Unterschlupfs ankämpfte. Sie konnte nicht einmal aus dem Haus gehen, um zu joggen oder sich einfach eine Tasse Kaffee für die Seele zu gönnen.

Sie hatte bereits ihre Mutter angerufen und auch mit Hazel und Kim gesprochen, wobei sie ihnen eine beschönigte Version der tatsächlichen Vorgänge vermittelte und sie bat, wachsam zu sein. Sie versuchte, die drei nicht zu sehr zu ängstigen, aber ihr war selbst klar, dass ihr das natürlich nicht gelang. Es war nicht das erste Mal, dass sie in eine heikle Situation geriet, auch wenn sie diesmal selbst keinerlei Schuld daran trug. Wie auch immer, sie war froh, das Telefongespräch hinter sich zu haben. Es war eben unvermeidlich gewesen.

Jules beschäftigte Alex im Wohnzimmer. Es war ein Geniestreich von ihr gewesen, ihn über ihr Notebook bei Club Penguin zu registrieren. Nach seinem Kichern und Quietschen zu urteilen, amüsierte er sich prächtig. Tess hatte die beiden nach dem Frühstück allein gelassen. Sie brauchte etwas Zeit für sich. Jetzt saß sie im Garten hinter dem Haus im Gras, mit dem Rücken an den Stamm einer einsamen Platane gelehnt, und war tief in Grübeleien versunken.

Ihre Gedanken kreisten immer noch um das, was Reilly ihr am Vorabend erzählt hatte. Anfangs war sie entsetzt gewesen, egal wie sie es auch drehen und wenden mochte. Dann, in der Nacht, hatte sie stundenlang versucht, sich in seine Lage zu versetzen, das Geschehene aus seiner Sicht nachzuvollziehen. Sie hatte sich gefragt, was sie an seiner Stelle getan hätte, und ihr war klargeworden, dass sie es nicht wissen konnte. Für einen Unbeteiligten war es leicht, ein schnelles Urteil zu fällen. Das war etwas völlig anderes, als wenn man selbst dort war, mitten im Geschehen, im Kugelhagel, umzingelt von Männern, die einen töten wollten, und unter dem Druck stand, in Sekundenbruchteilen eine Entscheidung zu treffen. Abzuwägen zwischen den eigenen moralischen Instinkten und der Bedrohung für das Gemeinwohl. Es ging ihr nicht darum, sein Handeln zu entschuldigen. Sie wollte versuchen, es zu verstehen. Verstehen, dass in seinem Beruf, in den Situationen, in die er sich selbst in Ausübung seines Dienstes brachte, manchmal Entscheidungen für das Unmögliche getroffen werden mussten.

Und noch ein Gedanke ging ihr nicht aus dem Kopf. Sie wusste, dass McKinnon früher oder später von Navarro getötet worden wäre. Ihr war klar, dass das eine eigennützige Rationalisierung war, aber sie fand dennoch einen gewissen Trost darin. Dann rief sie sich noch etwas anderes ins Bewusstsein. Nachdem sie bis spät in die Nacht miteinander geredet hatten, hatte sie Reilly gefragt, ob es noch etwas gab, wovon er ihr nichts erzählt hatte. Ob es noch weitere Minen gab, die hochgehen und ihre Welt erschüttern konnten. Er versicherte ihr, es gebe keine. Das hatte sie ein wenig aufgebaut.

Dann wanderten ihre Gedanken zu dem Grund, weshalb

dies alles geschah, und zu Alex. Sie musste wieder an die Zeichnung denken, daran, was seine Lehrerin ihr erzählt hatte, was er über die Blume gesagt hatte. Sie ging zurück ins Haus, nahm ihr iPad, das mit einer Firewall gesicherte Handy, das Jules ihr anstelle ihres iPhone besorgt hatte, und den Zettel mit der Nummer, die Reilly ihr gegeben hatte.

Als sie wieder im Garten war, rief sie die Nummer in Berkeley an.

Der Anrufbeantworter schaltete sich ein mit der Standard-Ansage, dies sei das Büro von Dean Stephenson, weder er noch seine Assistentin Marya seien momentan zu erreichen, und man könne eine Nachricht hinterlassen.

Tess wartete den Piepton ab, dann nannte sie ihren Namen und sagte: «Ich möchte gern Professor Stephenson sprechen. Es geht um Alex Martinez. Es ist ... Ich muss Sie dringend sprechen. Alex' Mutter ist ...» Sie zögerte, unsicher, wie viel sie auf die Voicemail sprechen sollte. «Sie ist verstorben, und ich würde gern mit Ihnen darüber sprechen, wie wir Alex in dieser schwierigen Zeit helfen können.» Sie schloss mit der Bitte um Rückruf, hinterließ ihre Nummer und bedankte sich.

Der Anruf hinterließ bei ihr ein unbehagliches Gefühl, das sie sich selbst nicht recht erklären konnte. Sie konzentrierte sich auf die andere Frage, die sie beschäftigte: was Alex seiner Lehrerin und ihr über die Blume auf seinem Bild erzählt hatte.

Sie startete den Browser und googelte «Brooks», den Namen, den Alex genannt hatte, zusammen mit «Pflanze» und «Herz». Die Suche ergab mehr als dreizehn Millionen Treffer. Nachdem sie die ersten paar hundert angeklickt hatte, ohne auf irgendetwas zu stoßen, das ihr relevant erschien, entschied sie, die Suche enger einzugrenzen.

Sie versuchte es noch einmal, diesmal mit einer anderen Schreibweise des Namens – «Brookes».

Gut vierunddreißig Millionen Treffer.

Tess runzelte die Stirn, kehrte zur ersten Schreibweise zurück und gab als Suchbegriffe «Brooks», «Pflanze», «Blume», «Herz», «Medizin», «Therapie» und «Tod» ein, außerdem schloss sie ein paar Namen aus, die bei ihrer ersten Suche aufgetaucht waren.

Jetzt hatte sie die Treffer auf die weniger entmutigende Zahl von dreihunderttausend reduziert, und so machte sie sich an die Arbeit.

Eine Stunde später stieß sie auf einen interessanten Link.

Es handelte sich um eine Meldung auf WebMD über ein vielversprechendes neues Herzmedikament. Ein Pharmaunternehmen hatte es groß angekündigt, aber gerade war die Erprobung eingestellt worden. Das Medikament, das auf einem Extrakt aus einer seltenen Blume basierte, schien anfangs gute Wirkung zu erzielen. Zwar war der Saft der Pflanze an sich giftig, jedoch waren darin mehr als zwanzig wertvolle Alkaloide nachgewiesen worden, und in der frühen Erprobungsphase hatte sich das daraus synthetisierte Medikament als wirksamer Cholesterol-Inhibitor erwiesen. Aufgrund dieser frühen Tests war der Aktienkurs des Unternehmens in die Höhe geschnellt. Zwei Jahre nach Beginn der Erprobungsphase jedoch hatte es schwere Rückschläge gegeben. Bei mehreren Patienten waren Komplikationen mit dem Herzen aufgetreten, die auf den Einsatz des Medikaments zurückgeführt wurden, und die Erprobung wurde gestoppt.

Tess googelte die Pflanze, die in dem Artikel genannt wurde.

Es war eine kleine, unscheinbare weiße Blüte. Dann fiel Tess noch etwas ins Auge: der natürliche Lebensraum der Pflanze.

Sie stammte aus dem Regenwald im Amazonasgebiet.

Tess überlief ein unbehagliches Prickeln, als ob unsichtbare Ameisen auf ihrer Haut herumkrabbelten.

Sie fragte sich, wie Alex davon wissen konnte. Sicher, er konnte es in den Nachrichten aufgeschnappt haben. Aber die Wirkung dieser Pflanze zu verstehen, mit vier Jahren? Und den Namen Brooks im Gedächtnis zu behalten? Und dann die Art, wie er es gesagt hatte. In der ersten Person. *Ich hab es ihnen gesagt. Es hat ihnen nicht gefallen.*

Die Ameisen krabbelten hektischer.

Tess grübelte weiter, ihr Verstand sprang von einem Gedanken zum anderen, doch es gelang ihr nicht, alles zu einem schlüssigen Ganzen zu verbinden. Nach einer Weile gab sie es frustriert auf und beschloss, ins Haus zu gehen. Vielleicht konnte Alex ihr doch auf die Sprünge helfen. Da fiel ihr Blick auf die Notiz, die sie während des Telefonats mit Reilly geschrieben hatte. Sie starrte auf den Namen, der auf dem Zettel stand, und plötzlich kam er ihr bekannt vor.

Dean Stephenson.

Woher kannte sie diesen Namen?

Sie wusste, da war etwas unter den wahllos registrierten Informationsbröckchen, die ihr Gehirn gern speicherte, aber sie kam nicht darauf.

Sie beschloss zu mogeln und gab den Namen in die Suchmaschine ein, und in den 0,15 Sekunden, bevor die Ergebnisse angezeigt wurden, fiel es ihr ein.

Es gab mehr als vierhunderttausend Treffer. Sie übersprang

den Wikipedia-Artikel über den Professor und klickte gleich den dritten Treffer an, seine eigene Website. Der Link verwies auf die Seite des Fachbereichs für Psychiatrie und Verhaltensneurologie und spezieller auf eine Unterabteilung für Perzeptionsstudien.

Tess' Eingeweide krampften sich zusammen, als das Undenkbare Gestalt anzunehmen begann. Binnen Sekunden war sie eingetaucht, verlor jedes Gefühl für Zeit und Raum, während sie Seite um Seite las, sich in Stephensons Arbeit vertiefte, die endlose Informationsflut auf sie einstürzte und sie all das mit den Ereignissen der letzten Tage in Verbindung brachte.

Ein unmöglicher Gedanke nahm in ihr Gestalt an.

Unmöglich, und dennoch ... Sie konnte ihn nicht ignorieren.

Sie klickte zurück zu dem Artikel über das Herzmedikament, las noch einmal den Namen der Pflanze, aus der es hergestellt wurde, und startete eine neue Suche über das Medikament, dessen Erprobung eingestellt worden war. Diesmal ergänzte sie die Suchbegriffe um den Namen Wade McKinnon.

Mit zitterndem Finger tippte sie auf das Display, um die Suche zu starten.

Das Ergebnis durchfuhr sie wie ein Stromschlag, und sie begriff.

KAPITEL 55

Zurück am Aero Drive, standen wir noch immer unter Schock, und unsere Moral sank rapide. Wieder war die Zahl der Todesopfer gestiegen, eine brauchbare Spur zu Navarro war ausgelöscht, ehe wir sie verfolgen konnten, und Navarro hatte wieder einmal bewiesen, wie tödlich effizient und unglaublich dreist er war. Er schien keine Grenze zu kennen, die er nicht hätte überschreiten wollen oder können.

Ich folgte Villaverde in den großen Besprechungsraum, der seit Michelles Tod vor drei Tagen praktisch unsere Kommandozentrale war. Ein paar Junior Agents standen in Kontakt mit den Strafverfolgungsbehörden vor Ort und versuchten herauszufinden, ob Navarro vor Beginn des Geiseldramas irgendwelche Spuren hinterlassen hatte. Einer sichtete das Material von den Verkehrsüberwachungskameras, während ein anderer durch die Aufzeichnungen der zwei Überwachungskameras auf dem Parkplatz der Mall spulte. Villaverde setzte sich und blickte von einem zum anderen. Beide schüttelten die Köpfe. Bisher keine Ergebnisse.

Kurz darauf trat Munro ein. Er sah auch nicht glücklicher aus als Villaverde. Eher schien er sogar noch frustrierter, als ich selbst mich fühlte. Villaverde bestellte über die Sprechanlage Kaffee und Sandwiches für alle, dann lehnte er sich auf seinem Stuhl zurück und schloss die Augen. Offenbar ordnete er seine Gedanken, aber viel gab es da anscheinend nicht zu ordnen.

«Der Kerl ist ein verdammtes Phantom», grollte er. «Wir haben *nada,* und so, wie sich die Sache in den letzten zweiundsiebzig Stunden entwickelt hat, rechne ich nicht damit, dass sich daran viel ändert.» Er wandte sich an Munro. «Irgendwas von Ihrer Seite?»

Munro schüttelte den Kopf. «Keine Treffer. Wir haben mit allen geredet, vom Grenzschutz bis zu Informanten auf der Straße. Corliss steht in direktem Kontakt mit der PFM», womit er sich auf die mexikanische Staatspolizei bezog. «Er hat alle kontaktiert, die ihm irgendeinen Gefallen schuldeten, diesseits und jenseits der Grenze, aber er konnte nichts erfahren.»

Jetzt blieb uns nur noch ein möglicher Schachzug. Wir mussten dem Bastard genau das liefern, was er wollte. Oder wenigstens den Schein erwecken, als sei ich in seiner Reichweite – so lange, wie es brauchte, um ein strategisch angelegtes Netz um ihn zu ziehen.

«Ich denke, wir haben keine Wahl mehr», erklärte ich. «Wir müssen Navarro aus seiner Deckung locken. Oder wenigstens seine Leute. Wir wissen, dass er denkt, ich hätte die Information, auf die er aus ist. Soll er kommen und sie sich holen.»

«Wenn wir es überhaupt mit ihm selbst zu tun haben», warf Villaverde ein. «Wir haben immer noch keinen handfesten Beweis dafür.»

«Für diesen Plan spielt es keine Rolle, *wer* es ist. Wir müssen uns nur darauf verständigen, wie wir es so inszenieren, dass er sich sicher genug fühlt, an mich heranzukommen – und ich ihm trotzdem nicht schutzlos ausgeliefert bin.»

Villaverdes düsterer Gesichtsausdruck verriet, wie wenig begeistert er war, dass ich den Köder spielte. Offenbar war er zutiefst frustriert, und es wurmte ihn, dass er mir in dieser Sache nichts entgegensetzen konnte.

«Hat irgendjemand einen anderen Vorschlag?» Ich ließ die Frage einen Moment lang im Raum stehen. «Okay. Also sprechen wir darüber, wie wir ihn an die Angel kriegen.»

Munro – gnadenlos pragmatisch wie eh und je – ergriff sofort das Wort. «Eine Pressekonferenz. Diese Frau vom Sheriff's Department leitet sie. Lupo. Fugates Witwe. Ein Psychiater, am besten von der Army. Sie selbst können sich nicht an der Organisation beteiligen, aber es muss bekannt werden, dass Sie anwesend sein werden. Der Veranstaltungsort muss wenigstens drei Ein- und Ausgänge haben. An zwei der drei starke Polizeipräsenz, der dritte scheinbar nur leicht bewacht. Sie gehen kurz raus, um einen Anruf anzunehmen oder so, er schlägt zu, und wir lassen die Falle zuschnappen.»

Villaverde schüttelte entgeistert den Kopf. Ich sah ihm an, dass er kurz davor stand zu explodieren. «Nach dem, was gerade vorgefallen ist? Da wollen Sie ihn an einem Ort stellen, wo so viele Menschen sind? Kommt nicht in Frage.»

Es war das erste Mal, seit ich ihn kannte, dass er etwas anderes als völlige Ruhe ausstrahlte.

Die Tür wurde geöffnet, aber statt Kaffee und Sandwiches brachte ein Junior Agent eine dünne braune Aktenmappe.

«Der toxikologische Bericht zu Eli Walker.» Er gab Villaverde die Mappe. «Die Untersuchung von Ricky Torres wird mit allen Mitteln vorangetrieben. Das Sheriff's Office hat sich bereits mit dem Bürgermeister in Verbindung gesetzt. Bis heute Abend sollten die Ergebnisse vorliegen.»

Während er wieder hinausging, schlug Villaverde die Mappe auf und überflog das einzelne Blatt darin. Dann warf er mir einen vielsagenden Blick zu und reichte mir die Mappe.

In Walkers Blut war eine lähmende Substanz organischen Ursprungs nachgewiesen worden. Eine Kombination aus Spinnen- und Echsengift, genauer, dem Gift der Braunen Witwe, *Latrodectus geometricus,* und der mexikanischen Skorpion-Krustenechse oder *Heloderma horridum* aus der Familie der Helodermatidae. Außerdem ein drittes Neurotoxin, das das Labor nicht identifizieren konnte.

Ich reichte die Mappe an Munro weiter. «Jetzt erzählen Sie mir noch, wir hätten es hier nicht mit El Brujo zu tun.»

Munro überflog die Seite ebenfalls und gab ausnahmsweise einmal keinen Kommentar ab.

Kurz nach dem Bericht traf unser Imbiss ein, und wir drei nutzten die einstudierten Rituale des Kaffeezuckerns und des Ciabattaverzehrs – wie wickele ich ein zu reichlich gefülltes Ciabatta neu ein, ohne mich zu bekleckern –, um ein wenig Abstand von dem Fall zu nehmen und für kurze Zeit unseren eigenen Gedanken nachzuhängen. Gewöhnlich dachte ich in solchen Momenten praktisch immer an Tess, aber die Person, die diesmal in den Vordergrund drängte, war Alex.

Er hatte all das nicht verdient.

Ich schluckte einen Bissen hinunter. «Ich gehe morgen in die Frühnachrichten. Allein. Die können es groß ankündigen, viel Aufhebens davon machen, dass sie ein Exklusivinterview mit dem FBI-Agenten bringen, der in diesem Fall ermittelt – was immer nötig ist, damit Navarro davon erfährt. Ich fahre allein hin und allein wieder weg. Volle Polizeipräsenz im Studio, aber keine draußen. Jedenfalls keine sichtbare. Mehrere

Fahrzeuge für die Verfolgung. Ich bin so lange nicht in Gefahr, bis er denkt, ich hätte ihm alles erzählt, was ich weiß, und ich werde mich hüten, etwas zu sagen, solange wir nicht am Zielort sind. Wo immer das sein mag.»

Villaverde trank einen Schluck von seinem Kaffee und schüttelte wieder nur den Kopf, aber diesmal offensichtlich aus Resignation.

Uns allen waren die Alternativen ausgegangen. Wenn wir diesen kranken Dreckskerl nur zur Strecke bringen konnten, indem ich mich unmittelbar der Gefahr stellte – wozu auch Urwaldgifte und Verstümmelung zählten –, dann sollte es so sein. Im Grunde genommen war ich keiner größeren Gefahr ausgesetzt, als Michelle, Tess, Alex und zahllose andere seit Beginn dieses ganzen verdammten Dramas es bereits gewesen waren.

Ich war bereit dazu.

Schließlich stirbt man nur einmal.

KAPITEL 56

Tess wusste nicht, was sie tun sollte. Ihre Sinne waren aufs äußerste geschärft, und ihr Puls raste. Es war wie ein Erwachen, als sei ihr Geist plötzlich entfesselt und frei, durch unerforschtes Gebiet zu schweifen. Sie hatte stundenlang auf Stephensons Website gestöbert, und am Ende stürmten von allen Seiten Fragen auf sie ein, während Einsichten in ihr darum wetteiferten, dass sie die richtigen Schlüsse zog.

Sie wusste nicht, wo sie anfangen sollte. Die eine Frage, die ihr am meisten auf den Nägeln brannte, war zugleich diejenige, die sie nicht zu stellen wagte – und doch wusste sie, dass sie es tun musste. Sie war nur nicht sicher, ob sie es konnte. Es war nicht fair. Es war einfach nicht richtig.

Er war erst vier Jahre alt.

Wie um sie aus ihren quälenden Grübeleien zu erlösen, klingelte ihr Handy. Sie starrte geistesabwesend auf das Display, dann erkannte sie die Vorwahl.

510.

Berkeley.

Hastig nahm sie den Anruf an.

Es war Dean Stephensons Assistentin Marya.

«Ich habe Ihre Nachricht eben bekommen», sagte sie. «Das mit Miss Martinez tut mir wirklich leid zu hören. Es ist furchtbar. Was ist passiert?»

Tess erwiderte knapp, Michelle sei in ihrem Haus von einem bewaffneten Eindringling erschossen worden und Alex befinde sich jetzt in der Obhut seines leiblichen Vaters. Dann erklärte sie, wer sie selbst war.

«Ich habe mit Alex' Lehrern gesprochen», fügte sie hinzu, «und sie sagten, dass er eine schwere Zeit hatte. Ich hatte gehofft, ich könnte mit Professor Stephenson darüber sprechen.»

«Nach dem, was geschehen ist, würde Dean Ihnen ganz bestimmt mit Alex helfen wollen», erwiderte Marya. «Nur leider ist er verreist.»

«Ach?»

«Ja, es tut mir leid.» Die Frau klang unsicher.

Tess schwieg einen Moment lang. Ihr war selbst nicht recht klar, was am Ton der Frau sie irritierte. «Wissen Sie denn, wann er zurückkommt?»

Noch immer zögend, antwortete Marya: «Nicht so genau.»

Tess horchte auf. «Nun ... kann ich ihn vielleicht anrufen? Wissen Sie, wo er zu erreichen ist?»

«Nein, tut mir leid. Er ... er hat mir nicht gesagt, wohin er geht, und am Handy springt nur die Voicemail an.»

Bei Tess begannen die Alarmglocken zu klingeln. «Seit wann ist er verreist?»

«Ich glaube, seit ungefähr zehn Tagen. Seit Anfang letzter Woche.»

«Und er hat Ihnen nicht gesagt, wohin?»

«Nein. Er hat mir nur eine Nachricht hinterlassen, er sei wegen eines neuen Falles unterwegs und werde eine Weile fortbleiben.»

Das klang seltsam. «Kommt so etwas häufiger vor?»

«Nein, eigentlich nicht. Normalerweise schickt er erst einen seiner Forschungsassistenten hin. Und es sieht ihm auch nicht ähnlich, so überstürzt zu verreisen. Er hat einen vollen Terminkalender, ich hatte alle Hände voll zu tun, die Leute zu vertrösten und Termine zu verlegen.»

«Gibt es vielleicht jemanden, den Sie nach ihm fragen könnten? Hat er eine Frau oder eine Freundin?»

«Er ist geschieden», antwortete die Assistentin. «Und er lebt allein.»

Tess' Verstand arbeitete fieberhaft. Sie erkannte neue Zusammenhänge, sah auf einmal Verbindungen.

Sie schluckte und fragte Marya: «Sagen Sie, trägt Professor Stephenson Kontaktlinsen?»

«Ja, schon.» Marya klang verwirrt. «Warum fragen Sie?»

Tess spürte, wie der Druck in ihren Schläfen anstieg. Sie wusste nicht, was sie sagen sollte. Sie musste das Gespräch beenden. «Kann ich Sie zurückrufen? Ich muss ein paar Dinge überprüfen. Vielen Dank, Sie waren mir eine große Hilfe. Und falls Sie inzwischen irgendetwas von ihm hören, lassen Sie es mich bitte wissen.»

Sie beendete das Gespräch und atmete tief durch.

Sie konnte es nicht länger aufschieben. Es schrie ihr förmlich entgegen.

Sie wappnete sich und ging ins Haus.

Nachdem sie die Zeichnung aus ihrem Schlafzimmer geholt hatte, ging sie in die Küche, wo Jules gerade einen Imbiss für Alex zurechtmachte, ein Erdnussbuttersandwich und ein Glas Milch.

«Ist er in seinem Zimmer?», fragte sie.

Jules nickte. «Ja, ich wollte ihn gerade zum Essen rufen.»

«Lassen Sie mich einen Moment mit ihm allein, ja?»

Jules sah sie verwirrt an, dann nickte sie. «Sicher.»

Alex saß in seinem Zimmer auf dem Boden und spielte mit seinen Figuren. Als Tess eintrat, sah er kurz auf, sagte aber nichts.

«Hey, was erlebt Ben denn heute?»

Alex zuckte die Schultern. «Er hilft seinem Opa Max, Gwen retten.»

«Klingt, als hätte er mächtig zu tun.»

Sie setzte sich neben ihn auf den Boden. «Alex, ich muss mit dir über etwas reden.»

Er sah sie nicht an.

«Ich habe dich schon mal danach gefragt, aber ich muss dich unbedingt noch mal fragen, und du musst mir antworten, Alex. Es ist wirklich, wirklich wichtig.» Sie zögerte, dann fügte sie hinzu: «Ich habe mit dem Freund von deiner Mom gesprochen, Dean. Er hat gesagt, es ist okay. Er hat gesagt, du darfst mit mir darüber reden.»

Das Herz schlug ihr bis zum Hals, ihre Adern pulsierten vor Anspannung, als sie die Zeichnung hervorzog und sie vor Alex auf den Boden legte.

«Ich muss es wissen, Alex.» Sie zeigte auf die zweite Gestalt auf dem Bild, die Alex zu bedrohen schien. Die aussah, als ob sie mit einer Pistole auf ihn zielte.

Sie tippte mit dem Finger darauf.

«Ich muss wissen, wer das hier ist, Alex. Du musst mir verraten, wer das ist.»

Er starrte nur reglos darauf – fast schien er den Atem anzuhalten.

«Alex, bitte», beharrte Tess sanft. «Ich muss es wissen. Ich sage es auch nicht weiter. Du brauchst keine Angst zu haben. Vor nichts. Ich bin deine Freundin, Alex. Du musst mir vertrauen.»

Er öffnete den Mund ein wenig und schaute sie aus dem Augenwinkel an. Ihm war anzusehen, dass er mit sich rang.

Tess begegnete seinem Blick und lächelte ihn warm und ermutigend an. «Sag es mir, Alex. Ich will dir helfen.»

Alex' Augen waren vor Angst geweitet. «Aber er ist dein Freund», murmelte er.

Die Worte trafen sie wie ein Schlag.

Sie kannte die Antwort, aber sie musste es von ihm hören. Ihre Kehle war wie zugeschnürt, sodass sie die Worte kaum herausbrachte, doch sie nahm sich zusammen und fragte: «Wer, Alex? Wer ist mein Freund?»

Er verzog den Mund und kauerte sich zusammen, als sei es das Letzte, was er sagen wollte, dann brachte er heraus: «Reilly.»

Er sah zu ihr auf, und auf seinem Gesicht spiegelten sich Angst und Hilflosigkeit.

«Reilly hat mich totgemacht. Er hat mich erschossen.» Er hob die Hand an den Kopf und zeigte mit dem Finger mitten auf seine Stirn. «Da.»

Tess nickte. Ihr ganzer Körper war taub, sie war wie in Trance.

«Erzähl mir, woran du dich erinnerst, Alex. Erzähl mir alles.»

Und Alex erzählte.

Alles.

Als er fertig war, rückte Tess näher heran und schloss ihn

in die Arme. Sie hielt ihn fest an sich gedrückt, streichelte ihm sanft das Haar, fühlte sein kleines Herz an ihrer Brust schlagen.

Nachdem sie lange so gesessen hatten, gab sie ihm einen Kuss, stand auf und verließ das Zimmer. Sie ging ins Wohnzimmer, langsam, mit einem Gefühl, als sei sie durch das Eis eines zugefrorenen Sees gebrochen und treibe ziellos in der eisigen Finsternis umher.

Sie nahm ihr Handy und wählte Reillys Nummer.

«Sean», sagte sie, «du musst herkommen. So schnell du kannst. Wir müssen reden.»

Er versprach, schnellstmöglich zu kommen.

Tess ließ das Handy sinken, starrte in die Abenddämmerung hinaus und fragte sich, wie es sein konnte, dass alles, was sie über die Welt zu wissen geglaubt hatte, so falsch war.

KAPITEL 57

Während er nach Hause fuhr, vor sich die untergehende Sonne in leuchtenden Pink- und Lilatönen wie in einem Gemälde, beschloss Villaverde, am nächsten Tag vor Morgengrauen aufzustehen und hinauf nach Black's Beach zu fahren, um zu surfen.

Früher, vor seiner Beförderung zum Special Agent in Charge, war er wenigstens dreimal wöchentlich dort gewesen. Er war die sechs Meilen hinauf zur University of California gefahren, hatte seinen Wagen auf dem fast leeren Parkplatz abgestellt, während die Sonne gerade erst über die Berge im Osten kroch, dann war er den steilen Klippenpfad hinabgestiegen zu dem Strand, wo es die besten Wellen des County gab. Zwei Stunden lang hatte er sich von den manchmal gut drei Meter hohen Wogen immer wieder zurück an den Strand tragen lassen, war anschließend am La Jolla Village Drive zum Frühstück eingekehrt, schließlich zurück nach Süden gefahren und war noch vor halb neun am Schreibtisch gewesen.

Seit er die Leitung des San Diego Field Office übernommen hatte, schaffte er es bestenfalls einmal in der Woche, am Pacific Beach surfen zu gehen. Der hatte zwar den Vorzug, dass er nur acht Straßenblocks von seinem Haus entfernt war, aber der Wellengang dort war unbeständig und die Wellen selten viel mehr als einen Meter hoch. Er begriff immer noch nicht, wie jemand beim FBI es schaffte, neben dem Job eine Familie zu haben und trotzdem noch Zeit für sich selbst zu finden. Als er sich vor drei Jahren von Gillian getrennt hatte – sie war mit ihrer Firma nach Chicago umgezogen, während er entschied, in San Diego zu bleiben –, hatte er wochenlang darüber gegrübelt, ob er seine einzige echte Chance auf eine Familie vertan hatte. Aber je mehr Zeit verging, umso klarer wurde ihm, dass er allein im Grunde glücklicher war.

Er bog von der Grand Avenue ab, fuhr die drei Straßenblocks zu seinem Haus und lenkte den Chevy Traverse vorsichtig in die Einfahrt. Es war nicht leicht, den Geländewagen durch die enge, ansteigende Auffahrt zu steuern, aber er war geübt darin, und es gelang ihm immer, mit dem Heck des Wagens gerade eben nicht über den Bordstein zu schrammen.

Er hatte bei Margo's Mexican Grill haltgemacht, um sich etwas zu essen mitzunehmen, und bei Vons ein Sixpack Corona gekauft. Jetzt nahm er beides aus dem Fußraum vor dem Beifahrersitz. Während er die Tür schloss, ließ er einen raschen Kontrollblick über die Straße schweifen, wie jeden Abend, wenn er nach Hause kam. Alles war normal. Wie immer. Er freute sich darauf, sich vor seinem Festplattenrekorder zu entspannen. Anders als die paar Cops, die er persönlich kannte, nahm er seine Arbeit nie mit nach Hause. Er hatte mitangesehen, wie einer seiner Partner sich mit seiner Besessenheit von einem besonders grausamen und undurchsichtigen Mordfall im Gang-Milieu selbst fertigmachte, aber schon davor hatte Villaverde es sich zur Regel gemacht, im Büro zu arbeiten und zu Hause zu entspannen. Das führte allerdings dazu, dass er manchmal nicht vor drei Uhr morgens aus dem Büro kam und manchmal gar nicht – in einem der

Besprechungsräume stand ein recht bequemes Sofa –, aber er schloss immer mit seiner Arbeit ab, bevor er nach Hause fuhr.

Villaverde schloss die Tür auf, sammelte die Post vom Boden auf, schaltete das Licht ein und ging in die Küche hinüber. Er schraubte eine Bierflasche auf und trank einen langen Zug. Morgen am Black's Beach würde er einen ganz klaren Kopf bekommen, würde früh an der Arbeit sein, dann die Lockvogel-Operation im Nachrichtenstudio von KGTV draußen am Air Way leiten. Er und Reilly hatten bereits eine Telefonkonferenz mit dem Chefredakteur von Channel 10 geführt. Sie hatten vereinbart, dass Reilly auf Sendung gehen würde, und das Interview würde von sechs Uhr morgens an angekündigt werden, sodass El Brujo reichlich Zeit blieb, seinen Anschlag zu planen.

Einen Anschlag, den der FBI-Chef zu vereiteln hoffte.

Ein für alle Mal.

Es klingelte. Villaverde trank noch einen großen Schluck Bier, stellte die Flasche ab und ging zur Tür. Er hatte sich nicht die Mühe gemacht, sie zu schließen; die Nacht war kühl, und er liebte es, wenn die Brise ins Haus wehte. Auf der anderen Seite der Insektentür stand ein großer, dunkelhäutiger Mann in einem maßgeschneiderten Anzug. Er hob zögernd die Hand zur Begrüßung und schien verwirrt.

«Entschuldigung, das hier ist nicht das Haus der Pragers, oder?», fragte der Mann.

Villaverde griff instinktiv mit der linken Hand nach der Glock in seinem Gürtel, während er mit der rechten die Insektenschutztür öffnete, und stellte sich so, dass seine Waffe von der offenen Tür aus nicht zu sehen war.

«Die Pragers wohnen nebenan», sagte Villaverde. «Nummer achtundfünfzig.»

«Oh, tut mir leid.» Der Mann lächelte ihn verlegen an und rieb sich mit seiner sorgfältig manikürten Hand den Dreitagebart.

Einer Hand mit einem Armband aus Prägeleder. Villaverdes Blick blieb daran hängen, und im selben Moment, als er von der Küche her das leise Klicken der Hintertür hörte, brachte sein Gehirn dieses Armband mit der Videoaufzeichnung aus Deputy Fugates Wagen in Verbindung.

Er trat einen Schritt zurück und zog seine Pistole, aber noch ehe er zielen konnte, stürzte der Mann sich auf ihn, packte mit beiden Händen seinen linken Arm und versuchte, ihn auf den Rücken zu drehen.

Villaverde wusste, wie er darauf zu reagieren hatte. Er ließ schnell die linke Schulter sinken, und sobald er wieder im Gleichgewicht war, trat er mit dem rechten Bein seinem Angreifer die Beine weg. Der Mann ließ ihn mit einer Hand los, umklammerte jedoch mit der anderen noch immer fest seinen Unterarm. Villaverde stürzte sich rittlings auf ihn und zielte eine Reihe Faustschläge in seinen Bauch, während er seine Waffe herumdrehte, um den zweiten Angreifer abzuwehren, der ihn jeden Moment erreichen musste.

Während er die Pistole herumschwang, fühlte er einen scharfen Schmerz im rechten Oberschenkel. Er schaute an sich hinunter, sah eine dünne Metallnadel aus seinem Bein ragen und begriff mit plötzlichem Entsetzen, dass der Mann absichtlich zu Boden gegangen war, um die Nadel einstechen zu können.

Villaverde feuerte mehrere Schüsse auf den zweiten Angreifer, der sich jetzt von der Küche her näherte, aber seine Sicht verschwamm bereits, und seine Muskeln entspannten sich unwillkürlich. Die Schüsse verfehlten ihr Ziel bei weitem.

Er spürte, wie er in Schlaf sank, und kurz bevor er vollends das Bewusstsein verlor, kam ihm der Gedanke, dass er am nächsten Morgen wohl nicht in der Brandung surfen würde.

KAPITEL 58

Tess wirkte völlig verstört, als ich ankam. Sie konnte es offenbar nicht erwarten, zur Sache zu kommen, und so führte sie mich schnurstracks in den Garten, ein Stück vom Haus fort. Ich wusste zwar nicht, was ihr so zu schaffen machte, nahm jedoch an, dass es etwas mit unserem Gespräch vom Vorabend zu tun hatte. Demnach versprach es keine besonders angenehme Unterhaltung zu werden.

Doch sie überraschte mich mit etwas anderem. «Ich habe bei dem Psychiater angerufen, Dean. Dean Stephenson.»

Das war nicht das Thema, mit dem ich gerechnet hatte.

Ich fragte: «Der, von dem du denkst, dass Michelle mit Alex bei ihm war?»

«Ja. Du weißt ja, er praktiziert nicht nur als Kinderpsychiater, sondern ist auch Leiter des Fachbereichs in Berkeley. Er leitet dort eine Unterabteilung für Perzeptionsstudien.»

Ich wusste nicht recht, worauf Tess hinauswollte und was daran so dringend sein sollte. Aber offenbar war es wichtig. Ich bemühte mich also, nicht allzu flapsig zu klingen, als ich erwiderte: «Okay.» Allerdings habe ich das Wort wohl etwas länger als nötig gedehnt.

«Sein Schwerpunkt – sein Schwerpunkt in mehr als zwanzig Jahren theoretischer und empirischer Forschung», fuhr sie fort, «ist die Überlebensforschung.»

Sie hielt inne und schaute mich an, als wollte sie sehen, ob ich davon schon einmal gehört hatte. Ich zog fragend die Augenbrauen hoch. «Was ist das?»

«Die Überlebensforschung beschäftigt sich mit der Frage, ob irgendein Teil von uns den Tod unseres physischen Körpers überleben kann.»

Den Tod des physischen Körpers überleben? Das war mir zu hoch. «Wovon redest du?»

«Leute wie Stephenson wollen erforschen, ob möglicherweise die Seele den körperlichen Tod überdauert, und sie tun das, indem sie sich mit Phänomenen wie Nahtoderfahrungen und außerkörperlichen Erfahrungen beschäftigen, mit Erscheinungen am Sterbebett, Kommunikation mit Verstorbenen ... und mit dem, was sie als ‹Transmigration der Seele› bezeichnen. Und eben das ist Stephensons Spezialgebiet. Reinkarnation.»

«Das heißt ... Du meinst, der Bursche, zu dem Michelle Alex gebracht hat, ist ein Experte für Reinkarnation?»

«Ja. Und ehe du wieder die Augen verdrehst, versuch, dir eins bewusst zu machen: Wir reden hier von einem hochqualifizierten, hochangesehenen Akademiker, klar? Der Mann ist nicht irgendein turbantragendes Medium auf dem Jahrmarkt. In der wissenschaftlichen Öffentlichkeit auf dem Gebiet der Parapsychologie ist er Legende. Natürlich ist das keine besonders große Öffentlichkeit, die Gründe kannst du dir wohl denken. Es fängt schon mit dem Namen an. Jedenfalls sind seine Referenzen über jeden Zweifel erhaben. Er hat in Harvard promoviert. Er ist anerkannter Psychoanalytiker und hat Dutzende Aufsätze über Psychiatrie in allen möglichen Fachzeitschriften veröffentlicht. Er hat Bücher über Psychiatrie geschrieben, die Pflichtlektüre in Seminaren sind. Er ist Lehrarzt an den angesehensten Kliniken. Der Mann zählt ohne jeden Zweifel zur medizinischen Elite dieses Landes.»

«Und er forscht über Reinkarnation», wiederholte ich, wobei ich mich bemühte, jeglichen zynischen Unterton zu unterdrücken. Dann musste ich mich vergewissern: «Das heißt, er glaubt daran?»

«Ja. Das heißt ... auf seine Art, mit allen Vorbehalten. Der Mann hat über die Jahre Tausende angeblicher Fälle untersucht. Er hat dazu einen ganzen Mitarbeiterstab zur Verfügung. Er beschäftigt sich nicht mit der Rückführung in frühere Leben, mit der Hypnose von Erwachsenen – daran glaubt er nicht. Er konzentriert sich ausschließlich auf Fälle von Kindern, die sogenannte Spontanerinnerungen haben. Das heißt Erinnerungen, die aus heiterem Himmel auftauchen. Und trotz all der Beispielfälle, die er über die Jahre gesammelt hat, stellt er keine Behauptungen auf, die er nicht beweisen kann. Er räumt selbst ein, dass er keine Beweise für Reinkarnation hat. Er sagt nur, in vielen der Fälle, die er untersucht hat, ist Reinkarnation die beste Erklärung, die er findet. Die stimmigste. Er hat Beispiele, Hinweise, aber keine Beweise, wenn du verstehst, was ich meine.»

Das alles klang für mich immer noch nach etwas, woran James Randi seine Freude hätte, aber wenn Tess es so ernst nahm, würde ich mich hüten, es auf die leichte Schulter zu nehmen. Das war eine Lektion, die ich mit den Jahren sozusagen auf die harte Tour gelernt hatte.

«Okay», sagte ich, «und was hat das jetzt mit Alex zu tun?»

«Anscheinend hat Alex außergewöhnliches Verhalten gezeigt. Verhalten, das auf Reinkarnation hindeutet.»

«Spontanerinnerungen?»

«Ja.»

«Zum Beispiel? Hat das was mit diesem Bild zu tun, das du mir gezeigt hast?»

«Unter anderem, ja», erwiderte sie und sah mich eindringlich an, während ihre Hände lebhaft gestikulierten. «Typischerweise fangen Kinder, die sich an frühere Leben zu erinnern scheinen, sehr früh an, davon zu sprechen – manchmal sobald sie überhaupt sprechen können. Sie sagen plötzlich Sachen, von denen sie eigentlich gar nichts wissen können, Namen von Leuten, denen sie nie begegnet sind, oder von Orten, an denen sie nie waren. Manchmal tun sie das in einer Sprache, die sie nie gelernt haben. Sie reden von Dingen, die ihrem Alter nicht angemessen sind, wie von technischen Details, sagen wir eines Flugzeugs aus dem Zweiten Weltkrieg – sie sehen zum Beispiel ein Bild davon und wissen, ob das Ding, das da unter der Tragfläche hängt, eine Bombe oder ein Abwurftank ist. Details eben. Und wenn sie darüber reden, haben sie einen größeren Wortschatz und sprechen flüssiger als sonst. Sie scheinen in der sprachlichen Entwicklung ihrem Alter voraus zu sein. Typischerweise verblassen diese Erinnerungen dann im Alter von sechs oder sieben Jahren. Die Theorie besagt, dass sie von anderen – aktuellen – Erinnerungen verdrängt werden.»

Ich bemühte mich nach Kräften, für alles offen zu sein. «Du meinst also, Alex weiß Dinge aus einem früheren Leben?»

«Laut seiner Lehrerin hat er in letzter Zeit Dinge gesagt, die Michelle überrascht haben. Und auch ein paar Dinge, die seine Lehrerin überrascht haben. Und dann die Bilder. Und er hatte Albträume. Michelle schien nicht gern darüber zu reden, aber das muss der Grund sein, weshalb sie ihn zu Stephenson gebracht hat.»

Ich versuchte, das mit meinem Bild von Michelle in Einklang zu bringen. Die Vorstellung erschien mir nicht mal allzu abwegig, immerhin hatte ich sie immer wegen ihres Interesses an New-Age-Themen aufgezogen. Das soll nicht heißen, dass ich daran glaubte. Ich meine nur, ich konnte mir vorstellen, warum sie so dachte und Alex zu jemandem wie Stephenson brachte.

Tess sah mir meine Skepsis offenbar an. «Du denkst, das ist Unsinn.»

«Nein, ich meine – hey, was weiß denn ich?»

Sie sah mich mit vorwurfsvollem Kopfschütteln an. «Hör mal, ich bin ja selbst skeptisch. Aber nachdem ich das alles gelesen habe, über Stephenson und seine Arbeit ... Es ist wirklich bemerkenswert, Sean. Diese Kinder, deren Geschichten er untersucht hat ... Stephenson und seine Leute sind keine Dummköpfe. Sie nehmen die Behauptungen unter die Lupe wie wiedergeborene Kriminalermittler. Sie befragen die Kinder, sie sprechen mit allen Personen in ihrem Umfeld, mit Familienangehörigen sowohl aus diesem als auch aus dem früheren Leben. Sie zeichnen alles auf, vergleichen und überprüfen es Wort für Wort, und die ganze Zeit suchen sie nach Gründen, die die Behauptungen widerlegen könnten. Sie suchen nach Lücken oder alternativen Erklärungen, nach Anzeichen dafür, dass die Eltern unbewusst ihr eigenes Wunschdenken oder ihre kulturellen Überzeugungen auf die Kinder übertragen – und natürlich suchen sie auch nach Anzeichen für bewusste Täuschung. Aber in manchen dieser Fälle, über die Jahre gerechnet sind es Dutzende, sind Stephenson und seine Mitarbeiter am Ende zu der Überzeugung gelangt, dass die Kinder tatsächlich reinkarnierte Seelen sein könnten. Dabei geht es nicht nur um Erinnerungen. Manche dieser Kinder zeigen körperliche Entsprechungen zu ihrem angeblichen früheren Leben. Seine Website ist voll von Beispielen, da wird man ganz benommen. Ein Kind, das anfing, von einem früheren Leben zu sprechen, war mit einem schweren Geburtsfehler zur Welt gekommen, seine Pulmonalarterie war nicht vollständig ausgebildet. Als er drei war, sagte er zu seiner Mutter Sachen wie ‹Ich habe dich als kleines Mädchen nie geschlagen, nicht mal wenn du wirklich böse warst›, und er erinnerte sich an alle möglichen Dinge über seinen Großvater – und sein Großvater, ein Polizist in New York City, der lange vor der Geburt des Kindes gestorben war, war mit sechs Schüssen getötet worden, beim Einsatz in einem Raubüberfall. Der tödliche Schuss, ein Lungendurchschuss von hinten, zerriss eine große Arterie, sodass er verblutete. Und jetzt rate mal, welche Arterie es war.»

Tess wartete meine Antwort nicht ab, ihr Gesicht glühte vor Aufregung. «Die Pulmonalarterie. Ein anderes Kind mit Erinnerungen an ein früheres Leben hatte ein Muttermal unter dem Kinn. Das frühere Leben, von dem der Junge erzählte, stimmte mit dem eines Drogendealers überein, der Selbstmord beging, indem er sich eine Pistole unters Kinn hielt und abdrückte. Als Stephenson und sein Team sich mit dem Fall beschäftigten, nahmen sie Einsicht in den Befund der Rechtsmedizin und in Zeugenaussagen, und sie untersuchten das Kind eingehender, und weißt du, was sie gefunden haben? Ein haarloses Muttermal am Oberkopf, genau an der Stelle, wo laut Autopsiebericht die Austrittswunde der Kugel war.

Auf Stephensons Website steht, dass sie in vielen Fällen, wo ein Muttermal der Eintrittswunde einer Kugel entsprach, ein zweites an der Stelle fanden, wo laut Autopsiebericht die Austrittswunde war. Da schwirrt einem geradezu der Kopf.»

Mein Kopf schwirrte jedenfalls erheblich. Zwei Dinge standen meinem verstandesmäßigen Urteil entgegen. Zum einen dass es Tess war, die mir all das erzählte, und Tess besaß ein hervorragendes Gespür für Humbug, auf das ich vertraute. Und zum anderen Stephenson. Wenn ein Doktor aus Harvard mit all seinen Referenzen sein Leben der Erforschung Hunderter Fälle widmete und am Ende seine Überzeugung auf einer signifikanten Anzahl davon gründete, konnte ich das nicht einfach ignorieren. Ich konnte nur selbst kaum glauben, dass ich tatsächlich hier saß und über diese wahnsinnige Vorstellung nachdachte. Doch zugleich faszinierte sie mich, und so ging ich auf Tess' Bericht ein und fragte: «Sind alle diese Kinder in ihrem früheren Leben eines gewaltsamen Todes gestorben? Hat sich keins an ein früheres Leben erinnert, das friedlich im Bett endete?»

Sie musterte mich skeptisch, als sei sie nicht sicher, ob meine Frage ernst gemeint war oder ob ich sie auf den Arm nehmen wollte. Doch es war mir wirklich ernst. Wie auch immer, sie erwiderte: «Tatsächlich endete wohl die große Mehrheit der untersuchten Fälle, so um siebzig Prozent, nicht mit einem natürlichen Tod, das heißt, die Leute sind bei einem Autounfall gestorben oder wurden ermordet oder kamen sonst wie gewaltsam ums Leben. Stephenson hat dazu die Theorie aufgestellt, dass vielleicht der Schock eines solchen Todes irgendwie den normalen Lauf der Dinge stört und bewirkt, dass die Seele mehr Erinnerungen behält als normal.»

Sie hielt inne und musterte mich wiederum forschend. «Ich weiß nicht, was ich glauben soll, aber ... du musst zugeben, diese Beispiele sind ziemlich überzeugend.»

«Aber es sind keine Beweise», betonte ich. Dann nickte ich. «Ja, das ist ... verblüffend. Und irgendwie beunruhigend. Aber was ist mit Alex? Was hielt Stephenson von ihm?»

Tess wirkte auf einmal unbehaglich. «Ich weiß es nicht. Ich habe nur mit seiner Sekretärin gesprochen.»

«Und?»

«Er ist verreist. Sie weiß nicht, wo er sich aufhält.» Tess runzelte die Stirn, und ich sah ihr an, dass ihr das, was sie jetzt sagte, nicht behagte. «Ich glaube, er ist dieser verschwundene Wissenschaftler, Sean. Der im Keller vom Clubhaus der Biker gefangen gehalten wurde. Weißt du noch, die Kontaktlinse?»

Das traf mich völlig überraschend. Ich horchte auf. «Warum denkst du das?»

«Er hat seine Assistentin vor etwa zehn Tagen angerufen und gesagt, er müsse verreisen. Er hat nicht gesagt, wohin und für wie lange. Auf dem Handy ist er nicht zu erreichen. Und die Assistentin sagt, das ist sonst nicht seine Art.» Sie hielt inne, stieß tief die Luft aus und fügte hinzu: «Er trägt auch Kontaktlinsen.»

Er und noch einige andere. «Und weiter?»

Sie zögerte.

«Komm schon, Tess. Wenn du so überzeugt bist, dass Stephenson sich nicht einfach nach Vegas abgesetzt hat, um einen draufzumachen, dann muss da noch mehr sein. Erzähl schon.»

Es fiel ihr jetzt schwer, mich anzusehen, und ich bemerkte, dass sie zitterte. Mir schoss etwas durch den Kopf, was Karen

Walker bei der Vernehmung gesagt hatte. Dass die letzte Entführung der Biker in der Gegend von San Francisco war.

Stephenson lebte in Berkeley.

Es kroch mir kalt den Nacken hinunter. Tess trat dichter neben mich.

«Ich glaube, sie waren nicht hinter dir her, Sean», sagte sie. «Ich glaube, ihnen ging es von Anfang an um Alex. Darum machen sie immer noch Jagd auf uns. Und darum haben sie Stephenson entführt.»

«Warum?», fragte ich, und meine Brust wurde eng. «Warum sollten sie Alex entführen wollen?»

Sie begegnete meinem Blick, und ein Schatten huschte über ihr Gesicht. «Weil sie denken, dass er die Reinkarnation von McKinnon ist. Weil es scheint, als ob dein Sohn möglicherweise die Reinkarnation des Mannes ist, den du getötet hast.»

KAPITEL 59

Villaverde erwachte in einem großen, luftigen Raum.

Als er sich umsah, stellte er fest, dass es sich um eine Art Fitnessraum handelte, einen teuer ausgestatteten, privaten. Vor der deckenhohen Glaswand ihm gegenüber standen nebeneinander ein Crosstrainer, ein Rudergerät und eine Platte für Vibrationstraining. Draußen sah er das Meer im Mondlicht glänzen, und ihm wurde klar, dass er sich in einer Strandvilla befand. Das wäre großartig gewesen, wäre er nicht an Hand- und Fußgelenken mit Klebeband an eine Sprossenwand aus Stahl gefesselt gewesen.

Sein Oberkörper war nackt.

Er schloss die Augen und versuchte sich zu erinnern, was geschehen war, wie es geschehen war. Sie hatten ihn betäubt, so viel wusste er noch.

El Brujo.

Der geisteskranke Dreckskerl hatte ihn aus seinem Haus entführt. Das war nicht so einfach, denn die Privatadressen von FBI-Mitarbeitern unterlagen strenger Geheimhaltung. An diese Informationen war nicht leicht heranzukommen, ganz und gar nicht leicht. Dann dachte er an den Tag davor zurück, und plötzlich ergab alles einen Sinn. Die Mall in Mission Valley. Torres dort mit einer Waffe auszusetzen schien sinnlos und willkürlich. Es war reine Irreführung. Sie mussten ihm von dort aus gefolgt sein, auch wenn er instinktiv immer auf so etwas achtete. Dann wurde ihm klar, dass sie ein Ortungsgerät an seinem Geländewagen angebracht haben mussten. Natürlich. Jemand hatte unbemerkt einen GPS-Sender am Wagen befestigt. Oder auch einfach ein eingeschaltetes Handy, das sie orten konnten.

Aber warum hatten sie es gerade auf ihn abgesehen?

Reilly.

Sie waren hinter Reilly her. Sie hatten gehofft, einen Sender an seinem Wagen anbringen zu können, aber dazu gab es keine Gelegenheit, weil sie beide zusammen in seinem, Villaverdes Geländewagen gekommen waren.

Und das, wurde ihm klar, war sein Todesurteil gewesen. Daran zweifelte er nicht.

In diesem Moment erschien es ihm ganz und gar sinnvoll, keine Kinder zu haben, nicht einmal eine Freundin.

Er zog probeweise an dem Klebeband, aber es gab nicht nach. Seine Arme waren waagerecht ausgestreckt, seine Beine gespreizt – er hing wie eine Fliege am Fliegenfänger.

Und noch etwas. Sein Kopf war schwer. Schwer und – träge. Als seien seine Reflexe gedämpft.

Er hörte von draußen Schritte und drehte den Kopf in die Richtung. Die Tür zum Fitnessraum wurde geöffnet, und ein Mann trat herein. Er war elegant gekleidet, mit einem schwarzen Hemd mit offenem Kragen und einer teuer aussehenden grauen Stoffhose. Dazu trug er dunkle Lederhalbschuhe ohne Socken, und sein glänzend schwarzes Haar war mit Gel glatt zurückgekämmt.

Er hielt ein kurzes, breites, krummes Messer in der Hand.

Als er sich vor Villaverde stellte, begegnete der Agent seinem Blick, und ein seltsamer Schauder durchlief ihn. Diese Augen musterten ihn mit unergründlicher Intensität, Augen, die konzentriert wie Laser blickten, zugleich jedoch alles im Umkreis wahrnahmen. Augen, die alles gleichgültig betrachten konnten, ohne eine Spur von Gefühl zu verraten.

Und in diesem Blick las er eine winzige Bestätigung, als wollten sie sagen: «Ja, ich bin es.» In diesem Moment wusste Villaverde mit völliger Sicherheit, dass es Navarro war.

«Glauben Sie nur nicht, dass Sie –»

«Pssst.» Der Mann brachte ihn mit zwei Fingern vor dem Mund zum Schweigen. Dann hob er sein Messer und ließ es langsam über Villaverdes nackte Brust gleiten, ohne es zu tief einzudrücken. Es hinterließ einen klaffenden, roten, kreisförmigen Schnitt über seinem gesamten Torso.

Villaverde unterdrückte einen Schrei. Er weigerte sich, dem *pinche madre* diese Befriedigung zu verschaffen. Navarro musterte ihn leidenschaftslos, dann brachte er ihm einen weiteren Schnitt bei und noch einen, mal waagerecht, mal senkrecht, sodass in dem Kreis ein symmetrisches Muster sich überkreuzender Schnitte entstand. Schließlich trat er zurück und betrachtete zufrieden sein Werk. Dann zog er ein Tuch aus der Tasche und begann, die Klinge abzuwischen.

Villaverde war kurz davor, vor Schmerz das Bewusstsein zu verlieren. Er versuchte, nicht auf seine aufgeschlitzte Brust zu schauen, aber er konnte nicht anders. Sein Torso war eine blutige, fleischige Masse. Das Blut lief in Strömen an ihm hinunter, tränkte seine Hose und tropfte von seinen Zehen auf den polierten Holzboden des Fitnessraums. Allerdings schien keiner der Schnitte eine Arterie oder ein inneres Organ verletzt zu haben.

Er verstand nicht, warum er gefoltert wurde, ehe Navarro überhaupt versucht hatte, irgendetwas von ihm zu erfahren. Er hatte sich immer gefragt, wie er in einer solchen Situation reagieren würde. Er wusste, dass er nicht reden würde, ganz gleich, wie groß der Schmerz war. Sterben würde er so oder so, daran führte kein Weg vorbei. Aber er hatte eine Wahl, wie die letzten Momente seines Lebens abliefen. Sein Schmerz war zu groß, als dass er Wut empfunden hätte, und ihm war klar, dass es sinnlos wäre, Beschimpfungen herauszuschreien. Aber irgendetwas musste er sagen. Das verlangte seine Ehre.

«Was immer Sie vorhaben, Ihnen ist doch klar, dass Sie enden werden wie all die anderen? Früher oder später bringen entweder wir Sie zur Strecke oder einer der anderen Drogenbosse, und dann werden auch Sie Hundefutter.»

Navarro betrachtete Villaverde mit schief gelegtem Kopf und einem dünnen Lächeln auf den Lippen. Dann zog er einen kleinen Lederbeutel aus der Tasche und löste das Band, mit dem er verschlossen war. Er hielt den Beutel beinahe andächtig hoch und flüsterte ein paar Worte in einer Sprache, die Villaverde nicht verstand. Dann sah Navarro ihm direkt in die Augen.

«Öffnen Sie Ihren Geist und genießen Sie.»

Er griff in den Beutel und hielt in der hohlen Hand ein feines, graues Pulver, das wie Asche aussah. Er trat dicht vor seinen Gefangenen, streckte – den Blick fest in Villaverdes Augen gerichtet – die Hand aus und rieb das Pulver in die offenen Wunden auf dessen Brust. Es brannte entsetzlich, aber Navarro zuckte nicht mit der Wimper, obwohl Villaverde so laut schrie, dass es ihm selbst schier das Trommelfell zerriss.

Dann hörte Navarro auf, so plötzlich, wie er begonnen

hatte. Er wandte sich ab, nahm ein Handtuch von einem Halter und wischte sich die Hände ab, während er vor die Glaswand trat und aufs Meer hinausblickte.

Villaverde fühlte, wie der Schmerz nachließ, und dann begann plötzlich sein Puls zu rasen. Er dachte an Torres, und ihm wurde klar, dass er binnen kurzem nicht mehr Herr seines eigenen Geistes sein würde.

Nach ein paar Minuten wandte sich Navarro wieder ihm zu und stand reglos vor ihm, starrte ihn an, während er wiederum ein paar unverständliche Worte murmelte.

Und jetzt fühlte er es. Viel eher als erwartet.

Seine Temperatur stieg an. Ihm brach im ganzen Gesicht der Schweiß aus. Galle stieg ihm in die Kehle und bis in den Mund, er würgte und hatte das Gefühl zu ersticken. Er schloss die Augen, doch sofort glitten seltsame Gestalten wie Wesen der Vorzeit durch sein Blickfeld. Er öffnete die Augen wieder, aber die unheimlichen Gestalten waren noch immer da und schoben sich vor das Bild von Navarro und dem Fitnessraum hinter ihm.

Villaverde schloss erneut die Augen und versuchte, die Phantome auszublenden. An ihre Stelle traten jetzt blendend grelle Farben. Ganz plötzlich, als habe jemand hinter seinen Augen einen Schalter umgelegt, verschwanden sie wieder. Die Schwärze war vollkommen – eine Finsternis, wie er sie noch nie erlebt hatte. Ihn überkam panische Angst, erblindet zu sein, und so öffnete er die Augen wieder, woraufhin erneut die unheimlichen Kreaturen erschienen. Grässliche, zischende Reptilien und Schlangen. Missgestaltete, menschenähnliche Wesen, die ihn mit gebleckten Reißzähnen umringten. Und hinter ihnen schwarze Wände, die sich immer enger um ihn schlossen wie ein gigantischer Schraubstock.

Er fing an zu schreien und schloss fest die Augen in dem Versuch, das Grauen auszublenden. Er zwang sich, an etwas anderes zu denken, etwas Beruhigendes, und ihm fiel ein, wie er das letzte Mal am Black's Beach gesurft hatte. Er versuchte, sich auf die Wellen zu konzentrieren, die von dem Meeresgraben eine halbe Meile vor der Küste heranrollten. Auf die wilden Meereswogen, die sich zum Ufer hin aufbauten und sich schließlich tosend am Strand brachen. Er versuchte, sich den Geruch des Meeres in Erinnerung zu rufen, das Geschrei der Möwen, das Gefühl der ungezügelten Kraft der Wellen, durch die er hinauspaddelte, um sich den anderen Surfern anzuschließen.

Für einen kurzen Moment wirkte die Vorstellung. Er empfand eine selige Ruhe, als die Reihe an ihn kam. Er stellte sich auf sein Brett. Beugte die Knie. Zentrierte sein Gewicht. Aber etwas raste auf ihn zu. Nicht der Strand. Nicht das Meer. Etwas anderes. Etwas tief aus seinem Inneren. Er fühlte, wie es gegen ihn prallte mit einer Wucht, stärker als die größte Welle, auf der er je geritten war. Von dem Anprall ging ihm die Luft aus. Er konnte nicht mehr atmen, rang nach Luft. Es schien, als drückten alle seine Organe auf das Herz – und dann brach es aus den Schnitten auf seiner Brust hervor.

Eine dreiköpfige Schlange, dick wie eine Boa, schwarz und schleimig, wand sich aus einem Flammenmeer hervor, aus ihm heraus, drehte sich um sich selbst, richtete sich zu seinem Gesicht auf und zischte ihn an. Die mächtigen Kiefer waren mit Reihen spitzer Zähne bestückt.

Villaverde sah Flammen aus den Schnitten in seiner Brust

lodern, er roch seine eigene verbrennende Haut und fühlte, wie sie in der sengenden Hitze zusammenschrumpfte und schmolz. Ihm war klar, dass er binnen Sekunden völlig verbrennen würde. Er schrie und versuchte, sein Gesicht von der Bestie abzuwenden, aber sie folgte seinen Bewegungen, kam näher, bis ihr Atem sein schweißüberströmtes Gesicht streifte, und sie fragte ihn mit hallender, zischender Stimme: «Wo sind sie?»

KAPITEL 60

Mein Sohn ist die Reinkarnation des Mannes, den ich getötet habe.

Wenigstens schien mir, dass Tess das gerade gesagt hatte. In meinem Kopf drehte sich alles, und es kam mir vor, als sei gerade ich derjenige, der eine außerkörperliche Erfahrung machte.

Es war absurd, und alles, was mir dazu einfiel, war: «Wovon redest du?»

«Diese Sachen, an die Alex sich erinnert hat. Tiere und Szenen aus dem Urwald.» Sie zog Alex' Zeichnungen hervor und zeigte sie mir noch einmal. «Diese Eingeborenen, die Umgebung. Das stimmt mit McKinnons Vergangenheit überein. Er hat an solchen Orten gelebt.» Die Worte sprudelten nur so aus ihr heraus, sie sprach immer eindringlicher, fast atemlos. «Diese Pflanzen – das sind medizinisch wirksame Pflanzen. Und dieses Bild hier» – sie zeigte auf das mit dem Mann, der auf orangefarbenem, feurigem Grund ging –, «das zeigt, wie jemand durch Feuer geht. McKinnon hat das getan; ich habe es in einem biographischen Artikel über ihn gelesen. Und dann diese andere Blume, die Alex gemalt hat, die, von der seine Lehrerin mir erzählt hat. Er hat zu mir gesagt, sie sollte das Herz heilen, aber dann stellte sich heraus, dass sie gefährlich war. McKinnon war derjenige, der sie entdeckt hat. Ich habe es nachgelesen. Er arbeitete damals für ein großes Pharmaunternehmen. Sie haben seine Forschungen und seinen Lebensunterhalt da unten finanziert. Und er hat diese Pflanze entdeckt, aus der sich ein vielversprechender Cholesterol-Inhibitor gewinnen ließ. Aber dann gab es in der Erprobungsphase Komplikationen, und er hat sich mit seinen Auftraggebern überworfen, weil sie das neue Medikament zum medizinischen Wundermittel hochstilisiert hatten und jetzt verhindern wollten, dass ihre Aktienkurse in den Keller gingen. Darum hat er den großen Pharmaunternehmen den Rücken gekehrt und auf eigene Faust weitergeforscht. Alex hat mir davon erzählt. Nicht in allen Einzelheiten, aber genug, dass es sich zu überprüfen lohnte. Es passte alles zusammen.»

«Ich bitte dich, Tess. Sieh dir doch diese Bilder an», hielt ich dagegen. «Das sind ja nun nicht gerade Beweisfotos. Sie sind ziemlich vage, vielleicht deutest du etwas hinein, *weil* es passt ... Vielleicht hat er etwas gemalt, das er im Fernsehen oder in einem National-Geographic-Heft gesehen hat. Und die Geschichte mit dem Cholesterol, vielleicht hat er in den Nachrichten davon gehört oder etwas aus einem Gespräch aufgeschnappt.»

«Vielleicht ... Aber er erinnert sich auch an dich, Sean. Diese Zeichnung hier» – sie hielt mir das Bild hin, das Alex mit jemand anderem zeigte, sah mich dabei fest an und tippte mit dem Finger auf die dunkle Gestalt –, «er hat gesagt, das bist du. Er hat gesagt, du hast ihn erschossen.» Sie zeigte auf ihre Stirnmitte. «Da. Er hat mir die ganze Geschichte erzählt. So, wie du sie mir erzählt hast. In allen Einzelheiten.»

Sie verstummte. Ich betrachtete noch einmal das Bild, diesmal eingehender. Es war schon unheimlich. Obwohl es nur eine Kinderzeichnung war, sah ich etwas darin. Eine unverblümte Wahrheit, ein Gefühl, das in mir mit einem Schlag wieder die Erinnerung an jene Nacht lebendig werden ließ. Es war zutiefst verstörend, mir vorzustellen, dass Alex tatsächlich mich dort in dem Labor gezeichnet hatte, aber jetzt, da ich das Bild mit anderen Augen sah, erschien es mir plötzlich nicht mehr ausgeschlossen.

Dennoch, es konnte nicht sein.

«Er wusste das alles, Sean», fuhr Tess fort. «Von der Frau und ihrem Kind. Von dem Mann, der mit dir dort war und der sie erschossen hat.»

Das traf mich wie ein Vorschlaghammer. «Was?»

«Er hat mir davon erzählt. Wie sie gestorben sind. Wie er wütend geworden und weggerannt ist ... Er hat mir von dem Notebook erzählt und von Pater Eusebios Tagebuch. Er wusste davon. Er wusste alles.» Ihre Augen glänzten jetzt feucht. «Wie hätte er davon erfahren können, Sean? Wie kann ein Vierjähriger, der damals noch gar nicht geboren war, all das wissen?»

Darauf fand ich nichts zu erwidern.

Ich hatte ja schon Schwierigkeiten, die Grundannahme zu verarbeiten, ganz zu schweigen von den Details. Ich versuchte, innerlich auf Abstand zu gehen und das Ganze noch einmal von vorn bis hinten zu durchdenken, um in der schieren Absurdität dessen, was Tess mir soeben eröffnet hatte, einen Sinn zu erkennen. Ich zermarterte mir das Hirn, um eine andere Erklärung zu finden und ihre Theorie aus den Angeln zu heben, aber ich stolperte immer wieder über eine Tatsache, eine Gewissheit, die sich nicht leugnen ließ: Alex hatte es nicht von Michelle. Ich hatte ihr nie erzählt, wie McKinnon gestorben war, geschweige denn, was Munro getan hatte. Und es hatte auch in keinem Bericht gestanden. Dafür hatte Corliss gesorgt.

Ich sah Tess an. Meine eigene Seele schien taumelnd ins Bodenlose zu stürzen. «Das kann nicht sein …»

«Woher sonst könnte er es wissen, Sean? Woher?»

Wieder wusste ich nichts zu erwidern. Aber ich verstand jetzt. Ich verstand, worum es bei der ganzen Sache ging.

«Navarro ist gar nicht hinter mir her», sagte ich, und meine Stimme wurde hart vor Zorn. «Er hat es auf Alex abgesehen. Weil er denkt, Alex ist die Reinkarnation von McKinnon. Weil er an die Formel kommen will. Und er denkt, Alex könnte sich vielleicht daran erinnern.»

«Ganz genau», pflichtete Tess mir bei. «Alex ist die Zielperson. Schon von Anfang an.»

Das passte.

Verdammt noch mal, das passte.

Und wenn es so war, dann hatte irgendein höheres Wesen, das über solche Dinge entschied, aus irgendeinem abgehobenen, kranken, karmischen, wahnwitzigen Grund beschlossen, die Seele des Mannes, den ich hingerichtet hatte, in den Körper meines eigenen Sohnes zu katapultieren.

Von wegen, das Universum wird von einer Intelligenz gesteuert.

Es sah ganz so aus, als würde es von Perversion und Sadismus gesteuert.

Ich ließ mich am Stamm der Platane auf den Boden sinken und fühlte mich ebenso allein wie sie. Ich war mir immer noch nicht sicher, ob ich das Ganze glaubte. Es war zu verrückt, zu irreal. Es verlangte einen gewaltigen Glaubensakt, und zu dem war ich noch nicht fähig. Andererseits war nach allem, was Tess herausgefunden hatte, die ganze Sache nicht einfach von der Hand zu weisen. Und wenn es tatsächlich so war ... Die Vorstellung, dass Alex jedes Mal, wenn er mich, seinen eigenen Vater, anschaute, seinen Mörder sah, war unvorstellbar grauenhaft. Wieder begann ich nach Wegen zu suchen, um Tess' Schlussfolgerung zu widerlegen, schnell, ihre Argumentation auseinanderzunehmen und in Nanopartikel aufzusprengen, die nie wieder zusammenzusetzen waren.

Es gelang mir nicht.

Ich hatte das Gefühl, mein Kopf müsse explodieren wie bei einem Astronauten irgendwo im Weltraum, dessen Helm einen Riss hatte. Und ich wünschte, ich wäre im Weltraum, wo einen, wenn man den Filmen Glauben schenkt, niemand schreien hören kann. Ich hätte wirklich am liebsten laut geschrien. Aber das ging nicht, hier vor Tess, und wo Alex und Jules und der andere Agent in der Nähe waren. Stattdessen lehnte ich mich zurück, ließ den Kopf gegen den Baumstamm sinken und schloss die Augen.

Tess setzte sich neben mich.

Nach einer Weile fragte ich sie: «Hältst du das wirklich für möglich?»

Sie schwieg, dann erwiderte sie: «Ich weiß nicht, was ich glauben soll. Und ehrlich gesagt, ich bin hin- und hergerissen zwischen dem Wunsch, es möge so sein, und der Hoffnung, es möge nicht so sein.» Sie legte mir eine Hand auf den Arm und beugte sich zu mir herüber. «Um deinetwillen wünsche ich, dass es nicht wahr ist. Und um Alex' willen. Es wäre so ... grausam. Und unfair. Und ein Teil von mir bereut, dass ich der Sache überhaupt nachgegangen bin. Aber wenn es wahr ist … dann können wir nicht den Kopf in den Sand stecken. Es ist besser, wenn wir uns der Sache stellen, uns mit ihr auseinandersetzen und nach einer Möglichkeit suchen, wie Alex und du die Vater-Sohn-Beziehung haben könnt, die ihr beide so sehr verdient.»

Sie schaute zum dunklen Himmel auf. Ich folgte ihrem Blick. Das Firmament erschien mir gewaltiger und grenzenloser denn je.

«Und wenn es wirklich so ist … Himmel. Das würde alles verändern. Wenn nach diesem Leben nicht alles zu Ende ist, wenn eine Möglichkeit besteht, dass wir wiederkommen … Aber das ist ein anderes Thema. Vielleicht sollten wir nicht gerade jetzt darüber sprechen.»

Ich nickte, eher zu mir selbst als an sie gerichtet. Das alles konnte warten. «Ich muss dafür sorgen, dass Alex in Sicherheit ist», sagte ich. «Ein für alle Mal. Wenn Navarro tatsächlich glaubt, er sei die Reinkarnation von McKinnon, dann ist Alex nicht sicher, solange der Dreckskerl nicht hinter Schloss und Riegel ist. Dafür muss ich zuallererst sorgen. Danach … beschäftigen wir uns mit dem Rest.»

Ich musste Navarro finden. Aber wenn ich ihn gefunden hatte, musste ich ihn zum Schweigen bringen, für immer. Ich wollte nicht, dass irgendetwas von dieser Sache jemals bekannt wurde; es würde Alex auf Jahre hinaus verfolgen und ihm das Leben schwer machen. Außerdem wollte ich nicht, dass Navarro aus einer Gefängniszelle heraus etwas ausplauderte, sodass die anderen Drogenbosse scharenweise Jagd auf meinen Sohn machen würden, als sei er ihre goldene Gans.

Ich musste El Brujo finden.

Ich ahnte nicht, dass er mich zuerst finden würde.

KAPITEL 61

Ich hörte nicht, wie sie hereinkamen.

Es war spät. Sehr spät, oder eher sehr früh, je nachdem, wie man es betrachtete. Ich schlief nicht, aber meine Sinne waren wohl so betäubt, dass ich auch nicht sagen könnte, ich war wach. Ich war körperlich und geistig am Boden und hätte den Schlaf wirklich nötig gehabt. Zuerst schlief ich auch ein. Vielleicht für ein paar Stunden. Dann irgendwann gegen halb fünf Uhr morgens öffneten sich meine Augen, und vorbei war es mit Schlafen.

Jules und Cal, der neue Aufpasser, wachten abwechselnd in Zwei-Stunden-Schichten. Ich hatte angeboten, mich an der Wache zu beteiligen, aber meine Schicht begann erst um sechs. Und doch lag ich wach und starrte an die Decke. Vielleicht fand ich keine Ruhe, ehe ich nicht ein Schlupfloch entdeckte, irgendeine Möglichkeit, Tess' Theorie auszuhebeln. Oder vielleicht war es etwas in mir – ein überwaches Gehör oder eine Art übersinnliche Wahrnehmung, ob man es nun wissenschaftlich oder, da meine Gedanken ohnehin in diese Richtung gingen, eher esoterisch erklären wollte –, das mich weckte, weil Gefahr nahte. Wie auch immer, jedenfalls war ich wach, zumindest halbwegs, und lag neben Tess im Bett, gefangen in diesem wirklich zermürbenden Zustand, in dem man zu müde zum Denken ist, aber zu aufgedreht, um zu schlafen.

Ich glaubte, ein leises Knarren zu hören, wie von einer Bodendiele oder einer Tür. Vielleicht holte Jules sich gerade eine Tasse Kaffee aus der Küche – oder war es Cals Schicht? Ich war nicht sicher. Wahrscheinlich Jules'. Für einen Moment war es wieder still im Haus. Dann hörte ich erneut ein Knarren, gefolgt von einem metallischen Einrasten.

Bei diesem Geräusch war ich augenblicklich hellwach, aber da war es schon zu spät. Ich war halb aus dem Bett und griff nach meiner Pistole, als die Tür zu unserem Schlafzimmer aufgestoßen wurde und zwei dunkle Gestalten hereinstürmten. Ich bekam den Griff meiner Browning nicht mehr zu fassen. Ich fühlte den heftigen Stich in meiner Brust, ehe ich überhaupt realisiert hatte, dass einer der beiden mit seiner Waffe auf mich zielte, aber es klang nicht wie eine normale Pistole, und was mich traf, war keine Kugel. Der Schuss verursachte ein Zischen wie aus einer Druckluftpatrone, und in meiner Brust klaffte keine Schusswunde. Stattdessen steckte da ein fingerlanger Betäubungspfeil mit einer schwarzen Spitze am Ende.

Ich versuchte dennoch, nach der Pistole auf dem Nachttisch zu greifen, aber einer der Eindringlinge hatte mich schon erreicht und trat nach meinem Arm, dann stieß er mich gegen die Wand. Ich sah flüchtig, wie Tess sich gerade halb im Bett aufgerichtet hatte, als sie auch schon aufschrie, ebenfalls von einem Pfeil getroffen. Ich stieß mich von der Wand ab, um den Eindringling abzuwehren, aber mitten in der Bewegung wurden meine Muskeln plötzlich zu Wackelpudding, und ich sackte auf dem Boden zusammen wie eine Stoffpuppe.

Ich konnte keinen Finger mehr rühren.

Ich konnte nur zusehen, ein Gefangener meines eigenen

Körpers, während sie um mich herumliefen, als sei ich gar nicht da. Aus dem Augenwinkel sah ich, wie sie Tess vom Bett hoben und hinaustrugen, und mich durchströmte eine Wut, wie ich sie noch nie empfunden hatte. Meine Gedanken sprangen zu Alex – hoffentlich benutzten sie bei ihm ein anderes Betäubungsmittel, eins, das es ihm ersparte, dieses Grauen bei vollem Bewusstsein mitzuerleben. Ich dachte auch an Jules und Cal und hoffte, dass man sie nicht als entbehrlich ansah, hoffte, dass sie verschont wurden. Dann tauchte in meinem Blickfeld von hinten ein Gesicht auf, ganz nah und verkehrt herum. Ein neues Gesicht, eins, das ich noch nie gesehen hatte, aber ich wusste, dass er es war.

Hier, nur eine Handbreit von mir entfernt. Und ich konnte mich nicht auf ihn stürzen, konnte ihm nicht das verdammte Herz herausreißen. Sofern er eins hatte.

Ich sah starr zu ihm auf, gefangen in meiner stummen Wut, schrie mir lautlos die Seele aus dem Leib, und ich dachte an Spinnen und Echsen und was im Toxikologiebericht stehen würde, wenn sie mich obduzierten.

DONNERSTAG

KAPITEL 62

«He, los, wachen Sie schon auf. Bitte.»

Die Worte rissen mich aus meiner Bewusstlosigkeit.

Es dauerte einen Moment, bis meine Augen scharf sehen konnten, aber mir war bereits klar, dass mir das, was sie mir dann zeigten, nicht gefallen würde. Mein Kopf fühlte sich benebelt an, aber nicht wie bei einem Kater. Eher als sei mein Schädel in einen Schraubstock eingespannt, der gerade eine halbe Drehung gelockert wurde.

Ich lag auf einer Pritsche mit dünner Matratze, und das Erste, was mir auffiel, war, dass meine Hände nicht gefesselt waren. Die Pritsche knarrte, als ich mich aufrichtete, und ich sah, dass auch meine Beine frei waren. Ich sah mich um. Meine Umgebung war der Inbegriff von spartanisch. Es war ein fensterloser Raum von vielleicht viereinhalb Meter im Quadrat. Die Wände waren alt und aus Stein, und darüber spannte sich ein Tonnengewölbe. Es befand sich buchstäblich nichts im Raum außer mir, der Pritsche und einem Mann, der einfach dastand und mich anstarrte, als sei ich ein gestrandeter Außerirdischer. Was ich wohl in gewisser Weise auch war.

«Wer sind Sie?», fragte er mit unsicherer Stimme, die verriet, wie angeschlagen seine Nerven waren.

Ich sah ihn an, und allmählich kehrte Klarheit in mein Gehirn zurück. «Sie sind Stephenson.»

Verblüffung zeichnete sich auf seinem Gesicht ab. «Woher wissen Sie das? Wer sind Sie?»

Ich setzte mich auf, stellte die Füße auf den Boden und rieb meine Arme und Beine, um die Durchblutung anzuregen, während ich mich in unserer Zelle umsah.

«Ich bin Sean Reilly. FBI.» Mein Mund fühlte sich an wie mit Sandpapier ausgekleidet.

«Was zum Teufel geht hier vor?», fragte Stephenson. «Wo sind wir?»

Die Luft war kühl, aber es hing eine schwache Feuchtigkeit im Raum, als ob sie durch die Wände hereindrang.

«Ich würde sagen, wir sind irgendwo in Mexiko.»

Ihm fiel die Kinnlade herunter, und er hatte Schwierigkeiten, seine nächste Frage herauszubringen. «In Mexiko? Was? Warum? Wissen Sie, was zum Teufel hier vorgeht? Ich bin ein Collegeprofessor, um Himmels willen. Die müssen mich mit jemandem verwechselt haben.»

Er erzählte mir, dass sie ihn eines Morgens in aller Frühe überfallen hatten. Er konnte sich nicht genau erinnern, wie lange es her war. Seitdem hatten sich die Tage unterschiedslos aneinandergereiht. Sie hatten ihn gezwungen, seine Sekretärin anzurufen, dann hatten sie ihn geknebelt, ihm die Augen verbunden und ihn in den Kofferraum eines Wagens gepackt. Sie waren mit ihm irgendwohin gefahren, hatten ihn ein paar Stufen hinuntergeführt und an eine Wand gefesselt. Er war dort von ein paar Bikern gefangen gehalten worden, die sich nicht mehr um die Augenbinde geschert hatten. Dann hatten andere ihn geholt, Spanisch sprechende Männer, dem Typ nach Lateinamerikaner beziehungsweise, jetzt, wo ich es sagte, höchstwahrscheinlich Mexikaner. Als sie ihn hinausbrachten, hatte er die Leichen der Biker im Clubraum liegen sehen.

Jetzt war es an mir zu erklären, wer ich war. «Ich bin der Vater von Alex Martinez. Und nein, man hat Sie nicht verwechselt. Sie – wir alle – sind wegen Alex hier.»

Seine Verblüffung wuchs sichtlich.

Es hatte nicht den Anschein, als würden wir so bald hier rauskommen, und so erzählte ich ihm, was ich wusste.

Dann hörte ich seine Geschichte an.

Tess erwachte in einer sehr anderen Umgebung.

Ihr Zimmer war mit altmodischen Mahagonimöbeln eingerichtet, hatte freiliegende Balken, Musselinvorhänge und hohe Fenster, durch die der Raum in goldgelbes Licht getaucht wurde. Aus den üppig belaubten Bäumen vor den Fenstern drang Vogelgezwitscher herein – sie hätte sich beinahe vormachen können, sie befinde sich in einem verschlafenen Boutique-Hotel, wäre da nicht der Mann gewesen, der gegenüber ihrem Bett in einem Sessel saß und sie mit undurchdringlichem Stirnrunzeln anstarrte.

«Wo bin ich?», fragte Tess, obwohl sie die Antwort bereits kannte.

«Sie sind meine Gäste.» Dann, mit Betonung und einem papierdünnen Lächeln: «Sie alle.»

Sie setzte sich kerzengerade auf. «Wo ist Alex? Und Sean?»

«Alex geht es gut. Er schläft noch. Ich werde dafür sorgen, dass Sie bei ihm sind, wenn er aufwacht.»

Ihr graute vor der zweiten Frage. «Was ist mit Sean?»

Der Mann schwieg kurz, als müsse er sich die Antwort erst überlegen. Oder wollte er sie nur noch ein wenig auf die Folter spannen? «Er ist hier», erwiderte er schließlich. «Es geht ihm gut.»

Tess entspannte sich ein wenig.

Der Mann musterte sie mit schmalen Augen. «Sie wissen, warum Sie hier sind, nicht wahr?»

Tess war unsicher, was sie darauf erwidern sollte. «Ich denke schon», antwortete sie schließlich, «auch wenn ich nicht sicher bin, ob ich es glaube.»

«Oh, glauben Sie es, Tess. Vertrauen Sie mir. Es ist ganz real. Ich weiß es.» Sein Gesicht entspannte sich zur Andeutung eines Lächelns. «Ich war dort. Ich habe es gesehen. Es ist alles ganz und gar real.»

Tess überlief ein Prickeln. «Woher wissen Sie das?»

Er winkte ab, stand auf und trat ans Fenster. «Das werden Sie schon noch verstehen. Später.» Mit dem Rücken zu ihr stehend, fügte er hinzu: «Zuerst einmal sollten Sie sich fragen, warum Sie noch am Leben sind. Und diese Frage ist einfach zu beantworten. Sie sind hier, weil Alex sich wohlfühlen und sich entspannen soll, damit Doktor Stephenson seinen Zauber wirken und mir von dem Jungen die Informationen beschaffen kann, die ich brauche.» Er wandte sich zu ihr um. Sein Gesicht verriet keine Regung. «Das ist der einzige Nutzen, den Sie hier für mich haben, Sie verstehen?»

Tess starrte ihn an, und nach allem, was sie über ihn wusste, konnte sie nur nicken.

«Gut. Ich lege Ihnen also dringend nahe, mir zu helfen. Nicht nur um Ihretwillen. Auch in Alex' Interesse. Es wäre mir lieber, wenn Stephenson die Informationen ohne Probleme aus ihm herausholt. Sollte es Schwierigkeiten geben, habe ich noch andere Mittel und Wege, Alex' Gedächtnis auf die Sprünge zu helfen. Mittel, die für einen vierjährigen Jungen vielleicht nicht besonders angenehm sind. Ich rate Ihnen also wirklich dringend, Stephenson und Alex zu helfen, an die Erinnerungen heranzukommen.»

«Und dann?», fragte Tess, der bereits klar war, wie die Antwort – die ehrliche Antwort – lautete.

Wieder das papierdünne Lächeln. «Wir werden sehen. Helfen Sie mir zu bekommen, was ich will, und wer weiß, wie die Sache ausgeht. Kommen Sie mir in die Quere … und die Hölle aus Heroinsucht und Prostitution, in die ich Sie schicke, wird schlimmer sein als alles, was Sie sich vorstellen können.»

Er starrte sie lange an, dann ging er hinaus und ließ sie im Nachhall seiner Worte schmoren.

KAPITEL 63

Stephenson bestätigte, was Tess herausgefunden und geschlussfolgert hatte.

Das, was er mir über andere Fälle erzählte, seine offenkundige Autorität über ein Thema, mit dem er sich wahrscheinlich besser auskannte als irgendwer sonst auf der Welt, all das war atemberaubend und erschütterte mich bis ins Innerste. Unserer Lage zum Trotz sprach er mit einer Ruhe, Gewandtheit und Schlüssigkeit, die mich in ihren Bann schlugen. Ich konnte mir nicht vorstellen, dass irgendjemand – am allerwenigsten gebildete Akademiker – seine Forschungen anzweifeln würde. Beunruhigender aber war die Tatsache, dass jedes Detail, das ich ihm über McKinnon erzählte, einschließlich der Todesumstände, mit dem übereinstimmte, was er von Alex über sein früheres Leben gehört hatte – bis hin zu der Kopfbedeckung, die ich in jener verfluchten Nacht getragen hatte.

Ich konnte mir dafür keine andere Erklärung geben als die, die mir noch immer unmöglich erschien.

Ich schwieg eine ganze Weile, um das Gehörte zu verarbeiten. Schließlich fragte ich: «Wie kommt es, dass über so etwas nicht mehr gesprochen wird? Warum wissen nicht mehr Menschen von Ihrer Arbeit?»

Er schnaubte. «Überrascht Sie das wirklich?»

Sein Gesicht verriet deutlich, wie sehr ihn dieser Umstand seit langem frustrierte.

«Ich kann Ihnen alle möglichen Umfragen zeigen, die belegen, dass einer von vier Amerikanern an Reinkarnation glaubt», fügte er hinzu, «aber das ist nur eine einfache Antwort auf eine oberflächliche Frage. Wenn man etwas tiefer gräbt, wird es selbst denjenigen, die erklärtermaßen daran glauben, unbehaglich. Und das ist der eigentliche Grund, weshalb mein Fachgebiet als Grenzwissenschaft gilt. Niemand will darüber nachdenken müssen. Jedenfalls nicht ernsthaft. Unsere politische, akademische und religiöse Führungselite hat einen eingebauten Widerstand dagegen. Es läuft zu vielen ehernen Grundsätzen zuwider. Medizinwissenschaftler lehnen die Vorstellung grundsätzlich ab, weil sie dem fundamentalen, unumstößlichen Glauben anhängen, außerhalb des Gehirns könne kein Bewusstsein existieren. Und für gläubige Menschen, in deren Weltbild nichts anderes passt, als was man ihnen ihr Leben lang eingetrichtert hat, ist die Vorstellung eines Lebens nach dem Tod, das nichts mit Himmel und Hölle zu tun hat, schlicht gotteslästerlich. Aber nicht die ganze Welt denkt so. Buddhisten und Hindus glauben von jeher an Reinkarnation. Und sie stellen immerhin fast ein Viertel der Weltbevölkerung dar.»

Dann fuhr er fort: «Wir sprechen hier von einem neuen Paradigma. Und das bereitet einer Menge Leute tiefes Unbehagen. Insbesondere, und das erstaunt mich immer wieder, meinesgleichen. Akademikern, die doch eigentlich den Drang haben müssten, Neuland zu erkunden und die Geheimnisse unseres Universums zu ergründen. Aber all unseren Referenzen und Forschungsbemühungen zum Trotz würden die meisten meiner wissenschaftlichen Kollegen lieber sterben, als sich öffentlich meiner Meinung anzuschließen. Das Problem ist, selbst wenn wir bergeweise Indizien und Beispiele dafür haben, dass Reinkarnation stattfindet, haben wir doch keinen einzigen Beweis und auch keine Erklärung für den Vorgang. Es gibt keine biologische Erklärung, nicht einmal eine greifbare Theorie für das, was wir ‹Beseelung› nennen – den Moment, in dem eine Seele in einen Fötus oder Embryo eintritt oder sogar in ein noch früheres Entwicklungsstadium.» Er schüttelte mit einem gequälten Lächeln den Kopf. «Aber das ist wiederum ein anderes Wespennest.»

Ich dachte an all die Reagenzglasbefruchtungen, die ich mit Tess durchgemacht hatte, und kratzte zusammen, was ich von den Erklärungen damals noch behalten hatte. «Also wir wissen, dass es nicht in den ersten vierzehn Tagen nach der Empfängnis sein kann, stimmt's? Weil die Zygote sich bis dahin nur zu einem Zellklumpen entwickelt, der sich noch teilen kann, sodass eineiige Zwillinge entstehen. Wenn da schon eine Seele wäre, wie sollte dann die Teilung funktionieren?»

Stephenson schien beeindruckt. «Wissenschaftlich betrachtet haben Sie natürlich recht», erwiderte er. «Aber wie Sie sicher auch wissen, glauben viele Menschen etwas anderes. Die Frage, wann und wie sich in diesem Zellklumpen eine Seele einnistet, das ist eine Frage, vor der schon die größten Geister der Menschheitsgeschichte ratlos standen. Und die schlichte Antwort ist: Man weiß es nicht. Die Japaner glauben, dass die Seele ihren Sitz im Bauch hat, darum wird beim rituellen Selbstmord, dem Seppuku, die Klinge dort eingestochen. Descartes und die meisten Wissenschaftler nach ihm glauben, dass die Seele im Gehirn lebt. Kopfverletzungen können daher zu Persönlichkeitsveränderungen führen. Aber wo genau, und was bedeutet das? Im Grunde wissen wir es nicht. Da Vinci hat mit Fröschen experimentiert und kam zu dem Schluss, die Seele säße an der Stelle, wo das Rückenmark ins Gehirn übergeht. Manche Wissenschaftler haben sogar versucht, das Körpergewicht sterbender Patienten exakt zum Zeitpunkt des Todes zu bestimmen. Sie behaupteten, mit dem Tod trete ein winziger, aber messbarer Gewichtsverlust ein, und erklärten ihn mit dem Gewicht der Seele, die ihre tote Hülle verlässt.»

«Einundzwanzig Gramm?», warf ich mit leisem Schnauben ein – ich hatte diese Theorie unzählige Male gehört.

«Wohl eher einundzwanzig Nanogramm, wenn überhaupt.» Stephenson zuckte die Schultern. «Aber die eigentliche Frage ist: Kann eine Seele außerhalb des Körpers existieren? Kann Bewusstsein außerhalb des Gehirns bestehen? Außerkörperliche Erfahrungen – für die wir reichlich Belege haben – legen nahe, dass die Antwort ja lautet. Wussten Sie, dass viele Fälle dokumentiert sind, in denen transplantierte Patienten manche Persönlichkeitszüge und Erinnerungen der Organspender übernommen haben? Wie ist das möglich? Und worin besteht Bewusstsein, wenn nicht in Persönlichkeitszügen und Erinnerungen? Aber es liegt noch viel Arbeit vor uns, ehe wir das beweisen können, sofern es überhaupt möglich ist. Und es ist umso schwerer, als dieses Thema in unserem Land im Bereich der Wissenschaft ein Tabu ist. Die Leute denken, es sei bloß Stoff für Horrorfilme und Fernsehshows. Aber in vielen anderen Kulturen ist Reinkarnation kein Tabu. Die Vorstellung ist fest in der Kultur und der Religion verwurzelt. Nur in unserer nicht. Die Leute hier – ich meine, in unserer Heimat», korrigierte er sich düster, «sind einfach nicht bereit, solche Theorien ernst zu nehmen und sich wissenschaftlich mit ihnen zu beschäftigen. Wenn ein Kind anfängt, seltsame Dinge zu erzählen, denken die Eltern zunächst, das hat es sich ausgedacht oder im Fernsehen gesehen oder dergleichen. Oder sie glauben, ihr Kind sei nicht normal, und ermahnen es, nicht solchen ‹Unsinn› zu reden. In anderen Kulturen haben die Eltern eine ganz andere Grundhaltung. Sie würden das Kind im Gegenteil ermutigen, ihnen mehr von dem zu erzählen, was es weiß, und sich fragen, ob das Anzeichen für eine reinkarnierte Seele sind. Sie würden Nachforschungen anstellen. Das ist ein weiteres Thema, mit dem ich mich in meiner Arbeit beschäftigt habe: Führt diese kulturelle Bereitschaft dazu, dass die Leute Verbindungen und Erklärungen finden, die in ihre Theorie passen, oder finden sie bei den Nachforschungen wirklich etwas Belegbares?»

«Ich finde es erstaunlich, dass Sie sich nicht haben entmutigen lassen», bemerkte ich. «Wenn man bedenkt, wie sehr Sie unter Beschuss geraten sind.»

Er stieß einen tiefen Seufzer aus, und sein Gesicht nahm einen melancholischen Ausdruck an. «Es ist einfach eine Schande. Dass wir so vorurteilsbelastet und engstirnig sein können, wenn es um eine Frage geht, die ich für die größte von allen halte. Aber so ist es von jeher gewesen, insbesondere in Bezug auf alles, was mit der nicht physischen Welt zu tun hat. Darum wissen wir nicht viel darüber. Andererseits – vor gar nicht langer Zeit wussten wir auch nicht viel über die subatomare Welt. Stellen Sie sich nur mal einen Moment lang vor – wenn wir es beweisen könnten. Wenn wir Beweise dafür hätten, dass es Reinkarnation wirklich gibt, unanfechtbare Beweise. Das würde alles verändern. Eine Menge Leute würden natürlich sofort auf die Barrikaden gehen, sie würden erbittert dagegen ankämpfen. Aber wenn wir es verinnerlicht hätten, würde es uns zu besseren Menschen machen. Alle großen Revolutionen im menschlichen Denken haben das bewirkt. Sie haben uns bescheidener und humaner gemacht, indem sie uns ein besseres Verständnis davon ermöglichten, was wir sind, was unsere Stellung im Universum ist. Kopernikus hat uns von der irrigen Vorstellung befreit, wir seien der Mittelpunkt des Universums. Darwin hat uns gezeigt, dass wir nur ein kleiner Teil des großen Systems der Evolution sind. Freud hat gezeigt, dass wir nicht allein aus einem Ego bestehen, sondern von unbewussten Impulsen beeinflusst werden, und das hat uns dazu geführt, uns selbst besser verstehen zu wollen. Das hier wäre ein weiterer gewaltiger Schritt in dieser Tradition. Der Tod ist das größte Mysterium. Und wenn jemals bewiesen wird, dass Reinkarnation real ist, könnte das die Tür öffnen ... um alles neu zu erforschen.»

Ich schnaubte spöttisch. «Aber dazu wird es wohl nicht kommen, oder? Ganz gleich, welche Beweise Sie beibringen könnten, die Menschen werden immer eine Möglichkeit finden, sie zu untergraben und zu behaupten, dass Sie im Unrecht sind.»

Stephenson zuckte die Schultern. «Das heißt nicht, dass ich es nicht weiter versuche.» Er sah sich in der Zelle um. «Vorausgesetzt, wir kommen hier jemals raus.»

Ich ließ das im Raum stehen und kam auf die Frage zurück, die mich im Augenblick am meisten beschäftigte. «Wie hat Michelle es aufgenommen? Als Sie es ihr gesagt haben?»

«Es hat sie beunruhigt. So ergeht es allen, die mit etwas konfrontiert werden, das nicht Teil der eigenen Kultur ist. Aber sie hat nicht lange gebraucht, um es zu akzeptieren. Sie war sehr aufgeschlossen.»

Das überraschte mich nicht. «Und Sie denken, Alex ist einer dieser Fälle?»

Stephenson antwortete, ohne zu zögern. «Ja, das glaube ich. Für mich ist er sogar ein besonders interessanter Fall. Eine beinahe sofortige Wiedergeburt – eine Seele findet einen neuen Körper, kurz nachdem sie ihre alte Hülle verloren hat. Er ist nicht einmal ein Jahr nach McKinnons Tod geboren, nicht wahr? Das kommt nicht oft vor. Gewöhnlich gibt es einen zeitlichen Abstand – viele Monate, manchmal Jahre –, was zu der nächsten großen Frage führt.»

«Wo die Seele in der Zwischenzeit bleibt?»

Er nickte. «Ganz genau. Wir nennen es das Zwischenleben. Aber das ist ein Thema für sich.» Er stand jetzt an der Tür und starrte darauf. Dann wandte er sich zu mir um. «Glauben Sie, dass wir hier jemals lebend rauskommen?»

«Ich weiß es nicht.» Das war gnädig formuliert.

Er schien zu verstehen, und sein Gesicht nahm einen ernüchterten Ausdruck an. Er atmete tief durch und fuhr sich mit den Fingern durch die Haare, wobei er sie straff nach hinten zog. «Was hat es mit der Droge auf sich, hinter der dieser Psychopath her ist? Warum ist er so versessen darauf, sie in die Hände zu bekommen?»

Vor der Tür waren Schritte zu hören, dann scharrte ein Schlüssel im Schloss, und die Tür öffnete sich knarrend.

«Vielleicht werden wir es gleich erfahren.»

KAPITEL 64

Die beiden Gangster fesselten mir mit versteinerter Miene die Hände mit Nylonhandschellen hinter dem Rücken, ehe sie mich und Stephenson aus der Zelle führten.

Wir gingen durch einen feuchten, offenbar jahrhundertealten Gang mit Gewölbedecke, von dem zu beiden Seiten eine Reihe Türen abgingen. Sie hatten ähnliche Angeln und Schlösser wie die Tür der Zelle, in der wir eingesperrt gewesen waren, und ich vermutete, dass Navarro dort die Wissenschaftler gefangen hielt, die er über die Monate und Jahre entführt hatte. Allerdings sah ich keinen von ihnen. Alles war still. Der Ort hatte eine altertümlich feierliche Atmosphäre, was in Anbetracht der derzeitigen Nutzung ziemlich pervers erschien.

Sie führten uns über eine Treppe am anderen Ende des Ganges nach oben in einen weiteren langen, engen Gang. Dieser hatte allerdings eine flache Decke, und durch eine Reihe seitlicher Oberlichter flutete die grelle Sonne herein, was den beigefarbenen Gipsverputz der Wände erhellte. Die Hitze und der Geruch der Luft bestätigten sofort meinen Verdacht: Es hatte tatsächlich ganz den Anschein, als befänden wir uns in Navarros Heimat. Meiner Einschätzung nach nicht weit vom Meer entfernt. Aber das war auch schon alles, was ich mir denken konnte, es gab einfach nicht genügend Anhaltspunkte, um den Ort genauer einzugrenzen. Nicht dass ich gewusst hätte, was ich mit einer solchen Information hätte anfangen sollen.

Wir kamen an einem Raum vorbei, in dem alte Maschinen standen, so etwas wie Mühlen oder dergleichen aus dem vorigen Jahrhundert. Ich nahm an, dass wir uns in einer ehemaligen Fabrik befanden, oder vielleicht war hier ein landwirtschaftlicher Betrieb gewesen. Was bedeutete, dass, wo immer wir sein mochten, Navarro wahrscheinlich ganz offen inmitten von Menschen lebte, die keine Ahnung hatten, wer er in Wirklichkeit war.

Wir wurden durch eine stahlverstärkte Tür in einen großen Raum mit doppelt hohen Decken geführt. Er hatte kleine Fenster in etwa viereinhalb Meter Höhe, und die Wände waren mit leeren Bücherregalen aus verblichenem Holz bedeckt, die dem Raum den Anschein einer ehemaligen Bibliothek gaben. In einem einzelnen Sessel in der Mitte des Raumes saß der Mann, dessen Gesicht ich bei meiner Entführung verkehrt herum und im Dunkeln gesehen hatte.

Raoul Navarro, ohne Zweifel.

El Brujo.

Endlich bekam ich den Barbaren, der hinter alldem steckte, klar und deutlich zu sehen, und ich prägte mir gewissenhaft jedes Merkmal seines Gesichts ein. Selbst wenn ich ihn in diesem Leben nicht mehr zur Strecke bringen würde – wenn es denn wahr war, was sie sagten, würde ich vielleicht irgendwann doch noch eine Chance bekommen. Wer konnte das wissen? Er war leger, aber teuer gekleidet und sah frisch geduscht aus – im krassen Gegensatz zu der Verfassung, in der ich mich befand. Er las gerade. Als wir eintraten, blickte er auf und sah uns entgegen, und als er sein Buch behutsam zuklappte, erkannte ich, dass es das Tagebuch war, das ich zum ersten Mal vor fünf Jahren in McKinnons Labor gesehen hatte.

Navarro bemerkte meinen Blick und sagte: «Sie erinnern sich daran, nicht wahr?»

Ich erinnerte mich, dass wir es in jener Nacht mitgenommen hatten. Ich erinnerte mich auch, wie er es sich von Corliss zurückgeholt hatte. Aber im Augenblick beschäftigte mich etwas Dringenderes.

«Wo sind Alex und Tess?», fragte ich und wollte mich auf ihn stürzen.

Einer der Gangster hielt mich zurück. Dabei packte er mich so grob an der Schulter, dass ein scharfer Schmerz meinen Arm durchfuhr und ich auf der Stelle stehen blieb.

«Es geht ihnen gut», erwiderte Navarro kühl. «Warum sollte es das nicht? Sie sind schließlich diejenigen, um die es mir geht. Sie sollten sich mehr Sorgen um sich selbst machen, mein Freund. Sie sind hier derjenige, der entbehrlich ist.»

Er musterte uns, dann senkte er den Blick kurz auf das Tagebuch. «Seltsam, wie manche Dinge sich nie wirklich verändern, auch nach all den Jahren nicht.» Er hielt es hoch. «Dieser Jesuitenpriester, Eusebio de Salvatierra ... Er wollte seine Entdeckung nach Europa bringen und den Rest der Welt daran teilhaben lassen. Er wollte die Menschen wissen lassen, dass der Tod nicht das Ende ist. Aber sie haben ihn nicht gelassen.» Er fixierte mich mit einem seltsamen Blick. «Warum bilden sich die Menschen immer ein, sie hätten das Recht zu bestimmen, was andere selbst ausprobieren dürfen und was nicht?»

Ich starrte einen Moment lang mit absichtlich ausdrucksloser Miene vor mich hin, dann tat ich, als würde ich plötzlich aus meinen Gedanken gerissen. «Entschuldigung, war die Frage rhetorisch, oder erwarten Sie eine Antwort?»

Er schien nicht belustigt.

«Eusebio ist geflüchtet und hat sich versteckt, er hat seine große Entdeckung nie bekannt gemacht. Er hat nur immer weiter dieses Tagebuch geschrieben, bis an sein Lebensende.» Navarro lächelte. «Ich beabsichtige, dazu beizutragen, dass sein begonnenes Werk vollendet wird.»

«Also dazu tun Sie all das? Um dazu beizutragen, dass der Rest der Welt den Verstand verliert?»

Er sah mich fragend an. «Den Verstand verliert? Haben Sie das hier überhaupt gelesen?»

Ich schüttelte den Kopf, und irgendwo tief in meinem Inneren regte sich ein unbehaglicher Schauder. «Nein. Die DEA hatte es. Sie haben gesagt, dass es nutzlos ist.»

Navarro lächelte. «Nutzlos? Vielleicht. Aber interessant … sehr interessant. Eins steht allerdings nicht darin: wie man das verdammte Zeug herstellt.»

«Was für Zeug?», mischte sich Stephenson ein. «Was bewirkt diese Droge überhaupt?»

«Oh, ich denke, Sie werden ihre Wirkung besser zu schätzen wissen als irgendjemand sonst, Doktor. Sehen Sie, diese Droge, dieses wundersame Gebräu, auf das Eusebio und McKinnon gestoßen sind … Es eröffnet einem den Zugang zu früheren Leben.»

KAPITEL 65

Navarros Worte hingen im Raum, in der Luft erstarrt wie Kugeln in einem Matrix-Film.

Weder ich noch Stephenson sagten irgendetwas.

Navarro übernahm das Reden bereitwillig selbst. «Sehen Sie? Ihre Reaktion, *amigos,* ist genau der Grund, weshalb dieser Stoff ein unglaublicher Renner sein wird, weshalb alle scharf darauf sein werden, ihn zu probieren, sogar Leute, die sonst keine Drogen nehmen. Weil er ebendas bewirkt. Es ist der ultimative Trip. Er führt einen Jahre, Jahrzehnte, sogar Jahrhunderte zurück – zu Ereignissen in Leben, von denen man bisher nicht wusste, dass man sie hatte. Es ist wie eine Zeitreise im Kopf, zu realen Orten und realen Erinnerungen, realen Gefühlen und realen Menschen … Es ist wie träumen, nur viel klarer und lebhafter – und es ist keine Phantasie. Was man erlebt, ist wirklich passiert.»

«Woher wissen Sie das?», fragte ich. «Woher wissen Sie, dass es nicht nur Ihre Vorstellung ist?»

«Oh, ich weiß über Kryptomnesie Bescheid», konterte er, dann wandte er sich an Stephenson, als suche er Bestätigung. «Ich kenne all die Argumente gegen die Rückführung in frühere Leben. Dass das, woran wir uns in Hypnose erinnern, nichts weiter ist als willkürlich zusammengewürfelte Dinge, die wir gelesen oder im Fernsehen gesehen oder gehört und dann vergessen haben, längst verschüttete Erinnerungen, die die Regressionstherapie aus den tiefsten Tiefen unseres Geistes wieder zutage fördert. Aber hier reden wir nicht von Phantasien. Glauben Sie mir. Ich habe den Stoff genommen. Ich habe die Erfahrung gemacht, mehr als einmal. Und ich kann Phantasie von Wirklichkeit unterscheiden. Die Dinge, die diese Droge auslöst, die Dinge, die man erlebt … das Gefühl, der Reichtum der Erfahrung, die Detailgenauigkeit bis hin zu Gerüchen. Das ist jenseits aller Vorstellung. Es ist, als wäre man da. Und es ist greifbar. Es ist klar genug, dass man Einzelheiten nachrecherchieren kann. Spezifische Erinnerungen, Namen und Orte. Und genau das habe ich getan. Ich habe nachgeforscht.»

«Sie haben über die früheren Leben recherchiert, die Sie unter Einfluss der Droge wiedererlebt haben?», vergewisserte sich Stephenson.

Navarro strahlte. Sein Stolz war geradezu mit Händen zu greifen. «Natürlich.»

Er sah Stephenson an, wie um ihn zur nächsten Frage herauszufordern. Die dieser rasch stellte. «Und?»

«Ich habe erfahren, wer ich war. Wo und wann ich gelebt habe. Und was ich herausgefunden habe, war … erstaunlich. Die Tage der Revolution, als ich gegen die Rurales gekämpft habe. Und davor hier, hier an diesem Ort.» Er breitete die Arme aus, wies auf die umgebenden Wände. «Diese Hazienda. Was denken Sie, warum ich sie gekauft habe? Warum ich gerade diesen Ort gewählt habe?» Er lächelte. «Ich war hier, genau hier, vor mehr als hundert Jahren. Ich habe wie ein Sklave draußen auf den Feldern geschuftet, habe für den *hacendado,* Don Francisco Mendoza, *henequén*-Agaven geerntet. Ich kann Ihnen erklären, wie die Schreddermaschine, an der Sie auf dem Weg hierher vorbeigekommen sind, funktioniert. Ich kann Ihnen sogar beschreiben, wie sie sich anhörte. Und ich kann Ihnen versichern, ich wusste nichts über diesen Ort oder über *henequén* oder Mendoza, bevor ich McKinnons Zaubertrank probiert habe. Absolut nichts. Wollen Sie mir vielleicht erklären, wie das anders möglich wäre?»

Mir schwindelte vom Zuhören. Wenn das wahr war, würde es in so vielerlei Hinsicht alles verändern. Aber so weit waren wir noch nicht. Der Kerl war ein Psychopath, und ihm war jede Lüge zuzutrauen. Für einen eingefleischten Skeptiker wie mich brauchte es eine Menge mehr als die Worte eines durchgeknallten Drogenbosses, um mich zu überzeugen, dass das alles wahr war.

Aber wenn ... Die Tragweite dessen wäre unvorstellbar.

Ich warf einen Blick zu Stephenson. Sein Gesicht hatte einen Ausdruck gespannter Konzentration angenommen, gepaart mit Ehrfurcht vor dem, was er soeben gehört hatte. Mich beschlich ein starkes Unbehagen. Navarro hatte ihm gerade das vor die Nase gehalten, worauf er sein Leben lang hingearbeitet hatte. Den Beweis für Reinkarnation. Die Ehrenrettung für sein Lebenswerk.

Ich fragte mich, ob mein Mitgefangener im Begriff war, zur dunklen Seite überzulaufen.

«Real oder nicht», warf ich ein, «es wird schwer zu beweisen sein.»

Navarro zuckte die Schultern. «Wenn Tausende Menschen anfangen, es zu nehmen, werden sie auch anfangen, Fragen über das zu stellen, was sie gesehen haben. Sie werden nachforschen, und ich wette, sie werden eine Menge Belege dafür finden, dass das, was sie gesehen haben, wirklich geschehen ist. Es wird ein Vergnügen sein, das zu beobachten. Und selbst wenn es keine Möglichkeit gäbe, es zu beweisen, selbst wenn manche stur darauf beharren werden, dass es alles nur unserer Phantasie entspringt ... Das wird keine Rolle spielen. Es ist immer noch ein unglaublich grandioser Trip. Besser als alles, was irgendeine andere Pille bewirkt.»

Ich erkannte die Logik in dem, was er sagte. Gleichgültig, ob die Droge den Konsumenten Einblick in ihre tatsächlichen früheren Leben gab – vorausgesetzt, es gab so etwas –, sie würde in jedem Fall ziemlich unwiderstehlich sein.

Dann überraschte mich Stephenson. Er schien nicht so begeistert, wie ich geglaubt hatte.

«Und es handelt sich im Grunde um was – eine Art psychoaktives Alkaloid?»

Navarro nickte. «Ja. Aber die genaue Zusammensetzung ist noch immer ein Geheimnis.»

Stephenson runzelte die Stirn.

«Was?», fragte Navarro.

«Wenn sie das bewirkt», sagte Stephenson, «dann können Sie sie nicht so einfach auf die Menschheit loslassen. Sie muss ordentlich erprobt werden. Eine Droge, die im Geist derartige Türen öffnet ... die könnte sehr gefährlich sein. Wenn sie tatsächlich den Zugang zu Erfahrungen aus früheren Leben ermöglicht, könnte sie unterdrückte Erinnerungen an diese Leben ans Licht bringen, die besser für immer unterdrückt blieben. Erinnerungen an frühere Leben treten gewöhnlich aufgrund eines Traumas zutage, und sie auszulösen ... Diese psycho-spirituellen Offenbarungen könnten einen Menschen zum Entgleisen bringen, ihn, ich weiß nicht, in eine Art vorzeitliches Chaos stürzen. Man könnte zu jemandem werden, der man gar nicht sein will, das Leben könnte zur Hölle werden.»

Das schien Navarro nicht im mindesten zu beunruhigen. «Es gibt gute und schlechte Trips. Vielen Leuten ist das dennoch lieber als gar kein Trip.»

Stephenson war sichtlich erschüttert. «Ja, aber das ist ein Trip, der einen Menschen zum geistigen Wrack machen kann.»

Navarro zuckte die Schultern. «Besteht das Leben nicht aus Entscheidungen?»

«Das heißt, das alles ...», versetzte Stephenson, «Alex ... dass Sie mich hergebracht haben ... Sie glauben wirklich, so werden Sie an die Formel für diese Droge kommen?»

«Warum nicht? Er erinnert sich doch sonst an alles.» Navarro hielt das alte Tagebuch hoch. «Eusebios Schriften sind sehr erhellend, was seine Erfahrungen mit der Droge betrifft, aber was er nicht aufgeschrieben hat, ist, wie man das verdammte Zeug herstellt.»

«Aber McKinnon hat es entdeckt», mischte ich mich wieder ein. «Er hat den Stamm ausfindig gemacht, über den Eusebio geschrieben hat.»

«Ja. Er war besessen davon. Er hat Jahre damit zugebracht, Eusebios Spur zu verfolgen. Und es ist ihm gelungen.» Navarros Blick wurde hart und eisig. «Und dann sind Sie gekommen und haben ihn getötet. Sie haben ihn mir weggenommen.»

Ich ließ mich nicht beirren. «Und darum haben Sie Alex entführt.»

«Ich kann nicht Jahre vergeuden, und McKinnons Eingeborenenstamm wollte nicht gefunden werden. Ich wusste, dass Eusebios Mission im Territorium der Wixáritari lag, das stand in seinem Tagebuch, und von dort aus hat McKinnon seine Spur verfolgt. Der Stamm kam ursprünglich aus den Bergen um San Luis Potosí, und um den *conquistadores* zu entgehen, haben sie ihr Gebiet nach Westen verlagert. Dort hat Eusebio seine Mission gegründet, in Durango. Dann hat der spanische König die Jesuiten zurückgerufen, und die Eingeborenen fanden sich der Gnade der Silberschürfer ausgeliefert, die sie als Sklavenarbeiter ausbeuten wollten. Also haben sie sich wieder übers Land verteilt und in lauter einzelnen kleinen Siedlungen niedergelassen. Ein paar gibt es immer noch. Wir nennen sie heute Huicholen.

Ich habe ein paar Anthropologen angeheuert, um zu versuchen, McKinnons Spur zu folgen», fuhr er fort. «Wir sind runter in den Süden gegangen und haben mit Huicholen- und Lacandonenstämmen in den Regenwäldern um Chiapas gesprochen – McKinnon sagte, dass er dort auf die Formel gestoßen ist. Wir haben ein paar Eingeborene gefunden, die sich an ihn erinnerten, an sein altes Tagebuch und die Fragen, die er gestellt hat. Und dann wurde die Spur kalt. Wir konnten weder den Stamm finden, bei dem er zuletzt gelebt hat, noch den Schamanen, der ihm gezeigt hat, wie man die Droge herstellt. Wer weiß, vielleicht hat er auch gelogen, was den Ort angeht. Vielleicht hat er sie ganz woanders gefunden. Und alles, was mir blieb, war das hier», sagte er und hielt ein kleines Edelstahlröhrchen mit luftdicht verschlossenem Deckel hoch, etwa so groß wie ein Zigarrenröhrchen. «Die Reste von dem, was McKinnon mir gegeben hat.»

«Also haben Sie angefangen, Wissenschaftler zu entführen, damit sie die Substanz für Sie rekonstruieren», warf ich ein.

«Es ist ihnen nicht gelungen», entgegnete er. «Sie konnten nicht alle Inhaltsstoffe identifizieren oder die chemischen Reaktionen, durch die sie entstanden, rekonstruieren. Ich verlor allmählich die Geduld. Und dann hörte ich von Alex und seinen Sitzungen bei Ihnen, Doktor.» Er richtete den Blick wieder auf mich. «Und als ich erfuhr, dass er Ihr Sohn ist», fuhr er fort, und seine Miene erhellte sich, «da war die Konstellation so günstig, wie sie nur sein konnte. Es war das perfekte Karma.»

«Aber wie haben Sie erfahren, dass ich mit Alex arbeitete?», fragte Stephenson. «Meine Arbeit ist nicht öffentlich.»

«Sie sind *die* Kapazität für Reinkarnation in der westlichen Welt, Doktor», erwiderte Navarro. «Ich wusste wahrscheinlich besser über Ihre Arbeit Bescheid als Sie selbst.» Er sah Stephenson mit einem kalten, selbstzufriedenen Lächeln an. «Die Computer am College sind nicht so sicher, wie Sie denken. Für einen Hacker war es nicht schwer, mir Zugriff auf Ihre Festplatte zu verschaffen. Ich habe alles gelesen, woran Sie arbeiteten, alle Ihre E-Mails an Ihren engsten Mitarbeiterkreis.»

Mich beschäftigte noch, was er über die Droge gesagt hatte: Sie ermögliche den Zugang zu früheren Leben. Und er wollte sich diese Droge beschaffen durch die Erinnerungen einer anderen Person an ihr früheres Leben – die Erinnerungen meines Sohnes, der die Reinkarnation des Mannes war, durch den er ebendiese Droge kennengelernt hatte.

Meine Schläfen hämmerten.

Navarro trat auf Stephenson zu und legte ihm einen Arm um die Schultern. «Sie müssen für mich Alex diese Formel entlocken, Doktor. Ich brauche Sie, damit das alles nicht reine Zeitverschwendung war. Ich kann sehr großzügig sein. Ich kann aber auch sehr unangenehm werden.» Er trat dichter an ihn heran, fasste mit einer Hand Stephensons Kinn und drückte es fest. «Und um sicher zu sein, dass wir uns verstehen, sollten Sie jetzt gut aufpassen.»

Er wandte sich mir zu. «Für Sie wird das alles bloßes Gerede bleiben, leider. Ihre Seele steht kurz davor, ihre letzte Reise anzutreten. Eine Reise, von der es kein Zurück gibt.»

Navarro öffnete eine reich mit Schnitzereien verzierte Truhe und nahm einen Silikonschlauch heraus, eine Terrakottaschale, einen geschnitzten hölzernen Stab und fünf kleine Fläschchen aus Ton. Er ging in die Hocke und begann, aus den Fläschchen Flüssigkeiten in die Schale zu gießen. Dabei murmelte er etwas vor sich hin. Die Mixtur nahm eine widerlich senfgelbe Farbe und eine schlammige Konsistenz an.

Seine Männer nahmen mich in die Mitte und führten mich zu einem massiven hölzernen Stuhl. Ich beschloss, es ihnen wenigstens nicht zu leicht zu machen, und warf mich mit der rechten Schulter wie ein Footballspieler gegen einen von ihnen. Der Stoß traf ihn unerwartet, und mein Schwung genügte, um ihn an die Wand zu drücken. Ich stemmte mich weiter gegen seinen Brustkorb, sodass ihm die Luft wegblieb.

Dann durchfuhr ein scharfer Schmerz meinen unteren Rücken, da, wo die Wirbelsäule dicht unter der Haut liegt. Ich fuhr herum und sah, dass der andere Gangster mich mit voller Wucht mit einem Stück Metallrohr geschlagen hatte. Er holte erneut aus und traf wieder dieselbe Stelle. Ich versuchte, mich ganz umzudrehen, um den nächsten Schlag mit der Vorderseite abzufangen, aber der Kerl, den ich an die Wand gedrückt hatte, packte mich an den Armen und hielt mich fest. Der mit der Metallstange schlug ein drittes Mal zu. Ich schrie vor Schmerz auf und brach stöhnend auf dem Boden zusammen.

Die beiden packten mich unter den Achseln, zogen mich hoch und schleiften mich zu dem Stuhl, neben dem jetzt Navarro stand. Sie schnallten mich fest. Das harte Holz der Lehne bereitete meinem anschwellenden Rücken zusätzliche Qualen.

Einer der Gangster packte mich mit einer Hand am Kinn und hielt mir mit der anderen die Nase zu, sodass ich gezwungen war, den Mund zu öffnen. Dann führte Navarro geschickt den Schlauch in meinen Hals ein. Ich kämpfte gegen den Würgereflex, aber ich bekam keine Luft. Mein Hals versuchte vergebens, den Fremdkörper auszustoßen. Navarro hielt mir das Schlauchende so lange in den Hals, bis ich keine andere Wahl hatte, als zu schlucken. Dann schob er den Schlauch weiter in meinen Magen.

Endlich ließ sein Helfer meine Nase los. Ich atmete ein paarmal tief durch. Die beiden traten von dem Stuhl zurück, und Navarro stellte sich vor mich.

«Sie haben mir in diesem Leben eine Menge Scherereien bereitet, und es fehlte mir gerade noch, dass Ihre Seele mir in Zukunft noch mehr Ärger macht. Denn wenn Sie sterben, wird Ihre Seele den Körper verlassen und in einen neuen Körper eintreten. Sie wird von einem Leben ins nächste übergehen. Aber die Seele kann auch gänzlich vernichtet werden, wenn sie den Körper verlässt und keinen Weg zurück findet. Wenn sie solchen Schmerz leidet, dass der einzige Ausweg ist zu erlöschen. Wie wenn jemand eine Kerzenflamme löscht.»

Er hielt die Schale hoch.

«Das hier wird Ihre Seele zwingen, den Körper zu verlassen. Dann wird es Ihre Seele mit so brutaler Gewalt angreifen, dass die einzige Möglichkeit, die Qual zu beenden, ihr eigenes Ende ist. Wenn Ihre Seele vor Ihrem Körper stirbt, ist die Verbindung zwischen der Welt der Seelen und der körperlichen Welt für immer durchbrochen. Die Kette von Geburt und Tod ist damit für Sie zu Ende. Sie wird jetzt enden. Bald wird selbst die schwärzeste Finsternis Sie nicht mehr erreichen.»

Er begann, in der Mixtur zu rühren.

«Ich weiß, Sie glauben wahrscheinlich kein Wort. Ich kann selbst nicht wissen, ob es wahr ist oder nur der naive Glaube des Schamanen, der es mich gelehrt hat. Aber im Grunde kommt es ja nur darauf an, dass Sie ... tot sind. So oder so. Das genügt mir.»

KAPITEL 66

Ich fühlte den Druck des Schlauchs im Rachen. Der Würgereflex war fast übermächtig, aber ich zwang mich, ihn zu unterdrücken und ruhig zu atmen. Navarro hörte auf, in der senfgelben Mixtur zu rühren, und nickte zufrieden. Offenbar war sein Werk vollbracht. Stephenson beobachtete ihn ebenfalls. Sein Gesicht war weiß, und ihm war der Angstschweiß ausgebrochen.

Kurz: Wir waren am Arsch. Es gab keinen Ausweg. Tess und Alex würden sterben – und zwar nicht schnell und schmerzlos –, und selbst dann würde das alles wahrscheinlich kein Ende haben. Die Bestie würde sicher auch auf Kim Jagd machen. Navarro zahlte es mir wirklich heim. Mit Zinsen.

Ich schloss kurz die Augen, und unvermittelt kam mir der Gedanke, dass ich einen Priester wollte. Die Vorstellung verschaffte mir etwas Frieden. Navarro musste die Veränderung in meinem Ausdruck bemerkt haben, auch wenn der Schlauch meine untere Gesichtspartie verzerrte. Er betrachtete mich forschend. Einen Moment lang fragte er sich wohl, warum ich mir nicht in die Hose machte und um mein Leben bettelte. Er hätte sich keine Sorgen zu machen brauchen – nachdem ich gesehen hatte, was er Wook und Torres angetan hatte, war ich ziemlich sicher, dass ich bei der ersten Gelegenheit zum wimmernden Häufchen Elend werden würde.

Am meisten schmerzte mich, dass ich mich nicht einmal von Tess verabschieden konnte.

«Bereit?», fragte er, als ob ein Nein irgendetwas geändert hätte.

Er hob das Ende des Schlauchs und begann, die zähe Flüssigkeit hineinzugießen. Ich sah, wie sie langsam darin hinunterlief. Binnen Sekunden würde sie in mir sein und, wie ich mir ausrechnete, binnen Minuten ins Blut gehen. Es gab nichts, was ich dagegen tun konnte, keine großartige Ninja-Kunst, mit der ich meine Arme befreien und meine Peiniger in Sekundenschnelle ausschalten konnte, also rang ich mit mir, das zu akzeptieren. Ein seltsamer Gedanke tauchte auf – zum ersten Mal in meinem Leben wünschte ich mir, ich hätte mir in meiner College-Zeit die Haare etwas wachsen lassen. Und vielleicht wenigstens einmal Halluzinogene ausprobiert, damit ich zumindest eine Ahnung davon gehabt hätte, was mir nun bevorstand. Vielleicht hätte das die Angst, die ich jetzt empfand, ein wenig gedämpft. Und eine neue Frisur würde ich wohl auch nicht mehr bekommen.

Ich starrte auf die zähe Flüssigkeit, die langsam durch den Schlauch rann, als plötzlich ein ohrenbetäubender Knall die Luft zerriss, begleitet von einem natriumweißen Aufflammen.

Wamm.

Der ganze Raum bebte.

Navarro ließ die Tonschale fallen und fuhr entgeistert herum –

Unmittelbar auf die erste folgte eine weitere Explosion. Ich nahm alle Kraft zusammen, die mein geschundener Körper noch aufzubringen imstande war, und warf mich mit meinem ganzen Gewicht nach links. Der Stuhl wackelte und kippte um. Im selben Moment flog etwas durch das Fenster herein, und eine Betäubungsgranate erfüllte den Raum mit blendend grellem Licht.

Der Lärm einer dritten Explosion wurde augenblicklich vom Rattern von Maschinengewehren abgelöst.

Aus meinem eingeschränkten Blickwinkel, seitlich am Boden liegend, nahm ich hektische Bewegung im Raum wahr. Navarro mochte irre sein, aber er hatte bereits reichlich bewiesen, dass er auch ein Pragmatiker in Sachen Selbsterhaltung war, und bis sich der Rauch gelichtet hatte, waren er und seine Handlanger bereits durch eine Tür am anderen Ende des Raumes verschwunden.

Ich verdrehte den Hals, um besser sehen zu können, aber da ich mit dem Gesicht zur Wand lag, konnte ich nichts erkennen. Dann rief eine vertraute Stimme: «Befreit ihn. Die Zielperson ist auf dem Weg zum Haupthaus. Ihm nach.»

Ein paar Soldaten in voller schwarzer Spezialeinsatz-Montur waren sofort bei mir, und ich fühlte, wie die Gurte sich lösten und der Schlauch langsam aus meinem Hals gezogen wurde. Ich würgte und erbrach das bisschen von dem Gebräu, das bis in meinen Magen gelangt war. Mein Kopf hämmerte. Nachdem sie mir ein paar Sekunden Zeit gelassen hatten, zogen sie mich auf die Füße, und als ich mich umdrehte, stand ich Munro gegenüber.

«Können Sie weiter?», erkundigte er sich.

Mein Kopf fühlte sich an, als sei er durch einen riesigen Flipperautomaten gejagt worden.

«Wie haben Sie uns gefunden?»

Er winkte ab. «Lange Geschichte.»

«Alex, Tess – wo sind sie?»

«Im Haupthaus.»

Ich fuhr überrascht auf. «Sie sind nicht bei Ihnen?»

«Sie sind im Haupthaus», wiederholte er mit fester Stimme und etwas langsamer, als hätte ich Schwierigkeiten, die Sprache zu verstehen.

Ich wurde wütend. «Warum haben Sie sich nicht zuerst um sie gekümmert?»

«Sie waren gerade kurz davor, hier zu sterben, *amigo*», schoss er zurück. «Und da wollen Sie wirklich meine Entscheidung anzweifeln?»

Ich starrte ihn finster und ungläubig an, dann fragte ich: «Und wo ist das verdammte Haus?»

«Folgen Sie mir.» Er zeigte in eine Richtung.

«Ich brauche eine Waffe.»

Munro schwenkte seine MP4-Maschinenpistole zur Seite, zog seine Glock aus dem Halfter und gab sie mir.

Als er auf die Tür zusteuerte, fiel mir noch etwas ein.

«Warten Sie», rief ich. Ich sah mich nach dem Stahlröhrchen um, das Navarro uns gezeigt hatte, aber in meiner Benommenheit konnte ich es nirgends entdecken. Mir blieb nichts anderes übrig, als darauf hinzuweisen.

«Die Droge. Hier ist irgendwo eine Probe davon.»

Ich sah mich fieberhaft um, und dann sah ich das Röhrchen unschuldig auf dem Boden liegen.

Neben Munros Füßen.

Er erkannte meine Reaktion, folgte meinem Blick und hob es auf. Mit selbstzufriedenem Grinsen steckte er es ein.

«Los jetzt», rief er und lief in Richtung Haupthaus.

Ich folgte ihm dicht auf den Fersen.

Durch einen engen Gang erreichten wir eine alte Treppe,

dann waren wir im Freien und sprinteten leicht geduckt einen baumgesäumten Fußweg entlang, der über einen bepflanzten Hof von der Größe eines Footballfeldes zur Hazienda führte. Zur Rechten sah ich mehrere Männer aus Munros Truppe, in eine heftige Schießerei mit Navarros Wachen verwickelt. Letztere feuerten hinter einem Pick-up hervor, während drei von Munros Jungs hinter einem steinernen Wasserbecken in Deckung gegangen waren.

Munro beachtete sie gar nicht, sondern lief direkt auf das Haus zu.

Wir waren noch mehr als hundert Meter vom Haupteingang entfernt, als ich Tess herausrennen sah. Ich bemerkte Blut an ihrer Schläfe und Wange, aber ihren Bewegungen nach zu urteilen, war sie nicht ernsthaft verletzt. Bei ihrem Anblick war mir sofort klar, dass Navarro Alex mitgenommen hatte und sie es nicht hatte verhindern können. Ich gestikulierte und rief «In Deckung», und während ich rannte, so schnell ich konnte, ertönte über den Schusslärm hinweg das Geräusch eines Motors, der auf Vollgas beschleunigte. Es kam von hinter einem Gebäude links vom Haus, das aussah wie ein alter Pferdestall, und durch einen Bogengang sah ich einen Jeep davonrasen.

Navarro. Mit Alex.

Munro wandte sich zu mir um und zeigte zur anderen Seite des Haupthauses.

«Ich habe ein paar Quads gesehen, da drüben beim Friedhof.»

Ehe ich etwas erwidern konnte, hatte er sich schon abgewandt und rannte auf die zerbrochenen Grabsteine zu, die rechts neben dem Haus zu sehen waren. Alles in mir drängte danach, direkt dem Motorengeräusch hinterherzulaufen – wenn wir Navarro und Alex aus den Augen verloren, würden wir sie womöglich nicht wiederfinden. Aber Munro hatte die richtige Entscheidung getroffen. Zu Fuß würden wir den Jeep niemals einholen. Ich konnte mir auch nicht die Zeit nehmen, zu Tess zu laufen, sosehr ich mich danach sehnte. Das musste warten. Ich ignorierte also den pochenden Schmerz in meinem Rücken und den Aufruhr in meinem Kopf und zwang mich zu rennen.

Ich holte Munro am anderen Rand des Friedhofs ein. Er hatte bereits eins der Quads gestartet und schrie mir zu: «Los.»

Ich sprang auf das zweite Gefährt und startete den Motor, drehte das Gas voll auf und raste hinter dem Jeep her. Munro folgte mir in knapp zehn Meter Abstand.

Als wir an einem großen, heruntergekommenen Steingebäude am anderen Rand des Hofes vorbeikamen, wurde klar, dass Munros Trupp im Feuergefecht gegen Navarros Männer die Oberhand gewann. Zwei von ihnen waren tot zusammengesackt, und der Pick-up, den sie als Deckung benutzten, war von Schüssen durchsiebt.

Ich raste mit Vollgas auf Gebäude zu, die wie Ställe aussahen. Munro hatte aufgeholt und fuhr jetzt neben mir.

Als wir den Stallkomplex umrundeten, sahen wir die Staubwolke von Navarros Jeep gerade zwischen den dichten Bäumen verschwinden, die die Grenze des Hauptgeländes markierten.

Wir steuerten auf den Urwald zu, dem Jeep hinterher.

Die Schneise war von dichtem Laub umgeben, das kaum Licht durchließ. Fast im Dunkeln folgten wir der Straße zwischen gewundenen Höhenrücken hindurch, bis wir ein paar Minuten später auf eine blendend helle Lichtung gelangten, an der wir anhielten.

Von hier aus führten drei Wege in drei völlig verschiedene Richtungen.

Und wir hatten keinerlei Hinweise, welchen Navarro genommen hatte.

KAPITEL 67

Ich schaltete den Motor ab und gab Munro ein Zeichen, dasselbe zu tun – vielleicht konnten wir das Motorengeräusch des Jeeps hören und uns daran orientieren. Aber Munro ließ den Motor laufen. Ich wollte ihn gerade fragen, was zum Teufel er vorhatte, als er einen übergroßen PDA aus der Beintasche seines Kampfanzugs zog, den Deckel aufklappte und konzentriert auf das Display starrte. Mir fiel wieder die Frage ein, wie Munro uns gefunden hatte, und Munro hörte offenbar die Rädchen in meinem Kopf rattern.

Er zeigte nach oben und sagte «Predator», dann richtete er seine Aufmerksamkeit wieder auf das Display.

Ich sah zum Himmel auf, der postkartenblau war. Von einer Drohne war nichts zu sehen.

«Unsere?», fragte ich.

Ohne den Blick vom Display zu wenden, erwiderte er: «Na, von den *federales* ist sie jedenfalls nicht.»

«Sie haben uns beobachtet? Wie lange schon? Warum haben Sie uns nicht vor der Grenze abgefangen?»

Er sah mich mit einem Ausdruck tiefster Verachtung an. «Wir wussten nicht, ob Navarro dabei war oder nicht. Wir mussten Sie verfolgen, um an ihn heranzukommen. Wo liegt das Problem? Sie sind schließlich heil und gesund, oder nicht?»

«Hey, Navarro hat Alex, Sie Arschloch.»

Er zuckte die Schultern und steckte das Gerät wieder ein.

«Da lang.» Er zeigte nach links, wo der Weg von dem Plateau in tiefer gelegenes Gelände hinunterzuführen schien.

Ich gab Gas und versperrte ihm den Weg. Mit finsterer Miene schrie ich ihm zu: «Alex steht an erster Stelle, komme, was wolle.»

Er hob in gespielter Ergebenheit die Hände. «Ist klar.»

Mir war mit Sicherheit anzusehen, dass ich ihm nicht ganz glaubte.

«Komme, was wolle», wiederholte ich mit Betonung.

«Schon recht, Kumpel», beteuerte er.

Ich kaufte es ihm immer noch nicht ab, aber das war nicht zu ändern.

Ich gab Gas und preschte voran. Er folgte mir dichtauf. Ich musste daran denken, wie es Alex jetzt wohl gerade ging, und mein Hass auf Navarro wuchs.

Die Straße wurde abschüssig und ging in eine unbefestigte Piste über, die so schmal war, dass wir hintereinander fahren mussten. Sie schien kaum breit genug für einen Jeep, aber der Vogelschwarm, der gerade etwa eine halbe Meile voraus aufflatterte, schien zu bestätigen, dass Navarro nicht allzu weit vor uns war.

Wir folgten dem Weg, bis wir aus dem Schutz der Bäume wieder auf offenes Gelände hinausgelangten. Jetzt, da ich die Landschaft überblicken konnte, erkannte ich, dass unser Weg am oberen Rand einer breiten Schlucht entlangführte. Vor uns knickte er unmittelbar vor einer massiven Felswand ab, die die Schlucht an diesem Ende begrenzte.

Wir manövrierten die Quads um die 180-Grad-Kurve und

wurden mit einer Aussicht über das gesamte Tal belohnt, das am anderen Ende völlig offen war. Allerdings wurde die Schlucht dazwischen an einer Stelle schmaler. Offenbar war das Navarros Ziel. Es war der perfekte Platz für einen Hubschrauber, mit dem er aus einer unerwarteten Notlage flüchten konnte, etwa falls die anderen Drogenbosse herausfanden, dass er noch am Leben war. Die Stelle war abgeschieden, und der Vogel war, solange er sich am Boden befand, vollkommen vor Blicken geschützt. Die Schlucht dämpfte den Rotorlärm, und der umgebende Urwald sorgte für gute Deckung von oben.

Von da war also der Hubschrauber gekommen, der jetzt mit laufenden Rotoren auf einer ebenen Lichtung am anderen Ende der Schlucht stand und auf den der Jeep – für uns unerreichbar – zuraste.

Wut stieg in mir hoch, und ich drehte das Gas bis zum Anschlag auf. Der Motor des Quads protestierte mit lautem Aufheulen, während ich mit Höchstgeschwindigkeit die Piste hinunterraste. In den Kurven hoben die Räder an einer Seite fast ab, und ich lehnte mich so weit wie möglich hinüber, um ein Gegengewicht zu schaffen, damit das Gefährt auf seinen vier Rädern blieb. Das Herz schlug mir bis zum Hals –

Endlich raste ich auf die Lichtung hinaus und steuerte direkt auf den Hubschrauber zu. Vor mir sprangen gerade Navarro und seine beiden Männer aus dem Jeep. Der Wahnsinnige hatte Alex im Griff. Als die drei mich bemerkten, schob Navarro Alex weiter zum Hubschrauber, während die *pistoleros* sich umdrehten und ihre Waffen zogen.

Ich duckte mich und fuhr weiter.

Kugeln pfiffen mir um die Ohren, aber binnen Sekunden

hatte ich die Männer erreicht. Ohne abzubremsen, raste ich geradewegs auf einen von ihnen zu. Er prallte von der Front des Fahrzeugs ab und verschwand hinter mir. Ich machte eine Vollbremsung. Noch ehe das Quad schlitternd zum Stehen gekommen war, sprang ich ab und rannte mit gezogener Pistole auf den zweiten *pistolero* zu. Er feuerte ein paar Schüsse auf mich ab, bevor ein Schuss von Munro ihn herumriss.

Ich rannte auf den Hubschrauber zu. Navarro hatte den Einstieg schon fast erreicht, Alex fest an der Hand. Der Wind des Rotors nahm mir fast den Atem und wirbelte eine infernalische Staubwolke auf.

«Stopp!», schrie ich.

Navarro drehte sich um und warf mir einen finsteren Blick zu –

Dann zog er Alex an sich, ein vierjähriger menschlicher Schutzschild, wenn auch kein besonders effektiver, denn Alex reichte ihm nur bis zur Taille, sodass sein Oberkörper ungeschützt blieb. Ich hatte freie Schusslinie, mein Ziel lag direkt vor mir, aber Navarro hielt Alex ein Messer an den Hals. Bilder von dem, was mit Corliss' Tochter passiert war, ließen meinen Finger am Abzug erstarren.

«Hey, hey. Jetzt mal alle ganz ruhig», rief Munro, der lässig neben mich trat, die Waffe ebenfalls auf Navarro gerichtet, während er mit der anderen Hand eine beruhigende Geste machte. «Jetzt wollen wir alle erst mal tief durchatmen.»

«Waffe runter, sonst ist der Junge tot», schrie Navarro uns zu und näherte sich langsam rückwärts dem Einstieg des Hubschraubers.

Ich fühlte, wie das Grauen meine Glieder lähmte, aber aus

dem Augenwinkel sah ich Munros gelassenen Ausdruck, und etwas daran stimmte ganz und gar nicht.

«Hier geht niemand irgendwohin», sagte er zu Navarro. «Lassen Sie das verdammte Messer fallen und bewegen Sie Ihren Arsch hier rüber, sonst knalle ich den Jungen selbst ab.»

Er zielte tiefer.

Seine Waffe war jetzt auf Alex gerichtet.

KAPITEL 68

Ich traute meinen Ohren nicht. Ungläubig fuhr ich herum und richtete meine Pistole auf Munro. «Was?»

Er sah mich mit diesem Grinsen an, das ich noch nie leiden konnte. «Tut mir leid, Kumpel. Lebend ist er für mich verdammt viel mehr wert.»

Er schien sich an meiner Verwirrung zu weiden. Mein Verstand durchlief ein Labyrinth an Möglichkeiten, da aber von unserer Seite keine Belohnung auf Navarro ausgesetzt war – schließlich hatte er bis vor ein paar Tagen als tot gegolten – und da ich es hier mit Munro zu tun hatte, kristallisierte sich fast augenblicklich die schmutzigste Erklärung heraus.

«Wie viel zahlen die Ihnen?»

Er grinste. «Fünf Prozent.»

Fünfzehn Millionen Dollar.

Er schwieg, um seine Worte wirken zu lassen – diese Situation schien ihm wirklich einen Kick zu verschaffen. Dann fügte er hinzu: «Was denn, dachten Sie etwa, ich mach diesen ganzen Scheiß mit, nur damit ein schrulliger alter Mann seine Rache kriegt?»

Und dann ging alles sehr schnell.

Ich sah, wie Munro mich angrinste, als könnte er mich jetzt wirklich nicht mehr brauchen, und seine Waffe schwenkte langsam von Navarro zu mir –

Zugleich sah ich aus dem Augenwinkel, wie Navarros Gesicht sich zu einem selbstzufriedenen Grinsen verzog, und bemerkte, dass er das Messer von Alex' Hals sinken ließ –

Und trotz der verstörenden Bilder von Corliss' Tochter, wie sie zusammenbrach und Blut aus ihrem Hals sprudelte, richtete ich meine Pistole blitzschnell wieder auf Navarro und drückte ab –

Ich sah, wie der Schuss seine rechte Schulter zurückriss wie von einem Vorschlaghammer getroffen –

Und dann sah ich nur noch Alex' entsetzten Blick und rief ihm zu «Lauf, Alex!», während ich mich auf Munro stürzte.

Ich bekam den Lauf seiner MP4 zu fassen, gerade als er den Abzug drückte, und konnte eben noch verhindern, dass die Salve ihr Ziel traf. Zugleich rammte ich Munro mit vollem Schwung.

Wir gingen zu Boden, wälzten uns tretend und mit Fäusten schlagend durchs Gestrüpp. Munro traf mich mit einem heftigen rechten Haken am Kinn, dann ließ er eine blitzschnelle Kombination in die Nieren folgen. Das genügte, um den Griff, mit dem ich ihn an der Jacke gepackt hielt, zu lockern. Er kam auf die Beine und hatte bereits mit dem rechten Fuß ausgeholt, um mir mit dem Stiefel gegen den Kopf zu treten, doch ich wälzte mich gerade noch rechtzeitig zur Seite, sodass sein Tritt ins Leere ging.

Ich rappelte mich auf, blieb schwer atmend einen Moment lang stehen und warf einen raschen Blick zu Alex. Er war nicht weggelaufen. Er trat und schlug wie wild um sich, aber Navarro hielt ihn mit festem Griff und schob ihn in den Hubschrauber. Dann zog Munro meine Aufmerksamkeit wieder auf sich, indem er einen Roundhouse-Kick gegen meine Brust zielte. Ich trat einen Schritt vor, in den Halbkreis hinein, den sein Stiefel beschrieb, und rammte meinen rechten Ellenbogen nach oben gegen sein Kinn, während ich die Wucht seines Tritts mit meinem ohnehin geschundenen Rücken abfing.

Die Quittung war ein Aufwärtshaken gegen mein Kinn, aber Munro legte zu viel Kraft in den Schlag und verlor für einen Moment den festen Stand.

Ich machte einen weiteren Schritt nach vorn und trat mit dem linken Stiefel mit aller Kraft gegen Munros rechtes Knie. Als er nach vorn kippte, rammte ich ihm den nächsten Schlag in den Nacken, woraufhin er zu Boden ging.

Rittlings stürzte ich mich auf ihn und schlug mit den Fäusten von beiden Seiten auf seinen Kopf ein, aber der Mistkerl blieb nicht liegen. Er traf mich mit einem Kniestoß voll in den Rücken, genau an die Stelle, an die Navarros Mann mit dem Metallrohr geschlagen hatte. Ich stöhnte vor Schmerz laut auf. Munro genoss das offenbar, und er nahm all seine verbliebene Kraft zusammen, um sein Knie an dieselbe Stelle zu rammen, wieder und wieder. Dabei schien er die Faustschläge in sein Gesicht gar nicht wahrzunehmen, obwohl seine Nase bereits einen offenen Bruch hatte und ihm das Blut in Strömen herunterlief.

Ein Krampf durchfuhr meinen unteren Rücken. Einen Moment lang glaubte ich, vor Schmerz ohnmächtig zu werden. Noch ein Kniestoß an diese Stelle, und ich hätte von ihm ablassen und mich zur Seite werfen müssen, was in dieser Situation den Sieg für Munro bedeutet hätte. Eine Revanche würde es nicht geben.

Er holte mit dem rechten Bein so weit aus, wie er konnte, um den Killerstoß in meinen Rücken zu landen, aber ehe er das Knie wieder anziehen konnte, packte ich seinen Kopf mit beiden Händen, riss ihn hoch und schmetterte ihn auf den Boden.

Ich schlug Munros Kopf wieder und wieder auf den Boden, bis er sich nicht mehr regte –

Dann hörte ich die Turbine des Hubschraubers ohrenbetäubend aufheulen, und er hob vom Boden ab.

In diesem Moment hatte ich nur einen Gedanken: *Ich werde meinen Sohn nicht für immer verlieren.*

Unter keinen Umständen.

Und wie immer bei den wichtigsten Entscheidungen meines Lebens hatte mein Gehirn den Entschluss bereits an die Muskeln weitergegeben, bevor es sich dazu herabließ, mich daran teilhaben zu lassen. Ehe ich wusste, was ich tat, hatte ich meine Glock aufgehoben und in den Hosenbund gesteckt, sprintete auf den abhebenden Vogel zu, sprang hoch und griff nach einer der Kufen.

Meine linke Hand glitt von dem Metallrohr sofort wieder ab, aber die rechte klammerte sich fest. Während der Hubschrauber abdrehte und mich der Luftstrom traf, schwang ich das rechte Bein über die Kufe und hakte mich fest.

Mein erster Gedanke war *Ich kann nicht glauben, dass ich es geschafft habe,* der zweite *Was jetzt?* Da schlug ein Hagel von Kugeln in den Helikopter ein. Ich schaute nach unten und sah Munro mit blutüberströmtem Gesicht dastehen, die MP4 in den Händen. Offenbar hatte er beschlossen, uns lieber tot als geflüchtet zu wissen.

Eine nächste Salve traf den Hubschrauber, hinterließ eine Reihe verhängnisvoll aussehender Löcher im Rumpf, und das Motorengeräusch wurde zu einem schrillen Heulen. Ich zog mich an der Kufe hoch, hakte das linke Bein über das rechte, zog meine Glock und feuerte wie wild auf die rasch kleiner werdende Gestalt, die entschlossen war, uns abzuschießen.

Kurz bevor das Magazin leer war, wurde Munro nach hinten gerissen, stolperte und ging zu Boden, womit er dem Kartell, für das er arbeitete, die Mühe ersparte, ihm die Gliedmaßen einzeln mit einer Machete abzuhacken.

Navarro und sein Pilot wussten natürlich inzwischen, dass sie einen blinden Passagier hatten, aber sie schienen es mir nicht dringend danken zu wollen, dass ich ihnen den Arsch gerettet hatte. In diesem kurzen Moment der Ruhe spähte Alex durch die Scheibe, und Überraschung zeichnete sich auf seinem Gesicht ab, als er mich sah. Unsere Blicke trafen sich, und ich sah in seinen Augen eine Begeisterung aufleuchten, die mir unsägliche neue Kraft verlieh.

Der Pilot begann, den Hubschrauber abwechselnd zu beiden Seiten zu neigen, um mich abzuschütteln. Nach einer Reihe dieser Manöver heulte der Motor plötzlich erneut schrill auf, setzte für eine Sekunde, in der mir fast das Herz stehen blieb, aus und sprang dann stotternd wieder an.

Mir war klar, dass wir nicht mehr lange in der Luft bleiben würden.

Ich zog mich hoch, um in das Cockpit zu spähen; ich fragte mich, warum der Pilot keine Anstalten machte zu landen. Navarro hatte sich nach vorn gebeugt und schrie ihm Anweisungen zu, offenbar gab er ihm zu verstehen, dass eine Landung nicht in Frage kam. Wenigstens hatten sie aufgehört, mich abschütteln zu wollen. Dann bemerkte Navarro mich, zog seine Pistole, richtete sie auf mich und schoss durch die Scheibe.

Ich duckte mich außer Sicht, lehnte mich so weit wie möglich unter den Rumpf des Hubschraubers und hoffte, dass Navarro nicht selbstmörderisch genug war, durch den Boden zu schießen.

Wir glitten dicht über den Baumwipfeln dahin. Dabei gewannen wir an Tempo – offenbar hatte die Maschine beschlossen, uns alle am Leben zu lassen. Weniger als eine Minute später kam das Meer in Sicht. Selbst ich auf meinem gefährlichen Aussichtsposten war beeindruckt von der Schönheit dieses Anblicks. So etwas kannte ich bisher nur von Fotos, und ich hatte immer angenommen, dass sie zur Perfektion nachbearbeitet waren, aber jetzt sah ich es real vor mir, live und in Farbe. Wenn es das Letzte war, was ich sah, wäre es jedenfalls um Welten besser als das Ende durch eine Magensonde.

Der Ozean schien mich erhört zu haben. Als wir uns mit hoher Geschwindigkeit der Küste näherten, gab die Maschine eine Reihe stotternder Heultöne von sich, dann setzte sie endgültig aus.

Wir fielen.

KAPITEL 69

Ich schob mich unter dem Hubschrauberrumpf hervor und sah noch einmal durch die Scheibe Alex. Ich war dankbar, noch einen Augenblick mit ihm zu haben. In diesem Moment, da wir auf die Wasseroberfläche zustürzten und der Tod mit jedem Meter näher kam, erkannte ich, wie reizvoll die Vorstellung der Reinkarnation war – auch wenn ich noch nicht bereit war, dieses Leben aufzugeben.

Meine Gedanken wurden dadurch unterbrochen, dass die Wasseroberfläche uns entgegenschnellte und der Hubschrauber in Schräglage im Meer aufschlug. Ich klammerte mich an die Kufe der Maschine, die fast augenblicklich zu sinken begann. Die Tatsache, dass ich das wahrnahm, sagte mir, dass ich noch lebte, und das bedeutete, dass vielleicht auch Alex noch am Leben war.

Er *musste* am Leben sein.

Ich umklammerte mit den Beinen fest die Kufe, während wir tiefer sanken, wobei sich die Maschine durch den Schwung der Rotorblätter weiter zur Seite neigte. Nach ein paar Sekunden sah ich durch eine Wolke Luftblasen hindurch den weißen Sand des Meeresgrunds. Das Wasser war an dieser Stelle nicht tief. Ich ließ mit den Beinen die Kufe los, hielt mich jedoch mit beiden Händen weiter fest, als der Hubschrauber auf dem Grund aufsetzte.

Er landete in einer Wolke aus aufgewirbeltem Sand und mit einem schaurigen Ächzen der Kufe, die das meiste Gewicht abfing.

Ich zog mich dicht an die Scheibe heran und sah hinein.

Der Pilot war tot, seine Seite des Cockpits hatte die volle Wucht des Aufpralls auf der Wasseroberfläche abbekommen. Blut strömte in dunklen, spiraligen Bändern von seinem Kopf und seiner Brust ins Wasser und verdünnte sich dort zu purpurroten Wolken.

Ich spähte ins Hintere der Kabine, hielt nach Alex Ausschau, und dann sah ich ihn. Er streckte die Arme nach mir aus, aber er schien festzuhängen – als Navarros Gesicht hinter ihm erschien, begriff ich. Ich wich zurück, um mich vor Schüssen in Deckung zu bringen, aber er hatte seine Pistole nicht mehr. Er war eingeklemmt. Ein Teil vom Rahmen der Kabine war beim Aufprall eingedrückt worden und quetschte seinen rechten Fuß gegen den Sitz. Alex fest im Griff, versuchte er, sein Bein zu befreien.

Alex strampelte und zappelte in dem verzweifelten Versuch, sich der Umklammerung zu entwinden. Dabei sah er mich flehend an.

Ich musste ihn beruhigen, also gab ich ihm Zeichen, dass ich ihm zu Hilfe kommen würde. Dann hangelte ich mich um die Maschine herum zur geborstenen Cockpitscheibe. Ich stemmte mich mit dem Fuß dagegen und fing an, mit aller Kraft daran zu ziehen. Der Schmerz in meinem Rücken flammte wieder auf, aber ich ließ nicht locker, und nach einer gefühlten Ewigkeit gab die Scheibe endlich nach und löste sich aus dem Rahmen.

Ich hangelte mich hinein und schlängelte mich weiter, so

schnell ich konnte, an dem leeren Copilotensitz vorbei, bis ich mich Alex gegenübersah. Er streckte mir die Hand entgegen, und ich nahm sie und zog mich näher heran, bis ich mit der rechten Hand sein Handgelenk mit dem breiten Omnitrix-Armband umklammerte, das er anscheinend nie abnahm.

Navarro hatte noch immer beide Arme um Alex' Beine geschlungen, und mir blieben nur noch Sekunden, ehe ich unweigerlich das Meerwasser einatmen würde.

Ich packte Navarros Arm mit einer Hand und schlug mit der anderen gegen seine verletzte Schulter. Sofort lockerte sich sein Griff, und er gab Alex frei. Dann zog ich den Jungen auf demselben Weg, auf dem ich hereingekommen war, aus der Kabine und stieß mich ab, um mit ihm an die Oberfläche hinaufzuschwimmen.

Während wir auftauchten, wanderte mein Blick noch einmal zu Navarro zurück.

Er befand sich noch immer am hinteren Ende der Kabine, stemmte sich gegen den Sitz und versuchte verzweifelt, sich zu befreien. Als ich mich gerade abwenden wollte, sah ich zu meiner großen Befriedigung, wie er einen heftigen Schwall Luftblasen ausstieß. Er konnte den Atem nicht länger anhalten, und ich wusste, das war sein Ende.

Ich ruderte weiter an die Oberfläche und zog Alex mit, dem Sonnenlicht entgegen. Meine Lunge schien in der Brust eingeschrumpft, jedes Sauerstoffmolekül herausgesaugt – aber gerade als ich den Mund öffnete und mich auf den Atemzug gefasst machte, der nicht Leben, sondern Tod bedeuten würde, brach ich endlich mit Alex durch die Oberfläche.

Beide füllten wir unsere Lungen begierig mit Sauerstoff, und Alex rieb sich das Wasser aus den Augen.

Ich sah zum Strand hinüber. Wir waren nur ein paar hundert Meter vom Ufer entfernt, und ich wusste, dass wir es schaffen würden. Besser noch, ich hatte jetzt die Gewissheit, dass es vorbei war. Navarro schlief buchstäblich bei den Fischen unter uns.

Alex und ich trieben schaukelnd in dem trügerisch friedlichen türkisfarbenen Wasser und sahen einander an. Er hatte die Arme fest um meinen Hals geschlungen. Seine Augen waren jetzt ruhiger, sie erschienen mir wieder wie die eines Vierjährigen. Nicht nur das – er begegnete meinem Blick ohne eine Spur von Angst. Zum ersten Mal.

«Wie hast du das gemacht?», fragte er und sah mich voller Staunen an.

Ich lächelte ihn zutiefst befriedigt an.

«Ich bin dein Dad, Alex, ganz einfach. Jeder Dad hätte das getan.»

Er schien einen Moment lang darüber nachzudenken, dann erwiderte er mein Lächeln zum ersten Mal, seit ich ihn kannte. Es war kein breites, strahlendes Grinsen. Aber ein Lächeln. Und im Augenblick war das eine ganze Menge.

Aber ich konnte es nicht ungetrübt genießen.

Eine Flut düsterer Gedanken schoss mir durch den Kopf und vergiftete den Augenblick, Echos von Dingen, die ich gehört oder gefühlt hatte und die jetzt einen Zusammenhang bekamen. Aber noch hatte ich nicht alle Antworten.

KAPITEL 70

Tess, Alex und ich waren erst vor ein paar Stunden wieder in San Diego eingetroffen, aber das hier konnte nicht warten.

Tess ging es gut. Sie hatte in sicherer Deckung abgewartet, bis die Schießerei zu Ende war, dann hatten die Jungs vom Spezialeinsatzkommando sie vom Gelände eskortiert und ihre Wunden versorgt. Nachdem ich mit Alex die Wasseroberfläche erreicht hatte, war ich in schrecklicher Sorge um sie gewesen. Ihr Lächeln, als ich sie endlich wiederhatte, gehört definitiv zu den Momenten meines Lebens, an die ich mich am liebsten erinnere.

Nachdem sich in Merida der Pulverdampf verzogen hatte, erfuhr ich zu meiner Erleichterung, dass auch Jules und der neue Agent wohlauf waren. Sehr traurig war ich über die Mitteilung, dass Villaverde in Navarros gemietetem Strandhaus tot aufgefunden worden war. Es war ein schrecklicher Verlust, der mir wirklich an die Nieren ging. Er war ein aufrechter, bodenständiger, kompetenter Mann gewesen, der sich als verlässlicher Verbündeter erwiesen hatte, als ich ihn brauchte. Ich nahm an, dass Navarro ihn sich persönlich vorgenommen hatte – so hatte er wohl unseren Unterschlupf ausfindig gemacht. Und der Dreckskerl hatte nicht die Angewohnheit, Zeugen zu hinterlassen.

Von der Hazienda selbst gab es erfreulichere Nachrichten.

Die Wissenschaftler, die in Santa Barbara entführt worden waren, wurden in dem Laborkomplex im Kellergeschoss gefunden, ebenso wie zwei andere, die bereits früher verschwunden waren. Alle waren in guter Verfassung, sofern man das von Menschen sagen konnte, die monatelang unter solchen Bedingungen gefangen gehalten worden waren.

Wieder zu Hause, hatte Stephenson angeboten, gemeinsam mit mir und Tess Alex zu helfen, das Erlebte zu verarbeiten.

Aber mir schien, dass in diesem Punkt das letzte Kapitel noch nicht geschrieben war.

Ein paar Dinge gaben mir zu denken.

Da war zunächst einmal die Drohne. Ich wusste über Drohnen Bescheid. In der Nacht unseres Zugriffs auf McKinnons Labor war eine über uns gekreist, aber vor allem hatte ich in jüngerer Vergangenheit am helllichten Tag eine Predator-Drohne einsetzen lassen, als ich in der Türkei Jagd auf den sadistischen iranischen Agenten Zahed machte. Ich wusste, wie sie aussahen. Und an dem Morgen in Merida hatte ich an dem makellos azurblauen Himmel absolut nichts gesehen. Kein Glänzen, keinen Fleck, gar nichts. Zugegeben, ich hatte nicht alle Zeit der Welt gehabt, um danach Ausschau zu halten. Aber trotzdem hätte ich sie eigentlich entdecken müssen, und dieser Gedanke ließ mich nicht los. Er beschäftigte mich so sehr, dass ich bei den Jungs vom 9. Reconnaissance Wing auf der Beale Air Force Base in Kalifornien anfragte, von wo aus die Drohnen gesteuert wurden. Ich wusste, dass es für die DEA nicht einfach war, eine Drohne über Mexiko einzusetzen. Das war im vergangenen Jahr ein paarmal geschehen, und es hatte großen Stunk mit den *federales* gegeben. Aber die Jungs in Beale bestätigten mir, dass sie an dem betreffenden

Tag weder über Kalifornien noch über Mexiko Drohnen im Einsatz hatten.

Was bedeutete, dass Munro gelogen hatte.

Wenn Munro uns also nicht auf diese Weise ausfindig gemacht hatte, musste er uns mit anderen Mitteln geortet haben. Und die einzige andere Möglichkeit bestand darin, etwas zu orten, das wir bei uns trugen – genauer, etwas, das entweder Navarro oder Alex bei sich trug, denn Munros Gerät hatte die Position der beiden in Echtzeit angezeigt. Dass Munro einen Sender an Navarro angebracht hatte, erschien unmöglich – hätte er die Gelegenheit dazu gehabt, dann hätte er El Brujo gleich geschnappt und an die Drogenbosse verkauft, hätte das Geld eingesteckt und sich in irgendeinem Privatparadies mit reichlich Mojitos und ewiger Sonnenbräune zur Ruhe gesetzt.

Das bedeutete, das Ortungsgerät musste sich an Alex befinden.

Was wiederum bedeutete, Munro wusste irgendwoher, dass Navarro Alex entführen würde.

Hier kam nun wieder meine lästige kleine Regel über Zufälle ins Spiel, die mir keine Ruhe mehr ließ.

Und so stieg ich jetzt aus meinem Wagen und ging auf eine Berghütte am Rand des Sequoia National Forest zu.

Hank Corliss' Hütte.

KAPITEL 71

Die Hütte, eine spitze Finnhütte aus Eichenholz, wirkte winzig zwischen den mehr als dreißig Meter hohen Bäumen. Ich traf Corliss auf der höher gelegenen hinteren Veranda an, von wo aus man Ausblick auf einen rauschenden Wildbach und meilenweit dichten Wald hatte. Die lauten Rufe von Waldsängern und Schwalben tönten durch die Luft.

Corliss hatte offenbar meinen Wagen gehört, sich aber nicht die Mühe gemacht, aufzustehen und nachzusehen, wer da kam. Ich hatte den Verdacht, dass er mich erwartet hatte.

Er wandte sich nicht einmal um, als ich zu ihm auf die Veranda trat.

Es hatte alles einfach zu gut zusammengepasst. Alex war zufällig die Reinkarnation von McKinnon. Munro hatte zufällig irgendwie davon erfahren. Dann hatte er beschlossen, den Jungen als Köder zu benutzen, um Navarro aus seinem Versteck zu locken – der einzige Köder, wie er wusste, dem Navarro unmöglich widerstehen konnte.

Wie gesagt, es war ein Zufall zu viel, und auch wenn ich in den vergangenen Tagen meinen Horizont in Bezug auf die sogenannte nicht physische Welt erweitert hatte, war das ein Zufall, an den ich nicht zu glauben bereit war. Es passte einfach zu perfekt.

Ich glaube nicht an solche Perfektion.

So läuft es im Leben nicht.

Wenn es also nicht eine seltene Sternstunde war, wenn nicht das Glück Jesse Munro unter seine Fittiche genommen und ihm das Geschenk seines Lebens gemacht hatte, dann musste etwas anderes dahinterstecken. Etwas Menschlicheres. Was mich zu der Frage führte, wie viel Munro allein ausrichten konnte. Und das wiederum hatte meine Gedanken auf Corliss gelenkt.

Wer immer all das arrangiert hatte, musste wissen, dass Navarro besessen war von der Vorstellung der Reinkarnation. Er musste auch wissen, was es mit McKinnons Droge auf sich hatte. Und er musste – jedenfalls in meinen Augen – krankhaft darauf versessen sein, Navarro zur Strecke zu bringen.

Auch dieser Gedanke führte mich wiederum zu Corliss. Und dann war da noch etwas, das Munro draußen in Merida bei dem Hubschrauber gesagt hatte. *Dachten Sie etwa, ich mach diesen ganzen Scheiß mit, nur damit ein schrulliger alter Mann seine Rache kriegt?*

Diese Worte ließen mir keine Ruhe mehr, seit sie ausgesprochen waren.

Ich glaubte zu wissen, was sie getan hatten. Was ich nicht wusste, war, wie lange die ganze Sache schon im Gange war.

Das und das Wie waren die Fragen, die mich hergeführt hatten.

Ich verlor keine Zeit mit Vorgeplänkel.

«Wussten Sie, dass Munro sein eigenes Spiel spielte?», fragte ich.

Das weckte seine Aufmerksamkeit.

Corliss wandte sich zu mir um. Er wirkte noch erschöpfter, als ich ihn in Erinnerung hatte. Die Falten auf seiner Stirn waren tiefe Furchen, und die dunklen Tränensäcke schienen alles Leben aus seinen Augen gesaugt zu haben.

«Er hatte nicht vor, ihn Ihnen auszuliefern», fügte ich hinzu. «Er wollte ihn für fünfzehn Millionen Dollar an ein Kartell verkaufen. Und wissen Sie, was das Schlimmste ist? Sie hätten wahrscheinlich nie davon erfahren. Er hätte irgendeine Geschichte erfunden, dass Navarro da draußen getötet wurde, und Sie würden hier sitzen und sich einbilden, die Sache sei perfekt nach Ihrem Plan gelaufen.»

Er zuckte gleichgültig die Schultern. «Ich bezweifle, dass sie ihn lange am Leben gelassen hätten», erwiderte er.

Wenn ich noch den Hauch eines Zweifels hatte, ob Corliss in der Sache drinsteckte, tilgte seine Reaktion ihn auf der Stelle aus. «Das stimmt, aber darum ging es doch nicht, oder? Es ging um Rache. Darum, dass Sie Ihre Rache bekommen. Und ich kann mir nicht vorstellen, dass es auch nur annähernd so befriedigend für Sie gewesen wäre, wie ihn vor sich zu haben und ihm in die Augen zu sehen, während Sie getan hätten, was immer Sie mit ihm vorhatten.»

Corliss erwiderte nichts. Er hielt nur seinen düsteren Blick auf mich gerichtet, während er mit halb offenem Mund langsam ausatmete.

«Und es hätte alles funktioniert. Wenn Michelle nicht den Überfall auf ihr Haus vereitelt hätte. Das war der Plan, stimmt's? Er sollte sie entführen. Und Alex hätte Sie zu ihm geführt.»

Ich griff in meine Tasche, zog Alex' Omnitrix-Armband hervor und warf es auf das Tischchen neben Corliss.

Ich hatte es untersuchen lassen.

Das Ortungsgerät war darin versteckt.

«Sie wussten, dass Navarro an Reinkarnation glaubte», fuhr ich fort. «Sie hatten das Tagebuch. Sie kannten Eusebios Geschichte. Und Sie wussten, dass Navarro nicht einfach nur daran glaubte – er war besessen davon. Und er war besessen von dem Wunsch, an McKinnons Formel zu kommen. Also beschlossen Sie, diesen Umstand zu nutzen, um ihn aus seinem Versteck zu locken. Und was wäre dazu besser geeignet gewesen, als ihn glauben zu machen, dass McKinnon wiedergeboren war.»

Ich bemerkte in seinen Augen eine Regung.

«Dann beschlossen Sie, die Würfel zu zinken», fuhr ich fort. «Sie fanden, es dürfte nicht einfach irgendein Kind sein. Sie wollten sichergehen, dass er daran glaubte, dass er unbedingt Jagd auf dieses Kind machen würde. Und welches Kind hätte sich dazu besser geeignet als der Sohn des Mannes, der McKinnon erschossen hatte? Davon wussten Sie natürlich, weil Munro wusste, dass Michelle von mir schwanger war.»

Das Flackern in seinen Augen erlosch. Ich sah ihm an, dass er bereits an die Konsequenzen dachte.

«Sind Sie gekommen, um mich zu töten?», fragte er.

«Ich sollte es tun. Und vielleicht werde ich es tun. Sie sind schuld, dass Michelle getötet wurde. Und Villaverde. Und Fugate. Und Michelles Freund und all die anderen.»

Ich konnte mich nicht mehr beherrschen und wurde immer lauter. «Und Sie haben meinen Sohn in Gefahr gebracht. Sie haben seine Psyche manipuliert und ihn als Köder für einen der größten Psychopathen dieses Planeten benutzt.»

«Das alles hätte nicht geschehen sollen», sagte Corliss. «Der Plan sah nicht vor, dass irgendjemand zu Schaden kommt. Aber … es kommt eben doch immer anders, stimmt's?»

«Blödsinn», versetzte ich. «Wir reden hier schließlich von Navarro. Was dachten Sie denn, wie die Sache laufen würde?»

Corliss sog durch seine schmalen Lippen tief die Luft ein, und seine Augen verengten sich in Abwehr. «Sie sollten doch besser als jeder andere verstehen können, warum ich das getan habe. Sie wissen, was geschehen ist. Was er meiner Familie angetan hat.» Er schwieg, wie um abzuwarten, ob seine Worte eine Wirkung zeigten.

Einen Moment lang versuchte ich mich in seine Lage zu versetzen. Ich fragte mich, was ich getan hätte, wenn meine Tochter vor meinen Augen abgeschlachtet worden wäre und meine Frau sich deswegen das Leben genommen hätte. Aber zugleich hätte ich ihn erwürgen können für das, was er getan hatte.

«Und er hätte nicht aufgehört zu suchen», fuhr Corliss fort. «Er hätte gesucht, bis er diese Droge gefunden hätte. Wo wären wir dann, hm? Wie viele Eltern würden dastehen und sagen: ‹Warum haben Sie nicht alles getan, um ihn aufzuhalten?›»

Die gleichen Gedanken hatte ich mir gemacht, nachdem ich McKinnon erschossen hatte, seine Worte trafen keineswegs auf taube Ohren. Aber ein paar Fragen brannten mir noch immer auf den Nägeln.

«Wie haben Sie es angestellt?», fragte ich, wobei ich an Alex dachte und versuchte, meine Wut zu zügeln. «Wie haben Sie Alex dazu gebracht, diese Dinge zu sagen, diese Bilder zu malen … Wie haben Sie es bewerkstelligt, dass er überzeugend genug war, um sogar jemanden wie Stephenson zu täuschen?»

Corliss wandte den Blick ab, und einen Moment lang glaubte ich in seinem Ausdruck Reue zu erkennen. Schmerz, etwas Menschliches, das mir gezeigt hätte, dass er nicht so kalt und herzlos vorgegangen war, wie ich dachte.

«Wir hatten einen Spion mit im Boot. Einen, der damals bei MK-ULTRA beteiligt war.» Er bezog sich auf die mittlerweile bekannt gewordenen Experimente zur Bewusstseinskontrolle, die die CIA in den Sechzigern durchgeführt hatte.

Diese kranken Dreckskerle hatten meinen vierjährigen Jungen einer Gehirnwäsche unterzogen.

«Name?»

«Corrigan», sagte er widerstrebend. «Reed Corrigan.»

Diesen Namen würde ich nie mehr vergessen. Corrigan würde von mir hören. Und zwar sehr bald.

«Wie hat er es gemacht?»

Corliss wandte müde den Blick ab. «Wir haben Michelles Wasser mit Betäubungsmitteln versetzt. Sie hatte keine Ahnung, was sich etwa eine Woche lang in Alex' Zimmer abspielte, nachdem sie schlafen gegangen war.»

Ich unterdrückte mühsam den Drang, Corliss an die Gurgel zu gehen. Am liebsten hätte ich ihm bei lebendigem Leib das Herz herausgerissen.

«Er hat Alex Informationen über McKinnons Leben eingetrichtert. Über seinen Hintergrund, seine Reisen, seine Arbeit. Er hat ihm Fotos gezeigt. Und er hat ihm ein Video aus der Nacht gezeigt, als Sie ihn getötet haben. Von Ihren Helmkameras.» Dabei verzog er gequält das Gesicht. Ich konnte mir nicht vorstellen, welches Monster einem Vierjährigen so etwas zeigen würde. «Aber wir mussten sehr vorsichtig sein», fuhr er fort, als ob er meine Wut über diese letzte Enthüllung spürte und davon ablenken wollte. «Wir mussten die Informationen so auswählen, dass sie für Navarro etwas bedeuteten, Michelle aber nicht darauf brachten, von wem Alex tatsächlich sprach. Und dabei haben Sie eine Rolle gespielt, wenn auch unfreiwillig. Sie hatten ihr nicht erzählt, was in jener Nacht wirklich geschehen ist.»

Der Gedanke war mir auch schon gekommen, und er traf mich wie ein Dolchstoß ins Herz. Jetzt war ich derjenige, der es eilig hatte, von diesem Punkt abzulenken. «Alex durfte also den Namen McKinnon nicht kennen?»

«Nein. Dann hätte Michelle gewusst, wer er vermeintlich war. Aber er konnte über McKinnons Vergangenheit sprechen, über sein Leben, seine Hintergründe und über große Momente in seiner Karriere. Er konnte über Mexiko sprechen. Über das Tagebuch. Über Eusebio de Salvatierra. Und über den Eingeborenenstamm.»

«Und Stephenson war die ganze Zeit Teil des Plans?»

«Er ist der Experte. Die weltgrößte Autorität auf dem Gebiet. Und er arbeitet hier in Kalifornien. Wenn er den Fall als echt einstufte, musste Navarro es glauben. Wir brauchten nur dafür zu sorgen, dass der Psychiater vor Ort, zu dem Michelle zuerst mit Alex ging, sie an ihn verwies.»

«Wie?»

Er zuckte wiederum die Schultern. «Die Homeland Security und die Drohung, als Terrorist gebrandmarkt zu werden, können heutzutage eine Menge bewirken. Niemand will in einem orangefarbenen Overall enden.»

Ich nickte. «Aber wie konnten Sie wissen, dass Navarro davon erfahren würde?»

«Ich wusste, hinter was er her war. Ich hatte die vollständige Transkription von Eusebios Tagebuch gelesen. Diejenige, die der Analyst auf mein Betreiben hin nicht weitergeleitet hat. Navarro … er war nicht nur besessen von Reinkarnation. Er war mehr als besessen. Es war sein Lebensinhalt. Sie haben ihn nicht erlebt, in jener Nacht in meinem Haus. Sie haben nicht diesen Blick gesehen. Mir war klar, dass er Stephensons Arbeit beobachtete. Und Alex musste für Stephenson ein ganz besonderer Fall sein. Ein Kind, hier in den Vereinigten Staaten, mit Erinnerungen an ein vergangenes Leben, das erst so kurze Zeit zurücklag. Stephenson würde zweifellos mit seinen Kollegen darüber sprechen, er würde darüber schreiben. Und die Wahrscheinlichkeit war groß, dass Navarro früher oder später davon erfahren und den Jungen entführen würde. Wir mussten nur sicherstellen, dass wir genügend Sender bei ihm anbrachten, um ihn orten zu können.»

Genügend Sender. «Es gab also noch mehr?»

«Ein paar. In jedem seiner Turnschuhe einen. Mehrere in seinen Spielsachen. In seinem Lieblings-Plüschtier.» Er winkte ab. «Die Dinger sind klein und kosten nichts.»

«Und Sie haben die ganze Zeit gewusst, dass Navarro noch am Leben war?»

«Ich bitte Sie.» Er schnaubte verächtlich. «An dieses Märchen von der Autobombe habe ich keine Sekunde geglaubt. Und als er dann anfing, Wissenschaftler zu entführen … Es waren alles Leute, die an psychoaktiven Substanzen forschten. Einer von denen, die er in Santa Barbara entführt hat, synthetisierte *iboga,* um Tabletten für Heroinsüchtige herzustellen. Das passte allzu gut zu dem, worauf Navarro aus war.»

Wieder wallte Zorn in mir auf. «Sie hätten Stephenson

bitten können, einen Bericht zu fälschen. Oder ihn mit Ihrer wundersamen Überzeugungskraft dazu bringen können.»

Corliss zog die Mundwinkel herab und schüttelte den Kopf. «Nein. Die Gefahr war groß, dass Navarro ihn entführen lassen würde wie die anderen, von Bikern oder sonst irgendwelchen Handlangern. Stephenson wäre bei einem Verhör in null Komma nichts zusammengebrochen. Das brauchten wir gar nicht erst zu versuchen. Nein, Stephenson musste selbst an unsere Geschichte glauben.» Er hielt inne, und sein Gesichtsausdruck wurde milder. «Wie geht es ihm eigentlich, Alex?»

Ich fand nicht, dass ich ihm eine Antwort schuldete, aber dennoch erwiderte ich: «Er wird drüber wegkommen. Nachdem wir wissen, was Sie mit ihm gemacht haben, können wir gezielt daran arbeiten, es rückgängig zu machen.»

Corliss nickte abwesend. «Gut.»

Er sagte nicht, dass er es bedauerte. Wahrscheinlich tat er es nicht.

«Und was jetzt? Ziehen Sie jetzt Ihre Pistole, weil ich mich ‹der Festnahme widersetze›?»

Ich verzog das Gesicht und zuckte die Schultern. «Nein. Ich gehe zurück nach San Diego.» Und nach einer Pause fügte ich hinzu: «Und schreibe meinen Bericht über das, was geschehen ist.»

Er sah mich an, wie um zu ergründen, wie ich das meinte. Ich nehme an, mein Gesichtsausdruck sagte alles.

Ich wandte mich zum Gehen. Er rief mir nach: «Falls es Ihnen was hilft … Es ist mir nicht leichtgefallen. Es ist mir ganz und gar nicht leichtgefallen. Aber ich sah keine andere Möglichkeit.»

Das half mir nicht viel.

Ich ging zur Vordertür hinaus. Als ich in meinen Wagen stieg, hörte ich den Schuss.

Ich ging nicht hinein, um nachzusehen.

Ich schnallte mich an, steuerte den Wagen durch das Tor und machte mich auf den Weg, um den Rest des Tages mit Tess und meinem Sohn zu verbringen, während ich versuchte, nicht zu viel über das nachzudenken, was Navarro über seine Erfahrungen mit seinen früheren Leben gesagt hatte, oder darüber, was ich mit dem Metallröhrchen anfangen würde, das ich dem toten Munro abgenommen hatte.

MIX
Papier aus verantwortungsvollen Quellen
FSC® C083411
FSC
www.fsc.org

Das für dieses Buch verwendete FSC®-zertifizierte Papier
Pamo Super liefert Arctic Paper Mochenwangen, Deutschland.